9月20日の新刊 発売日9月19日 ※地域および流通の都合により

愛の激しさを知る ハーレクイン・ロマン

許されぬ花嫁 アマン
美しき隠れ家で マギー
虹色のシンデレラ ♥エマ・
雨に濡れた天使 ♥ジュリ
水の都に魅せられて キャス
仕組まれた破局 ケイト
愛と疑惑の宮殿 リー・
悲しい初恋 キャシー・ウィリアムズ／澤木香奈 訳 R-2325

ロマンスだけじゃものたりないあなたに ハーレクイン・スポットライト・プラス

イヴが眠りにつくまで（光と闇の覇者Ⅲ）	♥ビバリー・バートン／中野 恵 訳	HTP-33
プレイボーイの治療法	マリー・フェラレーラ／早川麻百合 訳	HTP-34
傷跡にやさしいキスを	♥マリーン・ラブレース／宮崎真紀 訳	HTP-35
白いサテンの夜（マンハッタンで結婚！Ⅱ）	ジュール・マクブライド／矢部真理 訳	HTP-36

人気作家の名作ミニシリーズ ハーレクイン・プレゼンツ 作家シリーズ

華麗なる貴公子たちⅠ 謎のプレイボーイ	ルーシー・ゴードン／南 あさこ 訳	P-330
テキサス・シークⅡ		P-331
偽りの求婚者	キャレン・T・ウィッテンバーグ／風音さやか 訳	
気高きプロポーズ	デビー・ローリンズ／島野めぐみ 訳	

お好きなテーマで読める ハーレクイン・リクエスト

楽園行き片道切符（ボスに恋愛中）	リズ・フィールディング／泉 由梨子 訳	HR-192
純真な落札者（愛は落札ずみ）	キャサリン・ガーベラ／早川麻百合 訳	HR-193
罪深い肖像画（地中海の恋人）	リン・グレアム／秋元由紀子 訳	HR-194
アメリカの伯爵（シンデレラに憧れて）	キャスリン・ジェンセン／小林葉月 訳	HR-195

ハーレクイン・ニローリ・ルールズ＆ウエディング・ストーリー＆ハーレクイン・プレゼンツ スペシャル

王女の運命	ロビン・ドナルド／原 淳子 訳	HNR-6
愛は永遠に	ジュリア・ジェイムズ／小池 桂 訳	W-11
恋するレディたち	ヘザー・グレアム／飯原裕美 訳	PS-56

HQ comics コミック売場でお求めください 9月1日発売 好評発売中

恋はシャボン玉に似て（父の贈り物Ⅱ）	文月今日子 著／カーラ・コールター	CM-71
最初で最後のラブレター（愛を約束された町Ⅴ）	しのざき 薫 著／デビー・マッコーマー	CM-72
沈黙の騎士	原 のり子 著／トーリ・フィリップス	CM-73
光と闇のプリンス1（失われた王冠Ⅱ）	冬木るりか 著／レイ・モーガン	CM-74

クーポンを集めて キャンペーンに参加しよう！

「10枚集めて 応募しよう！」 キャンペーン用 クーポン → 10枚 2008 9月刊行

♥マークは、今月のおすすめ

単行本で楽しむヒストリカル

◆**RITA賞リージェンシー部門ノミネート作家ニコラ・コーニック**

『Deceived(原題)』HSX-8　**9月5日発売**

1816年イギリス――亡夫が多額の借金を重ねていたと知った元カシリス公妃イザベラは、一時的な返済義務から逃れるために囚人との結婚を決意する。しかし牢番から紹介されたのは、彼女に恨みを持つ元婚約者だった。

◆**悲しみを抱えながらも果敢に生きるヒロインたちのロマンス3話**
1話目はNYタイムズベストセラー作家ヘザー・グレアム!

『恋するレディたち』PS-56　**9月20日発売**

①**ヘザー・グレアム作**「荒野の薔薇」

ブロンドの美女ジェシカは酒場でならず者に言い寄られ、からまれてしまう。そんなとき謎めいた無法者ブレイドに救われ、彼女は自分の身を守ってもらえないかと懇願する。するとブレイドは、驚くべき条件を提示してきた。

②**パトリシア・ポッター作**「風に向かって」

③**ジョーン・ジョンストン作**「ささやかな願い」

◆**戦地から帰還した僕の前に現れたのは、強く優秀な女性騎士**
ジュリア・ジャスティスがイングランドを舞台に描くリージェンシー

『The Courtesan(原題)』HSX-4　**11月5日発売**

注目の関連作

ミランダ・ジャレットが描く、18世紀のパリとローマを舞台に繰り広げられる
姉妹のロマンス2部作〈恋の旅路はスキャンダラス〉

『The Adventurous Bride(原題)』HS-335　**9月5日発売**

天使の絵が引き合わせた運命の出会い。しかしその絵の背景には……。

『Seduction of an English Beauty(原題)』HS-343　**11月5日発売**

彼とはつかの間の恋。でも隠し事があると知ってからは……。

結婚は復讐のために

ニコラ・コーニック 作

名高くらら 訳

ハーレクイン・ヒストリカル・エクストラ

東京・ロンドン・トロント・パリ・ニューヨーク・アテネ・アムステルダム
ハンブルク・ストックホルム・ミラノ・シドニー・マドリッド・ワルシャワ
ブダペスト・リオデジャネイロ・ルクセンブルク・フリブール

Deceived

by Nicola Cornick

Published by Harlequin K.K., Tokyo, 2008

◇作者の横顔

ニコラ・コーニック　イギリスのヨークシャー生まれ。詩人の祖父の影響を受け、幼いころから歴史小説を読みふけり、入学したロンドン大学でも歴史を専攻した。卒業後、いくつかの大学で管理者として働いたあと、本格的に執筆活動を始める。現在は、夫と二匹の猫と暮らしている。

主要登場人物

イザベラ・スタンディッシュ……カシリス公妃。
アーネスト……イザベラの夫。カシリス公。故人。
ペネロペ・スタンディッシュ……イザベラの妹。愛称ペン。
フレディ・スタンディッシュ……イザベラの兄。
ジェーン・サザン……イザベラのおば。故人。
インディア・サザン……ジェーンの娘。故人。
マーカス・ストックヘイヴン……伯爵。
アリステア・キャントレル……マーカスの友人。新聞のコラムニスト。
エドワード・ウォリック……マーカスが追跡している悪党。
エドワード・チャニング……両親を失った少年。

1

ロンドン、一八一六年六月

〈本紙は喜ばしくも、さる悪名高き公妃の帰国をここに報告するものであるが、彼女の帰還を上流紳士たちは大いに歓迎するであろう。噂《うわさ》によるとＩＤＣ公妃は、財政危機を救ってくれる殿方をお探しとか。名うてのレディがその奇特なお相手を愛人にするのか夫にするのかはまだ定かでないが……〉

――一八一六年六月十二日付『ジェントルメンズ・アシニアン・マーキュリー』

夫探しには最悪の場所だ。


分別ある女性ならふつう、結婚相手をどこで見つけるかと問われれば、こんないかがわしい人種がたむろするフリート債務者監獄ではなく、家柄のよい顔見知りたちが集う社交場の〈オールマックス〉を是が非でも選ぶだろう。

だがイザベラ・ディ・カシリス公妃にそんな贅沢《ぜいたく》は許されなかった。イザベラ公妃はいま必死だった。

結婚相手の条件がはっきりしていることはすでに看守に伝えてある。彼女の二万ポンドの負債を引き受けるのは自分の莫大《ばくだい》な借金の大海にさらに一滴落とすようなもの、というくらい借金にどっぷり浸《つ》かっている男性でなければならないが、貧しくとも体の丈夫な人でないといけない。すぐに先立たれて、相手の借金までイザベラの相続人がかぶることになったらもともと子もないのだから。そして、その条件に見合う男性がいますぐ必要だった。

常軌を逸したこの行動が明るみに出て、悪評がたったところでどうということはないわ。評判などすでに地に堕《お》ちている。いまや彼女に扉を閉ざす潔癖性の上流階級の人間は増えるばかりで、醜聞がさらに一つ増えたところで痛くもかゆくもない。一生に二度も身を滅ぼすはめになるとしたら、それは二十九歳のレディとしては偉業とさえいえるだろう。

イザベラ公妃ことイザベラ・スタンディッシュはヨーロッパの王室に生まれた王女ではなく、カシリスのような公国の王女でもなかった。父親はロンドンの上流社会に属していたものの、身分は低いほうで、有力者にのしあがりたいという野望が叶《かな》えられることはついぞなかった。祖父はジョージ三世にひいきにしてもらった魚屋で、虹鱒《にじます》のとりわけ美味なひと切れを食された国王が褒美として祖父に爵位を与えたのだ。当時たびたび精神錯乱に陥っていた国王のことだから、ちょうどその発作に見まわれていたとしか思えない。よって、スタンディッシュ家が貴族の仲間入りをしたのはそう昔の話ではなく、おまけに社交界の嘲笑《ちょうしょう》の的ともなって、イザベラの父である二代目スタンディッシュ卿《きょう》は大いに悔しがったものだ。

不運だったのは、自分の結婚式の前日にボンド・ストリートで買い物をしていた十七歳のイザベラが、遊び疲れたカシリス公アーネスト・ルドルフ・クリスティアン・ルートヴィヒのきょろきょろする目にとまったことだった。彼はイザベラの美しさと汚れのなさに魅了され、さっそく結婚を申し込んだ。浪費がたたって破産寸前だった父親のスタンディッシュ卿にとっては、これはまさに渡りに船だったのだ。数日後に執り行われた結婚式はイザベラの意思を無視したものだった。

それから十二年後、未亡人となったイザベラ公妃が看守に導かれて狭い石の通廊を進み、フリート監獄の奥へと向かっているのも、すべてアーネスト公のせいだった。アーネストはあろうことか愛妾《あいしょう》の腕の中で息を引きとり、妻には借金と汚名しか遺《のこ》さなかった。イザベラが英国に戻ると同時に、亡夫の裏切りが肉欲のみならず金欲にも及んでいた事実が発覚した。彼は妻の名で借金を重ねていたのだ。道楽に注《つ》ぎ込む金欲しさに妻を利用したわけだが、夫から離れて大陸で楽しく暮らしていたイザベラはそのことに気づきもせず、おかげでいまこうして、自分にもたらされた災難から抜けだすために監獄へ乗り込まざるをえなくなった。

イザベラは黒いマントの中で身をすくめ、顔が隠れるほど頭巾《ずきん》を目深に下ろした。五感のすべてが攻撃にさらされている気がする。監獄の中は夜のように暗く、熱気とたばこの煙が立ち込めているが、そのたばこのにおいも、ひしめき合う何百もの体が放つ強烈な悪臭を遮断する役には立たなかった。耳障りな騒がしい声がひっきりなしに聞こえ、そこに鉄の足枷《あしかせ》が石の床をこする音と、赤ん坊や子どもが泣きわめく絶望の声が重なっている。床はぬるぬるして滑りやすく、この夏の暑さの中にあっても壁はじっとりと濡《ぬ》れている。手が何本も伸びてきて、通りすぎるイザベラのマントのひだをやみくもにつかんだ。この場所が、まるで一つの生き物であるかのように、絶望に打ちひしがれているのを彼女は感じた。それは壁からしみだしてきて、彼女を深い悲しみの中に包み込んだ。衝撃と哀れみに胸がつまり、ついでうなじの毛が逆立って、恐怖に震えおののいた。

この地獄へ足を踏み入れる前は、自分は絶望のどん底にあると思っていた。絶望がどんなものかも知らなかったのに。しかし一つ間違えば、自分もすぐにこの地獄に堕ちるだろう。男であれ女であれ、人はその安楽な人生の道筋から一度滑り落ちたが最後、穴の中で忘れ去られ、悲しんでくれる者もいないままに一生を終えることもあるのだ。

　イザベラは通廊の曲がり角で足を止め、手提げ袋《レティキュール》の中に少しだけ入っていた硬貨を取りだそうとした。本当はそんな余裕などないのだが、ここには自分よりずっとお金を必要としている者たちがいる。イザベラは看守に硬貨を数枚突きだした。

「これを……母親たちとその赤ん坊に」

　看守は首を横に振った。お金を受けとらないのは、彼にもまだわずかながら思いやりのかけらが残っているからかしら。乏しい光の中で、看守の顔に同情が浮かびあがるのがわかったが、それがここの囚人たちに対するものなのか、イザベラの人のよさに対するものなのかはわかりかねた。

「せっかくですが、寄付してくださっても無駄だと思います。母親はその金でジンを買うでしょうから、赤ん坊は結局、腹をすかせたままです」

　イザベラは迷った。暗闇《くらやみ》に硬貨をばらまいて、少しでも飢えが満たされるよう祈ればいいではないか、と心の声が背中を押した。すると、暗がりから彼女を貪欲《どんよく》に見つめる目――憎悪と強欲に満ちたまなざしに気づいた。金を投げれば強い者が弱い者を踏みつけ、われ先に硬貨をつかもうとするにちがいない。それでは意味がなかった。

　看守が彼女の腕を取り、先へ進むよう促した。

「すぐそこですよ」そして、あまり慰めにはならなかったが、イザベラの震えを感じとってこうつけ加えた。「看守が寝泊まりするワーデンズ・ハウスには、囚人の中でもましな連中を入れてあります。恐れることは何もありません」

　恐れることは何もない。

　その言葉が頭の中で何度もくり返され、イザベラは体が震えた。

　選択肢は三つしかない。あのとき、ミスター・チャーチワードは弁護士らしからぬ露骨な言い方で告げた。結婚か、国外脱出か、監獄か。どれもけっして心をそそられるものではなかった。

ブランズウィック・ガーデンズのイザベラの屋敷を訪れたチャーチワードは、応接間に腰を下ろすなり、夫のアーネストの負債についてすべてを伝えた。そういう扱いの難しい問題をレディの耳に入れるのは心苦しいとでもいうように、その口調は率直ながら同情に満ちていて、イザベラは彼の思いやりに感謝した。そしてチャーチワードは、彼女が失神することも、塞《ふさ》ぎの虫に取りつかれることもないと知って、大いにほっとした顔をした。

松明《たいまつ》があかあかと燃える通廊の突きあたりで、看守は扉を開けた。開けられることがめったにないとでもいうように、重い扉はぎいっと抗《あらが》うような音をたて、床をこすりながら動いた。看守は後ろに下がってイザベラを中へ入れた。そこの空気はいくらかましだったが、それでも、たばこや汗やかび臭い食べ物のにおいが漂っていた。

看守は監房の扉の前に立って床にぺっとつばを吐いたが、手の甲であわてて口を拭《ぬぐ》った。話しかける相手がレディであることを思いだしたのかもしれない。「こちらです、マダム。ここにご希望どおりの男がいます。ジョン・エリスといい、生まれながらの貴族です。体は丈夫で、非常に貧しいと聞いております」

監獄のどこか奥のほうで悲鳴があがった。この世のものとは思えぬ恐ろしい声だった。身震いしたイザベラは、気が散らないよう懸命に神経を集中させた。これからいくつか質問をしなければならないのだけれど、自分がひどく無情で打算的な人間に思えてしかたがない。有り金をはたいて買おうとしているのは、ある一人の男の人生だ。彼の監獄暮らしと引き替えに、私は自由を手に入れようとしている。

理屈のうえでは、整然としたすばらしい計画だと思えた。囚人に金を払い、こちらの負債を全部引き受けてもらう。囚人はそのまま鉄格子の中にとどまり、こちらは自由の身となる。だが、生身の人間を前にしたとたん、その計画が急にむごく感じられた。だけどそれが彼の人生であり、計画を実行しなければ私も監獄に入ることになる……。

「その方に……家族や友人はいないの？」

看守は作り笑いを浮かべた。イザベラが何を知りたいか、お見通しなのだ。「はい、マダム。借金の肩代わりをしてやつをここから出そうという者は一人もいません。あなたの借金も、頼めば引き受けてくれますよ。それでやつが失うものは何もない」

「入ってどれくらいたつのかしら？」この期に及んで躊躇《ちゅうちょ》している自分、その瞬間を先延ばしにする理由を探している自分にイザベラは気づいた。

「そろそろ三カ月になりますが、残りの人生を間違いなくここで過ごすことになるでしょう」看守は小首を傾《かし》げ、イザベラを見た。「それではまずいですか、マダム？」

「いいえ、けっこうよ」イザベラは答えた。「私が望むのは〝永久に不在の夫〟ですもの」

看守はポケットに気持ちよく収まっている手の切れるような札束に指で触れた。夫探しのためにフリート監獄を訪れたレディは彼女が初めてではなかった。自分が産んだ幼子を世間に公表しないわけにいかなくなって、遅ればせながら父親になってくれる男を探しに来る者もいれば、いやでたまらない縁組から逃れようと、花婿を探しに来る者もいる。そして、このレディのように、獄中の男と結婚して莫大な借金から巧みに逃れようとする者もいた。男はすでに返しきれない借金を抱えているので、妻の負債を引き受けたところで影響はない。フリートにはそういうご婦人の借金をジンのボトル一本の値段で引き受ける男がいくらでもいるが、このレディは条件にうるさかった。貴婦人《クオリティ》である彼女が必要とするのは、貴族に生まれながらいまはすっかり絶望してやけになっている、堅物すぎない男だ。幸い、その条件を満たす囚人もここにはごろごろしていた。

上流人をクオリティと呼ぶのは彼らが質《クオリティ》の高い人間だからだ、と看守は心の中で思った。このレディとて、メイドから衣装を借りたところで、物腰からレディの身分であることを隠しきれるものではなく、伯爵未亡人であってもおかしくなさそうだ。悪魔と契約を交わそうというとき、人がある種の絶望に打ち震えるのを看守は何度も目にしてきたが、この婦人もまた例外ではなかった。彼に哀れみの心はほとんど残っていなかった。この仕事に感傷は禁物だ。彼はポケットの中の札にもう一度触れた。伯爵夫人であろうが公爵夫人であろうが、自分にはどうでもいいことだ。金さえたっぷり払ってくれれば、王妃にだって結婚相手を見つけてやる。

そのとき監房の扉がすさまじい音をたてて開き、中からべつの看守がつんのめるように飛びだしてきた。ぬるぬるした床に足を取られ、その拍子に手に持ったトレーの上の食べ物が飛び散って、彼は小声で罵《ののし》った。皿からこぼれた薄いシチューがイザベラのマントにもかかった。

「食えないものを二度と持ってくるんじゃない」中から男の声がした。快活な声だが、脅しの響きを帯びている。

言葉だけでは腹の虫がおさまらないのか、監房の扉に何かがばんと当たった。それを聞いてイザベラは皮肉っぽく尋ねた。「例のミスター・エリスかしら？　ひどくご機嫌が悪いようね」

「はい、ジョン・エリスは無愛想な男で」看守も認めた。「でも心配はご無用です」

「私だってここに閉じ込められたら不機嫌になるわ」イザベラは周囲を見まわし、身を震わせた。

「さっさと用事をすませましょう」

監房の中は暗く、壁の上のほうにある鉄格子のついた窓から差し込む光が唯一の明かりだった。イザベラにとってまず衝撃だったのは、この貴族の囚人が、個室を手に入れるだけの資力すら持ち合わせていないことだった。言うまでもなく、彼は貧しいのだろう。ワーデンズ・ハウスには地位の高い人物が収容される広々とした風通しのいい部屋があるはずなのに、ほの暗いこの監房の空気は売春宿のような悪臭がしている。彼女はいらだちと嫌悪で胸が悪くなった。

三人の男が床にうずくまり、さいころと硬貨で遊んでいた。監房の扉が開いてもろくに顔を上げもせず、賭事《かけごと》に夢中の様子だった。賭《か》けられている硬貨は一ペニーばかりだが、世界の終わりが来ても、ゲームをお開きにしそうにはなかった。

そして、監房の隅で一人しゃがんでいる男もいた。壁を流れ落ちる水でシャツがぐっしょり濡れているが、それを気にするふうでもない。体を揺らし、何やら静かに独り言をつぶやいている。彼がぼんやりした目でイザベラを見た。彼女は深い悲しみと哀れみを込めて男を見返しながら、もはや自分には、無力感に打ちひしがれたまなざしを彼に向けることしかできないのを痛感した。かつての私には、社会の除《の》け者となった人々に救いの手を差しのべる力もあったというのに。

昔を思いだすと同時に、イザベラははっと現実にたち返った。そして、眉唾《まゆつば》物の救世主ミスター・ジョン・エリスを捜そうと監房の中を見まわした。

最初、その男は逆光の中で、粗末なテーブルに座る黒い影でしかなかった。男が動いたとき初めて、読書をしていたのがわかった。その手に、まだ本を持っていたからだ。

愛想のない男だと看守は言ったが、イザベラは男の顔におもしろがっている様子と活力を見てとった。

だがそれは吹き消されたろうそくの火のようにふっと消えて、あとにはいかめしさだけが残った。険しい顔つきにはっきりした目鼻立ち、暑い気候の中で長く暮らした過去を物語る褐色の肌。顎は角張って力強く、不屈の意志を感じさせる顔の輪郭はひどく荒々しかった。どこにでもいるハンサムとは違うが、ひと言では形容しがたい。彼が放っているのは、単なる美貌《びぼう》をはるかに超えた原始的な、人を引き込まずにはおかない力だった。ハンサムな男や魅力があって求愛上手の男には、イザベラはたくさんお目にかかってきた。公妃はそういう機会に恵まれるものだ。しかしその中の誰一人として、イザベラがめまいを覚えそうなほどに彼女の心から理性を奪いとったり、息をするのも忘れさせたりはしてくれなかった。

ジョン・エリスは目の前のテーブルに本を置き、顔を上げてイザベラをまじまじと見た。彼が漂わせる静けさに、彼女は息をのんだ。彼はひと言も発しなかった。

「レディが部屋に入ってきたら立ちあがるもんだ」看守がぴしゃりと言った。

ジョン・エリスはイザベラの頭を覆う頭巾から靴の爪先まで、彼女の全身にゆっくりと、横柄な視線を這《は》わせた。それからやはりゆっくりとテーブルにのせていたブーツをはいた両足を下ろし、少し体を起こしたが、まだ立ちあがろうとはしなかった。品定めするような無礼なまなざしに、イザベラは顔がかっと熱くなり、挑戦的に顎を上げた。彼はイザベラの顔を見据えたまま、一瞬たりとも目をそらさない。そのまなざしは険しく、あまりに多くのものを見てあまりに多くのことに手を染めてきたがゆえに、その心に無関心以外の感情が生まれることは二度となさそうな表情を浮かべている。

その瞬間、男の正体に気づいてイザベラはみぞおちに一撃を食らった。自分を囲む世界が急にせばまり、ふたたび十七歳の、初めて社交界に出る娘に戻った気がした。あのとき自分はまだ思慮の浅いほんの子どもにすぎなかった。そして、この紳士と初めて顔を合わせたのは、人で込み合うすてきな舞踏室ではなく、ソルタートンのおばの屋敷の無味乾燥な応接間でお茶を飲んでいたときだった。

〝あの若い男性はどなたなの？〟彼女が尋ねると、おばのレディ・ジェーン・サザンはにっこりして答えた。

〝名前はマーカス・ストックヘイヴン、海軍の大尉よ〟顔を輝かせるイザベラを見て、レディ・ジェーンは渋い表情になった。〝彼に恋などしてはだめよ、結婚相手としてあなたのお母さまは認めないでしょうから。彼は無名の人だもの〟

おばの忠告はすでに手遅れだった。お茶のテーブルに座ったイザベラの目が、応接間の入り口に立った彼のまっすぐな黒いまなざしに釘付《くぎづ》けになった瞬間、恋は始まっていた。胸がときめき、めまいを覚え、快い無力感に襲われたイザベラには、宿命に逆らう術《すべ》などなかった。

〝彼にはお金も将来見込まれる相続財産もないのよ。あなたのお母さまはもっと有利な結婚を望むでしょう〟レディ・ジェーンはきっぱりと告げたが、その言葉は闇に消え入るこだまのようだった。イザベラはおばの忠告に耳を貸そうともせず、初めての恋に向こう見ずに飛び込んだ。その恋は当然の結末として、結婚式で締めくくられるはずだった。ところがその寸前でアーネスト公との結婚を強いられ、すべての歯車が狂いだした……。

十二年前にあの色あせた応接間でしたのとまったく同じように、いまマーカス・ストックヘイヴンと目を見つめ合いながら、イザベラはこの発見におののき、同時に喪失感に打ちのめされていた。身を焼き焦がす思いが、あの愛情と失恋の悲しみを胸に鮮明によみがえらせた。まるで、死んだと思っていたすべての感情はただ眠っていただけで、それがいきなり目を覚ましたかのようだった。

そのときマーカスが口を開き、過去との鎖は断ちきられた。

「レディか」彼女を見つめたまま、考え込むように言う。「そちらの間違いだろう。レディがここへ来る理由がどこにある?」

賭に興じている男たちが顔を上げ、ひどく下卑た言葉を投げつけるのを聞いてイザベラは縮みあがった。だが、憤りを募らせる看守を静めようと片手を挙げた。

「いいのよ」彼女はきっぱりと言った。「自分で対処しますわ。二人だけで話ができる部屋へ私と……ミスター・エリスを案内してください」

看守はいささかうろたえた。人目を避けて話したいというイザベラの要求があまりに意外なので、そういう事態に対応できる部屋もないのだろう。

マーカス・ストックヘイヴンが立ちあがった。

「私と内密に話がしたいと、マダム?」

「ええ」

マーカスの声はなめらかで冷淡で、口調は嘲《あざけ》りを帯びていた。「こういう場所では、人目を避けるための手段がルビーより高くつく、というのはご承知だろうか?」

「運よく今日はエメラルドを持ってきましたわ」イザベラは落ち着いて答えた。「エメラルドはルビーよりも高価ですので」

彼女はレティキュールに手を入れて、自分の娘が誕生したときアーネストから贈られたエメラルドのブレスレットを引っ張りだした。生まれたのが息子だったらダイヤのブレスレットを授けたのに、とあのとき夫から言われた。彼女自身の結婚同様、エメラルドは最善ではなく次善だったのだ。結局、アーネストの期待にイザベラが応《こた》えることはなかったが、少なくともエメラルドの贈り物がついに役立つときが来たようだ。

ほの暗い監房の中で、宝石がきらりと深い輝きを放ち、賭をしていた男たちが手を止めた。その一人が畏敬《いけい》の念と強欲さをにじませて、罰当たりな言葉を発した。

「内密に話ができる部屋へ」イザベラは看守に向かってくり返した。「いますぐ」

「はい、いますぐ」看守はそう答えながら、これは伯爵夫人どころか公爵夫人だと彼女をさらに見直したが、さる公国の妃殿下とまでは考えなかった。なぜなら、その口調も発音も英国人そのものだったからだ。

イザベラはさっそく空いている監房へ案内された。がらんとした部屋にかび臭いマットレスと固い椅子が一脚、テーブル、それに汚物用のバケツが一つだけ置いてある。冷え冷えとした空気はそこにも漂っていた。イザベラが差しだした手から看守はブレスレットを引ったくり、そのブレスレットは蛇の喉を滑り落ちる鼠《ねずみ》よりも速くポケットの中へ消えた。

小脇《こわき》に本を抱え、彼女について房から房へ移動するマーカスの足取りは、公園でも散歩するようなのんきなものだった。イザベラはその神経の太さがうらやましかった。私の心はいまだにずたずたで、不安のせいで神経がぴりぴりして、全身に震えが走り、葛藤《かっとう》がこだましている。

扉がぎいっと音をたてて閉まった。長い沈黙が流れたが、マーカスはそれを破ろうとはしなかった。イザベラに椅子を勧めもせず、自分だけ腰かけてわずかに首を傾け、黒い目にいぶかしげな表情を浮かべて彼女を見つめている。イザベラの心はひどく波立った。だけどそれを言うなら、あのときも、彼がちらりと向けるまなざしにずっと心をかき乱されていたわ。

「それで?」

高飛車な口調を聞いてイザベラは跳びあがりそうになった。すでに、力関係では彼が上に立っている気がする。まずいわ。この場は私が優位に立たなければいけないのに。用件を切りださないことには始まらない。イザベラは必死で主導権を取り戻そうとした。

「私は……」言葉が急に喉につかえた。いまは後込《しりご》みをしている場合ではない。今日、チャーチワードから話を聞いてすぐにロンドンの民法博士会館へ行き、特別の結婚許可証を取得して、その足でフリート監獄へ向かった。頭より体のほうが先に動き、自分の行動に深く疑問を投げかけることもなくここまで来てしまった。疑いが頭をもたげるたびに、そうしなければ自分も投獄されるかもしれないのだからと自分に言い聞かせ、冷酷な現実にひたすら目を向けて、それ以外はいっさい考えないようにした。けれども、いまマーカスの無慈悲な黒いまなざしにさらされていると、言葉を失ってしまう。

マーカスは見下すかのように片方の眉をつりあげた。「この世の時間はすべて僕のものだが」彼は言った。「できるだけすみやかに用件を述べていただきたい。こんなにも年月を経て、君に再会するとは驚きだが、別段、歓迎すべきものでもないだろう。だから……」彼は肩をすくめてつづけた。「さっさと言いたいことを言って、僕を読書に戻らせてくれないか」

イザベラはぐっとつばをのみ込んだ。つまり、腕を広げて君を迎える気はないと言っているのだ。もちろんそうだろう。それを期待するほうが愚かというものだ。あの日、あれほど痛ましく屈辱的な仕打ちで彼を捨てたというのに。過去のちぎれた情熱の切れ端がイザベラを嘲った。

「やっぱりあなたなのね」イザベラはゆっくりと告げた。「声でわかったわ」

「うれしいことを言ってくれるじゃないか」マーカスがそっけなく答えて頬杖《ほおづえ》を突いた。「君はここで何をしている？」

イザベラは監房の扉にちらりと目をやった。看守が格子窓に耳をぴったりと押しあてている気がする。匿名のままでいたいなら、名前で呼び合うわけにはいかないわ。本名を明かしたくない気持ちは、おそらく彼のほうも同じだろう。

「人を捜していたのよ」イザベラは言った。

「まさか、僕を捜していたわけではないだろう」マーカスは優雅にすっと立ちあがった。長身で肩幅の広いその姿は、みすぼらしい監房の中で圧倒的な存在感を放っていた。体の輪郭すべてにみなぎる活力に、狭苦しく閉ざされた部屋全体が圧倒されていた。


自分が反射的にあとずさっているのにイザベラは気づいたが、マーカスが彼女のほうへ向かってきたわけではなかった。イザベラは大きく息を吸ってその場に踏ん張った。

「ええ、あなたを捜していたわけではないわ。でもあなたを見つけた以上……」

彼女はためらった。例の申し込みについて、いま口にしてもいいのだろうか？　いいえ、いくらなんでも唐突すぎるわ。それに、こちらとしても知りたいことがいくつかある。

「それより、あなたこそここで何をしていらっしゃるの？　ジョン・エリスの名前で」

イザベラを見る黒い目が細く鋭くなった。それは数秒でもとの無表情なまなざしに戻ったが、彼の心の中ははっきりと読みとれた。彼女の言葉は、痛いところを突いたらしい。自分の正体をばらされてはまずいのに、どうしてよりによってこのフリート監獄でイザベラにでくわしたのか、と彼は考えているのにちがいない。

「すまないが、それは君の知ったことではない」きびびした口調でマーカスは答えた。

「そうかもしれないわね」

イザベラは監房の奥に向かって一歩進んだ。マーカスがなぜここにいるのか疑惑が頭の中でかけめぐり、彼に結婚を願いでるなどもってのほかだと告げている。だが、彼女はそれには耳を貸さなかった。せっかく取引成立の好機を与えられたのだ。みすみす逃す手はない。

「提案があるの、あなたに」マーカスと呼びかけないよう用心した。「私を助けてくれるなら、私も……あなたを助けてあげられるわ。少なくとも、あなたに会ったことは誰にもしゃべりません」

マーカス・ストックヘイヴンは何も答えなかった。その沈黙にはイザベラを威嚇する力があった。彼女は急いで先をつづけた。

「あなたがここにいることは誰も知らないのでしょう?」

まだ返事はなかった。

「ここにいることは誰にも知られたくないのでしょう?」イザベラはたたみかけた。

今度は、その質問が彼を動揺させ、沈黙を貫かせたのがわかった。体がびくりと動き、例の険しい黒い目が彼女をまじまじと見たのだ。「それはそうだろう」

「借金を返せない人が入る監獄にいるなんて不名誉――」

「そうだとも」彼が遮った。「僕を強請《ゆす》ろうというのか?」唇に皮肉めいた微笑が浮かんだ。「残念ながら、払う金などないよ」

「あなたのお金など欲しくないわ」イザベラは言った。「あなたに頼み事があるの」

「僕に?」マーカスの顔にさらに笑みが広がった。「頼み事があるとは、よほど絶望的な状況にあるんだな」

「そうかもしれないわね。そもそも、そういうあなただってここで絶望的な状況にあるわけでしょう」

そのとおりだと同意するように、マーカスがうなずいた。「それで? どんな方法で……お互い……助け合えばいいのかな?」

その口調にイザベラの頰がぽっと染まった。昔からマーカスには、彼女の守りをまっすぐ切り裂いてしまう何かが、彼女の砦《とりで》を羊皮紙のように薄っぺらにしてしまう何かがあった。彼の堂々たる姿、彼が呼び起こす記憶に心をかき乱され、自分が驚くほど無防備になった気がして、イザベラは不安を隠そうとした。

彼女は不潔な監房の中を見まわした。壁からは水がしみだしていて、むき出しのマットレスには、汚い毛布が一枚だけかかっている。

「頼みを聞いてくれたら、私は口を閉じているだけでなく、あなたの生活をもっと快適なものにしてあげられると思うわ」イザベラは言った。「個室に、清潔なシーツ、いい食事とワイン……」テーブルの本に目をやる。「そして、本をもっと……」

イザベラを見る彼の目が考え込むように細くなった。〝お願い〟と言う言葉を口にする代わりに、彼女は一歩近づいた。マーカスはすぐには答えようとはせず、返事を待つ彼女の体がぶるぶると震えた。

「気前のいい話だな」彼は言った。「それで、君の望みはなんだ?」口調は淡々としているが、黒い瞳はひどく冷たかった。

イザベラは大きく息を吸った。私はいま崖《がけ》っぷちに立っている。もう引き返せはしない。

「私と結婚してほしいの」彼女は言った。

2

これはすごい展開になった。

七代目ストックヘイヴン伯爵マーカス・ジョン・エリスは、十二年ものあいだ、こんな機会を待っていたのだった。それが、このフリート監獄で現実になろうとは。

不測の事態には慣れているはずだった。遠戚《えんせき》から思いがけず伯爵の身分を譲られるまで、彼は八年間を海軍で過ごし、そのあいだに広く多彩な人生経験を積んだ。しかし、こんなことが起こるとは夢にも思わなかった。皮肉で、愉快な、驚くべき事態だ。まさかというような話だが、同時にひどく心をそそられてもいる。


「十二年遅かったな、いとしい君」

彼は嘲《あざけ》るように答えた。あの当時、文字どおり愛を込めて使った呼びかけの言葉を残酷にも彼がふっと口にしたので、イザベラの頬が赤らんだ。

「教会には予約を入れ、花婿は式に臨んでいた。ただ一つ欠けていたのが花嫁だった。ご記憶にはあるかな？」

マーカスは考え深げに彼女を見つめた。昔と変わらないようにも見えるが、自分を祭壇の前に捨てたあの十七歳の娘の姿とは、やはり悲しいかな違う。暗い監房に立つ彼女はどうしようもなく場違いで、地味な黒いマントと実用的なブーツで外見を偽ったつもりだろうが、どちらもまるで役に立っていなかった。まず、この三カ月のあいだに自分の監房に足を踏み入れたどの人間よりも数段身ぎれいだし、それに、彼女は鼻の曲がりそうな汗とたばこのにおいではなく、清らかなジャスミンの花の香りがする。

忘れもしないイザベラの肌と髪の香りだ。落ち葉のような金と銅とあずき色の髪を見て、秋の色だねと彼女に言ったのをマーカスは思いだした。疼《うず》きが激しさを増し、心に浮かぶ姿に体が硬くなった。それは十二年前と変わらなかった。腕の中にいる裸のイザベラ、彼女の白い肌に置いた自分の浅黒い両手、体が触れ合うと同時に彼女がもらした歓喜のあえぎ、激しい渇望、時が忘れ去られる中、二人のあいだにただ一つ燃えあがる揺らめく欲望。純潔を失わせることなど考えもせずに僕は荒々しく彼女を奪い、彼女もありのままの情熱でそれに応《こた》えた。そして、あのあずまやの濃密な闇《やみ》の中で……。

〝こんなふしだらなまねをするべきでは……〟あのとき彼女の声には、自分がしたことに対する驚きと、僕がその扉を開けると同時に流れ込んできた悦《よろこ》びへの衝撃があふれていた。僕はイザベラの熱を帯びた体を抱きよせ、彼女が感じている嫌悪感と信じられないほどの幸福を同じように感じながら、キスをした。

〝君は美しい。君をずっと愛しつづけるよ〟

その感傷的で幼稚な台詞《せりふ》は、彼女がマーカスを祭壇に置き去りにしてべつの男と結婚したときに無惨にも破り捨てられた。だが、腹立たしくも、イザベラを最後に見てからのこの十二年、彼女にまさる女性には一人もお目にかからなかった。

二人はあの昔、ソルタートン・ホールの庭で逢瀬《おうせ》を重ねた。それは二人だけの秘密で、秘密であるがゆえになおさら気持ちは高まり、その興奮は抑えがたいほどだった。彼女を自分のものにしようとマーカスは燃えあがり、回を重ねるごとに男としての勢いを増し、一つ一つの愛撫《あいぶ》は彼女の肌に押される焼き印となって、彼の胸にもこだました。あずまやのひんやりした闇の中で彼はイザベラを引きよせ、彼女が身につけているレースやシルクを熱い両手でせっかちに押しのけ、荒々しくキスを浴びせて、めくるめく欲望と飢えの中で彼女の体にのめり込んだ。イザベラが彼の中に呼び起こした荒れ狂うような感情は、彼を狂喜へとかりたてた。

マーカスは瞬《まばた》きして追憶を追い散らし、疾走する心を止めようとした。こんなに想像を膨らませていたら、頭がまともに働かない。だが、いま彼女に欲望を抱くのは、不思議ではないのだ。女性の肌にはもう長いこと触れておらず、フリートで仕事に精を出す売春婦たちには興味を持てなかった。それに、イザベラは相手が聖人だろうとその気にさせる女性だ。

「いとしい君……」彼女のとげとげしい口調に、マーカスの欲望はバケツ一杯の冷水を浴びせられたように静まった。「私はあなたのいとしい君ではなかった、そうでしょう、マーカス？　私を失ったあと、すかさずインディアと結婚したのだから。私のいとこであろうが私であろうが、大差なかったようね」

マーカスの怒りの炎がめらめらと燃えあがった。まさに、そのことについてすべてをぶちまけて明らかにしたいがために、十二年間待ったというのに、彼女は僕を責める気か？

「君を失うほど僕はうかつではなかったさ」彼は言った。「君が僕を捨てたんだ。アーネスト公からいい条件で結婚を申し込まれて」

イザベラが反射的に抗議するように体を動かすのを見て、マーカスはぱっと口を閉じた。心臓が跳ねあがる。一瞬、彼女がこちらの主張に異議を唱え、何か重大な言葉を口にするにちがいないと彼は思った。期待して待ったが、すぐにイザベラのまなざしはうつろになり、希望が一瞬にして消えていくのをマーカスは感じた。

「おっしゃるとおりよ」彼女は言った。「でも、遠い昔の話だし、こんなつまらない言い争いをしてもなんにもならないわ。赤の他人よりあなたのほうが私の力になってくれそうだと、そう思った私がばかだったわね。どうやら逆だったようだもの」

そうだとも。イザベラと再会して、彼女への怒りと裏切られたという思いがめらめらと息を吹き返した。イザベラには後悔の念すらなく、自分が打算的だったと認める気もないらしい。しかしそのふるまいは、どこから見ても打算的だった。彼女は金目当ての結婚を選んだ。将来が約束されたアーネスト公との結婚のために僕を捨て、おまけにいとこのインディアから遺産相続権をうまいこと奪いとったのだから。そして、今度もまた相変わらず血も涙もないやり方で、金の問題から逃れようとしている。

ただ、今回は、重要なカードはすべてこちらの手中にあるらしい。イザベラは助けを必要としている。彼女は僕の支配下にあるのだ。

「座れ」マーカスはぶっきらぼうに言った。必要以上に言葉が荒っぽくなり、彼女がぎくりとするのがわかった。イザベラは逃げだす寸前の野生動物のように緊張している。ぶるぶる震えださないように固く組んだ指と、濃い青色の瞳に浮かんだ決意と不安。非常な窮地に陥っているのは明らかで、そうでなければ彼女がここまでびくびくするはずがない。

座れと言われて、イザベラは驚いた顔をした。こちらが申し出をつっぱね、帰れと命じるとでも思っていたのか。この場から一刻も早く立ち去りたいのだろうが、そうはさせない。僕にしてみればこのとおりの思いがけない二度目の好機が——復讐《ふくしゅう》の機会が舞い込んだのだから。

そんなに簡単なことではないはずだ。まずはイザベラをこっちに引きつけて信用させる必要があるが、うまくいく可能性は充分にある。二人のあいだに壁があるのを知りながら、この僕に結婚を願いでるほど彼女はせっぱつまっていて、こんな思いきった手段に出ざるをえないほど追い込まれているのだから。それは彼女の落ち着きのなさを見ればわかる。つまり、この機を利用しない手はない。

マーカスは身振りで椅子に座るよう促し、口調をやわらげた。

「いや失礼。お座りいただけるかな、イザベラ？」

名前を口にすると同時に彼女の瞳が少し見開かれた。なれなれしい口をきくなと食ってかかられそうだ。これは興味深い。マーカス・ストックヘイヴンをはねつける女はまずいない。僕が親しさをちらつかせれば、たいていはすぐ乗ってくるのだから。

「いえ、けっこうよ」彼女は言った。「立っているほうがいいの」

マーカスはぴんときた。イザベラは、腰を下ろすことで不利な立場になりたくないのだ。この監房に椅子が一つしかない以上、こちらはいやおうなしに立ったままになる。彼女はすでに自分が無防備だと感じているので、マーカスに優位に立たれるのがいやなのだろう。ひと筋縄ではいかない女性だな。だが手応えを感じるし、興味をかきたてられる。

「二人であそこに座ってもいいが」彼は隅に置かれたマットレスに手をやった。

イザベラの目が軽蔑《けいべつ》の光を放った。「賛成しかねますわ。ベッドをあなたと一緒に使う気はありませんもの」

「そうだな」マーカスはその黒い瞳を彼女にさっと向け、苦々しい口調にならないようつづけた。「今回、君が欲しいのは僕の名前、いや、むしろ別名のほうだろう。想像するに、この匿名は僕だけでなく、君の目的にもかなうはずだ。君は借金で投獄された男を利用したいわけか？」

マーカスは答えを待った。彼女がかすかにうなずいた。

「なるほど」彼は考えをめぐらした。「君は負債を抱えている。それもかなりの額というわけだ」

　イザベラは瞳に怒りのようなものをちらつかせたが、ふたたび黙ってうなずいた。

「自分の借金と一緒に君の借金も引き受けてくれる男と結婚すれば、債権者たちは金を回収する手だてを失う。君の亭主はこのままここで楽しくない生活を送り、君は外で自由気ままに暮らす。当たっているかな?」

「ご名答よ」イザベラは彼に負けず劣らず冷静な声で答えた。だがその見かけとは裏腹に、内心ではいても立ってもいられない気分のはずだろう。マーカスは笑い声をあげた。信じられない。彼女はちっとも変わっていない。以前も金が絡んでいたが、今度もまた金か。

「たしかに、君にはそれをやってのけるだけの厚かましさがあるよ、マダム」

「ありがとう」イザベラがさらりと答えた。

　刃向かうような鋭い沈黙が流れた。彼女が両の眉を上げた。

「それで? 申し込みを受けてくださるの?」

　イザベラの大胆不敵さに彼は笑いだしそうになった。降参して、はいと答えてしまおうか。彼女はいまこちらの罠《わな》の中へまっすぐに歩いてくる、いや走ってきている。だが、こちらの知りたい点を明らかにしたければ、まずはこの機会を生かすべきだ。

「すまないが、僕の名前という庇護《ひご》を君に与えるかどうか検討する前に、はっきりさせておきたいことがいくつかあってね」

　イザベラが彼に冷静な視線を向けた。「あなたの状況を誤解していたようですわ。あなたのほうが選《え》り好みできる立場にあると?」

　大いに! 声には出さなかったが、マーカスは心の中で答えた。もちろん、イザベラに教えるつもりはない。当然のことながら彼女は、僕が借金を抱えてフリートに投獄されたと思い込んでいる。状況からしてそうとしか思えないだろうが、実のところ、真実からはほど遠い。そしてイザベラが正面切って尋ねない以上、僕も打ち明ける気はない。

「負債額は？」マーカスは椅子を引きよせ、またがって座ると、背もたれに両腕を置いて彼女の顔に視線を据えた。

イザベラの顎が上がった。横柄なその表情から、彼女もまた、自分が置かれた状況や取らざるをえなくなった手段に嫌気が差しているのがわかった。イザベラは事実を包み隠さずに話しはじめた。

「借金は私のせいではないわ。亡くなった夫が私の名前で二万ポンドの負債をこしらえたのよ。私は外国にいて何も知らなかった。帰国して初めて、自分が陥った窮状に気づいたわ」彼女は唇を嚙《か》みしめ、心にわきあがる怒りを抑え込んだ。嚙みつくような口調に、マーカスは微笑を浮かべた。つまり、イザベラは自分を窮地に追い込んだアーネスト公に猛烈に腹を立てている。こんな境遇は我慢ならない、と。誇り高く、美しく、借金にまみれた女。ひどい組み合わせだ。

「それは頭にくるだろう。アーネスト公が昔あんなに大金持ちだったことを思うと」彼は優しい声で言った。「それほど大きな災難に見まわれたら、誰だって人生がひっくり返ってしまう」

イザベラの目がきらめいた。マーカスが暗に言わんとしたことを理解したようだった。僕が貧しかったから、君は僕を捨てた。君はアーネストの称号と金を目当てに結婚したんだろう。君に降りかかったことはすべて因果応報だよ、と。

「おっしゃるとおりよ」イザベラは淡々とした声で答えた。「こんな災難はないわ」

落ち着き払ったその態度に、マーカスは感心せずにいられなかった。イザベラはすでに彼の鼻先でぱたりとドアを閉じ、彼女を挑発する楽しみをマーカスから奪いとったのだ。

「名前を悪用されるとわかっていたら、君はもっと彼のそばにいて、目を光らせたことだろう」マーカスは言った。

驚いたことに、イザベラの顔にはおもしろがるような表情がよぎった。

「アーネストのそばになどいたくなかったもの。実際、できるだけ無視したわ。彼は誰からもあまり好かれていなかった。彼の葬儀には使用人たちを買収して参列させなければならなかったし、悲しんでいるふりをさせるのに、そのまた倍のお金を払う必要があったほどよ」

マーカスは興味津々だった。自分を抑えられそうになかった。イザベラに初めて会ったとき、その見かけの愛らしさに打ちのめされ、そして捨てられたときには深い悲しみに見まわれた。彼女は地位と富を得るためなら手段を選ばない女だと悟った。男心をそそる体とその厄介な美しさを武器に、金持ちで自堕落なアーネスト公を罠にかけたのだから。そしていま、その手口は違えども、僕を買収して借金の清算目当ての結婚に誘い込もうとしている。怒りがマーカスを揺さぶった。彼女の過ちだとイザベラに認めさせたい。彼女は傲慢《ごうまん》で道徳的に堕落していて、私利私欲のためには破廉恥な行為もいとわない人間だ。そして僕はもう、ころりとだまされるうぶな若者ではない。

マーカスはいぶかしげに彼女を見た。「結局、骨折り損のくたびれもうけだったと?」

二人の目が合った。

くたびれもうけもいいところよ。

彼はイザベラの目に答えを読みとった。

「あなたがどうしてそんな見当違いの質問をするのかわからないわ」彼女がぴしゃりと言った。「私の結婚を話題にするのはやめて」

マーカスは両方の眉を上げた。「では、十二年前の出来事について、僕に説明する義務があるとは思わないのか？」

尊大な表情が彼女の顔に浮かんだ。「いまさらそれが問題かしら？」

イザベラを揺さぶってやりたい、と彼は思った。もちろん問題に決まっているじゃないか。彼女は僕の青春の夢と希望をすべて奪い、その上品な靴の踵《かかと》で踏みつぶした。しかも取るに足りないことのように片手間にやってのけ、僕が抱いた幻影を盗んでいった。彼女と出会ったときの僕にはすでに性的な経験はあったし、僕から誘惑したことは認める。だが精神的にはまだ未熟で、若い純真な心と人を信じる気持ちはすっかり彼女の言いなりだった。それに終止符を打ったのはイザベラのほうで、だからこそ彼女は僕に借りがあるはずだ。

マーカスはインディアに思いを馳《は》せた。僕の妻。イザベラのいとこ。イザベラが約束してくれたのにこの手からするりとこぼれ落ちたものをつかもうとして、まったく間違った動機で彼女と結婚したのはわかっている。そして、インディアもまた、自分のいとこのせいで痛い目に遭っていた。富と地位を追い求めるあまり、自分のおばといとこを仲違《なかたが》いさせたイザベラは、ただ欲にかられていたとしか思えない。

その彼女から貸しを返してもらうときがきたわけだが、あわててはならない。何かひと言口にするたび、怒りが膨らんでいくのがマーカスにはわかった。理性を働かせて怒りを抑えなければ。かっとなって仕返しをするより、冷静に冷酷に復讐するほうが心は満足する。結婚の申し込みを受けるとしよう。イザベラはわかっていないだろうが、結婚すれば彼女は僕の支配下に入るようなものだ。

だが、確かめておくことがまだある。イザベラの計画についてよく知っておいたほうが、その裏をかくのが楽になるだろう。

マーカスは肩をすくめた。「君の言うとおりかもしれない。二人に起こったことはもはや問題ではない。これは取引にすぎないのだから、契約の内容を説明してくれ」

あなたがすんなり承諾するわけがないとでも言いたげに、イザベラがうさんくさそうな目を向けた。しかし、すぐさまそれは観念した表情に変わった。自分の将来がかかっているときにそんなことは言っていられないと思い直したらしい。

「この結婚は、私の一時的な財政困難を乗りきるために短期間結ばれるものよ」彼女は言った。「自分の家を売却して相続財産を受け継いだら、借金を返して結婚を解消するわ」

マーカスは眉をひそめた。「だったら、金が手に入るまで待てばすむ話ではないのかい？　望まない結婚の契約を交わすより楽だと思うが」

イザベラはかぶりを振った。「相続には時間がかかるし、私には時間がないの。でも、借金と結婚から解放される日はそう遠くないでしょう」

会話がとぎれた。相手に探りを入れ、自分に有利に運ぼうとしているとはいえ、利用されて破棄されるなど、考えただけでマーカスの自尊心が許さなかった。

「結婚させられて、すぐにぽいと捨てられるのはごめんだよ」彼はゆっくりと答えた。「屈辱的だ」

イザベラが今度は心からの笑みを浮かべた。「まあ」とにこやかに言う。「やっとおわかりになったようね。女であるとはどういうことか」

負けたな。イザベラに言い返されて、記憶がさざ波のようにマーカスの肌をざわつかせた。昔からそうだった。彼女はいつも自分にたてつき、たいていの女とは違って、なだめるような口はきかない。予測不能で刺激的で、そのぶつかり合いが、彼女を僕のものにしたいという欲求をかりたてるのだ。僕はのぼせあがっていた。イザベラに結婚を申し込み、そして承諾を得た。ソルタートンで過ごしたあの最後の春、庭でひそかに結婚を誓い合い、ロンドンへ向かう前の彼女にこう約束した。君のあとをすぐに追うよ、求婚する許しを君の父上に願いでよう、と。自分は立身出世を約束された男ではなかったが、そんなことは気にしなかった。マーカス・ストックへイヴンは好機をものにして、次の好機を見つけだす男だ。自分には差しだすものが何もない、とは思いもしなかった。

イザベラの父のスタンディッシュ卿《きょう》は、しぶしぶ娘への求婚を彼に許した。いくらマーカスに将来成功する自信があろうと、未来の義理の父親を説得するのは容易ではなかった。しかし結婚が阻止されることはなく、だからあの日、彼はセント・マーク教会で花嫁の到着を待っていたのだ――上流階級が結婚式を挙げるロンドンのハノーヴァー・スクエアのセント・マーク教会で。マーカスは式の開始を待ちながら、新婦側の身廊に招待客の姿がないのをいぶかった。時間は刻々と過ぎ、イザベラはとうとう現れなかった。その瞬間もまだ自分が捨てられたとは信じられず、真相を確かめようと彼女の家まで行ったが、追い返されただけだった。本人の口から拒絶の言葉を聞くまでは彼女を恨むまいと誓ったものの、イザベラはいかなる釈明もしなかった。

そして、彼と口をきくことは二度となかった。

上流社会の審判は早かった。式をすっぽかした花嫁がなんとその翌日に、特別の結婚許可証によってアーネスト公と内々に結婚したと知れわたるや、陰口と中傷が大津波となって襲いかかってきた。アーネストは新妻をカシリスへ連れ去り、いっぽうのマーカスはまっしぐらに海へ戻った。仕事でめいっぱい忙しくするしかないと、女の代わりにフランス軍を追いかけ、その向こう見ずな戦いぶりは上官からも賞賛されて、これならもう英国に戻らなくていいとさえ思うようになった。ところが思いがけず子どものいない遠戚から伯爵の爵位を相続することになり、それまでとは違う責任を引き受けざるをえなくなった。しかたなく伯爵の遺産を相続してロンドンへ行ったマーカスは、イザベラのいとこのインディア・サザンにある舞踏会で出会ったのだ……。

だが、それについては考えまい。インディアと結婚していたあいだも、イザベラの影は二人にずっとつきまとっていたのだから。イザベラを忘れることはできず、出会いの瞬間に感じた強烈な印象を捨て去ることはできなかった。あのときと同じ力がいまも彼を誘いかけ、彼を引きずり込もうとしていた。見つめ合う二人のあいだで、昔と同じ恋の火花が散っていた。

だが、思い出を揺り起こすつもりはなかった。僕がしなければならないのは、イザベラがこの便宜上の結婚を企《たくら》むその理由をはっきりと知ること、そして、こちらの計画を危うくする可能性のある厄介な男などはいない事実を確認することだ。フリートにたった一人で保護者もなくやってきたところを見ると、イザベラには現在恋人はいないようだが、確かめる必要がある。

マーカスは彼女から顔をそむけ、自分を引きつけるその魅力を心から追いやって無関心を装った。

「フリートで結婚相手を探さねばならない理由がわからないな」淡々と話を進めるつもりだったが、それを裏切るように声が少し乱暴になった。「君に求婚しようと列を作る、金持ちの立派な男たちはいくらでもいるだろう、イザベラ？　資産家の男にとって二万ポンドはたいした額ではない。おまけに美しい妻が手に入るとなれば」

その言葉をイザベラは賛辞とは受けとらなかったようだった。おもしろい、とマーカスは思った。美しいとこれまでさんざん言われてきただろうに。たとえ美しくなくても、人は妃殿下にはそう言うものだ。

「私が結婚したいと思う相手はいません。はっきり申しあげるなら、私と結婚したいと思う方などいないでしょう」

彼女はうつむき、マーカスの視線を避けた。イザベラはいまたしかに取り乱している。マーカスは彼女を見つめた。

「私は……つまり、私の評判は……」

ふいに顔を上げた彼女のまなざしが、心臓に刺さる矢のようにマーカスの心の鎧《よろい》を突き抜けた。

「お耳にされてはいないかもしれませんが、私の評判は地に堕《お》ちています」その率直な口調は、娘時代の彼女をマーカスに思いださせた。「りっぱな殿方はもう私に結婚を申し込まないわ」

マーカスは眉根を寄せた。いや、彼女の名が取り返しのつかないほど汚された話は全部耳に入っている。アーネスト公は〝放蕩《ほうとう》の大公〟として有名で、その道楽ぶりは伝説的なほどだった。だから彼の妻が同類とみなされてもなんの不思議もなかった。

ふたたびイザベラに視線をやりながら、はたして彼女が評判どおりの女なのかどうか、マーカスは品定めをした。頭巾《ずきん》で陰になった彼女の目とマーカスの目が合った。イザベラの瞳は大きく青く、すばらしく澄んでいる。もう十七歳の娘ではないにせよ、その顔にはいまも少女の清らかさが息づき、汚れきった女性にはとても見えない。どう見ても。

彼女の災難を思い、マーカスは一瞬、残忍な喜びを覚えた。復讐、苦々しさ、あるいは正義とでも呼ぼうか。イザベラなど不幸になればいい、苦しめばいい――僕を裏切ったのだから。そう言ってはばからない恥ずべき自分がいるいっぽうで、彼女への同情を心の片隅にちらつかせる自分もいた。ばかな、と彼は自分を罵《ののし》った。イザベラは魔女だ、情にほだされてどうする。

「頭巾を取れ」マーカスは唐突に言った。

イザベラは動かなかった。命令を受けるより下すほうに慣れているのだろう。だがそのとき、彼女がマントの頭巾を後ろへ押しやった。

顔がすっかりあらわになった瞬間、清廉で潔白な印象はさらに強まった。娘時代はかわいかったが、大人になるにつれて美しく成熟していった顔。まっすぐな髪は黒みがかったきれいな金色で、青いリボンで結ばれている。黒く長いまつげが頬に影を落とし、顔の骨格は美しいだけでなく力強い。彼はもう一度視線を這《は》わせ、力強いという表現を〝反発力〟に訂正した。何か、あるいは誰かが彼女を苦しませ、彼女はそれに耐えて強くなったという気がする。そういう試練はマーカスも少しは経験ずみだった。イザベラを傷つけた者がいるのかと思うと、彼の心に一瞬、好奇心と保護者精神と怒りの入りまじった妙な感情が広がった。彼女にかつて抱いた愛情が、自分の奥深い場所を走っているのがわかる。

ちくしょう。くそ。冷酷にならなければいけないこのときに慈悲の心は必要ない。

イザベラが皮肉っぽく問いかけるように黒い眉の片方を上げるのを見て、自分が彼女を凝視していたのに気づいた。実際、見つめずにはいられなかった。彼女にキスをしたい。いや、キスだけではすまないだろう。彼女が欲しくてたまらない。

「それで？」

今度は彼女がぴしゃりときき返す番だった。イザベラはキスをそそるような官能的な唇の持ち主だが、残念ながらその舌は針子の針のように鋭い。

彼は首を横に振った。

「結婚の申し込みが一つもないとは思えない。君の言うことは大げさで――」

「いいえ」彼女の唇がぎゅっと引き結ばれた。この件について、彼女がこれ以上何か言うことはなさそうだ。目と目が合い、二人は見つめ合った。イザベラが緊張でぴりぴりしているのが伝わってくる。彼女は必死だが懇願はしていなかった。

マーカスは長くゆっくりと息を吐きだした。イザベラをこのまま追い返すこともできる。追い返せば彼女は破滅し、破産者の監獄で朽ち果てるしかない。そうなるのを見てみたいものだ。自業自得だろう。だが、彼女と結婚して、もっと大きな満足感を味わうというべつの形の報復もある。

どうやら、イザベラは待つのが好きではないらしい。彼女が我慢の限界にきているのを見るのは楽しかった。いいぞ。崖《がけ》っぷちに立たされれば、最後にこちらが結婚を口にしたときに、彼女も飛びつかないわけにいかないはずだ。

イザベラはテーブルに歩みより、彼が読んでいた本を手に取って、背表紙に光を当てた。「『軍艦構造学理論』」と声に出して読みあげる。「たしかに理論上にかぎる必要があるでしょうね。あなたは人生の残りの日々をここで過ごすことになるようだと聞いたわ」

マーカスは片方の眉をさっと上げた。

「つまり？」彼は言った。「何が言いたいんだ？」

彼女がマーカスをさっと一瞥《いちべつ》した。「つまり看守の話によれば、あなたは一生かかっても返せないくらいの負債を抱えていて、家族も友人も救いの手を差しのべる気はないらしい。あるいはおそらく……」本を置いて顔を上げ、彼と目を合わせた。

「私がさっきそれとなく申しあげたように、彼らはあなたがここにいることすら知らないのではないかしら？　だからジョン・エリスと名乗っているんでしょう。自分の自尊心をなだめ、上流社会にこの不面目が知れわたらずにすむように。つまり……あなたは望まないはずよ。私があなたの居所をばらしたり、あなたの不面目について言いふらしたり……」

脅しの言葉を聞き、マーカスは内心でにやりとした。欲しいものを手に入れるためなら、イザベラはなんでもする気だ。しかしこれは厄介だ。彼女は間違った推理をしながらも、真実に非常に近い結論に達している。たしかに僕がここにいる事実は誰も知らないし、その情報が世間にもれるのはまずい。僕がフリート監獄で込み入った作戦を実行していることがばれては困るのだから。イザベラが、勝手な推理を世の中に言いふらすのを許すわけにはいかない。

だとしても、ゲームは彼女ではなくこちらのルールで進めなくては。

「つまり僕が結婚を承諾すれば、君は僕の所在を明かさない。そう持ちかけて説きふせようというのか？」彼は眉を片方つりあげた。「不公平な取引のように思えるが。たとえお慰みに、本と食べ物とワインを少しばかり投げ込んでもらったところで」

手提げ袋《レティキュール》をつかむ彼女の指に力が入った。隠しきれていなかった――彼女は震えていた。その光景にマーカスは不覚にも動揺した。せっぱつまったイザベラの気持ちが伝わってくる。心を動かされたくない。同情などするものか。

イザベラがどうなろうと知ったことか。気にするものか。気にしている場合じゃない。

彼女はマーカスを見つめ、表情を読みとろうとしていた。

「契約の条件についてとやかく言える立場にないのではありませんこと？」と落ち着いた声で言う。

「そういう君も」マーカスも間髪入れずに言い返した。「こんな地獄で君はどれだけ生きのびられるだろう、イザベラ？　借金を返せなければ、行き着く先はここと決まっている」

彼女は身を震わせながらも、挑戦的に目を合わせた。「あなたほど追いつめられてはいないわ。花婿候補ならほかにもいますから」

「借金を引き受けてくれる候補だろう」彼は言った。

「べつの言葉でごまかすんじゃない」

マーカスははらわたが煮えくり返っていた。有り金をはたいて夫を買い、自分を守るためになりふりかまわずどんなことだってするイザベラのあくどさに、もう我慢ができそうになかった。彼女もそれを感じとったようだった。

マーカスの怒りに対抗するように、イザベラの瞳に火花が散った。「いいでしょう。拒否なさるなら、私はほかの囚人を買います。そう言えばわかりやすいかしら？」彼女はくるっと背を向けた。「そして、あなたの不名誉をみなさんに伝えましょう。借金を抱えてフリートに投獄され、あまりの恥ずかしさに自分の身元を隠し、世間の非難から逃れようとする、ある英国貴族の話を！　口さがない者たちはそれを聞いてどう思うかしら？　人に対する評価はひどく壊れやすいものよ、違いまして？」

彼はイザベラの手首をつかんで、ぐいと振り向かせた。「その答えを知る者がいるとすれば、それは君だ！　難を切り抜けようとして囚人を買収する、落ちぶれた妃殿下の話を聞いたら上流社会はどう思うんだ？」

マーカスはつめよった。二人のあいだに重い沈黙が流れた。指の下に感じる乱れ打つ脈。とても柔らかな肌。温かくて心地よい感触。誘惑に身をまかせたい衝動がわきあがり、それが短剣のように彼を切り裂いた。指に思わず力が入り、彼はイザベラを引きよせた。このまま彼女は僕の腕に抱かれ、激しく唇を重ねるのだ。

だがイザベラは彼の指から手首を振りほどいた。「なぜこんなに時間がかかるのかわからないわ。私は取引を持ちかけ、あなたからの最終的な回答を待っているの。断るとおっしゃるなら、ほかの人を探すまでよ」

なんて正直な。マーカスは彼女にいくらかの賞賛を覚えた。それに、代わりの男ならいくらでも見つかるだろう。男たちは競ってイザベラの頼みを引き受けるはずだから。同じ監房の連中にイザベラが結婚を申し込むと考えただけで、彼はまったく見当違いの嫉妬《しっと》に刺し貫かれた。ちくしょう、僕は頭がどうかしているのか。いや、少なくとも頭よりもっとずっと基本的な体の器官によって、自分は惑わされているにちがいない。

「好みにこだわりすぎなければ、男を見つけるのはわけないさ」マーカスは意地悪く答えた。「絶望しきったその手の人間ならごろごろしている」

ついに彼女を限界まで追いやったのがわかった。その瞬間、イザベラの冷静沈着さがぷっつりと切れたのだ。

「私だって絶望的よ!」突然言葉が口を突き、声が震えた。「もがき疲れてへとへとで――」彼女が口をつぐんだ。必死で自分を落ち着かせようとしている。顔をそむけ、無防備な自分を守ろうとしている。それからイザベラは両手をしっかりと握り合わせた。「こんなことを言ってもしかたがないわ」そしてくぐもった声でつづけた。「失礼したほうがよさそうね」

マーカスは彼女の腕に手をかけた。手遅れだ。このとんでもない提案をイザベラが口にした瞬間、もう引き返せなくなっていた。彼女がほかの囚人に求婚するのを、ワインのボトルと引き替えに殴り書きの署名が入った結婚証明書を手に入れるのを許すものか。イザベラと結婚する者がいるとしたら、それはこの僕だ。これで形勢は逆転した。貸しを全部返してもらうのを楽しむとしよう。彼女は僕のものだ。少なくとも、すべての清算がすむまでは。

マーカスはイザベラを見た。微動だにしない彼女の瞳に、胸の鼓動が映しだされていた。マーカスの世界が震え、くるくるまわり、違う地軸に乗りはじめた。

「わかった」彼は言った。「君と結婚しよう」

3

十七歳のイザベラはマーカス・ストックヘイヴンとの結婚を夢見ていた。だが、今度の結婚は夢に見た代物とは違う。式に臨むためにマーカスは囚人仲間に二シリング払って清潔なシャツを借りたが、湯がなくてひげは剃《そ》れずじまいだった。監獄に付属する礼拝堂は暗く陰気で、堂内を明るくする花飾りもなかった。招待客もダンスもない結婚式。それはみじめのひと言に尽きた。

司祭をブランデーのボトルから引き離すのもひと苦労だった。司祭はとりたてて興味もなさそうに結婚許可証にちらりと目をやり、ついでイザベラが手渡した五十ギニーを食い入るように見つめた。

マーカスもいまフリート礼拝堂の祭壇の前に立って、結婚許可証をまじまじと見つめていた。そのマーカスの眉がかすかにぴくりと上がった。

「オーガスタス・アンブリッジというのは誰だ？」彼がきいた。「君の未来の夫として、知る権利はあると思うが」

「ああ……」イザベラはうろたえた。結婚許可証を買うにはまず新郎の名を告げる必要があることを彼女は忘れていたのだ。妙案が浮かぶわけでもなく、それで最初に思いついた名前を口にした。イザベラが未亡人となってからの二年、その紳士は彼女の崇拝者としてふるまってはいるものの、その心には永遠の愛を誓って彼女と結婚する意志も、誠意もなかった。「彼は……友人よ」イザベラは答えた。

マーカスの眉がさらにつりあがる。「友人？　なるほど」

「あなたが思っているような種類の友人ではないのよ」弁解がましい口調になるのがわかった。なぜ釈明しようとするの？　マーカスに事情を説明する義務はない。彼はこれから私の名目上の夫となり、私の実生活には関係しない。だって、獄中の彼には何もできないのだから。それでも、マーカスの揺るぎない黒いまなざしが、イザベラを正直にさせていた。

昔からそうだったわ。彼女は急に気力が失《う》せた。

「単なる知り合いよ」イザベラは言った。「そういう知人はたくさんいるわ」

「なるほど」マーカスがくり返した。やましいことは何もないと言い募りたくなるのをイザベラはこらえた。それは私の流儀ではない。公妃たるもの、泣き言も弁解もけっして口にしないものだ。

マーカスの不屈の意志を示す唇と険しい光をたたえる目を見つめながら、彼女は不思議に思った。こういう人が、なぜフリートに投獄されて一生を終えることになったのかしら？　アーネストの身に同様のことが起こったとしても驚きはしないだろうが、彼とマーカスは違う。人間性という意味ではアーネストは道路の水たまりより浅い人間で、弱く、鈍感なだけの男だったが、それに比べてマーカスはもっと深みのある人間で、強く、洞察力がある。いえ、正しくは、昔の彼はそういう人間だった。十二年の歳月は人を様変わりさせてしまう。いまの彼については何もわからないのだと肝に銘じなければ。

イザベラは不安を隠そうと、マントを指でひっきりなしにいじり、自分が大きな間違いをしでかしているという思いから、気をそらそうとした。結婚相手を見つけて結婚し、そしてまた別れるそのあいだ、夫とは赤の他人でありつづけるつもりだった。だけど、自分が決めたその決まりをすでに破ってしまった。深くかかわるつもりなどなかったのに、すでにかなり巻き込まれている気がした。

「オーガスタスの名前を線で消してあるのがおわかりでしょう」彼女は書類を指差して、いかにもてきぱきとした態度を装い、無防備な自分を覆い隠した。

「だから、僕がその上に自分の名を書き入れればいいと？」マーカスが顔をしかめた。「それで合法とするには無理があるのではないかな？」

彼が指に挟んだ許可証をイザベラはひったくり、司祭に渡した。「これは充分に合法的だし、もう百ポンド積めば、この結婚は登録簿に正式に記録されるでしょう。結婚証明書を見せれば、債権者たちは納得するわ」

マーカスは机から羽根ペンを取って自分の名前を書いてから、すでに消されているオーガスタスの名を太く黒い線でさらに塗りつぶした。にこりともしない彼に、イザベラの心は沈んだ。ひどい間違いを犯している気がして、最後までやり通せるかどうか急に自信がなくなった。気がつくと、寒さの中に置き去りにされた犬のように体がぶるぶる震えていた。

自分を安心させようと、彼女は両腕で自分の体を抱いた。

「紙はありますか?」マーカスが司祭に尋ねた。

年配の司祭は、まるで彼が何か認めがたい要求でも口にしたかのように、ぎょっとした顔をした。だがすぐにみすぼらしい礼拝堂の中を小走りに進んで、ざらざらのあまり上質でない羊皮紙を一枚持ってくると、金を上乗せしてくれるのが筋だろうという目でマーカスに手渡した。イザベラがため息とともに差しだした二シリングは、聖職者の汚れた白衣のポケットの中へ消えた。

マーカスはインク壺《つぼ》に羽根ペンの先を浸し、何やら数行走り書きして砂をかけ、文字を乾かしてからイザベラに渡した。

「これを。あいまいにしたくないのでね」

イザベラは眉をひそめ、紙に目を走らせた。そこには、妻の名義で発生した借金の返済すべてを引き受けると簡潔に書かれていた。すでに金をせびっている気分だったイザベラに、その数行が追い討ちをかけた。それは感情抜きの文章で、この契約が金絡みの取引以外の何ものでもないことを示していた。

「立会人は?」マーカスが言った。早くも声にじれったさがにじんでいる。

イザベラの心はさらに沈んだ。

「立会人のことまでは考えなかった――」と言いかけて、肩越しに振り返った。そこには看守が期待に胸を膨らませ、ほくほく顔で立っていた。さだめし、もう数ポンド稼ぐ気だろう。立会人も引き受けるし、のちのちこの件については口を閉じています、と顔で言っている。結婚証明書にはもう一人の署名が必要だが、それも彼が自分の同僚を連れてきて間に合わせるのだろう。ふいに笑いがイザベラの喉に込みあげた。フリートで結婚、立会人は看守、司祭はこちらが賄賂《わいろ》の一部として渡したブランデーでほろ酔い気分……こんな不幸な結婚式があるかしら？　イザベラは苦笑いが噴きださないよう口に手を当てた。

看守は汚れたズボンで両のてのひらをこすると、口笛を吹いて仲間の看守を一人呼びつけ、司祭に手招きされると同時に前へ進みでた。マーカスが彼女の手を取った。彼は機械的に手を握っただけだったが、火口に移る炎のようにイザベラの体に熱が走り、たちまち燃え広がって、彼のことしか考えられなくなった。反応の激しさに思わず手を引っ込めたくなる。これでは私が震えているのがわかってしまう。まるで裸にされたように無防備な気分だ。こんなはずではなかった。私がこの人に振りまわされるなんて。

式が始まったが、すべてがかけ足だった。フリートの結婚式はけっしてだらだらと甘い雰囲気に包まれて進行しないのだ。新郎新婦がいとおしげにじっと目を見交わすことも、司祭が寛大な笑みを浮かべることもない。礼拝堂には張りつめた静寂が満ち、沈黙が破られたのは誓いの言葉がつぶやかれたときだけだった。マーカスは司祭に「はい」ときっぱり答えたが、イザベラの口調にはためらいがあった。十二年前の最初の結婚の情景がよみがえり、声が震えた。マーカスがイザベラの手をぐっと握りしめ、彼女を見た。彼の目にはきっとじれったさが浮かんでいるのだろう。イザベラは思った。だが顔を上げると、不思議なことにマーカスは、好奇のまなざしを彼女に向けていた。イザベラは勇気をかき集めて姿勢を正し、力強い口調で誓いの言葉をくり返した。

「指輪は持っていますか？」司祭がきいた。

イザベラはかぶりを振った。結婚指輪のことなど忘れていたし、借金を少しでも返そうと宝石類はすべて質に入れてしまったので、いずれにしても用意はできなかっただろう。すると、マーカスがしかたないという顔でため息をつき、指からはずした印章付きの指輪を司祭が開いた詩篇《しへん》のページの上に置いた。イザベラは苦しげな表情で、さっと彼を見た。

「印章付きの指輪をもらうわけにはいかないわ！」

マーカスは表情一つ変えなかった。「いまそれをとやかく言っている場合ではない」

「でも――」

マーカスは無視して司祭に向き直った。「つづけてください」

指輪を取ったマーカスが彼女の指に滑り込ませた。

そして、つかの間、彼の指がイザベラを守るようにその手を握りしめた。温《ぬく》もりを帯びた、重くて大きすぎる金の指輪を、イザベラはくるくるまわした。組み合わせた四つの文字だけがはっきりと刻まれている。M、J、E、S……文字の線を指でなぞる。

司祭は聖公会祈祷《きとう》書を閉じて、汚れた白衣の袖《そで》の下に置き、すでに署名を殴り書きしてある結婚証明書をイザベラに突きだして、謝礼が渡されるのを待った。一刻も早く事を終わらせたいのだろう。証明書を慎重にたたんで手提げ袋《レティキュール》にしまうイザベラの指が震えた。これで私は解放される。この紙が私を自由に導く。しかし、式が終了してマーカスが手を離したとき、イザベラはいままでにない孤独を感じた。自由だけれどもちっともうれしくはない。

イザベラを見つめるマーカスの目がどこか嘲笑《あざわら》っている気がした。私の苦境を愉快に思っているのは間違いない。借金で投獄された男と結婚するはめになった、醜聞まみれの公妃……。

「どうしたんだ？」マーカスが言った。

「ありがとう」イザベラは答えた。彼を見ることができなかった。

「どういたしまして」マーカスの笑顔は、心慰められるものではなかった。「お礼に何かくれると言わなかったか？」

イザベラは彼と目を合わせた。心臓が早鐘を打ち、急に喉がからからになる。遠い昔にマーカスと過ごしたいくつもの夜が頭の中で重なり合った。濡《ぬ》れた肌に触れる彼の柔らかな唇。乾いた潮の香りにまじるオールドローズのにおい。あの夏の燃え盛るような暑熱……だがあれからたくさんの冬が過ぎ去り、激情の炎はすっかり消えてしまった。

「ワイン数本と、まともな食べ物を買う金と、生活をましにするものを何かくれるんじゃないのか?」

彼女が答えないのを見てマーカスが促した。

「ええ、もちろん」まるで違う方向へ思いを馳《は》せていたイザベラは赤くなった。そして躊躇《ちゅうちょ》した。財布がほとんど空なのは事実だが、それで二の足を踏んだわけではない。ワインや食事で釣ろうとした私を彼はさっき嘲《あざけ》ったのではなかったかしら。だが、そんな下卑た申し出をここでくり返す気にはなれなかった。「ええ、報酬を渡すつもりでいたけれど、その提案にあなたは気乗りしない様子だったから」

今度はマーカスの笑顔にまじりけのないおかしそうな表情が浮かんだ。「僕のプライドはそれほど高くない。本当だ。それに、これは取引だと意見が一致したはずだが? 交わしたのは契約だ」

「そうよ」

イザベラは答えた。硬貨を手探りして、彼の手に数枚押しつける。マーカスはそれをベストのポケットに突っ込んだ。

「指輪もお返しするわ」彼女は急いでそう言うと、はめていた金の印章付き指輪を引き抜こうとした。

彼は首を横に振ってイザベラの手を取り、指輪に触れた。「持っていてくれ。また会う日まで」

イザベラは胸騒ぎを覚えた。「そんなことがあるかしら?」

「間違いなく」

「でも、それは二人が無事に独身に戻ってからのことでしょう」

マーカスがさらににんまりした。「もちろん」

二人はしばらく見つめ合った。イザベラの胸は妙にどぎまぎしていた。

「失礼したほうがよさそうね」

明らかに不安げな彼女を見て、マーカスの声が嘲りを帯びる。「そのほうがよさそうだ。だが、結婚式では花嫁にキスをするのが決まりだろう」

イザベラはびくっとした。二歩あとずさると彼女のスカートが最前列の木の信徒席に触れた。迫ってくる彼をかわそうと、イザベラは片手を突きだした。

「あなたが念を押してくださったように、これは取引なのよ。キスは契約の中に入っていなかったわ」

マーカスがふたたびほほえんだ。彼女の言葉に反抗するような、ものうげな笑みだ。復讐《ふくしゅう》なのか、悪いいたずらなのか、単に楽しんでいるのかわからなかったが、イザベラの冷静さを打ち砕くには充分だった。逃げだしたいが、体が動かなかった。

二人の後ろで看守がそわそわしはじめた。囚人を一刻も早く監房に戻したいのだ。だがマーカスは彼を無視し、一歩前に出てイザベラの腕をつかむと、彼女の胸を自分のざらざらした手触りの上着に押しつけて顔を寄せた。そしてイザベラの腕をつかんだ指に力を込め、次の瞬間、唇を重ねた。

唇は軽く触れ合ったにすぎなかった。それでも、イザベラを過去へ引き戻すには充分だった。キスの思い出は、ほかのめくるめくような情熱の残像と一緒に過去の中へしまい込んできた。自分から、そして他人から隠しつづけてきたあの感情がいま過去から抜けだし、飛びだしてきそうだ。すべてが塵《ちり》や灰となって消え失せたわけではなかった。かつて二人のあいだにあった優しさは遠い昔に消えたかもしれないが、引かれ合う熱い気持ちはいまも変わらなかった。彼女は恐ろしくなった。

イザベラは小さく取り乱したように声をあげ、彼とのあいだに距離を置こうとしたが、ふいにマーカスが両腕をまわして、重ねた唇を巧みに動かして彼女の抵抗をいっさいはぎとった。熱い官能の波が押しよせ、彼女を焼き尽くし、足の爪先まで焦がした。マーカスのように私にキスをした男性は一人もいない。アーネストはイザベラをぞんざいに数回抱きしめてから床入りをすませたが、その愛し方には優しさのかけらもなかった。正直に言えば、あれは愛の行為と呼ぶような尊いものではなかった。

アーネストは結局、彼女に求愛したのではなく、彼女を買ったのだ。金を出して欲しいものを手に入れ、自分の好みの型にはめようとした。だが、イザベラが自分に満足をもたらさない女だとわかると、取り決めに背いたのは彼女だと言い張って、あとは死ぬまでうわべだけの中身のない結婚生活をつづけた。実際、イザベラの生活には甘い愛情のかけらも、真の情熱もなかった。今日までは。

マーカスの腕の中でイザベラは震えた。唇の感触とその味わい、欲望。彼はちょっと唇を離しただけでまたキスを始めた。イザベラの体は長い眠りから目覚めると同時に、硬く張りつめた彼の、その力強さと支配力を感じた。そのときマーカスが唐突に手を離し、彼女をふたたび闇《やみ》にほうった。

二人のあいだにある空気がぴりぴり震えた。マーカスの顔は陰になってよく見えなかったが、瞳に燃える炎にイザベラは焼き焦がされそうだった。

「こんなことをするべきでは——」

彼の表情が険しくなった。「する必要があった」

「時間だ」看守が背後から声をかけ、暗に催促するようにポケットの金を指でいじった。「もう少し長居したいというなら話はべつですが、マダム？　この契りを二人だけで祝える居心地のいい部屋が必要ですか？」

契り。その言葉が最後通告のように響いた。

問いかけるかのようにマーカスが片方の眉を上げる。イザベラは彼から無理やり視線を引き離した。

「いいえ。けっこうよ」

マーカスは無言で背を向けると、看守の先に立って歩きだし、二度と振り返らなかった。遠ざかる足音と、礼拝堂のドアが静かに閉まる音。その気も狂わんばかりの一瞬、イザベラは彼を追いかけて引きずり戻したくなった。そばにいてと言いたい。だがマーカスは行ってしまった。おしまいだ。

司祭が彼女の腕に触れた。

「この場所から離れたいでしょう。外までご案内しますよ」

イザベラは呆然《ぼうぜん》としたまま司祭のあとにつづき、迷路のような暗い通廊を抜けて日の光の中へ出た。ドアががらんと音をたてて閉まり、彼女は一人通りに残された。空気は明るく澄みわたり、午後の町は活気にあふれて騒々しかった。頭がくらくらしてめまいがする。長く葬り去られていた官能と欲望に縁取られた、すばらしく鮮明な夢から目覚めた気分だが、あれが夢でないのはたしかだった。自分はマーカス・ストックへイヴンと合法的に結婚した。いいえ、あの結婚式が合法といえるのだろうか。込みあげる思いに、イザベラは胸が締めつけられた。

印章付きの指輪はずっしりと重く、指になじまない気がした。監獄の生活が少しでも安楽になるよう、指輪を質に入れようとは思わなかったのだろうか。でも殿方の自尊心というのは繊細なものだから、たとえ借金で投獄されても、一族の証《あかし》を売り飛ばすのはやはり気が引けたのかもしれない。ストックへイヴンの名を汚すようなものだ、と。

売らなかったその指輪をマーカスは彼女に与えた。ずっとはめているわけにはいかないのだと思うと、イザベラの胸はちくりと痛んだ。だけど大事にしまっておき、結婚が解消されたらすぐに返そう。また会う日までと彼は言ったが、それは避けたほうがいい。会うのは危険だ。

腕に抱えたレティキュールには結婚証明書が入っていた。私は自由の身で、拘束される心配もない。それ以上に重要なことはないが、フリートの曲がりくねる迷宮を足早に去った瞬間、イザベラは激しい胸騒ぎに襲われた。なぜこんなに不安なのかしら。マーカスは監獄から出られないのだし、私は何事もなかったように自由に生きつづけられる。まさに望みどおりだというのに。

でも、もし彼が自由を取り戻すことになったら？

その問いが一瞬頭をよぎり、彼女は身震いした。マーカスが監獄にいるから私は安全なのであって、彼が自由の身になれば事態は一変する。マーカスのような男を抑え込む方法などない。彼の力はすさまじいのだから。

イザベラは慰めを求めて太陽に顔を上げ、釈放などありえないと自分に言い聞かせた。こちらが借金の返済に追われなくなり、遺産相続が検認されれば、婚姻取り消しにかかる費用も払えるようになる。マーカスには二度と会わなくてすむはずだ。

しかしやはり不安は消せなかった。

空いていた独房に入れてもらえることになったマーカスは、敷かれたマットレスの上に寝転がっていた。『軍艦構造学理論』の本を開くこともなく、本の横に置いたワインのボトルにもほとんど手をつけていない。今日最初に足を踏み入れたときと、独房の中の様子は変わっていなかった。イザベラ・ディ・カシリスがここで彼の人生を変えてしまったことを示すものは何もなく、彼女がいた形跡は何一つ残っていないが、それでもイザベラの存在がいまもあたりに漂い、彼にまとわりついてすべての思考を奪いとっていた。

この十二年間、イザベラのことをときどき考えはしたが、べつに思い焦がれていたわけではなかった。苦い笑いにマーカスの唇がねじれた。僕は、もしこうだったらああだったらとくよくよ考える男ではない。殉教者にはなれない人間だ。だが、すべて終わったと信じていたあの若き日の不幸な恋愛が、実は終わっていなかったことを知った。いま、自分はイザベラを求めている。清算を求めているのだ。

マーカスは手で目をこすった。自分の心、自分の人生からイザベラを締めだそうとしても、噂《うわさ》話を完全に無視はできなかった。イザベラの夫の名前は堕落の代名詞であり、特にその晩年、アーネストはヨーロッパじゅうを旅しながら下卑た浮き名を流し、彼の放蕩《ほうとう》ぶりが人々の連想を呼んで、妻の名も必然的に汚された。マーカスはイザベラを思い、その亡夫が妻に加えた致命的な一撃を思った。二万ポンドの借金を彼女が背負いきれるはずもない。自分の妻に無関心だったという無責任なアーネスト公は、自分の借金にも無関心だったのだろう。そして、金のために結婚したイザベラが寡婦になって借金に足をすくわれるのも当然の報いだと、人は言うだろう。

ひどく寝心地の悪いマットレスの上で、マーカスはもぞもぞと体を動かした。アーネスト公と結婚する道を選んだイザベラは、自分でまいた種をいま刈りとるはめになったのだ。大公の称号を持つ大金持ちの男に嫁ぐために、無情にもこの僕を捨てたのはまぎれもない事実だ。

たとえ再会しても、イザベラにはなんの感情も抱きたくなかった。その姿を目にしても何も感じたくなかった。愛も憎しみも、もちろん欲望も。だが大失敗に終わった。ものの十秒で彼女を求めていることを悟り、そして僕が浴びせたキスに彼女が身を震わせたとき、フリートのいかめしくぞっとする礼拝堂にいるのも忘れて、そのまま冷たい石の床の上で彼女を奪いたいと身も心も疼《うず》いた。

まったく。〝何も感じたくなかった〟が聞いてあきれる。

マーカスは立ちあがり、窓を覆う小さな鉄格子に歩みよった。彼をからかうように日差しが流れ込み、彼が手放したもののすべて――光と自由としたいことをなんでもする権利がそこにはあると告げていた。

彼はある特別な目的をもって、フリートに自ら入獄した。マーカスが借金で投獄されたとイザベラが思い込むのも無理はないが、事実とはまるで異なるのだ。彼女の借金が二万ポンドだろうが六万ポンドだろうが、こちらはいつでも肩代わりできる。

マーカスは立ちどまり、小さな四角の中の光を見つめた。イザベラ・ディ・カシリス公妃に何を求めようというんだ？　イザベラが僕を夫に選んだのは都合がいいからにすぎず、十二年前に打算的にアーネスト公と結婚したときの理由と何も変わらない。借金から逃れられる権利を僕は彼女に与えた。こちらはなんの借りもないが、イザベラはいま、過去の釈明とこの十二年間の清算をする義務がある。そして、僕が債権者たちに金を全部返してしまえば、彼女はさらに大きな借りを作ることになるだろう。

ここでの仕事はほぼ終わった。いずれにせよ一週間後には出所を要求するつもりだったが、数日早めたところで問題はない。とにかくさっさと出るにかぎる。イザベラの訪問とその気前のよい金品のおかげで僕はすっかり好奇の的となり、まずい状況に陥ってしまった。噂はすでに広まり、ジョン・エリスの妻の美しさや、その正体をめぐる憶測が飛び交っている。こういう場所では秘密は守れない。

小さな四角い青空をマーカスはじっと見あげた。釈放された僕を見て、イザベラが喜ぶと思ったら大間違いだろう。今日再会してわかったことがあるとすれば、それはイザベラ・ディ・カシリス公妃――

正確に言うならストックヘイヴン伯爵夫人が望むのは名目上の夫であり、実在の夫は望んでいないということだ。

マーカスはにやりと笑った。まことにお気の毒だが、僕は名目上の夫では終わりそうにない。二人にはまだやり残したことがあるのだから。

彼は看守にペンとインクを要求し、ついで書き終えた手紙をブルック・ストリートのとある住所へ届けさせるため、イザベラから受けとったギニー金貨の一枚を気前よく使った。

ごく簡潔な手紙だった。


アリステア、計画変更だ。大至急僕をここから出してくれ。感謝する。

S

彼はしばし考えをめぐらせ、追伸を加えた。

追伸、イザベラ・ディ・カシリス公妃の主要な債権者が誰なのか調べてもらえないだろうか

手紙を受けとろうと看守が待ちかまえていた。彼は、間違いなくマーカスの要求どおりにしてくれるはずだ。フリートの看守は権力のにおいには敏感で、マーカスの運が上向いたことも当然嗅《か》ぎつけるだろう。

この男はまもなく自由の身になる、と。

4

ロンドンにある〈チャーチワード&チャーチワード〉は高貴な人々ならびに見識ある人々を顧客に抱える法律事務所として有名だった。その事務所を弟と共同経営するミスター・チャーチワードは、その朝早く、ほかでもないイザベラ・ディ・カシリス公妃の訪問を受けて驚いた。なぜなら妃殿下とは前日会ったばかりだったからだ。亡夫が遺《のこ》した仰天する額の借金について報告するのは気の重い仕事だった。だが、イザベラ公妃は動揺することなく話に耳を傾け、借金清算のためにどんな手段を講ずるか、ただちに知らせるようにすると約束してくれたのだ。どうやら早くも解決策が見つかったらしい。

ミスター・チャーチワードは進みでて、手を差しだした。イザベラはすでに腰を下ろしていたが、そうでなければ、彼自ら椅子の埃《ほこり》をまず払っただろう。顧客をえこひいきしないのが信条とはいえ、イザベラ公妃が彼の大のお気に入りの依頼人であることは事実だった。災難に苦しむレディを前にするとは騎士道精神にかられるとでも言おうか。このとりわけ勇敢なレディを救いに、白馬に乗った騎士がやってくれればどんなにいいかとミスター・チャーチワードは思った。だが、あいにく彼は白馬のヒーローではなかった。ただの弁護士だ。

「マダム!」チャーチワードはイザベラの手を取り、心を込めて握手をした。「事務所までわざわざお越しくださったとは。私のほうから伺いましたのに」

「あなたにそんなご面倒をかけさせようとは夢にも思いませんわ、ミスター・チャーチワード」イザベラの笑顔に、チャーチワードは足の爪先までぞくぞくした。「簡単な話ですし、お時間は取らせません。借金の問題が解決しましたので、ヘンシャル兄弟にかけ合っていただけないかしら？」

「いいですとも」イザベラ公妃のように上品なレディが金貸しのところへ足を踏み入れると考えただけで、弁護士は身震いした。だが、妃殿下はけっして弱くはかなげな女性ではなかった。自堕落なアーネスト公に嫁ぐという苦難を耐え抜いたレディであり、彼女の度胸には脱帽するしかない。それに引き替え、あのアーネスト公ときたら！　チャーチワードは首を横に振った。財産を使い果たしたばかりか、まるで人が絵画や古代ギリシャの遺物を収集するようにいそいそと借金を重ねていたとは。無責任、愚鈍、自分勝手、冷酷無情、まったくもって不愉快な放蕩《ほうとう》者……。いくらでも言葉を並べたてたいところだが、彼はそこまで思慮の足りない男ではなかった。チャーチワードは真一文字に口を引き結び、アーネスト公の無謀な金遣いの後始末をせざるをえなくなったレディをじっと見つめた。

妃殿下がふたたびほほえんだ。そのちゃめっけのある笑顔に、チャーチワードの血圧は異常に上がって、彼は真っ赤になった。イザベラ公妃が手提げ袋《レティキュール》に手を入れて一枚の紙を取りだした。

「これならヘンシャル兄弟も合法と認めるわ」彼女はにこやかに言った。「たとえ気に入らなくても、文句はつけられないでしょう」

為替を渡されるものとばかり思っていたミスター・チャーチワードは、自分が握っているのが結婚証明書であることに気づいた。さらによく見ると、ジョン・フリート監獄で発行された証明書だった。ジョン・エリスという男が妻の負債を全額引き受けるとひと筆したためた手紙も添えられている。

ということはまさか……。チャーチワードは息が止まりそうになり、眼鏡の位置を直して証明書をもう一度確認した。

「しかしマダム……私は……」

「あなたの忠告を聞き入れて結婚の手配をしたのよ、ミスター・チャーチワード。ちゃんと法にかなっているはずです」

動揺のあまりチャーチワードの顔は赤くなり、その力の抜けた指から結婚証明書が木の机にはらりと落ちた。彼が数冊の書類ばさみを手当たりしだいにあたふたと横へ動かしたので、それまで整然としていた机の上は混乱に陥った。

「結婚相手としてお勧めしたのは財産のある紳士ですよ、妃殿下。債務者ではなく！」チャーチワードは早口でまくしたてた。「なんと言うことだ、信じられない――」そこで彼は言葉を切って、証明書を丹念に調べた。「法にかなったものですと？」

「もちろんよ」イザベラの表情は落ち着き払ったものだった。「それに、結婚は一時的なものです。昨日あなたと話したとおり、ブランズウィック・ガーデンズの家は売りに出していただきたいの。いい値がつくと思うわ。あのあたりはかなり高級な地区ですから。家が売れて、ジェーンおばの遺産が検認されたら、ヘンシャル兄弟に借りているお金を返します」

チャーチワードはうっかり踏んづけられた猫のようなもの悲しい声をあげた。眼鏡をはずしてあたふたとレンズを磨く。鼻についた眼鏡の跡が、真っ青な顔の中で赤く鮮やかに見えた。彼は声まで青ざめているようだった。

「結婚はどうするんです？」

「すぐにおしまいにしますわ、もちろん」イザベラは意を決するようにレティキュールの口を閉じた。「便宜的に、結婚しただけですもの。ミスター・エリスは当分フリートから出られないそうよ」

さまざまな異論や反論の言葉がチャーチワードの

脳裏をよぎった。法律に疎い人間のご多分にもれず、結婚の解消は比較的簡単にできるとイザベラ公妃も考えているにちがいない。床入りしていなければそれだけで婚姻取り消しの充分な理由となるというのは間違いであるにもかかわらず、大半の人がそう思い込んでいる。彼はどう説明しようかと考えをめぐらせはじめたが、妃殿下が固く決意していることを示す顎を見て、いまは何も言うまいと思った。結局、何を言っても手遅れだ。時節を伺うというのも、高貴な依頼人とつき合うこつの一つだ。結婚の誓いの文句のとおり〝どんな運命が待っていようとも末永く〟結婚することになるかもしれませんよ、といまほのめかすのはまずい。

チャーチワードは大きくて実用的なハンカチーフで額を拭《ぬぐ》った。

「話はこれだけです、ミスター・チャーチワード」イザベラが最後にもう一度にっこりとほほえみかけた。「数週間後にはロンドンを離れてソルタートンの屋敷へ向かいますけれど、その前にあなたをお茶にお招きできたらうれしいわ」

「ソルタートン……もちろん相続される財産についてお話ししておくことがまだありますので……」チャーチワードはもぐもぐと口の中で言った。彼の頭の中ではまたしてもさまざまな異議の声が響いていた。差し迫った問題を優先せざるをえなかったせいで、彼女がおばのレディ・ジェーン・サザンから受け継ぐ遺産についてはまだ詳しい話をしていなかった。ソルタートン・ホールの相続とそれに伴う負担について、妃殿下はどこまで知っているのだろうか。

チャーチワードはふたたび額を拭った。難題が控えていることをここで告げるべきなのか？　ソルタートンの地所にある別邸の借家人との関係が非常に注意を要するものであることを、説明すべきだろうか？　彼は迷った。やめたほうがいい。彼女はすでにソルタートンへ発《た》つ気になっている。いま足を引っ張りたくない。

「来週、お目にかかるというのではいかがでしょう」彼は提案した。「私もそのほうが好都合です。相続される地所について詳細をお知らせするのに」

イザベラはうなずいた。

「ありがとう、ミスター・チャーチワード。火曜でいいかしら?」

彼女はすでにチャーチワードの部屋を出ようとしていた。あとにはただほのかな甘い香水の香りがゆらめき、イザベラが事務所の職員に陽気にさよならを告げる声が聞こえた。階段を下りていく足音が、まるで厄介な足枷《あしかせ》から自由になったとでもいうように速さを増す。彼は皮肉っぽい笑みを浮かべた。通りに出るころにはかけだしているだろう。

チャーチワードは結婚証明書と、約束手形とも言うべき手紙にじっくり目を通した。これでもう三度目だった。彼の手が使い古された書類入れの引き出しにそっと伸びた。そこには非常事態に備えてシェリー酒のボトルが隠してある。これが非常事態でなくてなんだろう。チャーチワードは手を止め、考えた。だが、ヘンシャル兄弟の件を先に片づけたほうがいい。金貸しの中でもひどく冷酷なあの連中に、イザベラ公妃から借金を回収するのが当面難しくなったことを——つまり、フリートにいるらしいその不運なろくでなしには支払い能力がないことを伝えるのは楽しい仕事ではないが。彼は帽子を手に取り、結婚証明書を折りたたんでベストのポケットに入れた。苦労の多い仕事のわりにはそれに見合うだけの充分な報酬を得ていないと感じることがある。とはいえ、イザベラ・ディ・カシリス公妃のためなら私はなんだってするつもりだ。

一時間後、ミスター・チャーチワードはよろめくように階段を上って事務所に戻った。出かけたとき青ざめていた顔は、いまや死人のような灰色だった。彼はまっすぐ書類入れに向かい、シェリー酒を取りだすと、ボトルに口をつけて飲んでしまいたい誘惑に屈すまいとした。手がひどく震え、ボトルの首がグラスに当たってかたかたと鳴った。椅子にへなへなと身を沈めて心の底からため息をつき、グラスを持ちあげ、自分を生き返らせるその液体を水でも飲むようにごくごく流し込む。

チャーチワードが仰天したことに、ヘンシャル兄弟は大喜びで彼を出迎えた。聞けばほんの一時間前にある紳士がやってきて、イザベラ・ディ・カシリス公妃の借金を全額、しかも現金で返済していったというのだ。チャーチワードは握手攻めに遭った。

シェリー酒の温《ぬく》もりが体にじんわりと広がり、彼は椅子の背にもたれて、わからないなりにも事態を理解しようとした。イザベラ公妃の話では、新しい夫は監獄から当分出られないはずだ。だが金貸しのところへ行ってみると、その夫は自由の身になったばかりか、すでに妃殿下の借金返済をすませていた。

イザベラはなぜ夫の正体を私に打ち明けてはくれなかったのか。

上流社会でも指折りの大金持ちマーカス・ストックヘイヴンは、フリート監獄でいったい何をしていたのだろう。

そして、私の顧客の中でも非常に高貴な依頼人であるあの二人は、いったい何をしようというのか。便宜上の結婚としか思えない結婚をして、さらにまたこの私に婚姻取り消しの調停をさせようとは！

「まいった、まいった」ミスター・チャーチワードは嘆きつつ、シェリー酒をグラスに注《つ》いでボトルを空にした。三杯目に手を出すのはいままで一度もなかったが、この動揺を静めるにはやけ酒しかない。

「私の姿をどう思う？」

マーカス・ストックヘイヴンは小首を傾《かし》げ、幅広《クラ》のネクタイ《バット》の具合を確かめようと、応接間のマントルピースの上の鏡に映した。

「暗い地下室で三カ月かかって自分でクラバットを結んだ男のようだよ」友人のアリステア・キャントレルは容赦なかった。

マーカスは歯を見せてにやりとした。「そんなにひどいか？」鏡の中の自分をつくづくと眺め、顎を黒く覆っている無精ひげを手でこする。「必要なのは理髪師だな」

「それだけじゃない」アリステアがあたりを見まわした。「君の側仕《そばづか》えは？」

「留守のあいだ召使い全員に休暇を取らせたんだ」マーカスは言った。「だから、君もいまそうやって、自分でブランデーを注いでいるわけだよ」

アリステアはそのひょろりとした体を折るようにして暖炉のそばの肘掛け椅子に座った。ストックヘイヴン邸はロンドンにある屋敷としては小さいほうで、全体に地味な感じだ。代々のストックヘイヴン伯爵たちは富や家柄を俗っぽくひけらかす必要はないと考えていたらしく、マーカスも例外ではなかった。とはいえ、こういう屋敷は使用人がいないと切り盛りできないものだ。もう六月だというのに今夜はじめじめして肌寒かった。それなのに、暖炉に火は燃えていない。桜材の家具には埃が積もり、誰にもかまってもらえない家という雰囲気が漂っていた。

「それで」手の中のグラスをじっと見つめていたアリステアが、彼に目を向けて言った。「計画変更の理由は？」

マーカスは肩をすくめた。「仕事はほぼ終わったんだよ。それに、周囲が僕を妙な目で見はじめたので、これはまずいと思ってね」マーカスはブランデーをひと口飲んで顔をしかめ、グラスを置いた。「僕がフリートにいたあいだに、誰かが僕の酒を売り飛ばして茶の飲み残しとでもすり替えたのか、それとも僕の舌がブランデーをうまいと思わなくなったのだろうか」

アリステアが楽しそうな顔をした。「このブランデーの味はすばらしいぞ、マーカス」

「ならば、監獄の生ごみのような食べ物のせいで味覚がだめになったのにちがいない」マーカスはため息をついた。「そうだろうと思った。やけっぱちにでもならないと、あんな残飯みたいなまずいものは口に入れられない」

アリステアがにやりと笑った。「まるで、われわれが通ったハロー校みたいだな。ところで望みのものは見つかったのか？」ブランデーのグラスを持ったまま身ぶり手振りを交えて彼がきいた。「ウォリックを、犯人どもを発見したのか？　こちらの好奇心はもうはちきれそうだよ。全部話してくれ」

マーカスは火のない暖炉のほうへ長い両脚を伸ばした。心が寒い。冷たくがらんとしているのは屋敷だけではなかった。フリートで三カ月過ごせたのも、一つには彼の不在に気づく者が誰一人いないからだ。妻を亡くしたのち、この数年はよく長旅に出ていたから、数カ月つづけて留守にしても誰も少しも驚かない。そんな状態だったから、彼の使用人になればロンドンで非常に長い休暇を過ごせるとあって、仕事の口を熱心に求めてやってくる者も多かった。

フリート監獄から釈放されて今日で三日、ストックヘイヴン邸はかつてない空《むな》しさに包まれていた。おかしな話だ。以前は一人暮らしに戸惑いを覚えたことなど一度もなかったのに、いまはなんだかわからないが、何か足りない気がする。屋敷が使用人でいっぱいになれば解決するとも思えない。

「犯罪者仲間に新人を補充するなら、フリート監獄はもってこいの場所だとわかったよ」アリステアの質問にマーカスは答えた。「借金で投獄された者たちは自由の身になりたくて必死だ。監獄から出してもらえるならなんでも引き受けるだろう」

アリステアが口笛を吹くように唇をすぼめた。

「君の思ったとおりだったな。だが、鍛え抜かれた常習犯どもを引き抜くには、フリートよりニューゲイトのほうがいいだろうに」

マーカスはかぶりを振った。「次の日に絞首刑になるかもしれない男を引き抜いてどうする？　借金でフリートに投獄された連中は罪人といってもましなほうだ。中には罪人とは呼べないような者もいるだろう。金がなくて半狂乱の連中を監獄から出してやれば、彼らを死ぬまで顎で使える」

「エドワード・ウォリックがやっているのはそういうことだと？」アリステアがきいた。

マーカスはうなずいた。数々の犯罪の首謀者ウォリックを追跡すること、それがフリートへ入ったそもそもの目的だった。「中心人物の一人であるのはたしかだよ」彼は言った。「三カ月間僕と同じ監房で過ごした男たちは、ウォリックという名に恐れおののくばかりで、やつに関してはろくに情報を教えてくれなかった。わかったのはウォリックが囚人の借金を肩代わりして、つまりその魂を買いあげて、自分の言いなりにすることだ」

アリステアはなるほどと言いたげに目を細めた。

「つまり、調べを進めるにあたって、君が変名を使ったのは賢明だったわけだな。フリートにいたあいだにその男には一度も会わなかったのか？」

「残念ながら。手下を集めに監獄をよく訪れるらしいがね。だが、ウォリックと会わなかったことは幸運だったんだろう」マーカスの唇に冷酷さが浮かんだ。「いずれ会う日に備えてこちらも準備を整えたい」

アリステアがうなずく。「それで、ソルタートンの火事について何か耳よりな情報は？　たしかにウオリックと関係があるのか？」

「ああ、あるとも」マーカスは言った。だがその視線は冷たく埃っぽい部屋の中を離れて、心の内を漂いはじめた。思いだしたくもない半年前のソルタートンのあの冬の夜。亡き妻の母レディ・ジェーン・サザンが亡くなったという知らせに、彼はソルタートン・ホールへかけつけ、邸内の秩序を取り戻して召使いたちの心を慰めようと奮闘した。召使いの多くはサザン家に長年仕えてきた者たちだった。マーカスは悲しみに打ちひしがれ、へとへとに疲れ果てて、同じ地所に立つ自分の家へ真夜中近くに戻った。ただ眠りにつきたいと願っていたのだが、亡き妻の部屋で盗みを働いている少年にでくわした。少年は逃げようとした拍子にランプをひっくり返した。火はものの数秒でタペストリーやカーテンに燃え移り、少年の服にも広がった。少年は、脱出しようと命懸けで窓から飛び下りた。

悪夢のような戦慄《せんりつ》の一夜だった。

火災は恐ろしい。マーカスは戦艦がものすごい勢いで火に包まれるのを一度ならず見たことがあった。いまでも兵器庫の爆発音が耳に残り、海面を走る衝撃波が体によみがえる。ソルタートンの彼の家の二階を焼き尽くした火事の規模はそれよりずっと小さかったものの、破壊的であることに変わりはなかった。窓下の砂利の上に小さく丸まって倒れた少年の姿がいまでも目に浮かんだ。まだ十一歳ぐらいで、犯罪者と呼ぶにはあまりに哀れだった。マーカスは様子を見に行った。死んだのだろうか。だが少年は生きていて、目を開けたまま呪文《じゅもん》のように〝ウォリック〟という名をくり返していた。マーカスが優しく問いかけると少年はつぶやいた。〝捜し物を見つけるようミスター・ウォリックに言われたんだ。それはミスター・ウォリックのものだから、そうする権利があるって〟そう答えると意識を失った。

マーカスはソルタートン・ホールに残っていた医者を呼んで少年の手当てをさせ、治療費を支払った。なぜか、怪我《けが》の責任が自分にあるような気がしたのだ。少年はソルタートン村の住人の息子で、村人たちは彼を家へ連れ帰って看病した。そして、誰もが目に戸惑いを浮かべてこう言った。善良なエドワードがどこで道を誤ったのか理解しかねます、と。治安官は反対したが、マーカスは少年を告訴しなかった。だが数週間後、少年がまだ怪我から回復もしていないのに、その衰弱しきった体で家出したと聞かされた。両親はますます肩身が狭くなり、事件の前までは村の中でも尊敬を集め、確固とした地位を築いていたのが嘘《うそ》のように見る影もなくなった。エドワードの父ジョン・チャニングはそれまでどおり靴屋の仕事をつづけたが、いつもむっつりとして笑わなくなった。洗濯を内職仕事にしている妻のメアリー・チャニングも隣人たちの噂《うわさ》話には顔をそむけるようになった。マーカスが二人を訪ねていったときも、彼の存在は慰めではなく苦しみであることがすぐにわかった。マーカスを前にすれば、自分の息子がチャニングの名にもたらした不名誉を思いださずにいられないのだろう。

その姿を見てマーカスは、エドワード・チャニングに道を誤らせた原因がなんなのか、突きとめようと決意した。エドワードを操ってマーカスの家を物色させ、火事を引き起こした謎《なぞ》の人形遣いはいったい誰なのか、そして少年は何を捜していたのか。

謎はまだあった。レディ・ジェーン・サザンが亡くなった晩、彼女はある訪問者と屋敷で会っていたという。だがその男が屋敷を去るのを見た者はおらず、彼女が死んだ直後はみんな男のことを思いだす余裕もなかった。しかしマーカスは、その男の登場がレディ・ジェーンの死と火災に何か関係があるという妙な確信に取りつかれていた。

〝捜し物を見つけるようミスター・ウォリックに言われたんだ。それはミスター・ウォリックのものだから、そうする権利があるって……〟

マーカスには〝ミスター・ウォリックのもの〟というのは心当たりがなく、そこでウォリックという名前だけを手がかりに慎重に調査を進め、できるだけ注意を引かないよう、表立って尋ねまわるのは避けた。

やがて内務大臣のシドマス卿《きょう》に接触する機会を得たマーカスは、そこでフリート監獄に入り込む糸口をつかんだ。シドマス卿はウォリックの悪行に非常な関心を寄せていた。ゆえに、ウォリックが犯罪組織の親玉で、フリートの囚人たちの中から手下を引き抜いているという話をマーカスに聞かせ、彼が獄中で調査をつづけることを黙認したのだ。

アリステアは辛抱強く、思慮深いまなざしをマーカスの顔に向けていた。内務大臣以外にウォリック捜索の件を承知しているのは、この友人のアリステアだけだ。

「怪しまれないためには、非常に用心深く動かなくてはならなかった」マーカスはようやく答えた。「囚人仲間に、ソルタートンの大きな家が火事で焼けて、こそ泥にはいい収穫があったらしいな、とぼつりと言ってみたら、数人が相槌《あいづち》を打った。目当てのお宝が見つからなかったとウォリックも言っていたよ、とね」

「お宝だって？」アリステアが眉をひそめる。

「連中がお宝と言ったんだよ」

「金か、あるいは宝石か……」

「それとも情報か」

アリステアは額をこすった。「君の家にありながら、君が関知していない何かの情報か？」

「おそらく」マーカスは言った。「あるいは、レディ・ジェーンが持っていた情報かもしれない。興味をそそられるだろう？」空になったグラスを指の中でまわす。「ウォリックが何を手に入れたがっているのか、それにウォリックがどういう人物なのか、それについての調査は進んでいないよ。犯罪者仲間の人数同様、使っている偽名や仮面の数も多いんだ。やつが非常に恐れられ、守られた存在である以上、さらなる情報が手に入るかどうかはわからない」

「つまりフリートでは、めぼしい発見はなかったわけだ」アリステアが思案顔で言う。「それで、君はこれからどうする？」

「二つの選択肢がある」マーカスは言った。いま、やたらに動かないほうがいいのはわかっていた。「ウォリックの商売に関してロンドンでもう少し調査を行い、それでも新しい情報が出なければ、ソルタートンへ戻るとしよう。すべてが始まった場所で何か発見があるかもしれない。家の修復はほぼ完了だ。進捗《しんちょく》状況を見に行くのもいいだろう」

「レディ・ジェーンが世を去った以上、君の家主も変わるはずだ」アリステアが考えをめぐらせるように言った。「彼女は自分の地所を誰に遺したのだろう？ いちばん近い男の親族はフレディ・スタンディッシュだと思うが？」

「そうだが、彼は相続しない。レディ・ジェーンはソルタートン・ホールを遺すにあたって限嗣相続の形を取らなかったんだ」マーカスはそこで言葉を切った。ソルタートンの彼の家はソルタートン・ホールの地所に立つ別邸のようなもので、その賃借権は彼がイザベラのいとこのインディア・サザンと結婚したときに彼に与えられた。屋敷はいくつも持っていたが、ソルタートン・ホールに家を借りておけば、インディアがソルタートン・ホールの両親を訪ねる際にも都合がよかったのだ。レディ・ジェーンはマーカスを好いており、インディアの死後も賃借権を取りあげようとはしなかった。そして、回数こそ減ったものの、彼もたまにはソルタートンを訪れた。そんなある日、自分が死んだらソルタートン・ホールはイザベラが相続することになるのよとレディ・ジェーンが打ち明けた。マーカスはすでに知っていたが、それを口にはしなかった。そしてレディ・ジェーンの遺言書の内容が初めて明らかになったときには、彼女と娘のインディアのあいだに溝ができてしまった。

〝お母様は昔から、私よりイザベラに目をかけていたのよ！〟インディアらしからぬ激しい口調で彼女が怒りをぶちまけたことがあった。〝私はあなたと結婚しているのだから、ソルタートンは必要ない。だけどイザベラは昔から私よりもはるかにソルタートンを愛していたとお母様は言ったの！〟インディアの顔が苦悩にゆがんだ。〝いとこのイザベラはお母様に手紙を送っては、心配と関心を寄せるふりをしたのよ。心にもないことを書いて。彼女はあの胸のむかつきそうなお年寄りとお金目当てで結婚したと思ったら、今度は私から相続権を奪ったのよ。お母様が私にこんな仕打ちをするなんて信じられないわ！〟

マーカスは彼女をなだめようとしたが、インディアの怒りはいっこうに冷めず、それ以来、母と娘のあいだにはぴりぴりした空気が流れた。インディアが先立ってしまったため、ソルタートンの相続問題はもはや空論でしかないが、母といとこに裏切られたというインディアの苦い思いをマーカスはけっして忘れなかった。これもまた、イザベラの強欲さを示すいい例だろう。

女相続人、そして自分の女家主となった新妻を思い、マーカスの唇に冷笑が浮かんだ。イザベラはなんと言った？　借金の問題は一時的なもので、この便宜的な結婚は彼女が自分の屋敷を売り、相続をすませるまでのことだと、そう言わなかったか？　少なくとも、アーネストの遺産からいくらかは金が入ると踏んでいるのにちがいない。あのとき僕はそう思ったが、実はあてにしているのはジェーン・サザンの遺産ではないのだろうか。一族を結びつける過去からの鎖が、またしても二人を縛りつけようとは。

「フレディ・スタンディッシュには金が必要だ」アリステアがマーカスの思考に割り込んできた。「相続権を失うのはおもしろくないだろう。自分の給料と、ミス・スタンディッシュがもらう乏しい手当で食いつないでいると聞いている。やつはかなりいい加減な男だ」

マーカスからフレディ――つまりスタンディッシュ卿に言うべきことはあまりなかった。インディアとの結婚で、たまたま義理のいとこになっただけで、つき合いはあまりなかった。一度、フレディが自分を嫌っていると感じたことがあった。なぜなのだろうかといぶかったが、フレディのほうも何も言わなかったからますますわだかまりは深まり、それでマーカスも好きにしてくれと肩をすくめて、彼とはかかわらないようにしてきた。

しかし、イザベラの妹のペネロペのことは悪く思っていなかった。恐ろしいほどの才女で、ロンドンの高級とは言えない地区の小さな家で、兄のフレディと共同生活を送るという不運に耐えている。だがペネロペ・スタンディッシュが社交界に顔を出すことはないので、彼女のことをマーカスはよくは知らなかった。

「スタンディッシュはソルタートンで暮らそうとは考えないだろう」マーカスは言った。「ロンドンこそ彼の住処《すみか》だ」

「住まなくても屋敷を売るという手もある」アリステアが指摘した。

「それも、レディ・ジェーンが彼ではないほかの者に屋敷を遺した理由の一つにちがいない」マーカスは言った。「屋敷を愛してくれるだろう一族の手に、それが渡ることを望んだんだ」

アリステアがいぶかしげな表情になった。「君にではなく？　あのレディは君にひどく惚《ほ》れ込んでいたが」

「いや」マーカスは小さく首を横に振った。「僕にではないよ」

「では誰に遺したんだ？」

「相続人となったのはイザベラ・ディ・カシリス公妃らしい」

アリステアが口笛を吹くように唇をすぼめ、目を輝かせた。「妃殿下の借金について調べろと僕に言ったのはそういうわけか！　彼女がロンドンに戻ってきた話は耳にしていた。どの新聞もそのニュースでもちきりだ」

マーカスはためらっていた。イザベラの負債に関する情報を入手してほしいとアリステアに依頼しながら、そのいちばんの旧友に結婚の事実をまだ打ち明けていなかったのだ。アリステアは十二年前のあの不幸な結婚式で花婿の付き添いを務めた男だ。自分がイザベラと結婚したと知ったら腰を抜かすだろう。いや、それどころではない。マーカス・ストックヘイヴンは気がふれたと思うだろう。それに、自分としても、結婚の動機がまぎれもない冷酷な復《ふく》讐《しゅう》であると認めるのは下劣という気がしてならない。これは男が他人に告白すべき事柄ではないが、旧友の耳にいつ入ってもおかしくない事実でもある。結婚のニュースはたちまちロンドンじゅうに知れわたるだろう。

「妃殿下の財政状態に関心を持った理由がもう一つある」マーカスはゆっくりと言った。「火曜に彼女と結婚したんだ」

アリステアが目を丸くしてから瞬《まばた》きをした。ブランデーのボトルを見てから、またマーカスに視線を戻す。そして、〝妃殿下、結婚〟と声に出さずにつぶやいた。マーカスはにやりとした。

「やっぱりこのブランデーに何か入っていたとしか思えないな、マーカス」少したってアリステアが言った。「でなければ、僕の頭がいかれたのか。イザベラ公妃と結婚した、と君は言った。そう聞こえた」

「聞き間違いではない」マーカスはかすかにほほえんだ。「少々急な知らせだとはわかっている」

「それに意外だよ」アリステアが眉をひそめた。「ソルタートン・ホールを手に入れるためならその女相続人と結婚するのもいとわないほど、君があの屋敷に愛着を感じていたとはね。屋敷を買いとりたいとレディ・ジェーンに申しでればよかったんじゃないのか？　それじゃ簡単すぎてつまらないのか？」

「そういう話ではないんだ」マーカスは残念そうに言った。

「フリートであっという間の求婚、そうだろう？」アリステアが皮肉めいた口調で言った。「ああ、これぞ純愛！」ゆったりした肘掛け椅子の背に深くもたれ、観念した表情を浮かべる。「ちくしょう、マーカス、人を驚かせるにもほどがあるぞ」

マーカスはため息をついた。「とりたてて話すようなこともないんだよ。出会い、結婚した。そしてこれから花嫁を迎えに行く」

「ごもっとも」アリステアはそっけなく言い、もぞもぞと体を動かしてから額をこすった。「フリートで結婚するのは五十年近く前に非合法となった。それは君も承知していると思うが？」

「承知している」

マーカスは立ちあがり、上着の袖《そで》の埃を払った。古い夜会服は少してかてかと光っているが、社交界に顔を出すならあまり恥ずかしくない格好で出ていきたい。イザベラを迎えに行くなら最高に魅力的にやってのけたい。そう思ったが、いくら埃を払ってもその姿は変わりばえしなかった。明日は床屋だけでなく仕立屋にも行ったほうがよさそうだ。

「しかし、この結婚は非合法ではない」マーカスはつづけた。「しかるべき司祭に式を挙げてもらい、結婚許可証も与えられている。証明書には署名も証印も添えられているんだよ。イザベラ公妃に手抜かりはないだろう。彼女は、結婚を無効にするわけにはいかないからな」

アリステアがうなずく。「もちろん。借金があるからな」

「まさしくそのとおりだ」

アリステアは唇をへの字に曲げ、強い不満をあらわにした。

「マーカス、君か僕のどちらかの頭がおかしいのだと思うが、それがどちらなのか僕には定かではない。結婚などよく承諾したものだな。君と妃殿下にあんな過去がありながら」彼はマーカスの袖をつまみ、無理やり座らせた。「上着を気にしてやきもきするのはよせよ、マーカス。何をしてもそれ以上ましにはならないよ。そんなことはいいから事情を説明してくれ」

マーカスはため息とともに椅子の背にもたれた。

「これは便宜的な結婚だ。債権者を寄せつけないためにイザベラ公妃は夫を必要としていて、以前いっとき知り合いだった僕の力を借りようとやってきたんだ。それで……」彼は言葉につまった。「こちらとしても折れるしかなかった」

アリステアの目が細くなった。「おかしな話があったものだな、マーカス！　以前いっとき知り合いだった、だって？　なるほどな！」

「たしかに妙な話に聞こえるだろう」マーカスは言った。前に身を乗りだすと、上着の両肩が引っ張られて窮屈に感じた。「ふむ。新しい衣装をそろえないと――」

「新妻のお供をするならば、な」アリステアは言った。「だが納得できないよ、マーカス。君がフリートに一時滞在するのを知っていたのは僕だけだと思っていたが。イザベラ公妃はどうやって君を見つけたんだ？」

「幸運にも、偶然に」マーカスは少しいかめしい口調になった。「言ったように、彼女は借金で投獄された男を必要としていて、僕がその条件にぴったりだった」

「よく言うぞ！　君が自分の意思でフリートに入ったのを彼女は知っているのか？」

「まだだ」マーカスは言った。「今夜、彼女を驚かす材料はたくさん用意してある。僕に再会して彼女が喜ぶとは思えないが、それもしかたがないさ」

アリステアはマーカスをじっと見た。「結婚は幸せな出来事だとばかり思っていたが、君は自分の花嫁に夢中というわけでもなさそうだ。さらに言うなら、こういうやり方はまるで君らしくない」

マーカスは落ち着きを失い、そしていらいらしはじめた。いや、これはむしろ僕らしい。

「それどころか、非常に僕らしいさ。上流社会のしきたりにはうんざり――」

「だから自分でフリートに入る手筈《てはず》を整え、ついでにいかがわしい妃殿下と結婚した、と？」アリステアが割り込んで言った。

「そのとおりだ」彼はちょっと間を置いた。「だが、結婚のことは当分秘密にしておきたい。黙っていてくれたら恩に着るよ、アリステア」

「なぜだ？」旧友がぶっきらぼうに尋ねる。「つまり、なぜ秘密なんだ？　秘密の片棒をなぜ僕が担がなければならないかきいているんじゃない。君がそう望むなら、力を貸すのは言うまでもないからな」

「理由はいろいろある」マーカスは答えた。「まず、僕が監獄から出たことに妻は気づいていないし、われわれの結婚が世間に知れる前に彼女とその件について話をしたい。それから……」彼はどう言おうかと迷った。「そう、すでに話したように、これは便宜上の結婚だ。長くはもたない可能性がある」

アリステアが首を振りながら言った。「常軌を逸しているな。聞けば聞くほど、ひどい話だ。自分が何をしているかわかっているんだろうな、マーカス」

「それはどうかな」マーカスは認めた。「だが、とりあえずは秘密を守ってくれないか？」

「葬儀屋の小僧のように無口になると約束しよう」アリステアは首を横に振った。「ああ、年配の貴婦人たちがどんな顔をするか見ものだな。また一人、伯爵が結婚市場を離れたと知ったら！　しかもあんな醜聞にまみれたレディにつかまったと……」彼は口を閉じた。一瞬、気まずい沈黙が流れた。マーカスの寒々とした視線と、アリステアの哀れみのまなざしがぶつかり合った。

「まったくだ」マーカスは言った。

「悪かった」アリステアが詫《わ》びた。「自分の妻を悪く言われたくはないだろう」

マーカスはむっとして唇を引き結んだ。アリステアの言葉を聞いた瞬間、落雷に打たれたように怒りが体を突き抜けたのだ。哀れなものだ。イザベラのことにちょっと触れられただけでこのざまとは……。これほどの激しい所有欲は感じたことがない。イザベラ・ディ・カシリスは当然僕のものだ。僕のものではあるが、それが名実ともに真実となるまで、過去の記憶が帳消しになるまで、心は静まらないだろう。

マーカスはポケットに入れた両手を握りしめ、またゆっくりと力を緩めた。

「これは便宜的な結婚だよ、アリステア」怒りを悟られないよう、マーカスは必死で無頓着《むとんちゃく》を装った。

「そして、いまのところその恩恵を被るのは妃殿下だけのようだな」アリステアが指摘した。「おせっかいと思われるのもなんだが、君にはどんな得があるんだ？」

マーカスは彼とまっすぐ目を合わせた。「清算したいんだ。彼女は僕に借りがある」

アリステアが首を振りながら言った。「復讐ほど苦々しく空しいものはないぞ、マーカス。忘れろ」

「僕のためではないさ」マーカスは反論したが、その言葉がまったくの嘘ではないにしろ、嘘もいくらかはまじっていた。「イザベラ公妃はインディアと母親の仲を引き裂き、その傷はけっして癒《い》えなかった」

「君はインディアにすまないことをしたと感じている」アリステアが重苦しい声で言った。「だから、君をやましさへとかりたてたイザベラ公妃に罰を受けてもらおうというわけか」

マーカスの中で怒りがわきあがった。「僕にそんな口をきいて、ただですむ男はそういないぞ」

「君に真実を告げる度胸のある男もそういないだろうさ」

部屋に張りつめていた空気がいくらか緩んだ。マーカスが短く笑い声をあげた。「地獄へ堕《お》としてやるぞ、アリステア」

「どうぞ、どうぞ」アリステアが答えた。

沈黙が流れた。

「やましさは感じているさ」一瞬置いてマーカスは白状した。「インディアと僕は離れて生活していた。彼女のそばにいてやれなかったからな」

「そばにいたとしても彼女は亡くなっただろう、マーカス。あれは君の責任ではない」

マーカスは落ち着きを失い、じっと座っていられなくなった。「僕があのときストックへイヴンではなく、このロンドンにいたなら……」

アリステアは首を横に振った。「マーカス、彼女は馬車の前に飛びだしたんだ。あれは事故だった」

マーカスは何も答えなかった。自分を無力感に陥らせるこのやましさと後悔の気持ちを抱かずに亡くなった妻を思いだせる日など、くるのだろうか。

「今夜イザベラ公妃がどこに現れる予定か、君は知らないか？」マーカスはしばらくして言った。

アリステアがいぶかしげに彼を見た。「おい、僕は君の社交を管理する個人秘書か？　彼女は君の妻だぞ。そういうことを夫が知らないでどうする」

マーカスはため息をついた。「これはまいったな。それで？」

アリステアもため息をついた。「彼女はフォーダイス公爵夫人の舞踏会に出るよ。非常に高貴な老夫人だが、舞踏会に王族を迎えるほどではない」

「評判を汚された外国の王族だったら？」

「いつだって歓迎だ。公爵夫人の招待客たちに話題を提供できる」

「ふむ」マーカスは胸がむかついた。まるで見せ物を見るように、人々はあんぐり口を開けてイザベラを見るのだろう。それを気にかける必要などないのもわかっているが、やはり気になる。自分がこんな気持ちになるのは歓迎できないが。「招待状を持っているのか？」マーカスはきいた。

アリステアの表情が苦々しいものに変わった。「フォーダイス公爵夫人の催しに次男坊は招待されないのさ、マーカス」しかめっ面で言う。「今夜われわれは〈ホワイツ〉へ出かけるんじゃなかったのか？」

マーカスは首を横に振った。「計画変更だ。社交界へ急に顔を出してみたくなったんでね。公爵夫人は旅回りの伯爵を歓迎してくれるだろうか。たとえ長男だとしても?」

「その伯爵が裕福で尊敬すべき人物なら、両手を広げて大歓迎するだろう」アリステアがそっけなく答えた。「君を歓迎するかはわからないがね、マーカス。君は少々いかがわしい」

マーカスは憤慨した顔をした。「そんなことはない!」

「いやまあ、少なくとも君は……」アリステアは形容する言葉を宙からつかみとろうとでもするように手を振りまわした。「奇人で、風変わりだ。君はふつうの伯爵たちと違う。おかしなものに関心を持っている」

「おかしいものか!」

アリステアはテーブルの本を手に取り、ランプの光のほうへ傾けた。『『軍艦構造学理論』か』書名を声に出して読む。「僕の言い分は以上だよ」

マーカスは肩をすくめた。「新しいフリゲート艦の設計を海軍省から請け負っているんだ。海軍省は米国海軍の例の快速船に苦しめられていて、その船に対抗したいと願っている」

アリステアが笑い声をあげた。「それが価値ある計画であるにせよ、それを聞いて、フォーダイス公爵夫人が君は型破りの伯爵ではないと納得するだろうか?」

「まあ、公爵夫人が僕を招待してくれないなら自ら招待されに行くしかないな」マーカスは言った。「公爵夫人も、まさか僕をドアからほうりだしはしないだろう」

アリステアは批判的に両方の眉を上げた。「その格好で上流階級の舞踏会へ行くのか?」

「もちろん」マーカスは立ちあがった。「僕はイタリアから戻ったばかりだということにしよう。大陸の人たちは服装にこだわらないからな」

「彼らだって相当ひどい格好をしないと、いまの君のようにはなれないよ」アリステアがにやりと笑った。「しかし運がよければ、舞踏会はいちばんにぎやかなころで、誰もわれわれに気づかないさ」

「とんでもない」マーカスは言った。「僕は堂々と登場するつもりさ」

「なんのために？」

マーカスの目がきらりと光った。「もちろん、妻を面食らわせるためだ。愉快だろうよ」

マーカスは立ちあがった。

「葬儀屋のように無口に、だったな？」友人を見て言う。「まさにぴったりだ。イザベラ公妃にとって、僕の登場はすべての計画を弔う葬式のようなものだ」マーカスはアリステアの背中をぽんと叩《たた》いた。「さあ時間がもったいない。一刻も早く花嫁を迎えに行こう」

5

「ストックヘイヴンがあなたのことを尋ねていましたよ、ミスター・ウォリック」

ウィグモア・ストリートに面した最上階の部屋は暑苦しかった。高級流行婦人服の看板を表向き掲げる階下の店は夜になれば閉めるものの、その奥で営まれる高級売春宿はこれからが稼ぎどきだった。

ロンドンの家々の屋根を染めるまぶしいオレンジ色の夕焼けが薄れゆく中、部屋は汚れた窓ガラスのせいで新鮮な空気や活気から遮断されていた。青蠅《あおばえ》が一匹、哀れにも出口を探してガラスの前をぶんぶん飛んでいる。数本のろうそくがしゅっと小さく音をたてた。机に向かう男は書き物をしていて、手をえもせず、顔も上げなかった。

「どこで?」とても静かな声。これこそ、みんながエドワード・ウォリックを恐れる理由の一つでもあった。穏やかな表の顔とは対照的に、激しい悪意をしのばせているからだ。

「フリートの中です」

「それは知っている」ウォリックが顔を上げ、唇にうっすら笑みを浮かべた。「彼を気の毒に思うほどだ。あの地獄で三カ月も暮らして、骨折り損のくたびれもうけとはな」顔つきが鋭くなり、石版色の灰色の目が細くなる。「誰も口を滑らせなかったと考えていいのか?」

「もちろんです」机の前に立ったまま、男は答えた。座っていいとは言われていないのだ。「そんなことは誰もしません」

ウォリックが立ちあがった。背は高くない。けっして強さを感じさせないその風采《ふうさい》にごまかされ、中には彼をみくびる者もいるだろう。色白で、体つきは華奢《きゃしゃ》で、ぼんやりした外見の彼を、はっきり思いだせる者などいるだろうか。それはウォリックにとってはまことに好都合だった。

「ではなぜここへ来た、ピアース?」ウォリックの声に今度は明らかに威嚇がにじんだ。「私がすでに知っていることを聞かせる気ではないだろうな。私の時間を無駄にしないでくれ」

ピアースはおろおろしはじめた。「はい、しません。実は、ストックヘイヴンが結婚しました。フリートで、三日前に。お知らせしたほうがいいかと思いまして」

ウォリックが動かなくなった。「結婚した? 相手は?」

ピアースは大きく息を吸った。「イザベラ・ディ・カシリス公妃です」

沈黙が流れた。何も起こらなかった。まるで聞こえなかったようにウォリックはじっとしている。それでもピアースはがたがた震えていた。

「たしかか?」ウォリックが今度はやけに優しい声できいた。

「はい。つまりストックヘイヴンは——」

「いまやソルタートン・ホールの所有者か。ああ、それはわかる」

ピアースは黙り込んだ。エドワード・ウォリックにこちらの推論を聞かせる必要はない。彼の頭は短剣のように切れ味がいいのだ。

「借金で火の車となったイザベラ公妃はソルタートンを売らざるをえなくなると思ったのに、実にいまいましい話だ」

「われわれが踏んでいた以上に彼女は借金に追いつめられ、一刻の猶予もなかったようです」ピアースは首を横に振った。「ヘンシャル兄弟は非常に用意周到な連中ですから」

ウォリックはため息をついた。さすがの彼でも、頭のまわらないときがある。

「都合の悪いことになった」

都合が悪いどころではないとピアースは思った。だが黙っていた。

ウォリックがふたたびため息をついた。「よし、この件は私にまかせろ。ストックヘイヴンを見張って、逐一報告してくれ」彼は机のいちばん上の引き出しを開け、小さな袋を取りだした。袋の中身がちゃりんと鳴った。ウォリックはそれを机に置くと、ピアースのほうへ押しやった。「よくやった」

安堵《あんど》のあまり、ピアースの体から冷や汗が噴きだした。彼は額から滴を払った。「ありがとうございます」

ピアースは金を持って部屋を出た。新鮮な空気が階下の通路に渦を巻いて流れる。売春宿の開いた窓から女の金切り声や男の笑い声が聞こえてきた。こんなところでぐずぐずしてはいられない。こうして飲み代が手に入ったうえ、仕事も失わずにすんだ。そして、この命も。ピアースの前にこの仕事に就いていた男は、姿が見えなくなって六週間後にテムズ河で発見された。ミスター・ウォリックに逆らったら命の保証はない。

そのころ町の反対側のブランズウィック・ガーデンズでは、イザベラが『ジェントルメンズ・アシニアン・マーキュリー』の夕刊を読んでいた。彼女は自分の動向をやたら綿密に書きたてるその新聞が気に入らなかった。

〈美しいIDC公妃が帰国したというのにその姿になかなかお目にかかれず、社交界はがっかりしていることだろう。妃殿下が世捨て人となったというのは本当だろうか？　それとも、資金不足で上流社会の目を奪うような新しいドレスが用意できないだけなのか？　あるいは、気高い社交界の女主人たちが、あんな極楽鳥に自分の巣を引っかきまわされるのは許せないと考えているのだろうか？　たしかなのは、隠れているばかりでは妃殿下の要求をすべて満たせる裕福な紳士は見つからないということ……〉

イザベラはため息をついて新聞を置いた。この大衆紙はもう一週間連続で、ある高貴な女性の帰還を報じていた。遠まわしに表記されたIDC公妃が誰のことなのか、それはヨーロッパ一優秀な頭脳の持ち主でなくてもわかる。イザベラはまたため息をついた。彼女に関する情報を売っている者がいるという気がする。もちろん、記事の大半は憶測をつなぎ合わせたものだが、いったいどこで見ていたのかと不安になるほど、情報提供者は狙《ねら》った相手に――つまりイザベラに接近したことが一度や二度はあるはずだ。でなければ、たとえばブランズウィック・ガーデンズの屋敷売却の件や、風流には欠けるものの絢爛《けんらん》豪華なその佇《たたず》まいの正確な描写が記事になるはずがない。誰かに自分の生活をのぞかれていると思うと気が気ではなかった。

「ミス・ペネロペ・スタンディッシュがお見えになりました、妃殿下」

執事のよどみない声が彼女の思考に割り込んだ。ベルトンの態度は、まるで少々いかがわしい知らせでも告げるようだ。ベルトンが人を差別する執事だというのは、イザベラも最初からはっきりと感じていた。この屋敷で働くのは、自分の面目を失うとでも思っているのだろう。妃殿下は国王ジョージに仕えた魚屋の血を引く女で、その亡夫は評判の悪いヨーロッパの三流大公だ。なんといっても、ベルトンは英国でも指折りの、上流階級の名家にいくつも仕えてきた執事であり、この屋敷で働くのは彼にとって失墜でしかないにちがいない。

書斎に入ってきた若いレディも執事の口調に何かを感じたらしく、きらきらした笑顔を彼に向けた。その笑顔に逆らえず、執事が唇をぴくりとひきつらせて応《こた》えると、彼女は大笑いをした。

「こんばんは、ベルトン。ごりっぱな公爵夫人の到着を告げられたらいいのに、といつもあなたが思っている気がしてならないわ」

「マダム……」彼女を制するように執事が言った。「わたくしは優先順位をつける立場にはございませんので」

ふたたびペンことペネロペは姉のイザベラそっくりの、とろけるような笑顔を彼に向け、ついで前に進みでて姉にキスした。

「今夜はひどく悲しげね、妃殿下」彼女は言った。「一ギニーなくして一グロート拾ったみたいな顔をしているわ」

「お願いだから妃殿下なんてばかげた呼び方はしないで」イザベラが懇願するように言う。「ベルトンにも再三そう頼んだのだけど、ただマダムと呼ぶのは適切でないと言い張るのよ」

「私もそう思うわ」ペンは元気よく答え、おてんば娘さながらにソファにどさりと身を投げだした。

「せめて召使いたちに、ご主人様を正しく妃殿下と呼べる喜びを味わわせてあげるべきよ。妃殿下のもとで働くことが特別な名誉であるならばね。重要な地位にあるくせに、それを受け入れようとしない重要人物のレディなんて最悪でしょう」

「大いにくだらないわ」イザベラは言った。とはいえ、元気が出てきた。さっきまでは一人寂しくお茶を飲みながら新聞をぼんやり見つめていた。『ジェントルメンズ・アシニアン・マーキュリー』が真相を知ったらどう思うだろう？　私が昔の恋人に結婚をせがみ、フリート監獄で結婚式を挙げ、そしてできるだけ早く解消するつもりでいると知ったら？　新聞の編集者たちの耳に入れば、ゴシップ欄は火を噴いて燃えあがるはずだわ。

「疲れた顔をしているわ」ペンが案ずるように言う。

「眠れなかったの」イザベラはため息をついた。「だから気持ちが落ち着かなくて」

ゆうべ〝眠れなかった〟というのは正確な表現ではなかった。マーカスが登場する仰天するような官能的な夢からはっと目覚めるたび、めまいがして体が疼《うず》いて眠れなくなる、ということのくり返しで、彼を頭から追いだせなかったのだ。それで、つまらないラテン語の語形変化を思い浮かべて心を静めるはめになった。そんな夜が三日もつづき、いまではもや夢のことを考えるだけで、せっかく静めた心がまたもや落ち着かなくなるのだ。

「一緒にフォーダイス公爵夫人の夜会へ行かないの？」ペンが手袋をはずしながら尋ね、自分の薔薇《ばら》色のドレスを指さした。「たんすの肥やしだったこのたった一枚の夜会用ドレスを引っ張りだして着てきたのに、あなたが十二月の朝みたいな顔で座り込んでいるなんて」彼女の顔からおどけた表情が消えた。「ああ！　忘れていたわ。アーネストの借金のことで今週、ミスター・チャーチワードに会ったんでしょう？　かなりまずい状況？」

「かなりまずいなんてものじゃないの」イザベラは認めた。

ペンは舌打ちをした。「なのにあなたが荷造りをしていないのは驚きね。ミスター・チャーチワードから大陸へ戻るよう勧められなかったの？」

「それも提案されたけれど」イザベラはあたりさわりのないように答えた。便宜上の結婚についてペンに打ち明けるつもりはない。それは妹に動揺を与えたくないという優しい心からではなく、妹が聞けば賛成するはずもなく、おまけにびしびしと強い調子で反対意見を口にするからだ。それに証明書の文字が乾ききらないうちに結婚は解消されるのだから、ペンに何も知らせる必要はない。打ち明けられる相手がいたらいいとは思うが、胸の内を明かさないことにはもう長年慣れているし、それにマーカス・ストックへイヴンの名は口にしないほうが身のためだ。

「この屋敷は売ることになるでしょう」イザベラはつづけた。「べつに惜しくもないわ。アーネストの家だったんだし、例によって家具調度の趣味はひどいものよ」

ペンはけばけばしい金色の飾り物とどぎつい室内装飾を見まわした。「いかがわしい家にはぴったりでしょうね」彼女は認めた。「住むにはどうかと思うわ」

「ミスター・チャーチワードの考えでは、インド帰りの成金大富豪なら買うかもしれないと」イザベラは憂鬱《ゆううつ》そうに言った。「ここならくつろげる、といドアが開き、召使いがトレーにいれたてのお茶のポットと磁器のカップ、それとスコーンをいくつかのせて入ってきた。

ペンはお茶を注《つ》いだ。「夜のこの時間にスコーンを食べられるなんて！」うれしそうに言う。「舞踏会へ出かける前の腹ごしらえには最高ね」彼女はお茶に蜂蜜《はちみつ》を入れてゆっくりかきまぜた。「屋敷が売れたらどこに住むの、ベラ？」

「ジェーンおば様が遺《のこ》してくれたお金で、静かにソルタートン・ホールで暮らすつもりよ。世捨て人になるのも悪くないわ」

ひと口お茶を飲もうとしたペンが思わずむせた。「頭の中で風車がまわっているようね、ベラ。海辺の保養地に引っ込めば世捨て人になれると考えているならば」彼女は断言した。「これからもずっと好奇の的になるに決まっているでしょう。ソルタートンのような狭い社会にいたらなおさらよ」

うわけよ」

「名案だわ」ペンは手を伸ばして鈴を鳴らし、お茶のお代わりを頼んだ。「それでもまだ追加の資金が必要なら、アーネストが買ったあの派手な小物類を売り飛ばせばいいわ」

イザベラはかぶりを振った。「あれは価値のないものばかりよ。私の宝石のほとんどが鉛ガラスの人造宝石だというのと同じで、ああいう装飾品はみんな金めっきよ。カシリスの家宝はとうの昔に質に入れられて、お金はアーネストの道楽にまわされてしまったのよ」

ペンはため息をついた。「むしゃくしゃしてきたわ。無性に仕返ししたいわね。二階へ上がって、アーネストが英国でこしらえた服を全部切り刻んで、通りへ投げ捨てたいんじゃない？」

イザベラは顔をしかめた。「衣装をだめにするわけにはいかないわ。あれも売り物だもの」

「アーネストの影を感じながらヨーロッパで騒々しく暮らしてきたんだもの、少しの安らぎと静けさこそ、私には必要よ」イザベラは言った。「ソルタートンはけっして私の陰口を叩《たた》いたりしない、いえ、興味すら示さないという確信があるのよ」

ペンは信じられないと言いたげに鼻を鳴らした。「彼らは誓って陰口を叩くし、興味も示すわ。お金があったら賭《か》けたいくらいよ」その声から嘲笑《ちようしよう》の響きが消えた。「そのうち退屈するわよ、ベラ。静かな片田舎に身を落ち着けるのがいまは魅力的に思えるでしょうけれど、いくらもしないうちに暇をもてあますようになるんだから」

「暇にならないよう何か見つけますとも」イザベラは楽観的に答えた。将来についてはじっくり考えてみたが、静かな隠退生活には大いに心引かれた。「海辺の静養、巡回図書館、ロンドンから遊びに来る人たち……。私にはどれもいい気晴らしになるでしょう」

ペンの顔にぱっと笑みが輝いた。「手紙をしょっちゅう書けばいいのよ。未亡人になる前にあなたが送ってくれた手紙はすばらしくおもしろかったわ」

イザベラはしかめっ面をした。「ありがとう、でもだめよ」新聞をぱんぱんと叩く。「すでにどこかの進取の気性に富んだ誰かさんが、私の一挙一動から利益を得ることにしたようよ。私の手紙が新聞にのるのは時間の問題ね。いたたまれないわ。しかも、あんな安っぽい新聞に！」

「ゴシップがのったのが『タイムズ』だったらまだましだったとでも？」ペンがきいた。

「もちろんよ。ああいう新聞にのる噂話《うわさ》はもっとましだもの」イザベラは勢いよくため息をついた。「しかたがないわ。私の結婚生活は最初から最後まで、からかいと醜聞につきまとわれてきたのだから。でも、私が二度と手紙を書かなくても許してね」

ペンは額にしわを寄せ、新聞のコラムに目を通した。

「この記事の書き手を知っているの?」

イザベラは肩をすくめた。「誰であってもおかしくないわ。知人、使用人……私の生活にかなり詳しい人物でしょうね」

ペンは唇を噛《か》んだ。「誰なのか突きとめるつもり?」

イザベラは両の眉を上げた。「そこまでする気はないわ。さんざん噂されてきて、もう一つ二つ増えたところでどうということもないもの」

ペンは新聞を横へ置いた。「手紙を書かないというなら、せいぜい海に浸《つ》かって元気になることね。でも、興奮して心臓が止まらないよう気をつけて」

彼女は言葉を切った。「それにしても、マーカス・ストックヘイヴンがあなたの借家人になることを承知しているの? 彼がいとこのインディアと結婚したとき、ジェーンおば様がソルタートンの家を彼に賃貸する契約を結んだのよ」

イザベラが跳びあがった拍子に、椅子の肘掛けに危なっかしくのっていたカップの中身が、ばしゃりと床にこぼれた。

「マーカス・ストックヘイヴンですって? なぜそれを先に教えてくれなかったの?」

そう言ってから、かん高い声を出してしまったことをイザベラは後悔した。ペンがちょっと赤くなった顔で彼女を見つめていた。

「まあ、驚いた! あなたにとってそれほど重大な問題だとは思わなかったもの」ペンは言った。「相続財産についてあなたに知らせるのは、私ではなくミスター・チャーチワードの仕事でしょう?」そこで言葉を切って少し陽気につけ加えた。「ジェーンおば様が亡くなってからは、マーカスもめったにソルタートンを訪れていないらしいのよ。大丈夫、彼とばったりでくわす心配はないでしょうから」

「ごめんなさい」イザベラはまだ取り乱していた。胸がどきどきして心臓が口から飛びだしそうだ。マーカスと再会するなどめっそうもない。そうなったら身の破滅だ。しかしもちろん、そうはならないだろう。彼は監獄の中なのだから。ソルタートンの家が借家なのは、マーカスにとってもちょっとした問題にちがいない。所有していない以上、家を売却して借金の返済にあてるわけにもいかないからだ。

お茶がこぼれたのを幸いにイザベラはペンから目をそらし、自分の砕け散った自制心をかき集めた。

「金切り声を出すつもりはなかったのよ、ペン。ただびっくりして」驚きとやましさでペン同様に赤くなった顔を上げる。「謝るわ」

ペンはまともに目を合わせなかった。「べつにわざと黙っていたわけじゃないのよ。ジェーンおば様も私も、手紙の中でそれに触れる機会がなかったんでしょう」

イザベラはいぶかった。ペンの口調が妙だし、この場の雰囲気もどこかおかしい。まだ隠されていることがあるような気がして、イザベラはしばらく待ってみた。しかしペンは姉の視線を避け、ティースプーンをいじり、カップの受け皿に蜂蜜をこすりつけているだけだった。

「ということは、ミスター・チャーチワードはその件についてあなたに何も話していないのね?」ペンがきいた。

イザベラはがっくりと肩を落とした。帰国後、初めて話し合いをした席で、たしかにチャーチワードは彼女が相続する地所の付帯事項について何か伝えようとしていた。だが、彼女は耳を貸そうとしなかった。それより何より、アーネストの多額の借金という危急の問題に対処するのが先で、ソルタートンに関する詳しい話を聞いておくのをすっかり忘れていたのだ。この手落ちは高くつきそうだ。マーカス・ストックヘイヴンとの結びつきは便宜上の結婚だけではすみそうにないし、これはまったく歓迎できない事態だった。

「ええ、言わなかったわ」イザベラは答えた。「なんて腹だたしい話なの」

ペンは両の眉を上げた。「チャーチワードが伝えるのを忘れたと?」

「いいえ! いえ、そうよ!」イザベラは気を取り直して答えた。「いいえ、私の記憶では、彼は借家人について何か言いかけたけれど、私は詳しい話を聞こうとしなかったの」

「まあ、それなら……」ペンはこの話題から離れたくてしょうがないらしい。「マーカスのせいで困ることは、さほどないと思うわ。ソルタートンの家は半年前に火事になって住めたものではないし、それに、マーカスはほかで暮らすでしょう。あるいは旅に出るか。社交界にはめったに顔を出さないわよ。いまどこにいるのかもわからないんだし」

借金でフリートに投獄されているわ、とイザベラは心の中で言った。

そして、自分を不安にさせるさまざまな感情をのみ込み、沈黙を守った。何より願ってやまないのはマーカスが鉄格子の奥にずっといてくれることだ。もし釈放されたら……考えただけで体が震えてくる。

同時に、彼女は首を傾《かし》げずにはいられなかった。何が原因で、マーカスは火の車になったのかしら? フリートで彼に尋ねてはみたが、説明したくないと断られ、それ以上ききだせなかった。やはりあのとき追及すればよかった。

〝マーカスのせいで困ることは、さほどないと思うわ〟

実のところ、私はマーカスのせいで、すでにかなり困ったことになっているのよ、ペン。あなたには想像もつかないところで。

妹はティーカップをいじっていた。

「私が力になれたらいいのに、ベラ」ペンが言った。

「経済的によ。つまり、あなたもこんな形で英国に戻りたくはなかったでしょう」

いいのよ。イザベラは首を横に振った。妹の言葉はありがたいが、妹自身も生計を立てるのがやっとという状況なのだ。父の遺産からペンに支給される手当はわずかなものだし、ロンドンの高級とは言えない一画でおとなしく暮らすのが精いっぱいで、アーネストの借金にまでとても手はまわらない。

「なんて優しいの、ペン」イザベラは笑顔で答えた。「でも、このどん底から這《は》いあがれないわけではないわ。破産に追い込まれないように借金返済を数カ月待ってもらうことにしたから。この屋敷が売れたら借金は清算できるし、田舎で暮らせるようにもなるでしょう。慎《つつ》ましく生活すればね。実際、計画はかなりうまく運んでいるわ」

しかたなく結婚した夫という小さな不都合をのぞけば。イザベラは心の中でつけ加え、結婚取り消しの詳細について、さっそくミスター・チャーチワードに尋ねてみようと思った。床入りをしていないのだから結婚解消は問題ないでしょう、というような話をするときに、彼をあまりどぎまぎさせないですむといいのだけれど。

ペンのおしゃべりが彼女を現実に引き戻した。

「田舎の紳士があなたをほうっておくわけないわ」妹は言った。「財産も名声もあるソルタートン社交界の紳士で、ソルタートンを保養地として発展させるという壮大な計画があって、妃殿下を妻にして自分に箔《はく》をつけようという殿方がきっと現れるわよ」

「とんでもない」イザベラは身震いして言った。「そういう高潔な殿方の妻としては、私は型破りすぎるもの」

妹がイザベラを見た。「たしかに」ややあってペンは言った。「どこか……」言葉に迷っている。「どこかあかぬけしすぎているわね。小さな町の亭主と小さな町でのんびり暮らすには。きっと、いつも何か物議をかもして地元の名士たちをぎょっとさせるんだわ。あなたはそういう人よ」

「物議をかもすだなんて!」イザベラは異議を唱えた。「それはアーネストよ。私はかなり……」

「かなり?」

「かなり品行方正よ」

「よく言うわね、ベラ」ペンが楽しげに反論した。「たしかに評判の悪かったアーネストと同じとは言わないわよ。けれど、妃殿下の地位はあなたに、上流社会の慣習にそっぽを向くという特権を与えたようね」

「はっきりと言ってちょうだい」イザベラは憤然として答えた。


「いいですとも」ペンは落ち着き払っていて、自信ありげだ。「食卓に肘をつくし、使用人たちに気安く話しかける。ファイブズ球技場へ仲間と試合に出かける。木馬に車輪がついたような、あの最新流行の乗り物に乗って、レディとしてははしたないとしか――」

イザベラはそっけなく手をひと振りした。「そんなこと!」

「サンジュスト公爵夫人に、あなたの姪御《めいご》さんに対する扱いは食器洗いのメイド以下だと言い――」

「それはまあ、事実ですもの。あの子の指が水膨れになるまでリネンの糊付《のりづ》けをさせたのよ!」

「そしてバザルジェット公には、十七歳の娘と結婚しようだなんていやらしいと言ったでしょう」

イザベラは目をかっと見開いた。「そういう問題には黙っていられないの」

「わかるわ」ペンは言った。「でも私の言葉に間違いはないと認める?」

イザベラはいささか自信がなくなってきた。「そうだと思うわ。私は作法がなっていない妃殿下なんでしょう、きっと」

ペンは身を乗りだし、姉を抱きしめた。「あなたはいさぎよい人よ、ベラ。だけど品行方正だとは言ってもらえないでしょうね」

そのとき、玄関広間が騒がしくなった。スタンディッシュ家の残りの一人が到着したらしい。どうやら品行方正でないのはイザベラだけではなさそうだった。ベルトンが書斎のドアをさっと開けた。

「スタンディッシュ卿《きょう》がいらっしゃいました」と恐ろしく穏やかに告げる。まるで、この夜が堕落の一途をたどるとでも言いたげに。

妹たち同様、フレディ・スタンディッシュは端整な容貌《ようぼう》だった。色白でほっそりしていて、年配のご婦人方の受けはいい。ただし、彼がそのご婦人の娘と財産目当てに結婚しようと企《たくら》まなければだが。フレディはピムリコ地区の質素な家にペンと暮らしながら、上流社会を相手にするのに有爵者を抱えておきたいある銀行家のもとで、少なくとも名目上は働いている。その面目ない境遇にもかかわらず、フレディはいつも陽気で飄々《ひょうひょう》としていた。イザベラはそういう兄が大好きだったが、ペンのほうは、フレディはおばかさんで感情が未発達だからへらへらしているだけなのよ、とそっけなかった。

「こんばんは、フレディ」イザベラは顔を上げて挨《あい》拶《さつ》のキスを受けた。「いまペンに話していたところよ。破産宣告を数カ月待ってもらって、そのあいだにこの屋敷を売ることにしたの」

「おめでとう」フレディはソファに腰を下ろし、紳士的とは言えない態度で妹を横へ押しやって、自分がゆったりと座れるスペースを確保した。それから周囲を見まわして言う。「僕もこの家は好きじゃなかった。ひどく悪趣味だ」

「ええ、そうね」イザベラはため息をついた。「私はソルタートンへ引っ込むわ」

フレディがぞっとした表情になる。「ソルタートン？　ハンプシャーの？」

「ドーセットシャーよ」ペンがきっぱりと訂正した。

「ばかげた考えだと私も言ったのよ」

「まったくだ」フレディは優美な磁器の皿の上の、バターが塗られたスコーンに手を伸ばした。「ドーセットは話にならないほど退屈だよ。ケントにしたらどうだい、ベラ？」

ペンが大げさにため息をつくのが、イザベラにも聞こえた。本好きで頭の切れるペンと頭のめぐりの悪いフレディが、よく一つ屋根の下で折り合って暮らせるものだと思ったのは、これが初めてではなかった。

「では、私のところへ遊びに来る気はないというのね」イザベラは言った。

「その気にはなりそうもないな」フレディは明るい声で答えた。「僕がそうなったら、ドーセットに引っ込むよりここで働いて生活費を稼ぐな」

「そうなったらじゃなくて、もうすでにそういう状況のはずだけど」ペンが指摘した。

「考えてみればそうだったな」フレディはにやっと笑った。

「あいにく私は同意しかねるわ」イザベラははきはきと答えた。「家庭教師やメイドの稼ぎでは、一生かかってもアーネストの借金なんて返しきれないでしょう。そうなると、残された道は売春婦になることかしらね。その仕事なら出かけていって何時間か――」

「早まるな、ベラ！」フレディが怒りの声をあげ、手に持った皿が傾いて食べかけのスコーンが滑り落ちた。ペンがそれを拾いあげた。

イザベラはフレディの腕を優しく叩いた。「ごめんなさい、フレディ。ほんの冗談よ」

「そうであることを願うね」フレディが肩をいからせた。「一族の長として認めるわけにはいかない。すまないが、ベラ、それだけは」

「もちろんよ」イザベラは慰めるように言った。

「高級売春婦への道を考えるより、オーガスタス・アンブリッジと結婚すればいい」フレディは言った。

「僕がいくらそう言っても、耳は貸さないだろうがね」

今度はペンが口を挟んだ。「それは賛成しかねるわ、フレディ。オーガスタス・アンブリッジはひどくうんざりする男よ」

二人が子どものように口げんかを始めるのを見てイザベラはため息をついた。選択肢の中に、ピムリコの家で兄と妹と一緒に暮らすという案が入っていなくてよかった。そんなことになったら、自分は二日もしないうちに気が変になるだろう。舞踏会へ出かけるための外套《がいとう》と夜会靴を取りにイザベラが部屋をそっと抜けだしたときも、二人は気づきもしなかった。

支度をして階段を下りていくと、ベルトンが追い風を受けて帆をいっぱいに膨らませたガリオン船のように彼女のもとへやってきた。

「オーガスタス・アンブリッジ卿が到着なさいました。馬車の中でお待ちです、妃殿下」そう告げるベルトンの声に、ようやくそれなりのお客を出迎えることができたという響きがにじんでいた。

「ありがとう、ベルトン」イザベラは答えた。そして書斎のドアの奥をのぞき込み、兄妹の口げんかに割って入った。

「子どもたち！　オーガスタス卿がいらしたわ。舞踏会へエスコートしてくださるそうよ」

「〝困ったときに現れる親切なおば様〟とはこのこ

とね」ペンはそう言って立ちあがった。「今夜が楽しみになってきたわ、ベラ。あなたが未亡人になって初めての社交行事ですからね。どれだけ目立たないでいられるか証明してみせて」

「そのつもりよ」イザベラは妹をねめつけた。「修道女のように静かにおとなしくしているから大丈夫。けっして記憶に残らない一夜にしてみせるから」

6

王族というだけで評価ががらりと変わるのはおかしな話だとイザベラはつねづね思っていた。今夜もそうだ。フォーダイス公爵夫人のスコットランド式の歓迎を受けるため、豪華な赤いタータンチェックの絨毯《じゅうたん》を滑るように進んでいくイザベラに、人々はお辞儀をしたりほほえみかけたりした。だが、それが敬称もお金もなかったころのイザベラ・スタンディッシュなら、そ知らぬ顔をしたことだろう。事実、十七歳のころの彼女に対して、人々はそういう顔をした。十二年前に社交界へデビューしたときにお目にかかった顔がそこにはいくつもあった。顔というより背中に見覚えがあるというべきか。軽蔑《けいべつ》の表情で背を向ける彼らの姿、遠い昔のあのひそひそ声がいまも胸によみがえる。

〝あれは誰？〟

〝誰でもないわよ……あの成り上がりの魚屋の孫娘、イザベラ・スタンディッシュ……〟

〝ああ、そういうことか……美人だから言いよってみようかと思ったが、敬称も財産もないのでは話にならない……〟

オーガスタス卿《きよう》がフォーダイス公爵夫人の前に立って歓迎の挨拶《あいさつ》を受けているあいだ、イザベラはじっと順番を待っていた。夫人の両脇《りようわき》を固めているのは未婚の娘三人と、フォーダイス家の数百万ポンドを相続する退屈顔の息子だ。ジョン・フォーダイスはすぐ後ろに控えているペネロペを見つけて、目を輝かせた。殿方はみな天使のようにあどけなく美しいペンに目を輝かせる。だが、その好印象はたいてい、彼女が口を開くと同時に消えてしまう。ペンがその舌で相手をこてんぱんにやり込める才女であることに彼らもまた気づくからだ。

「オーガスタス卿！」頬紅がひび割れるのではないかと心配になるほど、公爵夫人は顔をほころばせていた。夫人はしわが増えるのを恐れてめったに笑わないと聞いたが、今夜は明らかに破格のもてなしだ。

「オーガスタス卿がロンドンに戻られたとはなんと喜ばしい」公爵夫人が言った。「それに、まばゆいばかりのお連れ様！　妃殿下……」と深々と膝を折る。「今宵《こよい》わたくしどもの催しに花を添えていただきましてありがとうございます」

ペンがふんと鼻を鳴らす音がイザベラの耳に届いた。咳《せき》払いしてごまかそうともしない妹を、彼女は視線でいさめた。

「私も大変うれしく思っておりますわ」イザベラはそう答え、本心からこうつけ加えた。「こちらに展示されているスコットランドの品々には目を奪われますわ」

それは本当だった。今年に入って突如、厄介にもスチュアート王家を懐しみだした摂政皇太子は、すっかりスコットランドかぶれになった。それからというもの、トーリー党の女主人たちは屋敷じゅうをタータンやバグパイプで埋め、ダンスもリールとストラスペーばかりが踊られるようになった。舞踏室がある右手のほうからバイオリンの演奏が聞こえてくる。そこにバグパイプのぶうという低音が重なり、そばにいた数人が耳を塞《ふさ》ぎたそうな顔をした。

「なんてすてきなんでしょう」たじろぐ公爵夫人にイザベラはそう言い、オーガスタスに顔を向けた。

「もちろんわたくしたちも、のちほどリールを踊ることにいたしましょう」

公爵夫人が安堵《あんど》の笑みを浮かべた。オーガスタスもイザベラに笑顔を向け、承知したとばかりに彼女の腕を軽く握った。自分の所有物に触れるようなその態度にイザベラはいらだった。オーガスタスに初めて会ったのは彼が宮廷外交の大使としてスウェーデンにいたときで、当時、イザベラとアーネストはその異国の地に暮らしていた。それ以来、イザベラにとってオーガスタスは、社交行事への便利なエスコート役にすぎなかった。だが、彼女と友人以上の間柄にあると印象づけたがる男はこれまでも大勢いたし、彼もまた例外ではないはずだ。イザベラの存在が謹厳実直な大使に少しばかりのきわどさと世慣れた男の雰囲気を与え、彼もそれを楽しんでいるというわけだ。しかし、結婚となれば話はべつだろう。オーガスタス・アンブリッジが、なんであれ正式な形で彼女の評判と借金を引き受ける可能性は低く、結婚を持ちかけたところで、臆病《おくびょう》な兎《うさぎ》さながらとっとと逃げだすにちがいない。

公爵夫人は次にペネロペに挨拶をした。さっきまで熱かった口調が少なくとも十度は冷たくなった。

相手は貴族といっても最下級の身分で財産はほとんどないのだから、息子の花嫁候補にはふさわしくない、とみなしたのだろう。だが、ジョン・フォーダイスの考えは違ったようだった。ペンのまぶしいほどの美しさに目がくらみ、次のスコティッシュ・ダンスの相手を申し込んだのだ。

「いえ、せっかくですが」ペンが愛想よく答える。「私がリールを踊るのは酔っ払ったときだけですし、シェークスピアが言うには、飲酒の効能は三つだけだそうですわ。一つは睡眠、そして利尿と……私が言いたいことをおわかりいただきたくて、引用したまでですけれど」

フォーダイス姉妹の一人が扇で顔を隠してくすくす笑った。夫人の顔がぞっとしたように固まり、あとずさるジョンの顔から笑みが失《う》せた。「ではまたべつの機会に」と早口で言う。

「あら、そうですわね」ペンが甘美な微笑を浮かべた。「楽しみにしております」

「おいで、ペネロペ」フレディがあわてて言った。「挨拶の順番を待っている人たちが前に進めない」

ペンは促されるままにその場を離れ、大きく曲がる階段を上って舞踏室へ向かった。

「私が品行方正じゃないなんてあなたに言われたくないわ、ペン！」イザベラは妹をいさめ、兄の腕を取った。するとすかさずオーガスタスがちょっと失礼と断って彼女から離れ、公爵夫人のもっとまともな招待客たちとの交流を深めに行ってしまった。

「困った妹たちだと思うでしょう、フレディ」

「魚屋の孫だからな」フレディが陽気に言う。「行儀作法を知らずに育った君らには、僕が手本を示すしかないだろう」

だが階段を上りきると同時に、彼は妹たちに腕を貸していたことなど忘れたかのように、いきなり両腕を下ろした。淡い青いものをまとった美しい何かが視線の先をふわりと横切ったのだ。

「おや、あそこにレディ・マリーが！」フレディは感激の声をあげ、「悪いな……妹に付き添って歩くことほど嘆かわしく退屈なものはない」と言い捨てて人込みの中へ飛び込んでいった。

「どうぞご勝手に」ペンはイザベラと腕を組み、舞踏室の中へ進んだ。「フレディの行儀作法が聞いてあきれるわ！　レディ・マリーは彼のいまの恋人なのよ。最後は泣くはめになるでしょうけれど」

「彼女が？」イザベラはきいた。

「フレディのほうがよ。彼女はフレディに気をもたせるようなことを言っておいて、少なくともほかに三人の殿方をもてあそんでいるんだもの」

「もってのほかだわ」イザベラは言った。「みんな私の陰口を叩《たた》きながら、ほかの人の不品行には眉も上げないというのはどういうわけ？」

「みんな偽善者なのよ」ペンが慰めるように言う。「偽善者といえば、オーガスタスを見て、ベラ！　今夜は自分に見とれることにしたらしいわ」

ペンの言葉どおりだった。オーガスタス・アンブリッジ卿はいま舞踏室の金色の装飾が施された長い鏡の前に立ち、自分の姿をつくづく眺めていた。薄くなった頭髪をよみがえらせる特効薬と謳《うた》われる、熊《くま》の脂から作られたポマードでなでつけられた茶色い髪、ぴかぴかのボタン、ほんの少しパッドでいからせた肩、摂政皇太子と同じ仕立屋であつらえたという固めた亜麻布を芯《しん》に入れた上着、脚をいい形に見せようとつめ物でふっくらさせたふくらはぎ……。たしかに品のいい大使の印象そのものだが、中身はまるで違う。

「ペンったら」彼女はたしなめた。「彼を好きになろうと努力してみる気はないの？」

ペネロペは足を止め、真剣に考え込んだ。「ないわ」ようやく彼女が答えた。「そんな必要がどこにあるの？　あなたが彼と結婚しないなら、好きになる努力をする義務はないでしょう。私はあなたほど心優しい人間ではありませんからね、ベラ。彼のことなど眼中にもないわ」

「でしょうね」イザベラはため息をついた。

「だから私はこれまでも結婚しなかったし、これからも結婚しないと思うの」ペンはつづけた。「興味をそそられる男性に出会わないんだもの」

「見る目がきびしすぎるのよ」イザベラは言った。

「あなたの気に入る男性も必ずいるはずだわ」舞踏室の中を指し示す。「たとえば、サー・エドマンド・ガーストンはどう？　すこぶるハンサムよ」

片眼鏡を目に当て、通りかかったレディの衣装の金モールをじろじろ見つめている、めかしこんだ准男爵をペンは眺めた。「だめ」彼女は言った。「めめしすぎるもの。流行《ファッション》のうんちくは傾けられても、情熱《パッション》にはまるで疎いでしょうから」

イザベラは笑い声をあげた。「うまいことを言うわね」

舞踏室のざわめきが大きくなり、また小さくなった。楽団が、熱狂的だけれども調子っぱずれなストラスペーを演奏しはじめた。オーガスタスが白いドレスのほっそりしたデビューしたての娘に近づき、お辞儀をしてダンスを申し込んでいる。娘は滑稽《こっけい》なほどとりすまして申し込みを受けた。イザベラはオーガスタスの計略を心ひそかに笑った。彼も自分の出世街道をあと押ししてくれる、その評判に傷一つない、有力な縁故に恵まれた妻が必要な時期にきたわけだ。これで私ともお別れということね。重要人物の注意を片っ端から引いて、彼に晴れやかな光沢を与えるのに私は大いに役だった。そして、いまそれを踏み台にのしあがろうとしている。

人々がイザベラを見ながら、彼女の恋人と噂《うわさ》されている男の不実なふるまいについて陰口を叩いているのがわかった。でも、それも慣れっこだ。好奇の的になってひどく不思議に思うことは、みんな彼女に面と向かっては言わず、いつもまるで彼女がそこにいないかのようにこそこそと噂話をすることだった。

だが、ひそひそ声はイザベラの耳にも届いた。

「大陸ではどんなくずも大目に見てもらえるんでしょう、もちろん。ご亭主は道楽者だったし、彼女自身の評判も芳しいどころか……。ご存じかしら、醜聞にはまるで無頓着《むとんちゃく》で、ご亭主の葬儀に情婦が参列するのを許したんですってよ。上流社会に受け入れられるのも公妃の称号があればこそで……」

イザベラは心の中でため息をついた。アーネストのおかげで自分に身についたものがあるとすれば、それはいくらかの寛容の精神だろうか。

だが婦人たちの陰口はまだつづいていた。婦人はその兵器庫にさらなる強力な爆薬を蓄えていた。

「彼女から子どもを取りあげようとまでしたらしいわよ……彼女は子どもはもうそれ以上欲しくないと言ったんですって。母親には不向き……かわいそうに、一人娘が死んでも不思議はないわね」

心臓にガラスの破片が刺さった気がした。イザベラはこらえきれずにくるりと後ろを向いた。本当に、いまささやく声がしたのか、それともそう聞こえた気がしただけなのだろうか？　それは、悪夢の中でたびたび彼女を苦しめる声と同じだった。エマが死んで六年たったいまでも……。

熱心にうなずく、いくつもの羽根飾りとターバンの下の顔を、イザベラはまじまじと見た。年上の婦人たちがにっこり彼女に会釈を返したが、そのまなざしは氷のようだった。ついで、未亡人のレディ・バーゴインがやや声を張りあげて言った。

「ちょうどみんなでお話ししていたところですのよ、妃殿下《ユア・ロイヤル・ハイネス》。妃殿下はしばらくロンドンにとどまられるのか、それともお気の向くままにすぐどこかへ行かれるのか、と」

くすくす笑いがもれ、扇が打ち振られて、レディたちのふくよかなお尻の下で金色に白の夜会用の椅子がきいきい鳴った。婦人たちは、上流社会の境界からはみだした上流人をいじめる喜びに身をくねらせている。〝あなたがあの昔、身のほどを心得ていたならね〟とか〝のしあがりすぎたあなたを私たちがこらしめてあげるわ〟とでも言いたげに。

「セリーンです」ペンが声高に言った。「イザベラ公妃は正式にはセリーン・ハイネスですわ。ロイヤル・ハイネスではなく」そう言ってむっとしたように顔を紅潮させる。この場の微妙な空気がペンにも読みとれたのだ。

イザベラは彼女の腕にそっと手を置いた。心はけっして穏《セリーン》やかではなかった。娘のエマのことを取り沙汰《ざた》されて、それがぐさりと胸に突き刺さっていた。イザベラは動揺するまいと何度か深く息を吸った。


「妃殿下はきっと、オーガスタス・アンブリッジ卿が連れていってくださるところなら、どこへでもご一緒なさるのでしょう」でっぷりと太ったプロックトン公爵夫人が論戦に加わった。亀《かめ》のような顔で舞踏室を見渡し、若い娘と踊っているオーガスタスにぴたりと視線を合わせる。「あら、でもオーガスタス卿の好みは変わったようねえ」視線をさっとイザベラに戻す。「きっと妃殿下にもいらっしゃるんでしょう、新しい……お相手が？　のんびりなどしていられませんものね？」

ペンが姉をかばうように身をこわばらせ、夫人の高慢な鼻をへし折ろうと口を開きかけた。ペンは恐れを知らぬ人間だが、感情を爆発させれば彼女が非難を受けるのは目に見えているし、それはあんまりだとイザベラは思った。だが、すでに悪評にまみれた自分が何を言おうがどうということはないし、何も怖くない。ペンの脇腹をつつくと、ペンはぶつぶつ言いながら口を閉じた。

演奏がやんだ。舞踏室は小休止となり、イザベラは完璧《かんぺき》な音色を響かせる鐘のような明快な口調で言った。

「私のことに関心をもってくださってありがとうございます、レディ・バーゴイン。がっかりさせたくはないのですが、このところ私の心がふらふらと殿方に向かうことはありませんわ。とりわけ、この国にいるあいだは。おわかりでしょうが、英国紳士は恋人としては最悪ですもの」

落雷の前の一瞬の静けさのように沈黙が流れ、ついでレディたちが怒りもあらわに、いっせいに息を吸い込んだ。衝撃が波紋のように舞踏室に広がっていく。

イザベラはにっこりほほえんだ。プロックトン公爵夫人にはとくと反省してもらいましょう。言いたいことを言うのははしたないけれども、こちらもたまには爽快《そうかい》な気分を味わわせてもらうわ。

舞踏室の反対側で、誰かがすでに彼女の言葉をオーガスタス・アンブリッジに耳打ちしたようだった。彼が姿勢を正し、信じがたいという顔で彼女を見た。怒りが雷鳴のように舞踏室にとどろきわたっていくのをイザベラは笑顔で見ていた。

「ベラ」ペンが声に恐れと敬意をにじませて言った。「私も一人前になったら、あなたのようにふるまってもいいかしら?」

イザベラが何か答えようとしたそのとき、みぞおちにひどく妙な感覚が走り、息ができなくなった。

部屋の入り口に男が一人立っていた。顔は暗くてよく見えないが、男が漂わせる静けさに彼女ははっとした。体が震える。あそこにいるのはきわめて恐ろしい敵でありながら、無比の恋人にもなれるたくましい男。心臓が早鐘を打ちはじめた。

舞踏室の優雅な雰囲気にはそぐわない、その雄々しく屈強な姿は、彼が人生のあらゆる危険を知り尽くし、自らも幾度となくその中に身を投じてきた人間であることを示している。伊達《だて》男や色男たちが急に滑稽に見えてきた。

舞踏室の端まで広がったイザベラの台詞《せりふ》が今度はこだまが返るように、ざわざわと彼女のほうへ戻ってきた。

マーカス・ストックヘイヴンが暗がりから出てきて、脇目もふらず彼女に向かってきた。まるで、舞踏室にイザベラだけしかいないかのように。

7

「いまいましい男」イザベラのその小さなつぶやきはペンにしか聞こえなかった。マーカスは人込みを切り開くように舞踏室を進んでくる。友人や知人から挨拶《あいさつ》されても何も聞こえないかのように見向きもせず、そのまなざしは彼女だけに向けられている。引き下がる人々をよそに、彼はイザベラの前でお辞儀をした。

「ごきげんよう、イザベラ公妃」

ありきたりの挨拶だが、目つきはまったくありきたりではなかった。暗く危険で、いたずらにこちらの心をかき乱すような、どことなく楽しげな表情。この予期せぬ登場に彼女がどれほど動揺し、それを見て自分がどれほど満足感を覚えるか、彼はちゃんとわかっているのだ。その唇に浮かぶ微笑はこれっぽっちも友好的ではなかった。イザベラはマーカスの目が無言で投げかける挑戦に応《こた》えようと胸を張った。

「英国紳士の色恋の才能に関する君の意見だが、この部屋にいる勇ましい紳士諸君が耳にしたら、聞き捨てならないと怒りだすだろうな」

この悪魔がここで何をしているのか知りたいとイザベラは思った。だが、それを確かめるのはもう少しあとだ。乱された心の内を簡単に悟られてはならない。十二年かけて身につけた公妃としての態度がいつか役に立つと思っていたが、今日がその日だ。

彼女は鋼のような笑みを浮かべてみせた。

「ごきげんよう、ストックヘイヴン卿《きょう》。私の言葉を挑発と受けとられたなら残念ですわ」

マーカスはわずかにお辞儀をした。「では、どのように解釈すればいいのでしょうか?」

「単なる事実だと。もし、どうしても解釈なさる必要があるならば」イザベラは悠然と顔をそむけ、ペンを前へ出した。「妹のペネロペのことはご存じでしょう、もちろん」

「もちろんです」驚いたことに、マーカスは腰をかがめてペンの頰に軽くキスをした。二人がそういう間柄だとは知らず、イザベラは不安を覚えた。自分の身内と親しくされたら、私は彼から逃げられなくなるわ。

「元気かい、ペネロペ?」マーカスは言った。「また会えてうれしいよ」

彼の温かな言葉を聞いて、ペンは心からうれしそうだった。「とても元気です、ありがとうございます、ストックヘイヴン卿。それとも、いとこのマーカスとお呼びすべきかしら?」鮮やかな青い瞳が一瞬、イザベラの顔を見た。「もちろん、姉もあなたの義理のいとこになるわけでしょう？　だから姉にも同じように親愛の情を示してくださらないと、姉が嫉妬《しっと》するかもしれませんわ」

　ペンのくるぶしを蹴飛《けと》ばしたい衝動をイザベラはこらえた。妹のせいでたまにひどい悶着《もんちゃく》に巻き込まれることがある。いま自分に必要なのは足手まといではなく、助《すけ》っ人《と》だ。マーカスを相手にするのはそれでなくても大変なのに、ペンに邪魔されてはたまらない。

「私にも権利があるなどとだだをこねはしないから大丈夫よ、ペネロペ」彼女は妹を黙らせようとねめつけてから、マーカスをちらりと見た。「ストックヘイヴン卿はあまりキスをなさらない方なのかもしれないし、あるいはキスをされて大喜びするレディたちにキスをなさるのかも。私はキスに対する関心がまるでないのよ」

　マーカスがイザベラを見た。まだ笑みの残った唇に、イザベラの全身を熱くする炎の輝きに満ちた目。監獄で交わしたキスを彼は思いだしているんだわ、とイザベラは思った。それはイザベラも同じだった。思いだすだけで体が燃えあがりそうだ。そんな私の苦悶をマーカスは楽しんでいる。いまいましいことに。イザベラは内心では震えながらも、彼が何を企《たくら》んでいるのかについて考えをめぐらせた。

　彼女はこれ見よがしに、マーカスの後ろにいる紳士に目をやった。三人の会話を大いに楽しんでいる様子だ。その紳士に興味があるわけではなく、じっくり見る気もなかったが、彼がいてくれて助かった。マーカスから目をそらすことができるのだから。

「ごきげんよう」彼女は礼儀正しく声をかけた。

　紳士がお辞儀をする。彼はマーカスより少し背が低く、物事を何も見逃さない感じの明るいはしばみ色の目をしていた。

「妃殿下、アリステア・キャントレルと申します」

「ミスター・キャントレル」イザベラはぞっとした。たしかマーカスの旧友の一人で、中止になったあの結婚式では花婿の付き添い役だった男性だ。彼が私を快く歓迎してくれるとは思えない。友人たちがマーカスに示す並々ならぬ忠誠心には、イザベラも昔から驚くばかりだったのだから。

「もちろん、覚えていますとも」彼女は言った。

「うれしく存じます」アリステアが答えた。抜け目のないはしばみ色の目が自分を品定めするのがわかったが、気持ちはいっさい読みとれなかった。イザベラはペンに向き直った。

「ミスター・キャントレル、妹のミス・ペネロペ・スタンディッシュを紹介させていただきます」

ペンの燃えたつような美しさを前にした紳士のご多分にもれず、アリステア・キャントレルが感嘆の表情を浮かべた。今回は、その心の内も一目瞭然《りょうぜん》だった。ペンと初対面の紳士が必ず考えるように、彼もいま、ペンの内面も外見同様かわいらしいのだろうかと考えているのだ。

「お目にかかれてうれしいです、ミス・スタンディッシュ」彼は言った。

「ミスター・キャントレル」ペンはとりすましたデビューしたての娘のようにうなずいてみせた。アリステア・キャントレルの唇にねじれた笑みが浮かび、ペンが顔を赤らめるのにイザベラは気づいた。見せかけのあどけなさにだまされる男ではないようだ。

人々がどっと押しよせてきた。マーカスの知り合いだと誇示したいのだろう。プロックトン公爵夫人は自分にスポットライトが当たらない時間が長すぎると感じたらしく、生気のない青白い顔の娘の手首を手枷《てかせ》のようにがっちりつかんで、前へしゃしゃり出てきた。このときばかりはイザベラも喜んだ。夫人にこの場を譲って逃げだそう。考えをまとめる時間——監獄からさまよいでた夫にどう対処したものかと考える時間がどうしても欲しい。人前で自分を挑発する楽しみを彼に与えたくない。しかし、人目につかないよう彼と決着をつけなければならないのかと思うと不安と怒りで体が震えた。

人々が近寄ってくると同時にイザベラは用心深くマーカスから一歩あとずさった。だが、すかさず彼がイザベラの腰のくびれに手を当てた。薄いシルクのドレスを通して、マーカスの手が焼きごてのように熱く感じられる。傍目《はため》には義理のいとこ同士が親交を温め合っているようにしか見えないだろうが、イザベラは、まるで恋人にわが物顔に触れられている気がした。

「ストックヘイヴン卿!」プロックトン公爵夫人が久しく会っていなかった友人のように挨拶をした。イザベラが逃れようとかすかに体を動かすと、マーカスが彼女の腰にぎゅっと腕をまわした。

「だめだ」と耳もとでささやく。イザベラの首に息がかかって、感じやすい肌にぞくっと震えが走り、快い切望とまじりけなしの不安が交錯してじっとしていられなくなった。彼女を見下ろすマーカスの目に燃える炎に、魂まで揺さぶられた。

「お変わりなくて、ストックヘイヴン卿?」その場の雰囲気にはまるでかまわず、公爵夫人は人々を押しわけて二人の前に立ちはだかった。

「またご旅行でしたの?」

「いかにも、旅に出ておりました」マーカスはかすかに笑みを浮かべて言った。その話題を先へ進める気も、イザベラのそばを離れる気もないらしい。だが、公爵夫人はその微妙な空気に気づかないらしかった。

「今回はどちらへ行かれましたの?」鈍感なうえに公爵夫人はかなりしつこかった。

「イタリアへ」と彼はかすかにうんざりした表情で答え、イザベラのウエストにまわした腕を引きよせた。ぞくっと震えるような興奮がイザベラの全身をかけめぐり、発熱したように顔が赤くほてるのがわかった。熱病にでもかかったの？　そうペンが言いださないかとひやひやする。

マーカスがひと言しか答えなかったぐらいで引き下がる公爵夫人ではなかった。夫人は娘の脇《わき》を扇でつついた。

「ドリンダ、プディングみたいにぼんやり突ったってないで、イタリア旅行のことをおききして！」

「イタリアは楽しかったですか、ストックヘイヴン卿？」躾《しつけ》の行き届いた子どものようにレディ・ドリンダ・プロックトンが尋ねた。

「ええ、おかげさまで」マーカスが答えた。

沈黙が流れ、彼が話に花を咲かせる気がないのは誰の目にも明らかだった。それでもレディ・ドリンダは、自分に雑談の才がないことを母親につつかれる前に証明しようと、やっきになっていた。

「どのあたりに滞在されましたの？」

「ローマ、フィレンツェ、ヴェローナをまわり、カシリスを通って帰ってきました」よどみなく答えるマーカスにイザベラはどきっとした。彼が横目でちらちらイザベラを見る。その視線が彼女の肌をなで、真実を暴露できるものならやってみろとけしかけた。彼女は沈黙に徹した。

「カシリスはごく小さな公国にすぎないと思っておりましたが」公爵夫人が悪意あるまなざしをちらっとイザベラに向けた。「傑出したものはカシリスからは何一つ出ておりませんしね」

「とんでもありません」マーカスは丁重に答えた。「失礼ながら僕はそうは思いませんね。カシリスに由来するもので注目に値する事物はたくさんあります。あそこは無限の驚きに満ちた場所で、その秘密の大半がまだベールに隠れているからこそ、注目に値するのです」

イザベラは彼の顔をさっと見やった。マーカスの表情は穏やかだったが、目が合った瞬間、内心で楽しんでいるのが彼女にもわかった。またしてもこちらを挑発する気だわ。なんていまいましい。彼にとってこれはゲームで、いまはそれに全力を注いでいるだけなのだ。

イザベラは彼から一歩離れたが、今度は彼も引き戻さなかった。彼女は顎を上げ、マーカスをまっすぐに見据えた。

「カシリスをそんなによくご存じだとは本当に驚きですわ」彼女は言った。「あちらへ行かれたとは、それもつい最近行かれたとは、全然知りませんでした。てっきり……もっとべつの場所を訪ねられたとばかり」

マーカスの瞳がきらめいた。「僕の行動をすばらしくご存じのようだが」冷ややかな口調で言う。「僕に特別の関心を抱いているとでも？　それならうれしいことだ」

「違いますわ」イザベラは言った。「私の関心は個人的なものではありません。ただ、今度カシリスへ行かれるときは、パラッツォ・デ・スピノサをぜひごらんいただきたいと思いまして。とても美しい宮殿で、壁にはピオッツィのすばらしいフレスコ画が描かれていますの。どの作品もお伽噺《とぎばなし》が題材になっていますのよ」その言葉を強調するように間を置いてから、涼しい顔でさらりと言い添える。「あなたの目には魅惑的に映るでしょう、作り話や空想物語に興味がおありなら」

マーカスが彼女を見た。イザベラは無邪気を装って見返し、両の眉を上げげた。決闘者同士が剣を打ち合わせるように目と目が合った。「それは心そそられるな」マーカスはゆっくりと答え、考え深げに彼女を眺めまわした。「君が個人的に僕に見せてはくれないだろうか。今度、僕がカシリスを訪ねたときに」

彼が言わんとすることは明白で、イザベラの脳裏に官能的な映像がわきあがった。それは彩色されたフレスコ画よりはるかに鮮明で、公爵夫人の舞踏室にはあまりにも似つかわしくなかった。彼女はぐっとつばをのみ込み、熱く奔放に絡み合う二人の手脚と、貪《むさぼ》るように激しく重ねられる唇を頭からかき消そうとした。

「もしかして」イザベラは咳《せき》払いして言った。「カシリスへの入国をあなたは禁じられるかもしれませんわ。旅というのは先の見えないものですし、あなたは……」そこで間を置いた。「必ずしも訪問者として大歓迎されるとはかぎりませんもの」

彼女の顔を見るマーカスの目が考え込むように細くなり、これはおもしろい展開だと、二人を囲む人々の中にざわめきが広がった。イザベラはびくりとした。観客がいたことをほとんど忘れていた。マーカスを前にして感情が高ぶり、心がひどく混乱していたから。

「いまにわかるさ」マーカスが相変わらず彼女を見つめて言う。「義理のいとこである君とは共通の事柄も多いことだし、われわれはこの場を離れて、互いに相通ずる……情熱の数々についてさらに議論すべきではないだろうか？　二人にしかわからない話をあれこれして、みなさんを退屈させるよりは」

安っぽい公妃に出し抜かれてなるものかとブロックトン公爵夫人が横でつんと顎を上げた。イザベラはマーカスににっこりと笑いかけた。

「あなたを独占しようとは夢にも思いませんわ。レディ・ドリンダならきっとあなたのお土産話を喜んで聞いてくださるでしょう。私は残念ながら、旅人の話には飽き飽きしていますの。うんざりするくらいですわ」

マーカスが笑顔を返した。それは、彼女をほっとさせる笑顔ではなかった。

「君にうんざりされるなんて、考えただけでいたたまれないね、イザベラ公妃」彼は言った。「そうではないとわかってもらうための時間をくれ」

二人だけの世界に入っていくマーカスとイザベラを、連れの二人もついに傍観していられなくなった。アリステア・キャントレルは、緊急の約束を思いだしたのでここから失礼すると言えたらどんなにいいだろう、とでも言いたげなやや困惑の表情を浮かべている。いっぽうのペンは目を輝かせて興味津々に、イザベラの顔からマーカスの顔へと視線を移した。

「私たち、みなさんを退屈させているわ、ストックヘイヴン卿」イザベラは穏やかに告げた。

マーカスの視線は彼女の顔から離れない。「では二人だけで話そう」彼がくり返した。

イザベラはゆっくりと首を横に振った。「お気を悪くさせたくはないのですけれど、その気はありませんの。よほど興味をかきたてられる紳士が現れないかぎり、殿方と時間を過ごしたいとは思いませんので」

「英国人の恋人に関する君の意見はさっきも聞いたが」マーカスはふたたび彼女を引きよせた。広い肩に遮られ、舞踏室が見えなくなる。イザベラは孤立し、世界から切り離された気がした。彼の言葉や態度にいちいち対抗しようとするあまり、心臓が早鐘を打ち、全身が緊張する。

マーカスが小声になった。その口調は絹を切り裂く短剣のように荒々しい。

「とにかくチャンスを与えてもらわないことには。それだけは譲れない。僕の話は……いや、話だけではなくほかにもいろいろあるが、少しも退屈ではないと請け合おう」彼は周囲に目をやり、わざと大きな声を出した。「君をその気にさせるには、ここにいるみなさんに明かすべきかもしれない。君は僕の……」

張りつめた空気の中に〝妻〟という言葉が漂った。

イザベラの体が氷のように冷たくなった。まさか……まさかこんな人前で、真相をばらすような勝手なまねはしないでしょう？　だがそうとは言いきれない。マーカスなら充分やりそうなことだわ。彼は醜聞を恐れないもの。

「ストックヘイヴン卿！」半ば懇願し、半ば警告するようにイザベラは叫んだ。

「僕の旅を奮いたたせてくれる人だと」マーカスはひどく静かに締めくくった。

嘲《あざけ》りを帯びたその声に、腹が立つやらほっとするやらで、イザベラはくずおれそうになった。いまいましい人！　私をこんな目に遭わせて楽しむなんて。彼はフリートから出てこられないはずだったでしょう。これは許しがたい事態よ。私をだましたのは疑問の余地もない。神経をずたずたにされて黙ってはいられないわ。いますぐはっきり言ってやらなければ。噂《うわさ》好きな人たちが話の種を探している？　いいわ、望みのものを差しあげましょう。

彼女はマーカスの腕に手を滑り込ませた。彼は一瞬ぎくりとしたものの、イザベラが次にどう出るか微動だにせず待っていた。彼女は挑発的に首を傾け、笑顔でマーカスを見あげた。

「あなたも私の中のいろいろな気持ちを奮いたたせてくださいますわ、ストックヘイヴン卿」にこやかに言う。「でも、その気持ちはどれも人前で吟味するにふさわしいものではありません」イザベラは聴衆にほほえんでみせた。「失礼いたします、紳士淑女のみな様。私がストックヘイヴン卿をどう思っているか、ご本人にお伝えしなければなりませんので。非公式に」そして片方の眉をつりあげ、マーカスに言った。「まいりましょうか」

返事を聞かずともイザベラにはわかった。どんな挑戦を投げつけられようとマーカスは受けてたつ。彼の用心深いまなざしがそう告げていた。

「喜んで」マーカスは答えた。

だが本当に彼が喜ぶことになりそうな気がして、イザベラはうろたえた。


たとえ彼の腕に手をかけてはいても、イザベラの体から伝わってくるのは怒りだった。マーカスは公爵夫人の取り巻きたちから彼女を引き離すと、応接間へつづくドアのほうへ優しく、いや、そう見えるように導いた。応接間にはフォーダイス公爵夫人が集めたスコットランドの工芸品が陳列してあった。入り口にはタータンチェックの大きな布が垂れ下がり、通り抜けるときにマーカスの肩にそれが触れた。ろうそくが灯《とも》された室内はひどく暑かった。ろうそくの光がちらちらと影を投げかけているのは、シェリフミュアの戦いで使われたスコットランドの短刀や剣をはじめとする武器や、マーカスの目には虫に食われたように見えるバグパイプ一式、そしてスチュアート朝の復興を狙《ねら》って反乱を起こしたスコットランドのハンサムな王子、ボニー・プリンス・チャーリーが使用していたとされる眉唾《まゆつば》物のおまるだった。だが、二人とも展示物には少しも興味がわかず、カーテンで覆われた奥のアルコーブに入るやいなや、イザベラはさっそく彼に食ってかかった。本当はそこまで言うつもりはなかったのだが、混乱したままに思わずぶちまけていた。

「ここへ何をしにいらしたの？」

「それはわかりきったことだと思っていたが」マーカスはものうげに答え、彼女の動揺を楽しんだ。

「妻を迎えに来たのさ」

イザベラの青い目が怒りもあらわに細くなった。

「あなたは監獄にいるべき――」

「いかにも」マーカスは相槌《あいづち》を打った。「そう言われたことは何度もある。だが事実、僕はいま監獄にはいない」

「でもなぜ？」イザベラは大声をあげたが、すぐに口調をやわらげた。その自制心にマーカスは感心した。ご婦人というのはこういうとき、気絶しないまでも動揺するのがふつうだ。「なぜここにいるの？あなたは借金で投獄されたのでしょう！」

「借金を返せなくなった人間が入る監獄にいたのはたしかだが」マーカスは言った。「借金のせいで投獄されたとはひと言も言っていない。君がそう決めつけただけだ」

イザベラは目から火を放つように、彼をにらみつけた。二人のあいだの空気がいっきに熱くなった。彼女は罠《わな》にかかったと感じていて、それがまったくお気に召さないらしい。マーカスは穏やかに笑みを浮かべ、さらに追い討ちをかけた。前に身を乗りだし、イザベラの耳に口をつけてそっと告げる。

「君の借金は全額返済しておいた」

激しい怒りに彼女が身をこわばらせるのがマーカスにもわかった。つまり、イザベラは罠にかかったと同時に彼に借りができたのだ。彼女はその事実に――マーカスに憤慨している。二人のあいだに危険な感情がほとばしるのを彼は感じた。愛と憎しみ。イザベラはいま、僕の目の前にいる。その彼女から、何か反応を感じとりたい。どんな反応でもいいから、僕にまだ何か影響力があることを示したい。

「なるほど」彼女が歯ぎしりして言った。「あなたはすばらしく気前のいい方なのね」

「自分の妻にそれくらいのことはしないと」マーカスはイザベラの顔を見つめた。「結婚の贈り物という言い方もできるだろう」

この意図的な挑発に、彼女は顔色一つ変えず、女王然としてうなずいた。

「なんてご親切なんでしょう。あなたから私への最初で最後の贈り物ね。だって、明日の朝には私から婚姻の取り消しを申したてることになりますから」

客の群れが応接間に入り込んでいるのに気づいて彼はイザベラの肘を取り、さらに隅のほうへ導いた。

「結婚を解消するまでにどれだけの費用と手間がかかるかわかっているのかな？」彼はくだけた調子できいた。「特に夫にその気がない場合には？　君には裁判所で事を進めるだけの金がないし、他言しないと僕が約束しないかぎり、大々的な醜聞を巻き起こすのがせいぜいだろう」

イザベラはうつむいた。ろうそくの明かりに髪の濃い銅色と栗《くり》色の筋が浮かびあがる。昔と同じジャスミンの香水のほのかな香りに、二人で過ごした時がよみがえった。そのとらえようのない思い出に心が疼《うず》いて、マーカスはふいに、二人が失ったものすべてを取り返したくなった。一瞬のこととはいえ、それは強烈な衝動だった。

今夜、舞踏会へ来たのは彼女を挑発し、復讐《ふくしゅう》の第一歩を踏みだすためだというのを忘れるな。彼女には僕を苦しめたその報いを受けてもらうんだ。僕の人生からさっさと立ち去っておきながらまた入り込んできて、こちらの気持ちなど考えもせず、傲然《ごうぜん》と助けを求めるとは。イザベラにも無力感を味わわせたい。あの昔、彼女に裏切られて心を丸裸にされた僕と同様に。

だが、こちらの挑発にもイザベラは人前で取り乱すことはなかった。見事だ。気骨にあふれた女性だ。その分、闘い甲斐《がい》もあって、おもしろい。これがなよなよした覇気のない女性だったら、そうはいかないところだろう。しかしよく考えてみれば、彼女が公妃となって世俗の富と地位を求めて汚れた梯子《はしご》を上ったのは、成功のためなら人の気持ちを踏みにじっても平気な人間だからだ。

とはいえ、僕をかりたてているのが復讐心だけではないことは自分でも認める。それは彼女の前に二分いただけでわかった。婚姻の取り消しにはもちろん反対だし、とにかくイザベラの思いどおりにはさせない。だが反対するのは、単に彼女を邪魔したいからではなく、彼女が欲しいからだ。どうしてもその気持ちを止められない。

イザベラが目を上げ、マーカスの目をまっすぐにのぞき込んだ。激しい引力が全身を突き抜け、マーカスはそれを悟られまいとした。

「必要とあらば醜聞だって巻き起こすわ。どうってことないもの」イザベラは冷ややかに答えた。「もちろん、それはあなたももうお気づきでしょう?」

「気づいているよ」マーカスは言った。彼女はどこまでやるつもりなのだろう。「僕も君同様、他人の意見は気にならないほうでね。折り合えないならしかたがない。好きにすればいい」こうなったら、やれるものならやってみろと開き直るしかない。「醜聞を引き起こせばいい。金のために僕と結婚し、今度はまた僕を捨てようとしている。そう世間に発表すればいい」

イザベラが眉をひそめた。扇の木骨をとんとん叩《たた》く指に、内心の深いいらだちが見てとれる。マーカスは彼女のもがく姿を興味深く見つめた。

「婚姻解消に反対なさる理由がわかりませんわ」しばらくしてイザベラが言った。「あなただってこんな結婚は望まないはずでしょう?」

マーカスはほほえんだ。「とんでもない」それは本当だった。「この状況には心引かれる点がいろいろある。どうやら君は完全に見すごしているようだ。僕が……結婚の完全な成就を望んでいるかもしれない可能性を」

彼がドレスの袖《そで》の柔らかな絹地にそっと指を滑らせると、イザベラの体にかすかな震えが走った。彼女は僕を男として意識している。意識しなかったことはなかったはずだ。残忍な勝利感がマーカスの心にわきあがった。これこそ僕が知りたかったことだ。僕と同じ欲望がイザベラの中にもある、と。

「僕は待っているんだよ」声が少し荒々しくなった。「もうここを出ようと君が合図してくれるのをね。どう見ても、今夜は新婚初夜だ。君と無理やり引き離されて、いま僕は……たまらなく……二人きりになりたいんだよ」

その言葉がついに彼女に打撃を与えたらしかった。本気で言っているのか、ただ戯れているのか、それを見極めようとするように、イザベラの目が彼の顔を探った。瞳に不安がちらつくのをマーカスは見逃さなかったが、彼女が次に口を開いたとき、声は落ち着き払っていた。

「ご冗談でしょう」イザベラは冷ややかに答え、ドレスの袖をぐいと引いて彼の指から逃れた。「私たちはもう赤の他人同然なのに」

マーカスは肩をすくめた。「それは簡単に修正できる」

イザベラが彼を見つめた。「やめて!」ふたたび瞳に不安がちらついたが、それは彼女が深呼吸をすると同時に消えた。「何が欲しいのか、はっきり言って」

「言っただろう」マーカスは答えた。「欲しいのは花嫁だ」

イザベラの目が彼を吟味するように見つめる。怖いほどまっすぐで、実直すぎるまなざしに、マーカスは自分の魂を探られている気がした。それは彼に妙な感覚をもたらし、心にかすかな罪悪感を生んだ。彼女はひどく傷つき、裏切られたと感じている。だが、僕はイザベラをそういう目に遭わせたかったはずだ。僕の言いなりになるしかないと思わせたかったはずなんだ。

「私がフリートであなたに会ったとき……そのとき

からこれを計画していたの?」

「ああ」

正直に答えるマーカスを、彼女は瞬《まばた》きをして見つめた。

「なぜ?」

「復讐だ」

その赤裸々な言葉が二人のあいだにぽとりと落ちて、沈黙の中へ沈んだ。背後の舞踏室から流れてくるバグパイプのかん高い音色が、二人の荒れ狂う感情にもの悲しい響きを添えていた。

「復讐」イザベラがくり返す。呆然《ぼうぜん》とした表情だった。「何に復讐するの?」

マーカスは笑い声をあげた。「おいおい、いとしい君、とぼけるにもほどがある」

「私があなたの心を引き裂いたから?」イザベラの声がかすかに嘲笑《ちようしよう》を帯びた。「あなたはもっと強い人かと思っていたわ」

「僕もだよ」マーカスは彼女の両肩をつかんだ。シルクのドレス越しに伝わってくる骨の感触。壊れそうなほど華奢《きやしや》な体に鍛鋼の強さを備えている。「君には貸しがある。君は金銭ずくで堕落した打算的な人間だからな。その事実を君にも認めてもらおう」

彼は残酷な表情を浮かべた。「哀れにも僕は、君を〝善良なる女性〟だと思い込んだ。だが君は僕を捨てて、金と肩書きを目当てに結婚した。僕にはなんの説明も弁解もせずにね。そして娼婦《しようふ》さながらの人生を送り、また僕の助けが必要になったからといって僕を買収しようとした」痛いほど手に力を込め、彼女を引きよせた拍子に、胸と胸が触れ合った。イザベラの顔は真っ青で、視線もうつろだった。僕の言葉が彼女を傷つけたのか——マーカスは一瞬そう思った。だがすぐに彼女は顎を上げ、その目に反抗的な火を燃えあがらせた。

「つまり、ご自分が正しいことを証明し、貸しを取り返して清算するために私を手に入れたいと」その軽蔑《けいべつ》的な口調に彼はかっとなった。「殿方はそうやってなんでも事を簡単にするのよ。はっきり申しあげますが、お望みのものを差しあげる気はないわ」

マーカスはいきなり手を離し、あとずさった。

「こちらも、結婚取り消しに応じるつもりはない」冷たく言い放つ。「僕を甘くみるな。いとしい君」

その呼びかけの言葉にイザベラが反射的に怒りをあらわにした。「僕が応じなければ、君の計画は挫折《ざせつ》する。身動きがとれない以上、君は結局、僕の意見に同意せざるをえなくなると思うがね」

怒りを必死で抑え込むようにイザベラは体をよじった。「こんなの我慢できないわ！」

「この状況は君が自分で招いたんだ」マーカスは言った。

「説明はけっこうよ」イザベラがぴしゃりと言い返す。「なんとかして、さっさとこの状況から抜けだしてみせるわ」彼女は大きく息を吸った。「この結婚が合法かどうかもわからないし」

「がっかりさせたくはないが、この結婚は誓って合法だよ」マーカスはものうげに答えた。「合法でないわけがないだろう。そのために、君もあんなに苦労したんだから。そして床入りがすめば、結婚は完璧《かんぺき》なものとなる、書類の上だけでなく」

イザベラの指の下で扇の骨が二本、ぱちんと折れた。彼女は手袋から小さな木の破片をそっと払い落とした。

「そんなふうに話を先走らせないで」

マーカスはもの思わしげに片手で彼女の頬に触れた。怒りで煮えたぎっていても、自分をかりたてる欲望を消せはしない。

「君は僕の妻だよ、イザベラ」彼は静かに言った。「僕には君を妻として扱う権利がある」

指の下で彼女の頬が熱を帯びたが、それが怒りのせいなのか欲望のせいなのか、マーカスにはわからなかった。

「ばかを言わないで！　借金を肩代わりしてもらった以外にあなたに借りはないわ、ストックヘイヴン卿」

「それは違う」マーカスの口調が険しくなった。

「君には僕の希望に従う義務がある。僕と新婚初夜を過ごすのは義務なんだよ」

二人は古代ローマの剣闘士のようににらみ合い、二人だけの世界に封じ込められた。

知らぬ間に舞踏会の女性客が一人そばまで来ていたらしく、イザベラと袖が触れ合った。あらごめんなさいねと彼女はつぶやき、興味津々の目を向けた。

イザベラが夢から覚めたように瞬きをして彼から視線を離すと同時に、マーカスの体もそちらへ引っ張られそうになった。

「こんな話をここでするわけには」彼女は言った。

「この状況は……」声が少し震える。「常識では考えられない状況だわ」

マーカス自身も、自分で認めたくないほど震えていた。彼は咳払いをして言った。「では、もっと居心地のいい場所へ移動して、この話し合いを……つづけよう」

「また日をあらためて」イザベラが答えた。「今夜これ以上あなたのお供をする気はないわ」

マーカスは迷っていた。もうひと押しすることもできるが、今夜はこれぐらいにしておこう。追いつめられて、イザベラが我慢の限界にきているのはわかる。大いに不本意ではあるが引き下がるとしよう。

「では明日」彼は言った。「訪ねていくよ」

マーカスは見つめ合ったまま一歩あとずさった。イザベラは冷たく頑《かたく》なな表情を崩さないが、懸命に踏ん張っているのが彼にもわかった。

「おやすみ、僕のいとしい人」マーカスは言った。

彼女がふたたび、公妃が下層の者に丁重に挨拶するようによそよそしくうなずく。そうされて当然だろうと彼は思った。自分はこれ以上ないほど遠くへイザベラを押しやったのだから。その姿には威厳と同時に、何か耐えがたいほど胸を締めつけられる孤独がにじんでいる。思わず彼女を慰めそうになったそのとき、イザベラが彼を突き放した。

「おやすみなさい」彼女は背を向け、マーカスを締めだした。二度と寄せつけまいとするように。


イザベラは彼の後ろ姿を見つめた。舞踏室を大股で横切っていく長身のマーカスを、デビューしたての娘たちが金魚の糞《ふん》のように追いかけていく。マーカス・ストックへイヴンの妻の座に就くためなら、誰もがそのフランス製の下着を脱ぎ捨てることをいとわないだろう。

私はもうイザベラ・ディ・カシリス公妃でも、落ちぶれた大公の未亡人でもない。私はストックへイヴン伯爵夫人イザベラで、夫はさっそく夫としての権利を主張するつもりだ。だが、イザベラにはそれを阻む手だてが何一つ思い浮かばなかった。イザベラは身震いした。誤算だ、それもひどい誤算だった。借金の打撃から逃れるのに必死で、先々のことまでちゃんと考えなかった。マーカスを信じたのが、結局仇《あだ》となった。もう身動きがとれない。私に求めるものがある以上、それが満たされないかぎり、マーカスは私を自由にはしないはずだ。

〝君は金銭ずくで堕落した打算的な人間……〟。もしやマーカスにはまだ私を思う気持ちが残っているかもしれないと、心のどこかで期待していたのだとしたら、その望みはいまや消えた。

イザベラはぐっとつばをのみ込んだ。まだ胸の痛みは消えていない。彼があの言葉を口にしたとき、骨までえぐられた気がした。唇を噛《か》みしめ、涙をこらえる。絶対に泣くものか。結婚したばかりのころ、私の涙を見てアーネストがうれしそうにしていた。それ以来、意気地のないところはいっさい見せないように心がけてきた。だが、いくらそれが身についていても、胸に打ち込まれた痛みは消せなかった。

〝君は娼婦さながらの人生を送り、また僕の助けが必要になったからといって僕を買収しようとした〟

イザベラは奥歯を噛みしめた。もうたくさんだ。もう考えないわ。恨みがマーカスを復讐にかりたてたのなら、私はそれを阻むしかない。彼女は扇の折れた骨に無意識に指で触れた。マーカスに真実を打ち明けるなど無理だ。過去の戦慄《せんりつ》と痛みを彼にすべてさらけだして、もう一度胸によみがえらせるなど、ぞっとする。あの愛も絶望もすべて氷の中にぎゅっとしまい込んだ。それをそのまま埋めておかないかぎり、私は生きのびられない。折れた木の破片が指に刺さり、イザベラはたじろいだ。

〝僕と新婚初夜を過ごすのは義務なんだよ〟

とんでもないわ。彼女はゆっくりとかぶりを振った。あまりにもたくさんのことが身に降りかかり、どう現実に立ち向かっていいのかわからない。私に名実ともに、レディ・ストックヘイヴンになれというのだろうか。十二年前、マーカスの指先は至福の時をもたらし、将来の幸せを約束してくれた。だが十二年という長い年月が流れたいま、彼も私ももうあのときと同じ人間ではない。

マーカスから引き離されたとき、十七歳のイザベラの胸は悲しみに暮れた。そして、恋の熱が冷めたアーネストは一転して卑劣な態度に出るようになり、ついで娘のエマが亡くなった。だからもう二度と人を愛したくはないし、失いたくもない。マーカスに引かれそうになるこの気持ちは危険だ。恋の残り火は、冷たく固まったように見える灰の下でまだくすぶっている。でも、マーカスが私を求める理由はそれとはまったく違う。私への嫌悪をはっきりと口にした彼に屈してなるものですか。たとえこの体に燃える火を否定できないとしても。彼が言うところの貸し借りを清算するために自分を与えるなど狂気の沙汰《さた》だ。私は負けない。

時間稼ぎはしたものの、ゲームは先手を取って進めなければならない。彼が明日私のところへ来るというなら、こちらも準備が必要だ。計画を立てなければ。マーカスから逃れなければ。

8

ペネロペ・スタンディッシュはフリルのない実用的な男っぽい縦縞《たてじま》の木綿の寝巻き姿で、ベッドの中——というより上に座っていた。刺繍《ししゅう》入りのベッドの上掛けには紙が折り重なるように散らばっている。毒が足りない、あるいは毒が強すぎるという理由で破棄された原稿だった。きわどい感じをうまく出すのは難しいが、『ジェントルメンズ・アシニアン・マーキュリー』の編集人ミスター・モローからは、かけ出しにしては上出来だと褒められた。

新聞に記事を提供しているのが妹だと知ったらイザベラはなんと言うだろう。そう考えただけでペンはぞっとした。イザベラはこんな裏切りに遭う筋合いはない。外国暮らしから戻った姉は、ずっと離れ離れだったのが嘘《うそ》のように私を温かく受け入れてくれた。姉とのあいだにたちまち親愛の情が育《はぐく》まれたのは驚きでもあり喜びでもあった。でも、自分はこうしてイザベラを欺きつづけている。

問題なのは、自分がいま絶望的な状況にあることだった。実際、わずかな望みもない状況だ。

家は静まり返っていた。フレディはフォーダイス公爵夫人の舞踏会から戻るなり、すぐまた出かけていった。行き先は告げなかった。最近は黙って出かけることが多く、ペンもわざわざ説明を求める気もなかった。明け方、酒と安っぽい香水のにおいをぷんぷんさせて千鳥足で帰ってくるフレディを見れば、どこで夜を過ごしたかはきくまでもなかった。

最近、彼が朝帰りをする回数は増えていた。一つ屋根の下で兄妹仲良く暮らせていたころは、秘密を打ち明けないまでもよくおしゃべりをしたのに、このごろはめったに顔を合わせることもなく、顔を合わせてもフレディはあまり話をしたがらない。うるさく言えば逃げだすだけだとわかってはいても、やはり口を出さずにはいられなかった。フレディのことが心配だった。最近、目に怯《おび》えたような表情を浮かべている。まるで何か不愉快な事柄を、酒と女で、いえ、夜の闇《やみ》の中で、できることならなんでもして消そうとでもしているようだ。

お金も底をついていた。フレディはその多いとは言えない収入をロンドンの酒屋と娼館《しょうかん》に注《つ》ぎ込んでいるらしい。父親がペンに遺《のこ》してくれた手当はわずかなもので、二人の生活を支えるにはとても足りなかった。負債は膨らむいっぽうで、そのうち、いやすぐにも借金取りたちがやってくるだろう。そして、次にやってくるのは執行吏と法廷の召喚係と裁判官だ。苦々しさの中で死んでいった父の最期をペンは思いだした。父は借金問題で六回も出廷するという屈辱を味わい、妻のわずかな寡婦給与で食いつなぐところまで落ちぶれて憤死した。借金は呪《のろ》いのようにスタンディッシュ家に忍びよっていた。

だから、イザベラの生活ぶりに関する情報が耳に入ったとき、ペンは飛びついたのだ。最初は小説を書いてみたが、大衆向けの作品としては扇情的すぎると、どの出版社からも断られた。家政の手引き書や道徳本でも書くしかないのだろうかと彼女は考えた、どうやら生来の高慢な性格は、顔を出さなくてもいいときにかぎって顔を出すらしかった。書斎を片づけていたある日、フレディが置き去りにした古い『マーキュリー』が目にとまった。そこにはある有名な貴婦人の不倫に関する猥雑《わいざつ》な記事がのっていた。ペンは考えた。私にだってこれくらいの話なら書ける、ねたになる有名人を知っていれば……。

そのとき誘惑の悪魔が耳もとでささやいた。イザベラは気にしやしないし、わかってくれるだろう。あなたにはお金が必要で、貧困と絶望と借金に追われる生活がどんなものかわかっている、と。

ペンは数枚の原稿を手に取って内容に目を通し、その手を下ろしてため息をついた。やましさがふたたび喉を締めつける。イザベラがアーネストと結婚して英国を離れたとき、彼女はまだ十五歳だったとはいえ、姉のことは心から慕っていた。おまえがアーネストと結婚しなければ一家は破産だと父が家族全員の前で姉に告げたあの恐ろしい一瞬を、まだ鮮明に覚えている。自分はまだ幼すぎて事態がよくのみ込めず、イザベラの手を取ってこう言った。〝お姉様が大公のところへお嫁に行かないと私たちみんなフリート監獄で飢え死にするんですって。でも、もちろんそんなことにはならないし、お姉様は私たちをそんな目には遭わせないって言われたわ〟それを聞いて姉の顔つきが変わり、姉の内側で何かが崩れ去ったのがわかった。ベラも幼いことには変わりなく、十七歳には重すぎる選択だったと自分もいまになってようやく気づいた。それでも姉はアーネストと結婚する道を選び、一家を救ってくれた。当時裕福だったアーネストは妻の家族にも金を出し惜しみしなかった。一家が立ち直ると同時に父親は性懲りもなく投資に手を出し、当然のなりゆきとして、数年後にはまた全財産を失った。

ペンは手に持った原稿を無意識にいじった。ベラとは長年、手紙をやりとりしてきた。十二年間で顔を合わせたのは三、四回だけだったが、文通のおかげで疎遠になることもなく、手紙の中で相談したり噂《うわさ》話をしたり秘密を打ち明け合ったりしてきた。そして、今度またこうして再会して、二人が実生活でも気が合いそうだとわかった。自分の失われていた一部が再発見されたような、そんな気さえした。

『マーキュリー』のコラムに姉はさほど困惑してはいないわ、とペンは自分に言い聞かせた。書き手の正体を突きとめる気がイザベラにないと知っていくらかほっとしたものの、がっかりもした。正体を突きとめると言ってくれれば、私のこの裏切りにも終止符が打たれたかもしれないのに。

ペンは唇をぎゅっと噛《か》んだ。難を逃れるのに昔から使われてきた手段といえば、裕福な夫を見つけることだが、私はもう二十七歳だ。君は美しいと絶賛してくれる殿方たちはまだいるにせよ、オールドミスで貧乏な女性にいざ結婚を申し込む紳士がいるとも思えない。それに、私は金持ちの男性をおだてて丸め込みながら一生を送れる質《たち》ではない。きっと夫に癇癪《かんしやく》を起こし、歯に衣《きぬ》着せぬ真実を吐きつづけ、ベツレヘム精神病院へ送られるのがおちだろう。最近気になる男性といえばアリステア・キャントレルくらいだけれど、彼が少しも金持ちでないことはすでにわかっていた。

ミスター・キャントレルにつづいてマーカス・ス

トックヘイヴンのことが頭に浮かんだ。花婿候補としてではない。正直言って、マーカスのような男と結婚するのは怖い。あのあまりにたくましすぎる体に圧倒されそうだもの。彼のことが頭に浮かんだのは、助けてくれそうな裕福な親戚《しんせき》は彼しかいないからだった。もちろん、可能性はあるだろう。でもマーカスのことを充分に知っているわけではないし、それに、彼はなぜかフレディをよく思っていない気がする。ペンとしては、愛する兄の欠点をマーカスに暴露する気にはなれなかった。

マーカスの次に頭に浮かんだのはやはりイザベラのことだった。思うに……いえ、これは私がちゃんと知っていることだが、かつてマーカスとイザベラのあいだに激しい情熱があったのは事実だ。ソルタートンで過ごしたあの夏、私はまだほんの子どもだったけれど、たしかに見たのだ。夜になってイザベラが屋敷をそっと抜けだし、しばらくして弾むような足取りで目を輝かせながら庭から戻ってくるのを。マーカスとの婚約は当然のなりゆきであって、二人の切っても切れない絆《きずな》が婚約によって正式に認められたのだと思っていた。ところがあの日、絆は取り返しのつかない形で断ちきられた。

でもおかしなもので、やはり絆は完全には切れていなかったようだ。今夜の舞踏会での二人のふるまいを見れば、それは言うまでもなかった。ただ前と違うのは、あれから年齢を重ねた二人のあいだで、その情熱がなぜか暗く痛ましいものに変わったようだということだ。マーカスに見つめられてイザベラが身震いしたときの様子をペンは思いだした。殿方からあんな目を向けられたら、私ならきっと逃げだしていただろう。

通りに面した玄関ドアがばんと音をたてて開き、酔ったフレディのわめき声が聞こえた。妹や召使いへの配慮はかけらもなく、自分の側仕《そばづか》えを大声で呼びつけている。ペンはため息をついた。散らばった原稿をかき集め、ベッドの脇《わき》のナイトテーブルの下の戸棚にほうり込む。フレディの側仕えのマザーが兄に優しく話しかけながら階段の踊り場を横切り、ドアや備品が壊されないよう極力気をつけながら寝室へ連れていった。

ペンはベッドを出て化粧台に歩みより、広口の水差しの水を顔にばしゃっとかけた。鏡の中を見る。青白く疲れていて、自分を嘲笑《あざわら》う幽霊のような顔がそこにある。背後の椅子の背には、薔薇《ばら》色の夜会用ドレスが無造作にかけられている。夫も将来の展望も、お金もない。ミス・ペネロペ・スタンディッシュは鏡の中の自分から離れ、次に書きあげた原稿を新聞社へ届けようと誓った。朝刊に間に合うように。

舞踏会から引きあげたその足で、マーカスはロンドン東部のあまり上品とはいえない地区、ラトクリフ街道近辺へ向かった。タウンゼンドという名のロンドン警察裁判所警吏と交流のあるアリステアが、その界隈《かいわい》で最近立てつづけに起きた殺人にウォリックの手下の一人がかかわっているという話を聞きつけたのだ。マーカスは情報を買おうと少なからぬギニーをばらまいて何時間も尋ねまわったが、成果はなかった。誰も口を割らないのだ。誰もが恐れおののいていた。

「実に妙だな」朝方、ぼろぼろの貸し馬車で屋敷に戻りながらマーカスは言った。「ウォリックは噂にすぎないのではないだろうか？　あいつはどこにでもいるが、どこにもいない。本当に実在する人物なのか？」

「ああ、実在するさ」アリステアがいかめしい表情で、馬車の隅の座席から答えた。両手をポケットに深く突っ込み、クラバットのひだに顎をうずめている。「その顔は一つではない。あるときは伝説的人物、あるときは生身の人間、だがその影響力は変わらない。ウォリックという名前を聞いただけでみなが震えあがる男、それがわれわれの闘う相手だ」

「だがどうやって見つける？」マーカスはきいた。

「どこを捜せばいいのかもわからない。あいつは煙のようにわれわれの指をすり抜ける」

アリステアは横を向き、明るくなっていく空を馬車の窓から見つめた。彼は答えてくれそうにない、とマーカスは思った。寒くて体はこわばり、そしていらだっていた。無駄足に終わったが、少なくともそのあいだはイザベラのことを考えずにすんだ。これから数時間後には体を洗って身支度を整え、ブランズウィック・ガーデンズへ出向き、彼女と対決しなければならない。

「忘れるな」アリステアがふいに言った。「ウォリックが欲しがっているものが君のところにあるんだ。遅かれ早かれ、あいつは君を捜しに来る」

〈ロンドンに戻って以来、放蕩者《ほうとう》や洒落者《しゃれ》たちからひとしきり熱烈な求愛を受けた、かの陽気な公妃は、ゆうべF公爵夫人のスコットランド式舞踏会で人々の注目を集めた。醜聞を提供するのは自身の務めとばかりに、自分にはいかなる紳士にも色目を使う意思がないとの発言をされたとか。公妃の意見によれば、英国紳士は世界で最悪の恋人だそうだ。その分野では優れた経験をお持ちの公妃は、長い外国生活の中で殿方を比較対照する術《すべ》も身につけられたのだろうが、われわれとしては、自国男性の評判を守るべく敢然と進みでる英国紳士の登場を期待したい。S伯爵こそ、その役割にうってつけではないか？はるかに昔の話ではあるが、かの美しき公妃と雄々しき伯爵は単なる知り合い以上の……〉

——一八一六年七月三日付『ジェントルメンズ・アシニアン・マーキュリー』

「新聞社のみなさまがお屋敷の外につめかけておりますよ、妃殿下」ベルトンが部屋の入り口に立って陰気に告げた。「妃殿下のお邪魔にならないよう、勝手ながら玄関ドアのノッカーを取りはずしましたが、新聞社の方々は窓からお入りになろうとするかもしれません。それから、いまミス・スタンディッシュが到着されました」

「裏口から入るはめになったわ」ペンはそうぼやきながら紫檀《したん》の椅子にどさりと腰を下ろし、朝食の皿の横に積まれた新聞をぴしゃりと叩《たた》いた。その拍子に磁器のティーカップが跳ねあがって、お茶がこぼれた。「ああ、もう読んだのね！」

「何かあったの、そんなにかりかりして？」イザベラは尋ねた。「舞踏会の翌朝の、しかもこんな早い時間にやってくるなんて珍しいじゃないの」

「このことを知らせたかったのよ」ペンは新聞に手を伸ばした。「でも、間に合わなかったようね。お

イザベラはため息をつき、トーストがのった朝食の皿の横に新聞を置いた。また自分のことが書きたてられそうな予感はあった。フォーダイス公爵夫人の舞踏会に居合わせたその人物は、ギニー金貨一枚と引き替えに喜んで極上のねたを提供したのにちがいない。アーネストと結婚していたころは、ゴシップのねたになるのは珍しくなかった。だが今回のこの噂は自分で招いたものだ。英国の男性の色恋の才能についてあんな口から出任せの暴言を吐くなんて、いったい私は何を考えていたのかしら？　判定を下せるほど経験豊かでもないくせに。プロックトン公爵夫人の刺《とげ》のある挑発に乗りさえしなければよかったのだ。でも、娘のエマのことを言われて気が動転してしまった。エマのことに触れられるとどうしてもうろたえてしまう。だからあのときも、礼儀作法などおかまいなしに食ってかかった。

茶をいただいていい？　飲まずにいられないわ」

「どうぞ」イザベラは蜂蜜《はちみつ》を塗った食べかけのトーストを皿に戻し、べとべとした指を拭《ふ》いて、新聞を引きよせた。「こうなると予想しておくべきだったわ」

「だから昨日私が言ったのに！」ペンがティーポットを振りまわして言う。「屋敷から出ることもできないじゃない、ベラ」彼女は姉にしかめっ面を向けた。「よくもそんなに落ち着いていられるわね。玄関の外は人だかりよ」

「知っているわ」イザベラは答えた。

「『マーキュリー』と『プリセプター』が噂話のコラムを競い合っているのよ」ペンはぼやいた。「頭にくるわ」

「たしかにそうね。どちらもロンドンで一、二を争う下品な三流紙ですもの」イザベラは相槌《あいづち》を打ち、妹の紅潮した顔を見た。「まるで自分のことのように心配してくれているみたいだけれど、ペン」

「私が？」ペンは椅子から跳びあがった。「いいえ……それは……ええ、名誉にかかわる事態ですもの」

イザベラは肩をすくめた。「騒ぎはそのうち静まるわ。いつもそうよ」

「こういうことには慣れっこなのね」

「もちろんよ」イザベラは楽しげに青い瞳を妹に向けた。「アーネストは死ぬまで新聞に追いかけられていたから」

ペンはテーブルに両肘をつき、カップ越しに好奇のまなざしを向けながら、お茶をごくごくと飲んだ。

「ええ、わかるわ」ペンがためらいがちにつづけた。「ベラ、あなたが言ったことは……あれは本当なのかしら？」

イザベラは眉をひそめた。「なんのこと？　私が言ったというのは？」

「英国紳士が世界で最悪の恋人だなんて、本当であってほしくないわ。ゆうべはちゃんとき返す暇がなかったのよ。だって、あなたの言葉をマーカスは一刻も早く覆したいようだったから」

イザベラは顔をしかめた。「あなたがそんな質問をするなんて残念だわ、ペン」

ペンは笑い声をあげた。「私の関心は純粋に知的なものよ」少し身ぶりを交えて言う。「私は二十七歳よ、ベラ。人生にそういうものが存在することなど知りませんわ、という顔をする年齢かしら?」

「それもそうね」イザベラは認めた。「そんな顔をするほうが愚かね」

ペンが目を見開いた。「それで?」

「本当かどうかは私にもわからないわ」イザベラは答えた。「昨日はただぎゃふんと言わせたかっただけなの」

ペンがまじまじと見る。「わからないの?」

「ええ」イザベラは楽しげに片方の眉を上げた。「判定を下せるだけの経験を積んでいないもの」彼女はマーカスのことを思った。彼はたしかに恋人だったけれど、あの若く無分別な青春の日々には、それ以上の存在だった。彼は私の全世界だった。

ペンが考え込むように姉を見つめていた。

「私の悪評の四分の三はアーネストの放蕩のせいだとあなたもよくわかっているはずよ」イザベラはつけ加えた。

「残りの四分の一は?」ペンが食い下がる。

「それは……」イザベラは考えをめぐらせた。「その大部分は、私に言いよってつっぱねられた、俗にいう紳士たちがでっちあげた作り話よ。私に拒まれた事実を認めるわけにはいかなかったんでしょうよ」彼女はため息をついた。「一人だけ、男性がいたことは否定しないわ。その人の心には私への愛情がいくらかある気がして、私はアーネストとの結婚生活のつらさから逃れようと――」

イザベラはそこで言葉を切り、かぶりを振った。いくら不幸でも夫を裏切ることはできないと思っていた。だがエマが亡くなり、孤独のどん底にあったとき、オーストリア人の傭兵《ようへい》と悲惨な恋に落ちたのだ。イザベラの不運を見てとった彼は、優しく彼女に言いより……無情にもその十日後に捨てた。恋に破れた痛手は大きかったが、自分の情事が人々の話題になっているのに気づいて、迷いから目が覚めた。そして、その後は自分の心にも自分の悲しみにも錠を下ろして生きることにした。

「こんなばかげた話はロンドンじゅう探してもないわ。ベッドでの快楽にはまったく興味のない私が、自堕落なレディだと非難されるなんて」イザベラは言った。

ペンが眉をひそめる。「そういうことに興味がないなんて人がいるのかしら？」

「嘘じゃないわ」イザベラはトーストをむしゃむしゃ食べながら言った。「あれはつまらないものよ」

ペンは不満げな顔つきだった。「では、責任はアーネストにあるということね。彼が最悪の恋人でなかったら、あなたの意見も違ったでしょうから」

「そのとおり」イザベラは認めた。テーブルに両肘をついて、アーネストではなくマーカスのことをふたたび思った。自分には彼が初めての人で、それはまさに目もくらむ体験だった。私は彼に身を焦がした。だが、いまとなってはそれは青ざめた夢のようで、遠い昔にべつの人生で起きた出来事に思える。

そして、自分の奥深くに眠っている何かを目覚めさせることがまだ可能だとしても、それはそっと眠らせておくにかぎる。十七歳のころ、物事は単純だった。マーカスを愛し、愛するマーカスに自分を与えた。あれから自分はたくさんのものを失い、はっきりと悟ったのだ。何も失わないようにするには、最初から手を出さないのがいちばんだ、と。それに、いまマーカスは私を軽蔑《けいべつ》しきっている。ゆうべもあんな敵意に満ちた言葉を吐いたじゃないの。この結婚をただちに終わらせなければ、と私に決意させたものがあるとすれば、それはマーカスの辛辣《しんらつ》な態度だ。すぐにもミスター・チャーチワードに連絡を取り、婚姻解消の手続きを始めよう。私からマーカスへの借金返済の条件も決めなければならない。いつまでも恩を着せられてはたまらない。

ペンが口をとがらせた。「恋愛のアドバイスをしてもらえるかと思ったのにがっかりだわ。みんなの噂の種になる女性を姉に持つなんて、一つ得をしたと思ったのに」

「ご期待にそえなくてごめんなさい」イザベラは上機嫌で答えた。「あなたへの忠告があるとしたら……およしなさい、かしら」

「恋愛に首を突っ込むのはよせというの？」

「よしたほうがいいわ。恋は文学に謳《うた》われるようなものとは全然違うのだから。時間を費やすほどの価値はないもの」

ペンの顔に力ない笑みが浮かんだ。「それを聞いて残念に思うわね」彼女はカップのお茶を飲み干し、椅子の背にもたれた。「ということは、それをマーカス・ストックヘイヴンに対しても当てはめるつもりだということ？」そして淡々とした口調でこうつけ加えた。「彼は恋愛の試練に値しない男なの？」

イザベラの頬がぽっと染まった。マーカスの名を二度と持ちだしてほしくないのに。顔を赤らめるなんて、うぶで自意識過剰の女みたいだわ。

「ストックヘイヴン卿《きょう》と恋愛関係になるなんて、とんでもない話でしょう」ペンの視線をかわしながら言う。「世の中には避けたほうがいい男たちもいるのよ、なぜならあまりに――」

「魅力的だから？」ペンがきいた。

イザベラはいらだたしげに肩をすくめた。「あまりに危険だからよ」

「なるほど。だとすると、ゆうべ二人が散らした熱い火花はなんだったのかしら？　知らないとは言わせないわ」

イザベラはため息をついた。「質問が多すぎるわよ、ペン」

「これは失礼」ペンは新聞をぱんぱんと叩いた。「ここでもみなさんが同じ質問をしているわ」

イザベラはうめいた。もう、いつマーカスがこの部屋に現れてもおかしくない。それを見たらペンはますます好奇心を募らせるだろう。だが、きっと彼も外の人だかりに邪魔されて屋敷には入れないはずだ。中へ入れてくれとベルトンを懸命に説得する彼の姿が目に浮かんだ。いい気味だわ。

いま、これ以上の答えは得られそうにないと考え、ペンはため息をついた。そして、負けを認めるように話題を変えた。

「今日は外出できるかしら？」

イザベラもため息をついた。「新鮮な空気を吸いに出たいと思っていたけれど、外にあんな人だかりがいては無理でしょうね」

「人だかりを押しのけていくのもお手のものかと思ったわ」

「そうかもしれない。アーネストが愛人のマダム・ド・クーランジュの腕の中で死んだとき、私は数日間ストックホルムの家から出られなかったの。外に新聞社の人たちがわんさと押しよせたから。彼の死について何か意見があるかどうか、みんな知りたがったわ」

「あったの？」

「もちろんよ。でも、新聞社に私の意見を伝えるつもりはなかった」イザベラは悔しそうに額をさすった。「あのときと同じように、ゆうべも分別を働かせればよかったのね」

「なぜそうしなかったの?」

「あの性悪なプロックトン公爵夫人の挑発に乗せられたからよ。神経を逆なでされ、おまけに聞き捨てならないことを言われて、礼儀正しくふるまう気がなくなったの」イザベラは妹の目を見た。「たいていのことは無視できるわ。たしかに鍛錬は積んできたもの。でも、エマのことに触れられると、うまくいかないのよ。アーネストが私からエマを取りあげようとしたのは、私が母親として失格だったからだなんて――」彼女はそこでぐっとつばをのみ込んだ。

エマ・ディ・カシリス王女が、幼いうちから母親と生活をべつにすることは、最初に申し渡された。それが王室の流儀であり、両親と一緒にヨーロッパを旅して歩くのは無理だと言われた。イザベラは若く未熟ながらも勇気は人一倍あったから、娘は自分の手もとに置くと頑として言い張った。アーネストは彼女を蔑《さげす》み、君はやはり中流の人間でしかないと非難したが、イザベラは気にしなかった。エマは彼女のすべてだった。だからエマが猩紅熱《しょうこう》で命を落としたとき、イザベラの一部も死んでしまった。

ペンはその顔に静かに同情を浮かべていた。「ええ、わかりますとも。つまり、あなたの気持ちはあなたにしかわからないとはいえ、そういう愚かで悪意に満ちた言葉を耳にするのは我慢ならないわ」

彼女は姉の手を握りしめた。イザベラもぎゅっと握り返して答えた。「ありがとう、ペン」

そのときドアが叩かれた。「お邪魔して申し訳ありません、妃殿下」ベルトンがむっつりと告げる。「妃殿下あてに十七の花束を積んだ荷車が到着いたしました」

ペンがえっと驚いた顔をした。「今日はあなたの誕生日だったかしら、ベラ?」

「いいえ」イザベラは答えた。「誕生日は四月よ、ご存じのとおり」

「じゃあ、十七の花束はなんなの？」

イザベラはナプキンをテーブルに置いて立ちあがった。例の新聞に手をやる。「その説明はここに書いてあるんじゃないかしら」

ペンが新聞のコラムに視線を落とし、ふたたび顔を上げた。目にきらめきが戻っている。「まあ、それは楽しいこと！」

玄関広間は花であふれ返っていた。花を入れる容器を求めてメイドたちが走りまわり、腰湯のブリキのたらいや石炭入れやミルクの手桶《ておけ》は、すでに花瓶代わりにかりだされていた。メイドたちのささやきやくすくす笑いを誘っている花束が一つあり、ベルトンはそれを目につかないところへ隠そうとしていた。

「あら！」ペンが言った。「あの形はあれにそっくり――」

「ペネロペ！」イザベラが遮った。

「男性の裸体彫刻はたくさん見たわ」どうしても言わずにいられないらしい。「この男性の象徴はいくらなんでも大きすぎるように思うけれど」

イザベラは添えられたカードを読んだ。「フォレスター卿からよ。自分のサイズはこれと寸分たがわないので、あなたが逃してきたお楽しみがどういうものか、僕なら教えてさしあげられるでしょう、ですって。英国人男性の名誉挽回《ばんかい》というわけね」

ペンはべつのカードをさっと手に取った。「まあ！　サー・チャムリー・モートンもその気よ！　ヘスキス卿も！　ミスター・スタイルズの詩は読みあげる気にもならないわ、ふしだらだし、おそろしく下手だもの」

「これはいったい何？」イザベラは赤と白と青の配色の花束の真ん中から英国国旗のようなものを取りあげた。「あら、これは殿方の下着じゃないかしら」

「妃殿下！」持ちあげて調べるようなまねはさせないと、ベルトンが彼女の手からひったくった。

「なるほど」イザベラは両手を腰に当て、玄関広間に咲き乱れる花を見渡した。「ロンドンじゅうの男たちがあの新聞を読んだのにちがいないわ」

従僕の一人がベルトンに歩みより、二言三言ひそひそと言葉を交わしてから急いで立ち去った。ベルトンが咳払《せき》いをした。

「グリムストン侯爵が訪ねていらっしゃいました、妃殿下。それから、ロンズデール卿とミスター・カルーも。勝手ながら、妃殿下はお留守だということにさせていただきました。そのほうがよろしいかと」

ペンが感心するように彼を見た。「こういう采配《さいはい》にかけては右に出る者なしね、ベルトン？　姉のような評判のよくない人間の下で働いた経験が何度もあるとは思えないけれど」

ベルトンはその言葉を丁重に聞き流しながら、イザベラに向かって言葉をつづけた。「それともう一人、大衆紙とはいっさい関係ないという紳士がいらしております。ミスター・チャーチワードからの紹介状をお持ちで、美術品の値踏みに見えたそうです」

「ありがとう」イザベラは答えた。「その方を応接間にご案内して、ベルトン。美術品の目録を作成できるように」

「かしこまりました」ベルトンは一礼して立ち去った。

イザベラは忍び足で窓に近づき、カーテンをちょっと引っ張って外をのぞいた。通りを埋め尽くした人々が押し合いへし合いしながら、こちらを指さしている。だが昨日、訪ねていくと言ったあの男の姿はそこになかった。マーカス・ストックヘイヴン。彼はそういう人なのよ。どうせ私をやきもきさせるつもりなんでしょう。そして、私はごらんのとおりやきもきしているわ。いまいましいことに……。

イザベラはカーテンから手を離した。「もし外出するなら、裏窓から抜けだすしかないでしょうね」

「そしてボンド・ストリートに着いたら、さっそく殿方たちにうるさくつきまとわれるんだわ」ペンは言った。「まったく！　新しいボンネットを買うために三カ月かけてお金を貯《た》めたのよ。買い物に出かけるのを楽しみにしていたけど、注目を浴びるならいやだわ」

「買い物ならできるわ」イザベラは言った。「というより、こっちに来てもらいましょう。ベルトン――」近くをうろついていた執事に命ずる。「従僕をボンド・ストリートのボー帽子店へ使いに出してもらえるかしら。いちばん上等のボンネットを、いくつかここへ持ってくるよう頼んでほしいのよ。私たちがその中から選べるように」

ペンがうっとりした顔で言う。「お店が承知するかしら、ベラ？」

「承知しますとも。私にはお金も信用もないかもしれないけれど、頭のまわる店主ならわかるはずよ。公妃というのは、衣服や帽子にかけるお金はどうにかして作るものだと」

人波に揺れる通りのほうへ、イザベラはふたたび目をやった。いつまでも屋敷に潜んでいるつもりはない。今夜は観《み》に行きたいオペラがあるし、それに自分に寄ってたかって言いよろうとする者たちを利用してマーカスをうまく撒《ま》くという手もある。すごくいい案だわ。そしてゲームでさらに先手が取れるようにチャーチワードに手紙を書いて、婚姻取り消しの手配にただちに取りかかるよう指示しよう。元気が出てきたわ。自分がこの状況を支配しているかぎり何も心配はない。

さっそく書斎へ戻ってチャーチワードに手紙を書

こうと思ったそのとき、ベルトンが最後に届いた花束を手につかつかとやってきた。ペネロペがにっこりした。

「あら、なんてきれいなの」

その花束はたしかに美しかった。きっちりと束ねられた十二本のクリーム色がかったピンクの薔薇が小さなかごに入っている。イザベラはカードを手に取ったが、ふいに不安に襲われた。

その力強い筆跡を見れば、カードの署名を見ずとも送り主の正体はわかった。その人物同様に太く力強い文字で名前が書き添えられてはいたが。

チャーチワードの事務所で一時間後に会おう。

マーカス・ストックヘイヴン

イザベラは寒気を覚えた。これは命令以外の何ものでもない。

「誰からなの、ベラ?」ペンの声が意識に割り込んできた。イザベラは反射的にカードをくしゃっと握りつぶした。

「ストックヘイヴン卿からよ」

「彼も美しい詩でも書いてくれたの?」ペンが言った。

「そういうわけでは……ストックヘイヴン卿は、単刀直入に言って通じる相手に遠まわしな表現は使わない人よ。ごめんなさいね、ペン。急用ができてしまったの。ボンネットは一人で選んでもらうことになりそうよ」彼女はベルトンのほうを向いて、そのきれいな小さなかごを差しだした。「寝室のドアの外のテーブルに置いてちょうだい、ベルトン。寝室の中へ入れるつもりはないわ」

それからカードをびりびりと破いた。

9

マーカス・ストックヘイヴンがブランズウィック・ガーデンズに到着したのは三十分前のことだった。朝早くイザベラを訪ねるつもりだったが、ラトクリフ街道から自邸に戻ってみると、内務省のシドマス卿《きょう》から緊急の呼び出し状が届いていた。フリートでの滞在の件で話があるという。囚人に化けて入獄する許可を出したのはほかでもないシドマス卿であり、危険な犯罪人としてエドワード・ウォリックに目を光らせている当局にマーカスからできるだけ多くの情報を提供するというのがその交換条件だった。巷《ちまた》の噂《うわさ》ではウォリックは鉄砲鍛冶《かじ》屋で強奪を働くだけでなく、複数の政治的動乱や暴動にも関与しているらしい。彼を捕まえたいのだとシドマスは言い、マーカスにこう尋ねた。彼が自分のやりかけの仕事を終わらせようと、ソルタートンに舞い戻る可能性はあるだろうか、と。

話し合いは数時間に及び、マーカスはじりじりしながら放免されるのを待った。そしてようやくブランズウィック・ガーデンズにたどり着いたとき、屋敷の前はすでに新聞記者や待ちかねた色男たちであふれ返っていた。〝妃殿下はご在宅ではありません〟執事が群衆に向かって告げていた。マーカスは信じなかったが、人前でひと騒動起こしてまで屋敷に入ろうとは思わなかった。召使いの一人が集団にわけ入って、妃殿下は今夜ヘイマーケット劇場でコングリーヴの喜劇『世の習い』をごらんになる予定です、と情報を売り歩いていた。マーカスはイザベラの機転に拍手を送った。召使いたちがこの状況を利用してひと儲《もう》け企《たくら》んだ可能性もあるが、本当にそうだろうか。彼女が自分で噂を流しているに決まっている。

マーカスはポケットの中で両のこぶしを握りしめていたので、上着の優美な線が台なしになっていた。やっきになって彼の妻を捜しだそうとしている大勢の男たちを見て、いらだちが煮えくり返るような激怒に変わった。嫌悪しながらも自分のものにせずにはいられない女性、その女性に僕は振りまわされ、自制心を失っている。飢えと横槍《よこやり》を入れられた欲望が僕の中で熱く鋭さを増していく。待たされれば待たされるほど決意は固くなった。

マーカスは急いで作戦を立て、通りの角にいた花売り娘から清純なピンクの薔薇《ばら》の花束を買った。ペンは持ち合わせていなかったので、玄関の上がり段に群がっている新聞記者の一人から拝借した。ついで、ご用聞きが出入りする勝手口へまわってドアを叩《たた》き、メイド頭に花束を託した。

そして待った。

きっかり四十三分後、使用人部屋のドアが開いて執事が姿を現し、貸し馬車を呼んだ。明らかに気乗りしない表情だった。馬車は裏口で待機し、ほどなくイザベラ公妃が裏口の階段を下りてきて馬車に乗り込んだ。彼女は緋《ひ》色のドレスに、すばらしく粋《いき》な帽子をかぶっていた。

馬車が通りの角を曲がると同時に、マーカスは長いため息をついた。カードに書いたかなり一方的な命令に妻が応ずる確信はなかった。事実、彼女がどんな反応を見せてもおかしくない。外出したからといって、チャーチワードの事務所へ向かったという保証はない。馬車は反対の方角へ向かっているのかもしれない。だが、期待はできそうだった。

彼はブランズウィック大通りへ出ると、辻《つじ》馬車を呼んだ。自分がいま、一歩有利にゲームを進めている自信はあった。とはいえ、悦に入ってはいられない。イザベラを甘く見るのは最大の過ちだろうから。

ミスター・チャーチワードはひどく憂鬱《ゆううつ》だった。

彼の事務所で妻と話し合いたいというストックへイヴン伯爵からの要請にチャーチワードはしぶしぶ応じた。こういう事態にだけは巻き込まれたくなかった。いま主役の二人を前にして、黄泉《よみ》の国へでも行ってしまいたい気持ちだった。空気がぴんと張りつめている。

先に到着したのはストックへイヴン伯爵夫人だった。みごとな緋色のドレスをまとい、顔をいくらか隠す小粋な小ぶりのボンネットをかぶっていた。彼女は落ち着き払った様子でチャーチワードに挨拶《あいさつ》をし、腰を下ろして夫の到着を待った。マーカス・ストックへイヴンが案内されて部屋に入ってきたとき、彼女は当てつけのように、立ちあがりもしなければ挨拶もしなかった。

伯爵の表情は石のようで、態度は独裁者そのものだった。気の小さい男ならそれだけで黙り込むだろう。チャーチワードは思った。だが、イザベラはまるで意に介さない様子だった。

「用件に入りましょうか」彼女が冷静に切りだした。「時間があまりありませんので」

マーカスはあくまでも威圧的な姿勢をとり、彼女を蔑みの目で見た。

イザベラは涼しい顔でスカートから糸くずを払いながら、水も凍りつきそうな冷ややかな笑みを向けた。

チャーチワードは咳《せき》払いをした。

「マダム、伯爵があなたとの話し合いを望まれたのは、この結婚に付随する問題を話し合い、なんらかの合意に達するためです」

「単刀直入にいこう、チャーチワード」マーカスは容赦なかった。「これは、僕の妻にこの結婚の条件を説明するための会合だよ」彼はイザベラに向き直った。「われわれの契約に関して誤解が生じないよう、ミスター・チャーチワードに同席を願った」

イザベラが青い瞳を上げ、マーカスをねめつけた。チャーチワードは真っ赤に焼けた炭の上にでも座っているようにもじもじした。マーカスに動ずる様子はなかった。

「お始めになって」イザベラはその声に氷のかけらをちりばめていた。

チャーチワードは部屋の床がぱっくり口を開けて自分をのみ込んでくれるよう祈ったが、その祈りが通ずるはずもなく、ふたたび咳払いをして目の前の机から一枚の紙を手に取った。手がかすかに震えている。マーカスは窓に歩みより、妻の背後に立った。その姿がまるでのしかかるように部屋を威圧する。

「ストックヘイヴン伯爵はイザベラ・ディ・カシリス公妃との結婚に対し以下の条件を申し渡す」チャーチワードは早口で読みあげた。「一つ、婚姻の事実をただちに公式発表すること。二つ、婚姻の取り消しを行わないこと。三つ、結婚法に定められた権利に基づき、ブランズウィック・ガーデンズの家屋、通称五番の所有権はストックヘイヴン伯爵に移行し、家屋は売却される」チャーチワードはさらに早口になった。「四つ、同権利に基づき、ドーセット州の地所、通称ソルタートン・ホールの所有権も伯爵に移行する」

とうとうイザベラはたまらなくなった。椅子に座ってうつむいたまま微動だにしなかった彼女は、顔を上げた。その表情ははっきり読みとれなかったものの、傷ついていることはチャーチワードにもわかった。ソルタートンは自分のものになると考えていたのだから無理もない。ソルタートンは彼女にとって特別な場所だった。だが、これぱかりはチャーチワードにもお手上げだった。法律では、伯爵夫人の地所財産はその夫のものとなる。

「マダム……」チャーチワードは悲しげな声を出した。

イザベラは彼にほほえんでみせた。こんな状況下にあっても、その瞳には温《ぬく》もりがあった。「心配なさらないで、ミスター・チャーチワード。こうなったのはあなたのせいではないのだから」彼女は澄んだ冷静なまなざしを夫に向けた。

「まだあるんでしょう？」

「もちろん」マーカスは言った。その表情は花崗岩《かこう》のように険しい。「ロンドン滞在中は君にもストックヘイヴン邸で暮らしてもらおう。清算すべき借金がまだ残っているなら、僕に申し出るように。それと、今後何か購入する場合は、事前に僕の許可を得るように。出席する社交行事については逐一僕に知らせるよう――」

「さらに、知り合いと口をきくときは事前にあなたに相談するのね？」イザベラはぴしゃりと言った。「あなたの要求はばかげているわ」

マーカスは両手をポケットに突っ込んだ。「それは違うな、マダム。道に迷った妻を持つ男にとっては願ってもない条件だ」

チャーチワードは椅子の中で縮みあがった。私がうんと目立たなくなってしまえば、伯爵とその夫人に気づかれずにするりと部屋から抜けだすこともできそうだ。実際、二人とも互いの敵意の中にすっかり入り込んでいて、彼が机の上で踊りだしても、気にもとめないだろう。便宜的に結婚した者同士が条件を取り決める場には再三立ち会ってきた。中には、同じ部屋にいるのも耐えがたいというほど憎しみ合っている夫婦もいたが、そういう場合はたいてい、金と爵位の交換が目的の結婚、あるいは名家同士の政略結婚というのが相場だ。

しかしながら、ストックヘイヴン伯爵夫妻はそれには当てはまらない。硬く険しい表情で妻の後ろにそびえたっている伯爵を見れば、彼が妻を激しく憎んでいるのは容易に想像がつく。だが、それだけではないこともチャーチワードにはわかった。冷淡な顔の裏には美しい妻への、単に憎しみだけでは割りきれないはるかに複雑な感情が隠されている。部屋に入ってきた瞬間から、伯爵は片時も妃殿下の顔から目を離さず、鷹《たか》のようにじっと見つめている。そして、一度は伯爵が怒りと欲望をむき出しにして彼女を凝視しているのを見て、チャーチワードは大いに落ち着かない気分になった。ミセス・チャーチワードはもうここ数年その事実を忘れているようだが、チャーチワードとて男である以上、伯爵が妻に欲情していることぐらいはわかった。だが、マーカス・ストックヘイヴンの激しい怒りと飢えと深い悲しみに満ちた表情は見るも痛ましかった。

「つまり」イザベラはふたたび冷静な、無表情な声で言った。「ソルタートン・ホールを私から取りあげようというのね。お見事な復讐《ふくしゅう》だわ」

「あの地所が必要というわけじゃない」マーカスはぶっきらぼうに言った。「売りに出すことになるだろう」

イザベラがさっと彼を見あげたので、ボンネットに顔が隠れた。チャーチワードには、丸みを帯びた頬しか見えなくなった。彼はけっして想像力に富んだ人間ではないが、その瞬間、彼女の嘆きを痛いほど感じた。

「何と引き替えに？」一瞬のち、イザベラが問いかけた。「これで事態を清算するとおっしゃるなら、私には何をくださるの？」

マーカスは机に両手を突いて彼女のほうへ身を乗りだした。「借金を肩代わりしただろう。君はそれを望んだのではないのか？」

イザベラはゆっくりとした仕草で手袋のしわを伸

ばした。「でもあなたが亡くなった場合は？　私の将来については算段をつけておいてくださるのかしら？　何が起きるかわかりませんから」

チャーチワードは鋭く息を吸い込んだ。公妃は非常に危険なゲームに興じている。木の机の上でマーカスの両手がこぶしに握られた。

「僕が死亡した場合は」彼が歯ぎしりするように言う。「また同じ手を使って金持ちの夫を見つければいいだけのことだと思うが。それが君のいつものやり方だろう？」

「あなたの地所と財産は？」

「僕のいとこが相続する。残念ながら、僕を殺したところでなんの得にもならないよ」

チャーチワードはべそをかきそうな声で言った。

「伯爵、これは非常に不適当な――」

マーカスはその言葉を無視した。「だがもちろん、君が僕に跡継ぎを授けてくれれば話はべつだ」彼は残酷にそう締めくくった。「その場合は息子が相続するだろう」

イザベラの指の下で手提げ袋《レティキュール》の鼈甲《べっこう》の留め金がぱちんと音をたて、全員をぎくりとさせた。

「あなたに授けたいものがあるとすれば疫病くらいかしら」彼女はさらりと言った。「この清算の条件として私をベッドへ連れていこうだなんて、許さないわ」

気恥ずかしさのあまりチャーチワードの耳がかっと熱くなった。

「君には妻としての務めを果たしてもらうよ」一語一語、食いちぎるように吐きだすマーカスの顔が青ざめていく。「それについては、二人だけで相談するとしよう」

イザベラは非の打ちどころのない優雅な動作でうなずき、立ちあがった。「お話がこれで終わりというなら、失礼してよろしいかしら」

チャーチワードの力の抜けた指からマーカスが書類を取りあげた。「ここに署名してからだ」

イザベラは立ちどまったまま動かなかった。書類から夫の硬くこわばった顔へ視線を移すその時間が、チャーチワードには永遠にも思えた。彼女は若く、傲然《ごうぜん》として、そして実に美しい。マーカス・ストックヘイヴンが息をつめるようにして待っているのがわかった。

「いいえ」イザベラははっきりと答えた。「署名はしませんわ。強制はできないでしょう。ミスター・チャーチワード、ここでの話はさておき、婚姻解消に必要な情報を私まで届けてくださるとありがたいわ」

マーカスが姿勢を正した。「君の同意があろうとなかろうと、明日の『タイムズ』に結婚発表の記事がのる」

イザベラは返事をしなかった。そして、部屋を出てそっとドアを閉めた。

「伯爵」チャーチワードは言った。やっと息ができるようになっていた。「あれではうまくいきません」

マーカスは聞いていなかったが、ややあって夢から覚めたようにふいに頭を振り、机の上の書類に目をやった。「同意するさ」マーカスが言った。「彼女に選択の余地はない」

チャーチワードは彼をまじまじと見た。伯爵は妻のことをどこまでわかっているのだろう？　自分の経験など微々たるものだが、バイロン卿の女性に関する百科事典の知識を借りずとも、マーカスの戦術が失敗したことは明白だ。彼は要求を押しつけ、妻はそれを拒否した。だが、闘いは終わったわけではなく、いまやっと始まったばかりだった。

逃げる場所はなく、隠れる場所もない。そして助けてくれる人もいない。でも、降参などするものですか。

イザベラはサドラーズ・ウェルズ劇場のディ・カシリス公専用のボックス席に一人座っていた。『フィガロの結婚』の調べもほとんど耳に入らなかった。恋と裏切りと許しの物語、機知と風刺に富んだこのオペラは、今夜の自分には似つかわしすぎるほどだ。ただしマーカスと自分の恋は過ぎ去り、裏切りは完結し、許しは訪れるべくもないけれど。

チャーチワードがソルタートンの所有権に関する条項を読みあげたときの、マーカスの顔が忘れられなかった。マーカスの心にあるのは自尊心と復讐だろうと思っていたが、自分から相続権を取りあげた瞬間のあの冷酷で満足げな表情を見れば、動機は個人的な仕返しにとどまらないという気がした。私の裏切りに対する報復であると同時に、いとこのインディアへの償い。そんな気がしてならない。

ソルタートンの相続権は、私の救いだった。子どもも時代の楽しい思い出がつまったあの場所で隠退生活を送り、あの平穏な日々をいくらかでも取り戻せるなら、ほかは全部失ってもかまわないと思っていた。なのにこんなことになろうとは。愚の骨頂というしかない。結婚によってソルタートンを含む全資産が夫のものとなり、自分が所有するものはもう何一つない。すべてマーカスの財産だ。この私さえも。

イザベラは吐き気と寒気を覚えた。彼は手にした支配権をどうふるうつもりなのだろう。私に面目を失わせる方法はいくらでもある。彼はすでに私から資産と威厳を奪いとったが、まさか無理やりベッドに引きずり込んで結婚の契りを交わすようなことはしないはずだ。いくら敵対しているとしても、力ずくで欲しいものを手に入れる人ではない。そうは思っても、やはり不安は拭《ぬぐ》えなかった。頭が混乱してもうへとへとだった。こんなに人を憎むことができるのかと思うほど彼を憎みながらも、心の奥底では彼に引かれている。つまるところ、二人はずっと昔から一緒になる運命にあったのだという内なる声が聞こえてきた。

ボックス席の後ろのカーテンが揺れ、隙間《すきま》から人影が入ってきて彼女のとなりに腰を下ろした。デイ・カシリス公のボックス席には専用の出入り口のほか、楽屋へつづく秘密の通路がある。アーネスト公は幕が下りたあと必ずお気に入りの女優や踊り子を訪ねては、自分のために舞台とは違う特別の演技をするようねだった。今夜、秘密の出入り口はイザベラにとってもありがたかった。一人で誰にも見られずに劇場へ入れたからだ。しかしいま、となりに誰が座ったのかは横を向かなくてもわかった。

「おめでとうございます」彼女は舞台から目を離さず、慎重に声を落とした。「うっかり忘れていたけれどもこのカシリス公のボックス席も自分のものだ、と言いにいらしたのでしょう?」

マーカスは笑い声をあげた。「まいったな。正直、いたく感激したよ。君の亡くなったご亭主がロンドンじゅうの劇場にボックス席を持っていたとはね」

「観《み》るためと、そして観られるためによ」イザベラはつぶやいた。

「もちろんだ」マーカスは長い両脚を投げだして、ビロード張りの座席の背に深々ともたれた。「僕が今夜ここへ来た目的もまさにそれだ」

「何か目的があってのことだと思っていましたわ。あなたの関心事の中にモーツァルトが入っているようには見えませんでしたから」

マーカスがかすかに体を動かした。声が険しさを帯びる。「僕が何に関心を持っているか、君は知らないだろう」

イザベラは扇をぱたぱたと振った。「知る必要もありませんけれど。結婚しているとはいえ、お互いの趣味に辟易《へきえき》する必要も……あるいは、一緒にいてうんざりする必要もないでしょう。事実……」彼女は立ちあがりかけた。「オペラを鑑賞する気が失《う》せました。帰らせていただきます」

マーカスの温かな指が手袋に包まれた彼女の手首をがっちりとつかみ、座席に引き戻した。「僕はそうは思わないよ。結婚発表の記事が明日の新聞にのる以上、今夜一緒にいるところを披露しておきたい」

「それは命令かしら」

「これは依頼だ」だったらもう少し丁重な口のきき方をしたらどうなの、とイザベラは思った。お願いしているようにはとても聞こえない。

「私があなたの依頼に応じないとしたら?」皮肉を込めて言う。「どうなるの?」

マーカスがため息をついた。「親愛なるイザベラ、聡明《そうめい》な君にならわかると思うが、僕の願いを聞き入れたほうが君も快適に過ごせる。なぜ僕と争う?支配権を完全に握っているのは僕のほうだというのに」

イザベラの全身に怒りがほとばしった。「いったいあなたは何が欲しいの?」彼女は嚙《か》みついた。

「ゆうべ舞踏会で言ったはずだ」マーカスに動ずる様子はない。「君が欲しい……すべての意味で妻として。結婚の事実を公表した上で、君から借りを返してもらう。それがすんだら、結婚解消はせずに合法的に別居することを検討してもいい」

冷たく無情な言葉に、イザベラは胸が締めつけられた。やはり彼が求める清算とは、復讐以外の何ものでもないんだわ。

「世間にわざわざ公表するのは、私が昔あなたを捨てたからなのね」

「そうだ」

「そして借りを返してもらうというのは……」彼女は言いよどんだ。「インディアのためだと」

マーカスがぎくりとした。彼はそのとき初めてイザベラをまともに見たが、その陰りを帯びた目には、彼女には何かわからない感情が浮かんでいた。

「つまり君は自分で認めるのか？　自分がたしかにひどく打算的で堕落した人間だったと？」

イザベラは心臓を短剣でえぐられた気がした。金銭ずくで堕落した打算的な人間……。彼に言わせれば、私は最低の人間だということね。

「何をおっしゃっているのかしら」彼女は淡々とした口調を崩すまいとした。「私はただ、あなたがインディアのことでも私に何か恨みを抱いていて、復讐を果たそうとしているような気がしただけ」

マーカスが闇《やみ》の中でため息をついた。舞台ではアリアがしだいに強くなり、歌声が高らかに響きわたった。イザベラは鮮やかな衣装の役者たちから目を離さず、マーカスなど存在しないかのようにまっすぐ前を見据えていた。


神経が弓のように張りつめていた。だが不思議なことに、オペラがクライマックスを迎えると同時にその力強い旋律に乗って自分が遠く運び去られ、一瞬、自分の悲しみがかき消されるのを感じた。マーカスの手が優しく愛撫《あいぶ》するように彼女の手首を握っていた。彼が指と指を絡めた。軽く、それでいて自分のものだとさりげなく主張するように。イザベラの心に妙な感情がわきあがった。手を引っ込めて、私はあなたのものではないとはっきり伝えるべきなのに、どうしてもできなかった。

マーカスは最後まで手を離そうとはしなかった。そのせいで、最初は手首がくすぐったいだけだと思っていたイザベラも、いまや全身が意識の固まりになっていた。体がほてり、目覚め、そわそわと落ち着かない。その証拠に、きっといま自分の顔は真っ赤なはずだ。じっとしているのもつらかった。音楽が静かに引いていき、拍手が突然わき起こった瞬間、イザベラは跳びあがった。マーカスを見ると、マーカスも彼女を見つめていた。険しかったまなざしがいまはやわらいでいて、黒い瞳は優しさがあふれているのかと思うほど柔らかく、怖いほどだった。イザベラは胸がどきどきした。口を開こうとした瞬間、場内が明るくなった。ぎらぎらとまぶしい光を見て彼女は瞬《まばた》きをし、マーカスの指から自分の手を引き抜いた。

観客が早くもざわつきだした。ボックス席は中の人間がよく見えるように作られているため、顔を上げれば、イザベラのかたわらに座るマーカスの姿にみながすぐ気づく。一階正面のストール席にいた人々が、われ先にとボックス席へやってきた。マーカスが彼女に顔を向けた。またもとの冷淡な口調に戻って言う。

「このまま、ここで彼らに接見しよう」

「いいえ」イザベラは言った。二人で上流社会の見せ物になるのは愉快だろうと言いたげな彼の目の表情に、いっきに嫌気がさした。「あなたはどなたにでも接見なさればいいわ。だって、ここはもうあなたのものなのだから。私は失礼します」

抗議する隙をマーカスに与えず、彼女はカーテンの外へ抜けだした。そして、秘密の階段を下りて楽屋口へ向かった。女優を誘惑するのが趣味だったアーネストの秘密の通路がいつか役に立つ日もくるだろうと思ったのは間違いではなかった。

「嘘《うそ》だろう？」

マーカスは〈ホワイツ〉の読書室に突ったったまま、『タイムズ』の記事をずっとして見つめた。〈ホワイツ〉でアリステアと会う約束をしていたのだが、アリステアは約束の時間に数分遅れるという伝言を残していた。待っているあいだに、クラブの召使いが朝刊を運んできた。イザベラとの結婚を告知する記事を見つけようと、マーカスは急いでページをめくった。公表されれば、二人が合法的に夫婦関係にあることを世間に認めさせ、そして現実に結婚生活を送るその第一歩にもなろうというものだ。マーカスは期待に胸を膨らませていた。

記事はあった。活字がしっかりと彼の目を捉《とら》えている。まずは結婚を宣言する一文だ。

〈ストックヘイヴン伯爵は喜ばしくもここにイザベラ・ディ・カシリス公妃との結婚を発表する……〉

出だしは上々だ。だが、その結婚発表の文句のすぐ下に、誰かが次のような文章を書き入れていた。

〈ディ・カシリス公妃は今後、伯爵夫人よりも上位の階級である公妃の称号を保持されたいとのこと。また、ストックヘイヴン伯爵との結婚はあくまでも財産目的であるとはっきり断っておきたいとのことだ〉

マーカスの耳の中でぶうんと妙な音がしていた。まるで水中から外の世界を見ているようだ。知り合いが二人、冗談を口にして通りすぎ、彼の背中をぴしゃりと叩いた。マーカスはそれにもほとんど気づかないまま記事を読み返していた。もちろん、イザベラの仕業にちがいない。新聞発表のことを事前に知らせたのは失敗だった。彼女はすかさず対抗手段に打ってでたのだ。マーカスの勝ち誇った気持ちはしぼんでいった。

アリステア・キャントレルがべつの男性二人と部屋の入り口に立っているのが見えた。ロンズデール卿とミスター・カルーの二人は前日、ブランズウィック・ガーデンズに押しかけた公妃の崇拝者たちの中にいたはずだ。彼らが近づいてくると同時に、マーカスの口がへの字に曲がった。

「おい君、おめでとうと言うべきなのか、ご愁傷さまと言うべきなのか」ロンズデールが言った。「実にばか正直だ！　彼女は金目当てにすぎないと、君もよくぞ認めたものだ」

「君は金を提供しろよ。われわれはべつのやり方で妃殿下を楽しませるから」と口にしたカルーの喉をマーカスはわしづかみにして絞めあげた。

「落ち着け、ストックヘイヴン！」ロンズデールが止めた。「便宜的な結婚というやつだろう」

「ほかの男が身ごもらせた子どもにストックヘイヴンの名を与えるつもりはない」マーカスは歯ぎしりをして言った。指の力を緩めると、カルーがよろよろあとずさり、びしょ濡《ぬ》れの犬のように頭を振った。

「僕の妻に近づくな」マーカスは言った。「近づいたら、僕が――」

「マーカス！」ロンズデールのにやけた顔に一発お見舞いしないうちにアリステアがマーカスの腕をつかみ、引きずるようにして放した。「ほうっておけ。君を挑発しただけだ」

マーカスの中で煮えたぎっていた怒りはいくらかおさまったようだった。彼が手を下ろすと同時にロンズデールとカルーが後ろへ下がった。カルーは痛めた首を手でなでながらも、ロンズデールと一緒にまだにやにやと意地の悪い笑みを浮かべていた。くそ、僕がもの笑いの種になるとは。これも妻のせいだ。彼女はこちらの言うとおり黙って拘束されると決めつけたのは誰だ？　彼女が仕返しを企んでいるとなぜ気がつかなかった？

そのときフレディ・スタンディッシュが部屋に入ってきた。まずいときに現れたものだ――アリステアは声に出さずに罵《のの》った。マーカスは一瞬、義弟は自分を完全に無視するだろうと思った。フレディは勇敢な男ではない。自分に挑んでくるとは思えなかった。

部屋の空気はぴりぴりと張りつめ、全員がなりゆきを見守っていた。そして、フレディ・スタンディッシュはマーカスの横を通りすぎることなく、まっすぐ歩みよった。

「おめでとう、ストックヘイヴン」フレディは言ったが、手は差しださなかった。まるで自分の言葉に傷ついているように聞こえる。その灰色の目はひどく冷たかった。「最初に僕のいとこと結婚し、今度は僕の妹と結婚するとは。あなたは分不相応に幸運な男だ」フレディは言葉を切り、ついで金鎚《かなづち》のように言葉を叩きつけた。「イザベラを悲しませてみろ、僕がただじゃおかない」

彼はきびすを返し、そのまま部屋を出ていった。

まいったな、どういうことだというささやき声が広がる。「彼は大まじめだったな」アリステアがフレディの後ろ姿を見ながら、はっと鋭く息を吐いた。

「まさかああいうところが彼にもあるとは」

マーカスはこわばった筋肉からゆっくりと力を抜いた。思わず体に力が入っていたようだ。前にも何度かフレディの敵意を感じたことはあったが、それについてはあまり考えなかった。

〝最初に僕のいとこと結婚し……〟

インディアとフレディが親しくしていたとは思えない。彼女の口からフレディの話が出た記憶は一度もないが、ふいにマーカスは気になりはじめた。フレディの敵意には何か理由があるにちがいない。自分がイザベラと結婚する前から敵意があったということは、原因はイザベラではないだろう。よほどの理由がありそうだ。なぜなら、一点の疑念もなく、フレディ・スタンディッシュが僕を憎んでいる事実が伝わってきたのだから。

10

「なぜ言ってくれなかったの！」ペンは青の大広間に飛び込んでくるなり、ソファにいる姉を見つけて横にどさりと腰を下ろした。「大ばか者になった気分よ！　フレディが『タイムズ』を読むまで結婚のことを知らなかったなんて！」

イザベラは読んでいた本から目を上げた。「フレディが『タイムズ』を？　それは驚きだわ」

ペンが顔をしかめた。「ふざけないで、ベラ。こっちはすごく傷ついているのよ」怒りもあらわに両腕を振りまわす。「どうなっているの？　何があったの？　マーカスはどこ？　こんなおかしな話はないわ」

「ごめんなさい」イザベラは答えた。「これは便宜上の結婚にすぎないのよ。一週間前に結婚はしたけれど、マーカスの居場所は私にはわからない。お互い、相手の言いなりになるような関係ではないから」

「結婚式に招待してくれてもよかったでしょう！」ペンはぷりぷりして言った。「結婚のことを誰にも知らせなかったの？」

「ええ、もちろん。ミスター・チャーチワードと金貸し連中には知らせたけれど」イザベラは答えた。

「あらまあ、それは大変けっこうね」いらだちでペンの顔が紅潮する。「どうしてそんな卑劣なまねができるの？　フレディも私もショックを受けているのよ」

イザベラは妹のほうへ手を差しだした。「ごめんなさい。マーカスと結婚したのはお金のためで、結婚は短期間で終わらせる計画だったの。ところが、便宜的な結婚のはずが、ひどく不便をきたすことになってしまって」

ペンが目を見開いた。「不便ですって？　洗いざらい話してちょうだい、ベラ」

イザベラは額をさすった。「どうしていいかわからなかったのよ、ペン。金貸しはこれ以上お金を貸してはくれない、たとえジェーンおば様の遺産が見込まれていてもね。知ってのとおりミスター・チャーチワードからは、このままでは監獄へ入るか、あるいは外国へ逃げるしかないと言われたわ」彼女は目を閉じた。「それで、そのとき一つだけ思いついたことを実行したのよ」

「義理のいとこのマーカスのところへ行って彼に結婚を承諾させたわけね」そんなはしょった説明で納得する妹ではなかった。ペンは眉をひそめた。「でも、ふつうは借金を申し入れるでしょう。結婚ではなく。結婚までする必要はなかったはずよ」

「そうかしら」フリートで結婚式を挙げた経緯を明かすことにイザベラはためらいを覚えた。「マーカスへの借金返済を終えたら、すぐに結婚取り消しの手続きをするつもりだったの」彼女は髪に手をやり、ピンを全部抜きとった。頭痛がしてきた。「よく考える暇もなかったのよ、ペン。アーネストの借金を清算するのに必死で」

「それはわかるわ」ペンは姉の手を優しく叩《たた》いた。「でもやっぱり軽はずみだったとしか思えない」

「そうね。それは認めるわ」イザベラはため息をついた。「婚姻解消がそう簡単にできるものではないとやっとわかったわ。こんな面倒なことになるとは思いもしなかったのよ」

「たしかに婚姻解消を勝ちとるのは恐ろしく大変よ」

「ほら！」やり場のない気持ちをぶつけるようにイザベラは片手を振りあげた。「あなただって知っているのに！　なぜ私は知らなかったのかしら？」

「さあ。あなたの計画に私が気づいていれば、教えてあげられたのにね」ペンはため息をついた。「マーカスはどうなの？　彼は結婚解消を望んでいるの？」

「いいえ」イザベラは顔を赤らめた。「そして彼の同意がなければ解消はできない」

「そうね」ペンは言った。「マーカスは結婚を解消するより完成させようとしている気がしたわ、公爵夫人の舞踏会で会ったとき」

「ペン！」

「だって」ペンがもどかしげに言った。「彼があなたとベッドをともにしたいと思っていることぐらい誰にだってわかるわ。それについて結婚前に話し合わなかったの？」

「話はあまりしなかったから」イザベラは認めた。「話し合うべきよ。話せば何が問題なのかはっきりするから」

「ご忠告をありがとう。心掛けるわ」

ペンがほほえんだ。「で、マーカスはどこに？　おめでとうを言わなくちゃ」

「言ったでしょう。私は知らないの」イザベラは肩をすくめて答えたが、内心でぞっとしていた。マーカスはあの新聞記事を読んだら私のところへ一目散にやってくる。そして、上流社会の面々もさっそくここへかけつけるだろう。噂《うわさ》の張本人から、直接話を聞きたいにちがいないからだ。

「お金のために結婚したというくだりは、彼にとってはうれしくないでしょうね」ペンが言った。

イザベラはため息をついた。「ペン、あなたってわかりきった事実をずばっと口にする天才ね」

「皮肉を効かせてまわりくどく言う必要などありませんから」ペンが気取って答えた。「あれは彼を怒らせようとわざとやったの？」

「そういうことになるでしょうね。結婚発表をするとマーカスが言い張るものだから、それなら彼の期待を上まわる記事を出そうと思って」

「マーカスはなんて言うかしら?」

「自分できいてみるといいわ」イザベラは不安を悟られまいと落ち着いた声で答えた。「たったいま彼の声がしたように思えたけれど」

玄関広間に響くせっかちな足音につづいて、ベルトンが大広間に滑り込んできた。

「ストックヘイヴン伯爵がいらっしゃいました、妃殿下」ベルトンはむっつりした声で告げた。結婚しているのに別々に暮らし、自分の配偶者に会うにも執事の取り次ぎを必要とするようなはしたない上流人たちには我慢ならないとでも言いたげだ。

「おはようございます、伯爵」イザベラは言った。

「ちょうどあなたのことを話していたのよ」

マーカスは彼女を見て眉根を寄せた。例の記事が表になるように折りたたんだ『タイムズ』を握りしめ、反対のてのひらをいらだたしげにとんとんと叩いている。二人だけにしてくれるようイザベラがペンに言うのを待っているらしい。だが彼女はやりかけの刺繍《ししゅう》をソファからゆっくり拾いあげて、手際よく針を動かしはじめた。針仕事が大好きというわけではないけれど、刺繍をいつも手もとに置いておくと役に立つこともあるということね。イザベラの屋敷で働く品格ある年配の婦人たちはそれを見て安心するだろうし、イザベラ自身も、何か面倒な状況を避けたいときに集中できるものがあると助かる。いまがまさにそのときだ。

ペンがソファから跳びあがって、マーカスにキスをした。

「最初は義理のいとこで、今度は義理の兄!」彼女は言った。「すごくうれしいわ! あなたからお金だって借りられるもの、マーカス」

彼はいかめしい表情をかすかにやわらげてペンにほほえみかけ、ふたたびイザベラに険しい顔を向けた。

「ちょっと話をしたいんだが」

「かまわなくてよ」うつむいたまま、せっせと針を動かす。「どうぞ話して」

二人だけにしてほしいとイザベラがペンに言うのを、やはりマーカスは待っているようだ。イザベラはしばらくしてからこう言った。

「何かためらっていらっしゃるようだけれど」

マーカスがペンを見た。ペンが澄んだ青い目で見返す。マーカスはため息をついて、ドアのところまで行き、仰々しいほど礼儀正しく開けてみせた。

「申し訳ないのだが、ペネロペ……」

「あら、もちろんよ！」ペンがイザベラを見た。

「書斎でプラトンを読んでいるから、必要なときは呼んでね、ベラ」

「ありがとう、ペン」イザベラは刺繍から顔を上げなかった。マーカスを困らせてやるわ。

ペンが出ていくと、部屋には沈黙が流れた。イザベラは針をすいすいと動かしつづけたが、手がかすかに震えているのを彼に気づかれないよう祈った。

マーカスがソファの横の椅子の肘掛けを新聞でぴしゃりと打ったので、イザベラはぎくりとした。

「これはどういうことだ？」

彼女は歯を食いしばった。「おっしゃる意味がわかりませんわ」

「わからないはずがない！」マーカスはソファの肘掛けに片手を突いて、まさに威嚇するように彼女のほうへ身を乗りだした。「金のために僕と結婚したのはたしかに本当のことだ。だが、それを社交界全体に報告する必要があったのか？」

イザベラは針をさらに速く動かした。これ以上私に近づいたら、針で刺してやるわ。

「誤解されずにすみますから」彼女は言った。「私はつねに正直でありたいの」

マーカスが彼女をにらみつけた。「撤回の声明文をただちに新聞社に送ってもらいたい。明日の新聞にのるように」

「お望みならば」

イザベラは危険を覚悟で彼の顔にさっと目をやった。激しい怒りと困惑といらだちが浮かんでいる。いい気味だわ。

「撤回するのか？」マーカスは声に不信の色をにじませた。

「その件は承知しました」彼女は冷静に答えた。

部屋が静まり返ったのち、マーカスが体を起こした。「いいだろう。それともう一つ、君がいつストックヘイヴンへ引っ越してくるのか知りたい」

イザベラは刺繍用の小さな銀のはさみで慎重に糸を切った。「ストックヘイヴン邸が私を迎える準備ができたときに移りますわ」

彼が当惑の表情を浮かべた。「準備？　どんな準備だ？」

イザベラの両眉が上がった。「あら、まずは隅から隅まで掃除をしていただかないと。煙突も一本残らず。そして使用人も雇い入れて――」

マーカスが鼻を鳴らした。「使用人ならすでにいるだろう、マダム」

「彼らはあなたの屋敷で働くのを望まないかもしれないでしょう」イザベラはにこやかに答えた。「それからもちろん、貯蔵室には食料を――」

「たわごとを！」

「そして最後にもう一つ、私の馬車を――」

「馬車だと！」

イザベラは彼を見た。「あたりまえでしょう。あなたの妻が貸し馬車に乗っているのを見たら、みなさんなんとおっしゃるかしら？」

マーカスは口を開け、また閉じた。

「出席する社交行事を全部知らせるようにとおっしゃいましたわね」イザベラは言葉をつづけながら呼び鈴を鳴らした。「ベルトン、その書き物机の上のリストをストックヘイヴン卿《きょう》にお渡しして」

執事から手渡された一枚の紙を彼は一瞥《いちべつ》してから裏返した。眉尻が下がった。

「白紙だ」

イザベラはほほえんだ。「ええ、予定は一つも入っていませんの。でもこの先、幸運にもどこからかご招待を受けるようなことがあったら、必ずご相談するわ」

マーカスが今度はあからさまに不信の表情を浮かべた。「滑稽《こっけい》だな」

「同感よ」イザベラは言った。「でも、あなたがこういうふうにしろとおっしゃったから」

「滑稽なのは、社交行事の予定が一つもないという君の話だよ。僕がそれを鵜呑《うの》みにするとでも思っているのか？　僕の頭は単純だと思っているんだろう」

ぴりぴりした沈黙が流れる中、彼女はマーカスを見てかすかに両方の眉を上げた。「単純とは思いませんけれど」

彼がむっとして眉間《みけん》にしわを寄せた。「では教えてくれ――」

「何をでしょう？」

マーカスは椅子にどさりと腰を下ろした。「今日はこれから何をするのか」

イザベラはため息をついた。「そうね、あなたがお帰りになったら、ペネロペと一緒にボンド・ストリートへ行こうかしら」彼の非難めいた表情に気づいて、よどみなくつけ加える。「もちろん、買い物はいっさいしないわ。あなたにお金の無心はしたくないから。でもウインドーショッピングならかまわないでしょう。だけどこれは社交行事ではないし、ペンと約束したわけでもないの。だって、ペンは今日一日、プラトンに没頭する可能性も大いにあるし。そういう意味では、彼女の行動は予測不可能よ」

「今夜は？」マーカスがつめよる。「劇場は？　晩《ばん》餐《さん》会は？」

イザベラはかぶりを振った。「屋敷で静かに過ごすわ」

「招待客はあるのか？　訪問者の予定は？」

「遠慮したいわ」イザベラは答えた。「いい本が一冊あれば充分よ」

「いやはや」マーカスが叫んだ。「君は修道女のように暮らす気か！」

「そうよ、そう言いたかったの。でも残念ながら、あなたは信じてくれないようね」彼女はそこで言葉を切った。「よろしければご一緒にどうぞ、わくわくする夜になるとはお約束できないけれど」

「今夜は予定がある」マーカスは言った。

イザベラはどきりとした。もちろんそうでしょう。私がここで修道女のように夜を過ごすからといって、彼も同じだと考えるのは間違いよ。

新聞発表でマーカスの裏をかいて勝ちとった満足感は一瞬にして消えた。胸がずきんと痛んだ。激しく憎み合いながらも苦しいほどに引かれ合っているというのに、マーカスがどこで夜を過ごすのかなど考えもしなかった。彼が私を欲しがっているからといって、ほかで快楽にふけるはずがないと考えるほど私はうぶではない。きっと彼にはもう情婦がいるのだろう。イザベラの心は割れそうだった。

「そうでしょうとも」彼女は咳《せき》払いをして声の震えを隠そうとした。「では、楽しい一日を」

マーカスが立ちあがった。「社交行事に同伴してもらうときは前日には知らせるようにする」

「わかりました」イザベラにはわかった。彼の今夜の予定がどうであれ、私がお供をする必要はない。

「『タイムズ』に前言撤回の声明文を書いてくれるんだろうな？」信用しきれない、という口ぶりだった。

「書きますとも」彼女は礼儀正しく答えた。

マーカスはまだ何か言いたげだった。「いいだろう。ではごきげんよう、マイレディ」

イザベラはしばらく動かなかった。彼が、玄関広間でベルトンにありがとうと陽気に声をかけるのが聞こえた。暖かな日なのに、彼女の心はこわばり、冷え冷えとしていた。そして妙にうつろだった。もうそろそろソルタートンへ引っ越す準備を始めるつもりだったし、どうしてもそうしたかったのに。ロンドン社交界のめまぐるしさにはなんの魅力も感じない。王族の金魚鉢の中で十二年を過ごした私には、少しの安らぎがあればそれでいい。

けれども事態は一変した。夫の命令で自分はロンドンから出ることもできない。ここで何かしたいと思っても、夫の許可なしには何もできない。財布の紐《ひも》を握るのは夫で、私に行動の自由はない。私が過去に犯した〝罪〟とマーカスがみなすものに対して、彼はこうして罰を与えるつもりなのだろう。

イザベラはいきなり立ちあがった。刺繍が床へこぼれ落ちたがそれを拾おうともせずに、書き物机に歩みよった。まずは新聞社へ撤回の声明文を書かなければ。よく考えて慎重に作戦を練ろう。マーカスに人生を牛耳られてはたまらない。

彼女は腰を下ろして羽根ペンを選び、用紙を引きよせて書きはじめた。イザベラ・ディ・カシリス公妃は金のためにストックヘイヴン伯爵と結婚したわけではないことをここにはっきりと申しあげる。ほら、撤回したわ。そこで手を止め、羽根ペンの先を噛《か》んだ。事実、財産目当てに結婚したのは伯爵のほうだと申しあげたい。なぜなら、婚姻によって彼は長年手に入れたいと願っていたドーセットシャーの地所、ソルタートン・ホールを獲得し……。

イザベラは書きあげた文章に砂をかけて文字を乾かし、満足げに読み返した。これでマーカスが怒りださなければ驚きというしかない。そう、撤回文を書けと言ったのは彼で……でも、それ以外のことをいっさい書いてはならないとは言われなかったわ。

「王手！」と彼女は声に出して言った。「用心なさって、伯爵、次はつみよ」

マーカスが捨てていった『タイムズ』はまだソファの上にあった。無意識に新聞を手に取ったイザベラの目が第一面の記事に釘付《くぎ》けになった。

〈アメリカ人大使夫妻がロンドンに帰還……〉

彼女は紙面から目を離さず、ゆっくりと腰を下ろした。記事を読み終えたイザベラの顔に笑みが広がった。こんな幸運が舞い込むなんて。帰国してアーネストの借金の事実を知らされてからというもの、自分は運からまったく見放されていた。だけど、どうやら運が向いてきたらしいわ。イザベラはふたたび書き物机に向かい、いちばん上等の便箋《びんせん》を選んで、羽根ペンの先をインクに浸した。


その晩のマーカスの連れは長身で肌の浅黒い、顎にもじゃもじゃとひげを生やした男だった。警察裁判所警吏のタウンゼンドはゴールデン・キー・インの酒場の、隅の静かな席にすでに陣取って、陶製《クレー》パイプをふかしながら店内の空気を悪くするのにひと役買っていた。彼はマーカスを見て立ちあがろうとしたが、それには及ばないとマーカスは肩に手をかけた。人目を引きたくない。

「どうも」タウンゼンドが言った。「エールでも一杯どうですか？」

マーカスは勧めに応じた。海軍にいたころはエールどころかもっとひどい酒を飲んでいた。彼は周囲を見まわした。低い天井に黒い梁《はり》が渡されたその酒場は騒がしくて暑苦しいが、誰も二人に特別な注意を払おうとはしなかった。

「何か情報か？」

「はい、そうです」警吏はもの思わしげにクレーパイプを口にくわえた。

マーカスは椅子から身を乗りだした。「ウォリックの件か？」

タウンゼンドは柔和な青い目を向けた。「いや、そうじゃありません。ウォリックのことをしゃべりたがる犯罪人などロンドンにはいませんよ。情報というのはお捜しの少年に関するもので……名前はチャニングでしたか？」

マーカスはうなずいた。ウォリック捜しに奔走するあいだも、エドワード・チャニングのことは頭から離れなかった。火事の夜にあの少年がつぶやいた言葉と、ウォリックへの恐れと敬意が入りまじった口調。そして悲しみに暮れ、沈黙に沈んだエドワードの両親。いつの日か彼らに吉報をもたらせればと、マーカスは万に一つの望みを胸に抱いていた。

だが、いま彼を見つめるタウンゼンドの目に、心なしか哀れみが浮かんでいた。「少年はあなたの親族だったと？」警吏がきいた。

「私の借地人の息子だよ」マーカスは答え、そしてふと気づいた。「だ、だったと言ったか？」

タウンゼンドがゆっくりとうなずく。「救貧院で死にましたよ」彼は簡潔に答えた。「ロンドンのショアディッチで」

マーカスは大きな落胆と、それにつづく怒りに打ちのめされた。

「亡くなった……原因は？」

「熱病だそうです。数週間前に救貧院に連れてこられたとか」タウンゼンドは咳払いした。「少年を運び込んだ者の話では、道に倒れていたのを発見したそうで、すでに発病していて、かなりひどい状態だったと聞いています。とうとう回復せず、自分の名前と年齢、そして田舎から来たことを伝えるのがやっとだったとか。おそらくお捜しの少年でしょう。埋葬記録の中に少年の名前を見つけたんですが、あなたから聞いた詳細と一致していました」

マーカスはうなずいた。間違いないだろう。チャニング夫妻のことを彼はふたたび思った。二人にとっての希望の火は消えた。ウォリックは子どもを手先に使い、その子どもが病気になって役に立たなくなれば道に捨てる、そういう男なのだ。マーカスの胸の内に冷たい怒りが広がった。タウンゼンドはまだ話しつづけていた。

「失礼ですが、これからどうなさるおつもりで?」

マーカスはジョッキを傾けてエールを飲み干した。「ソルタートンへ行く。少年の両親にこの件を伝えなければならないだろう。それに、ウォリックを見つけるにはソルタートンへ行くしかない。あいつの正体をばらす者はロンドンにはいないが、僕はあいつが手に入れようとしているものを持っている。遅かれ早かれ、ウォリックは僕のところへ来る」

警吏はパイプをゆっくりとふかした。「おっしゃるとおりかもしれません。やつが何を取り返そうとしているのか見当がつきますか?」

「いや、まったく」マーカスは悔しそうに答えた。

「なるほど」警吏は、大儀そうに立ちあがった。「サー・ウォルターにすべて伝えておきますよ。あなたがウォリックの件をあきらめないと知ったら彼も喜ぶでしょう。早晩、われわれがあのろくでなしを捕まえる日はきますよ」彼は空のグラスに手をやった。「今夜はごちそうになっても?」

マーカスは声をたてて笑った。「もちろんだ。協力に感謝するよ、タウンゼンド。もう一杯どうだ?」

警吏は首を横に振り、丸々と肥えた腹の上でベストの裾《すそ》を引っ張った。「せっかくですが帰らないといけないうちがあるもので。いや、それはもちろん、あなたにもですが。ではこれにて」

彼は立ち込める煙の中へ姿を消し、人込みにまぎれた。マーカスは酒場の喧騒《けんそう》のど真ん中に一人残された。こんな人込みにいながらひどく孤独だというのは妙な感じだ。もちろん僕にも帰るうちはあるが、タウンゼンドとは違って、おかえりなさいと自分を温かく迎えてくれる者はいない。うちというより住居にすぎず、召使いも最小限しか置いていなかった。いずれイザベラの使用人たちを引き受けることになるだろうし、近々ソルタートンへ発《た》つことになりそうだ。僕が帰るストックヘイヴン邸は暗く静かで、そしてなぜか寒々しい。そう思うと心が沈んだ。

飲み代を気前よく支払って夜の中へ踏みだしたマーカスに、酒場の主人が感謝の言葉を投げかけた。外はむしむししていた。こういう蒸し暑い夜は嫌いだ。夏の爽《さわ》やかな暑さは心地いいが、町中のむっとする暑苦しさには息がつまりそうになる。病気が蔓《まん》延《えん》し、エドワード・チャニングのような子どもたちが、孤独の中で悲しんでくれる者もいないまま死んでいく貧民窟《ひんみんくつ》のことを彼は思った。ウォリックに対する激しい怒りと憎しみが煮えたぎっていた。

マーカスは蒸し暑くても、辻《つじ》馬車には乗らずに歩いて帰ることにした。ひたすら自邸をめざし、メイフェアの通りへ入ったとき、足早に角を曲がっていく女の姿がちらりと見えた。マント姿は闇《やみ》の中に翻る影でしかなかったが、その身のこなしに見覚えが……。マーカスは思わず一歩踏みだした。

「イザベラ!」

女は振り返らなかった。街灯の下に一人佇《たたず》むマーカスを夜警が不思議そうに見つめている。ばかだな。今夜は屋敷にいるとイザベラから言われたろう。それに、たとえ外出したとしても、彼女が一人でメイフェアを歩いているわけがない。たしかなのは、自分の頭がイザベラでいっぱいになりはじめていることだ。出会う女性すべてに彼女を見ている気がする。何かほかのことを考えているときですら、心は彼女に占領されている。

自分でも気づかないうちに、マーカスの足はブランズウィック大通りへ、そしてブランズウィック・ガーデンズへ向かっていた。屋敷にはまだ明かりが灯《とも》っていた。まだ宵のうちだし、人を訪ねてもさしつかえない時間だと自分に言い聞かせる。それに、訪ねる相手は妻なのだから。

彼は呼び鈴を鳴らした。

ベルトンは彼の登場に、浮かない顔をした。

「こんばんは、伯爵」

「こんばんは、ベルトン」マーカスは中へ入ると玄関広間をちらりと見渡し、イザベラの気配を探した。彼は妙な緊張感を覚えた。「レディ・ストックへイヴンは屋敷に？」

「妃殿下は」とベルトンが強調するように言う。「すでに寝室へ入られました」

疑いが頭をもたげた。イザベラは寝室へ入るどころか町へ出かけたのではないか、召使いたちが彼女をかばってそう言っているだけではないのか？ そもそも、社交行事が一つもないわけがないだろう。きっと、いまごろカルーとロンズデールにちやほやされながら危険な晩餐会を楽しんでいるのだ。

「彼女に会いたいのだが」マーカスは言った。

ベルトンは口をへの字に曲げ、マーカスを阻止しようと、階段の前に立ちはだかっている。

「残念ながら、伯爵をお通しせよとのご指示は妃殿下からいただいておりません」

「僕は夫だぞ」マーカスは言った。

「それはそうですが」ベルトンの口調は冷静そのものだったので、一歩も動こうとしなかった。

マーカスがベルトンを見やると、ベルトンもひるまず彼を見返した。

「ベルトン？ こんなとんでもない時刻に訪ねていらしたのは誰？ いま眠りかけていたのに！」

マーカスはぱっと顔を上げた。

イザベラが階段のてっぺんに立っていた。薄青のローブを着て、長い髪を顔と背中に垂らしている。足は素足で、ベッドに入っていたのは間違いない。

マーカスは心臓が飛びだしそうになった。あんな姿の彼女を見るのは十二年ぶりだ。

イザベラは下りてはこず、階段のてっぺんに立って手すりに片手を置き、彼を見下ろしている。その距離感と階段が描く曲線の優雅さのせいで、彼女の姿には、手の届かない威厳と風格が備わっている。

マーカスはベルトンをじろりと見た。ベルトンはぼんやり宙を見つめて目を合わせない。

「すまないな、ベルトン。妻と話をしたいのだが」いらだちが声に出そうになった。

ベルトンが首をまわした。「ストックヘイヴン伯爵が妃殿下とお話をされたいそうですが」

一瞬の間があった。「では上がらせてあげて、ベルトン」イザベラが言った。

マーカスは一度に二段ずつ階段をかけあがり、あっという間に彼女の横に立った。

「ベッドにいたのか」彼はゆっくりとそう言ってイザベラの頰に指で触れた。温かく柔らかな肌。彼女にはほとんど触れていないが、本当はずっと触れていたかった。それゆえに、その誘惑は耐えがたいものだった。彼女の解き放たれた髪に両手を絡め、その絹の手触りを指のあいだに感じたい。赤と茶と金色の鮮やかな秋色の髪の感触を確かめたい。イザベラがまつげを揺らめかせ、ぐっとつばをのみ込んだ。マーカスの指の下で彼女は身動き一つしないが、彼はその体に自分と同じ疼《うず》きを感じとった。濃い青い色の眠たげな瞳に隠しきれない欲望が浮かんでいる。

「十一時を過ぎているわ」淡々とした口調にもかかわらず、イザベラの喉は狂ったように脈打っていた。「お話というのは何かしら？」

　そうきかれてマーカスはぽかんとした。彼女と話をしたくて来たわけではない。

「それは……」そもそも、自分はここへ何をしに来たのだろう。指がイザベラのなめらかな首へ滑り落ち、喉の下のくぼみに触れ、彼女を胸に引きよせた。「君に会いたかったんだ」彼は言った。

　つかの間、彼女がマーカスを見た。「今夜はご予定があったのでは？」声が少しかすれている。

「あったが、もうすんだよ」

　彼の手は、いまイザベラのうなじに置かれていた。指に伝わるその温《ぬく》もりと無防備さ。肩に垂れた髪がマーカスの上着の袖《そで》をこする。彼はほとんど放心状態で、首筋をそっとなでつづけたが、指先の優しさとは裏腹に、体の内側では欲望が荒れ狂っていた。唇と唇が触れ合いそうなほど接近している。キスをしようと思えば、すぐにもできるだろう。あのフリートで燃えるような抱擁を交わしてから、ずっとキスをしたかった。

「君を見たような気がしたんだ」彼は言った。「今夜、外にいたとき……」

　ほとんど説明にもなっていなかったが、イザベラは理解したようだった。その瞳から光が消えると同時に、マーカスの手から離れてあとずさった。

「わかったわ」彼女はどんよりした声で言った。「今夜は屋敷から出ないと伝えてあるにもかかわらず、あなたは私を見たと思った。そして、私が嘘《うそ》をついたのかと確かめに来た」

「違う！」マーカスは思わず異議を唱えたが、たしかに彼女の言うとおりだった。寒気を覚えた。何かをつかみかけたのに、つかみきれずに逃してしまったような感覚だ。彼は黙り込んだが、心の内では非難の声が聞こえていた。

「では」イザベラがしばらくして言った。「私が自分のベッドに一人でいたことはもうおわかりでしょう。私への疑いも晴れたようですし、部屋へ戻らせていただくわ。ベルトンが玄関までご案内します」

マーカスは言いたかった。君の居所を確認するためだけにここへ来たわけじゃない。君に会いたかったんだ。君のことが四六時中頭を離れない。僕は君を必要としているらしい。だが、イザベラはすでに黙って背を向け、ベルトンも早々とドアを開けて彼が帰るのを待っていた。そして、蒸し暑い夜だけがマーカスを手招きしていた。

11

「嘘《うそ》だろう……」

「おい、最近の君の会話は表現が乏しいな」アリステア・キャントレルがぼやきながら、読んでいた新聞を下ろした。「今度はいったい何事だ？」

マーカスは『タイムズ』の朝刊から目を上げた。今日もまた〈ホワイツ〉の読書室で、アリステアは新聞のコラムの執筆に取り組み、マーカスは朝刊に目を通していた。二人のあいだに流れていた穏やかな沈黙を破るように、マーカスの怒りが爆発した。彼は声に出して記事を読んだ。

「〝イザベラ・ディ・カシリス公妃は金のためにストックヘイヴン伯爵と結婚したわけではないことを

ここにはっきりと申しあげる。事実、財産目当てに結婚したのは伯爵のほうだと申しあげたい。なぜなら、婚姻によって彼は長年手に入れたいと願っていたドーセット州の地所、ソルタートン・ホールを獲得したのだから。最初に伯爵は、当時ソルタートンの女相続人だったミス・インディア・サザンと結婚した。そして、今度は彼女のいとこと結婚して地所を確保しようと……」マーカスは新聞をばさりとほうった。「ちくしょう！　よくもこんなまねを！」

顔を上げると、アリステアが笑いを嚙《か》み殺しているのが目に入った。「何がおかしい？」彼はつっけんどんに言った。「笑い事じゃない！」

「まさに笑い事だよ、君」アリステアはほがらかに答えた。「撤回文を送るよう妃殿下に言ったんじゃないのか？」

「ああ、だが……」

「そして彼女は言われたとおりにしたんだろう？」

「前言撤回といっても、こんなふうに書けと言った覚えはない！」マーカスは新聞を手の中でぐしゃっと握りつぶした。「ええい、くそっ、彼女は僕を困らせるために結婚したという気がしてきた！」

「だが妃殿下のほうは、君が彼女を困らせるために結婚したことをちゃんと知っている」アリステアは言った。「復讐《ふくしゅう》に出て返り討ちに遭うこともあるからな、マーカス。それに、こう言ってはなんだが、始めたのは君だ」

マーカスはうなった。認めたくはないがアリステアの言うとおりだ。僕は高圧的にイザベラを挑発して、彼女はその挑発を一つ一つはね返してきた。こうなったのも僕のせいだと言われてもしかたがない。

「『ジェントルメンズ・アシニアン・マーキュリー』を見てみろよ」アリステアは自分の仕事に戻りながら言った。「『タイムズ』よりはるかに下品な記事をのせている」

マーカスは『マーキュリー』をつかんだ。「どんな記事だ？　どこにのっている？」新聞を破りそうな勢いでページをめくった。

「社交欄だよ」アリステアが答えた。

やっと目当てのページが見つかった。

「〝英国紳士は恋人としては最悪だという驚くべき発言をしたばかりのさる公妃が、その英国紳士の一人を夫として受け入れたというさらなる驚きのニュースが飛び込んできた。権威ある『タイムズ』に掲載されたたしかな情報によれば、妃殿下とS伯爵のあいだに婚姻関係が結ばれたとのこと。夫の恋人としての手腕に新伯爵夫人がどのような感想を抱くのか、固唾《かたず》をのんで見守るとしよう。率直に意見を口にされる夫人のことだから、どんな判定が下ったか、ロンドンじゅうが知る日はそう遠くないと思われる……〟」

マーカスは歯を食いしばった。「くそっ！　これもイザベラが書いたと思うか？」

「そうは思えないな」アリステアは冷静に答えた。「気づかないのか、マーカス？　誰かが君の妻に関するねたを新聞に売っているらしいな。『マーキュリー』はもう十日以上その記事をのせている」

「僕はこんな三流紙は読まないからな」マーカスは『マーキュリー』をぽいと投げた。「醜聞と中傷しか書かないじゃないか」

「そう言うなよ」アリステアがむっとした顔をした。「僕も『マーキュリー』に寄稿しているんだから。僕が担当する、この若者向けの人生相談はどうかな？」

マーカスは答える代わりに、友の手から手紙をひったくった。

「〝どうか僕を助けてください〟」彼は声に出して読んだ。「〝ある年寄りの後家と結婚するよう父から言われています。彼女は三十歳で、年二百ポンドの収入があり、若い男と賭事《かけごと》に目がないという女性です。そんな結婚には耐えられません。どうかいい助言をお願いします"」

アリステアが彼を見た。「君ならその若者になんと助言する、マーカス?」

「父親の言うことを聞いて、新聞の人生相談にばかげた手紙を書くのはよせと言ってやるさ」マーカスはテーブルに両足をのせ、手紙を返した。

「ふむ」アリステアは鉛筆の尻を噛んだ。「若者の身になって考えてやろうという気持ちが君にはないようだな、マーカス」

「あたりまえだ」彼は言った。「こんな話につき合っていられるか。女の財産にそれほど執着があるなら、父親が自分で結婚すればいいじゃないか」

「そのレディとしては、ベッドの相手は若いほうがいいんだろう」アリステアがにやりと歯を見せた。

「それは誰も責められないさ」

マーカスは椅子の中でもじもじと体を動かした。今朝は他人の性的欲求不満に同情を寄せている余裕などない。

「厄介なうるさい若造どもになぜわざわざ助言してやるのか、理解に苦しむな」

「なぜならば」アリステアの口調に恨みがましさはなかった。「僕は君のように裕福ではないからだ。コラムの仕事でなんとか生計を立てているし、若者から送られてくる手紙にはなかなかおもしろいものもある」

マーカスの頭にある考えがひらめいた。「同じ新聞に執筆している君なら、イザベラの醜聞を書きたてている謎《なぞ》のコラムニストの正体を突きとめられるだろう」

「そうかもしれないな」アリステアがかすかに笑みを浮かべた。「心あたりがないわけでもない」

「あるのか?」マーカスは彼を凝視した。

「この件はまかせろ」アリステアは言った。

「けっこうだ」彼は立ちあがり、背伸びをした。

「そのあいだに僕は、道に迷った妻を訪問するとしよう」

「また撤回文を新聞に出すよう説得するのか？」

「いや」マーカスは答えた。「明らかにそれは逆効果だ」

「たしかに」

「だからべつの手を考えないと」

「何か名案でも？」アリステアがきいた。

「そのうち浮かぶだろう」マーカスは言った。

アリステアは鼻にのせた読書用眼鏡の縁越しに彼を見た。「マーカス、わかっているのか？　あまり追いつめすぎると、イザベラ公妃は君とフリートで——君が囚人に化けていた場所で結婚した事実を世間にばらすだろう。その話がもれたら、ウォリックを見つけだすのがさらに難しくなる」

マーカスの表情が険しくなった。「イザベラが口を滑らせたら、僕も暴露する取り決めになっている。彼女は自分が投獄から逃れるために囚人と結婚したのだとね」

「ひどくロマンティックな結婚というのは僕の失言だったな。僕はまるでわかっていなかった」アリステアはため息をついた。「人に助言をして生計を立てている者の言葉に耳を傾けろよ、マーカス。イザベラ公妃に指図をしようとするな。ご婦人に指図してもろくなことにはならない」

マーカスはしかめっ面をした。「インディアはいつも従順だった」

アリステアは鼻を鳴らしそうになって、すかさずこほんと咳《せき》をした。「まあ、君はその筋の権威だからな。むろん、結婚の喜びに無縁の僕が偉そうなことは言えない。幸運を祈るよ」

だが、マーカスが大股で読書室を出ていくと同時に、アリステアは嘆かわしげに首を横に振った。この闘いに勝つのは、どう見てもイザベラ公妃だ。

今夜のヘンリー・ベルサイア夫妻の晩餐《ばんさん》会に同伴されたし。急な知らせですまない。晩餐の席にふさわしい正装を。

ストックヘイヴン

イザベラは白と黒の市松模様のゲームテーブルを指でとんとん叩《たた》いた。亡夫のアーネストがカードゲームに使っていたテーブルだ。白と黒の大理石のチエスの駒《こま》はアーネストがとうの昔に売り払ってしまった――チェスでは賭事ができないと言って。

いっぽう、イザベラは昔からチェスが得意だった。チェスは技と戦略のゲームだ。かつて対戦したあるオーストリアの老将軍から、君が男ならすばらしい軍人になっただろう、君は戦術家としての知性を備えていると言われた。そして、いま彼女の戦略は功を奏しているらしい。

イザベラはマーカスの手紙にふたたび目を落とした。書かれているのはたった三行だけで、『タイムズ』の記事についてはひと言も触れていない。しかし、有無を言わさぬ指令を送りつけて手綱を絞り、彼女が自分の支配下にあることを思い知らせるつもりなのは間違いない。今夜は自分のそばにいてほしいから、呼んだら飛んでこいというわけだ。

しかしマーカスは、もちろん彼女がベルサイア夫妻と懇意である事実を知らない。アメリカ大使として長い経歴を持つ夫妻がスウェーデンに赴任中、イザベラもちょうどその地に暮らしていた。それでとても親しくつき合うようになったのだ。そうでなければ、いくらイザベラが昨日大急ぎで夫妻宛《あて》に歓迎の手紙を送り、自分とマーカスも晩餐会にお邪魔したいと伝えたところで、そのそうそうたる招待客のリストにストックヘイヴン伯爵夫妻が加えられることはなかったはずだ。

もちろん、マーカスがそれに気づくことはない。ミセス・ベルサイアには夫宛に招待状を送ってもらうよう、そして三人が以前からの知り合いであることは伏せてもらうよう頼んでおいた。

イザベラはほほえんだ。マーカスの命令に初めて喜んで応ずる気になったわ。そしてうまくいけば、これが最初で最後になるでしょう。

その夜、事態はかなり早い段階でねじれ始めた。

マーカスがブランズウィック・ガーデンズへ妻を迎えに行くと、妻は黒いマント姿で彼の前に現れた。全身黒ずくめで、晩餐会にふさわしく着飾っているのかどうか判断のしようもない。だが、彼は危険を冒す気にはなれなかった。夫にばつの悪い思いをさせようと、妻がとんでもないドレスを選んだとしたら？

「マントを脱いでくれ」マーカスは言った。

イザベラはいらいらするほど長い時間、彼を見つめた。その顔は無表情そのものだったが、ようやく肩からマントを滑らせて床へ落とした。

彼女がまとっていたのはマーカスがこれまで見たこともないような、罪深いほど美しいドレスだった。自分が口をぽかんと開けて見とれているのに気づき、彼はあわてて口を閉じた。濃い鮮紅色のシルクがイザベラの首からくるぶしまでをすっぽりと覆い、体にしなやかにまとわりついている。その色は彼女にぴったりで、肌を光り輝かせ、瞳をわすれな草の濃い青色に燃えたたせている。マーカスは息をのんだ。

文句のつけようがないドレス――妻がそれを着た姿を、絶対にほかの男たちに見せたくないほどだ。見せたいわけがない。自分はそのドレスを脱がせることも、自分に取りついたこの激情を解き放って愛を交わすこともできないというのに。前の晩からどうにか抑え込んでいた欲望が、いっきに舞い戻った。まったく、このままでは僕は正気を失う。

「そのドレスは実に……」

彼は言いよどんだ。ひどくぴったりしているというわけではないが、体のあらゆる曲線が浮かびあがり、その精妙な輪郭に心をそそられる。満たされない欲求のうねりがマーカスを揺さぶり、一瞬、沈黙に陥らせた。

「実に……すてきだ」結局、うまい言葉が思いつかなかった。

イザベラは軽蔑《けいべつ》の表情を浮かべた。「あなたに恥をかかせようと、私が娼婦《しょうふ》のような格好をするとでも思ったの？　大丈夫よ、たとえあなたに対して尊敬の念はないとしても、私には自尊心がたっぷりありますから」

自分の心の内を言いあてられ、マーカスはたじろいだ。尊敬が天からの授かりものでないことは承知している。それは自分で獲得するものだと、海軍で数年過ごしたあいだに教えられた。そしてたしかに僕は、イザベラと結婚してから彼女の尊敬を勝ち得る努力はこれっぽっちもしていない。だが、彼女はしょせん金のためなら手段を選ばないと上流社会から陰口を叩かれる女性で、インディア・サザンからその相続権を奪いとって母親との仲を裂いた女性ではないか。どんな扱いを受けようが、イザベラには文句は言えまい。それを忘れてはならない。

マーカスは床に落ちたマントを拾いあげながら、彼女に渡すものがあったことを思いだした。

「これをつけてもらいたい」彼はポケットから小さなビロードの袋を取りだした。「ストックヘイヴン家の宝石だ」

そのダイヤの首飾りは、これみよがしに大きくて仰々しいものではなく、金の糸に通された小粒のダイヤが網状に連なってきらきら光る上品なものだった。だが彼が差しだした首飾りをイザベラは受けとらず、かすかにかぶりを振った。

「私がこれをつけるわけにはいかないわ。人造宝石ならたくさん持っていますから」

マーカスは顔をしかめた。「妻にはストックヘイヴン家の宝石を身につけさせるのが筋だろう」

イザベラは彼の手をそっと押しやり、袋と首飾りを遠ざけた。「筋――その言葉がお好きね、マーカス。仲違《なかたが》いしている妻の首をこれで飾るのが筋だとは思わないわ。こんなにすばらしい首飾りは、愛があってこそ身に着けられるべきものよ」

仲違い。ひどく寂しい言葉だ。

マーカスは肩をすくめた。「インディアは一度もつけなかったよ。好みでなかったようだ」

それをイザベラに言うつもりはなかった――口にするつもりなどなかったのだ。インディアに対する誠意だけは忘れてはならない。いまとなっては、彼女に与えてやれるのはそれしかないのだから。

自分のライバルだったいとこがその首飾りをしなかったと聞けばイザベラは満足だろう、と彼は思った。だが、ふたたび首飾りを差しだすマーカスから、彼女は顔をそむけた。

「そういう意味で言ったのではないわ」イザベラがふいに彼に向き直ったので、マーカスははっとした。「それはあなたが愛する誰かにあげて、マーカス。それ以外の者が、こんなすばらしい宝石を身に着けるわけにはいかないわ」

イザベラは彼からマントを受けとった。大理石の床を横切って玄関へ向かう彼女のマントの裾《すそ》がふわりと渦を巻き、夜会靴がこつこつと鋭い音を響かせる。彼がついてくるか、イザベラは立ちどまって確かめようともしなかった。

「ミスター・ヘンリー・ベルサイアとは面識がある

のか?」馬車に乗り込むとマーカスは尋ねた。

イザベラは彼を見なかった。「アメリカ合衆国の大使でしょう? ええ、お会いしたことはあるわ。でも、夫妻がロンドンに戻られたとは知らなかったの。前にも一度、ロンドンに赴任されたでしょう」

「戻ってまだ一週間だと聞いている。招待状が当日届いたのもそういうわけだ」マーカスはイザベラを見た。「君もそのうちわかるだろうが、ベルサイア夫妻は大変な実力者だ。政界のお仲間たちは重要人物ばかりだ」

イザベラはあくびを噛み殺した。「政界なんて退屈!」

マーカスはふたたび彼女を見やった。「今夜の晩餐会は僕にとっても重要だよ、イザベラ。僕はすでに海軍と内務省の仕事を請け負い、将来は政治家としての道を歩みたいと思っている。今夜彼らと接触できれば……」彼はそう言いかけて口を閉じた。べらべらしゃべるべきではなかった。これでは弱みをさらけだしたと同じだ。イザベラが隙《すき》あらば僕の足をすくおうとしていることは、いやというほど思い知らされた。期待と楽しさが入りまじったような、妙な気分に神経が張りつめた。いや事実、僕は妻との闘いを楽しんでいる。この闘いの悦《よろこ》びを一度味わったら、そう簡単にはやめられない。

「わかったわ」彼女が淡々と答えた。「今夜、あなたの願いはきっと叶《かな》うでしょう」

「ヘンリー・ベルサイアをよく知っているような口ぶりだな」マーカスは言った。「夫妻には外国で会ったのか?」

イザベラは暗くなった町を見つめていた。通りの角に松明《たいまつ》が燃え、松明持ちの少年が一組の男女を道案内していく。若者の一団が笑い声をあげながら、押すな押すなと道を横切った。イザベラがカーテンから手を離すと、馬車の中は闇《やみ》に包まれた。

「ベルサイア夫妻とは昔からの知り合いよ。ミスター・ベルサイアは私の——」と言いかけて彼女は口を閉じた。マーカスはつづきを待ったが、それ以上イザベラは何も言わず、彼はいらいらした。僕にはイザベラの奥深くに隠された秘密を知ることはできないのか。彼女の人生を彼女からもぎとり、僕のルールを押しつけて支配できたらさぞいい気分だろうと思ったが、期待した満足感は一つも得られていない。

「どうせ前の恋人の一人、だろう」彼は言った。

イザベラの青い瞳が氷の破片のように冷たい視線を投げた。「違います」彼女は冷ややかに答え、馬車が目的地に着くまで、二度と口を開かなかった。

どの部屋もきら星のような政界の有名人や宮廷外交で埋め尽くされていることは、ひと目でわかった。宮廷外交の特使としてセント・ジェームズ宮殿へ派遣されたアメリカ大使、ヘンリー・ベルサイアの影響力を利用しない手はないとばかりに、政治家や軍人たちがその夜会に群がっていた。マーカスは今夜の催しの主人に近づきながら、イザベラの腕をぎゅっとつかんだ。ベルサイアはシドマス卿《きょう》とプリンセス・エステルハージを相手に雑談中だったが、マーカスとイザベラを見るなり、二人に詫《わ》びて笑顔でこちらに歩みよってきた。

「イザベラ！　君がロンドンに戻っていたとは知らなかった。驚きだ、実にうれしいよ！」面食らうマーカスの目の前で、彼はイザベラの両頬にちゅっと音をたててキスをして、伸ばした両腕を彼女の肩に置いた。「ローズ、イザベラだ！」

「こんばんは、ベルサイア大使」イザベラはにっこりした。「なんてすばらしいんでしょう！　まだワシントンにいらっしゃるとばかり」

「堅苦しい挨拶《あいさつ》はよしてくれ」ベルサイアが不満げに言った。「あのころは私を〝ヘンリーおじさん〟

と呼んでくれたじゃないか。大使ではなく」

イザベラは笑い声をあげた。「私はまだ六つでしたし、大使もまだ大使ではありませんでした」

ヘンリーおじさん？　マーカスは目を見開いた。自分が想像していたような関係ではないようだ。しかもイザベラをぎゅっと抱きしめているのは大使ではなく、ローズ・ベルサイアのほうだった。マーカスは誰もダンスを申し込んでくれない、不器量なデビューしたての娘のように、一人ぽつんと取り残された。

「あなたの姿にはうっとりするわ」ミセス・ベルサイアは笑顔でそう言うと、プリンセス・エステルハージのほうを向いた。「マリア、イザベラ・ディ・カシリス公妃にはもうお会いになった？」

「ええ、もちろん」プリンセス・エステルハージが答えた。温かい笑みを浮かべている。「親愛なるイザベラ、ロンドンへ戻られたと風の噂《うわさ》に聞いたわ。どうして訪ねてくださらなかったの？」

「結婚するので大忙しだったんだよ」ベルサイア大使が満面に笑みを浮かべた。

イザベラがゆっくりとマーカスを見た。結婚の経緯を仲間にぶちまけるつもりか！　彼はぞっとした。そのままイザベラを見つめていると、彼女もじっとマーカスを見つめ返した。イザベラにはこちらの心が読めるらしい。彼は斧《おの》が振り下ろされ、一緒に自分の計画が砕け散る瞬間を待った。

「ごめんなさい、マーカス」イザベラはそつなく完《かん》璧《ぺき》なタイミングで言った。「ベルサイア夫妻に再会できたのがうれしくて、紹介役を務めるのをすっかり忘れていたわ。みな様……」彼女は自分の仲間に向かって言った。「こちらが私の夫、マーカス・ストックヘイヴンです」

人を気落ちさせるには完璧なやり方だ。けっして礼儀を欠いてはいないのだから。ふいにマーカスは、いつも夫の影で生きる妻の気持ちを痛感した。挨拶されるのはつねに二番目で、重要視されない立場というのはこういうことか。そして彼は思いだした。結婚させられてすぐにぽいと捨てられるのはごめんだ、とフリートでイザベラに言ったとき、彼女はにこやかにこう答えた。やっとおわかりになったようね、女であるとはどういうことか……。

「ストックヘイヴン！」ヘンリー・ベルサイアがマーカスとがっちり握手を交わした。「再婚にあたって、彼女がこのような堅実な選択をしたことは喜びだ。本当におめでとう」

人々の目が急にマーカスのほうに向けられた。部外者だったときは見向きもされなかったのに。これと似たような経験は過去にもある。後ろ盾もなく海軍に入隊したとき、そしてイザベラとの結婚を申し込みに行ってスタンディッシュ卿からひどく投げやりな承諾を得たときもそうだった。べつに気にはならなかった。むしろ愉快だった。そして、僕は自分の手で運をつかみ、道を切り開いてきたのだから。

だが、いまはそれとは勝手が違う。まるで足の下から絨毯《じゅうたん》を引き抜かれそうな気分だ。彼はイザベラを見た。彼女の両脇《りょうわき》に立つベルサイア夫妻と、自分の靴についた何か気持ちの悪いものでも見るようにマーカスを見ているプリンセス・エステルハージ、傍観しているプリンス・ド・リーヴェンとシドマス卿。ここにいるのは、彼の妻に対して意地の悪い陰口を叩く上流社会の人々とはまるで意見を異にする人たちで、そのうえ彼の大望を叶えることも打ち砕くこともできる人々だ。そしてその中心にはイザベラがいる。二人の力関係はすでに劇的に変化していた。

マーカスは咳払いをした。「みなさんがこれほど親しい間柄とは存じませんでした」そう答えるのがやっとだった。

イザベラがかすかにほほえんだ。「ミスター・ベルサイアは私の父の古いお友達よ」

そうだったのか！　マーカスは馬車の中で彼女が口にした言葉を思いだした。イザベラは先を言わずに沈黙を守り、それで僕は怒りと所有欲にかりたてられて極端な結論に飛びついてしまった。

マーカスは彼女の腕をつかみ、自分のほうへ引きよせると、できるだけ声を低くして言った。「なぜ教えてくれなかった？」

イザベラの目は冷たかった。彼女は抑え込んだ怒りを周囲に悟られないよう、そっと彼の手を振りほどいた。「なぜ教えなければいけないのかしら？　そんなことを言う権利がどこにあるというの。私はあなたと違って、安っぽい復讐に手を染めやしないことに感謝してほしいぐらいだわ」

マーカスは耳を疑った。そして、彼女のフリートでの取引の仕方を思いだした。「何か欲しいものがあるんだろう。君の要求はなんだ？　金か？」

イザベラの顔が青ざめた。「なんでもお金で買えると思ったら大間違いよ、ストックヘイヴン」

「それを君に言われるとはな」

永遠とも思えるほどの時間、二人は二人だけの世界に入り込んだように見つめ合った。

「食事だ」ベルサイア大使の声に二人とも跳びあがった。「レディ・シドマスのエスコートをお願いできるかな、ストックヘイヴン……」

食事のテーブルには身分の高い貴族たちがぎっしりと並んでいて、いくらプリンセスの称号を捨てていないとはいえ、イザベラが彼と離れて上座のほうに座ることになろうとはマーカスは想像もしていなかった。そして、いやでも、プリンス・ド・コンデが自分の妻にたっぷりと視線を注ぐ姿を見せつけられるはめになった。プリンスの態度は癪《しゃく》にさわるほどなれなれしかった。だがマーカスのどこかにまだ残っている理性は、やたらに気を引こうとするプリンスを、イザベラが非常に巧みにかわしていると認めざるをえなかった。マーカスは二人から片時も目を離さないようにしていたので、コンデが会話の重要な点をさも強調するかのように体を寄せ、彼女のあらわになった肩にさっと唇で触れた瞬間も見逃しはしなかった。イザベラは何か一つだけ言葉を返し、その言葉を聞いたコンデが唇を噛んだ。彼女はすぐに横を向いて、となりのハミルトン公爵に話しかけた。

マーカスは思わず立ちあがりかけた。あの焼かれた雉《きじ》をコンデの喉に押し込んでやる。

「座りなさい、ストックヘイヴン」ベルサイア大使が袖《そで》をつかんで制し、もっとワインを注《つ》ぐよう召使いに合図して、そのぎこちない一瞬を丸く収めた。

「イザベラはコンデをうまくあしらうよ」彼は声をひそめて言った。「野卑な小君主たちを外国でさんざんあしらってきたからね」口調がやわらいだ。

「君が椅子から飛びだしたくなるのも無理はない。イザベラはずっとつらい目に遭ってきたんだ。白状するなら、もし決闘がご法度でなければ、私がカシリス公に銃を向けていただろう。あの男があの年まで生きのびられたのが不思議なくらいだ」

「彼をご存じでしたか？」大使の率直な物言いにマーカスは驚いた。

「ああ、不幸にして」ベルサイアは答えた。「イザベラをあんな男に嫁がせるとはひどい話だ。私は彼女の父親とは昔からのつき合いだったが、あのあとは口をきく気にもなれなかった」彼の青い目がマーカスを鋭く観察した。「いや、こんなことは君も全部知っているのだろう、ストックヘイヴン。昔話だ。君とイザベラが過去を水に流せてうれしいよ。彼女は昔、私にこう言っていた。カシリスの大公より海軍大尉の妻になればよかった、と」

彼はそう言うと、右どなりのレディ・クーパーに視線を戻した。マーカスはかなり混乱した頭で、皿の上の固くなった雉を凝視した。イザベラ・ディ・カシリス公妃のいったい何が、あれほどの忠誠心を家族や友人や召使いの心に一様に呼び起こすのだろう？　ペンは明らかにイザベラの忠臣で、兄のフレディも、イザベラを守るためならその内気な性格をも克服するにちがいない。チャーチワードにしても、弁護士の立場を越えてマーカスのふるまいに非難を浴びせる気だ。そして、イザベラが外国で出会ったこれら高名な人々が彼女に敬意を抱いていることは間違いない。

〝彼女は昔、私にこう言っていた。カシリスの大公より海軍大尉の妻になればよかった、と〟

その言葉の真意は容易に読みとれる。かつてマーカスが海軍大尉だったころ、イザベラは彼の結婚の申し込みを受けた。ただのたとえ話としてベルサイアにそう言っただけなのかもしれないが、本当にそれだけなのだろうか？

イザベラは疲れていた。上流社会の洒落《しやれ》た舞踏会とは別世界とはいえ、このあかぬけした政治的な晩餐会もまた試練であることに変わりはない。マーカスとはほとんど離れて過ごしていたが、彼の存在は痛いほどずっと意識していた。そして、彼に見つめられているのもわかっていた。

妻はベルサイア夫妻とは面識があるという程度の関係にすぎず、政治的な晩餐会は退屈に感じているらしいから、邪魔をされる心配はないとマーカスはたかをくくっていたはずだ。そして、その妻が実は彼らと気心の知れた関係だと知ったときにはぞっとした表情になった。妻はどんな復讐に出るつもりかとひやひやしたことだろう。たしかにあの瞬間、いい気味だと思った。彼が驚き、こちらが次に口にするだろう言葉に戦々恐々としているのがわかった。これで形勢は逆転し、彼に反撃できると思うと、頭がくらくらするほどいい気分だった。

だけど、そんなことをする気はない。それは私のやり方ではないのだから。妻は最低の人間だというマーカスの評価を覆せないのなら——つまりマーカスの愛を得られないのなら、彼に望むことはただ一つだけ。私を一人にしてほしい。それが取引の条件だ。

食事がすんでレディたちが客間で休憩するころには、イザベラはもうくたくたで、靴を脱ぎ捨ててソファで丸くなり、うとうとしたい気分だった。しかし、マーカスと突然結婚した本当の理由を聞きだしたいプリンセス・ド・リーヴェンとプリンセス・エステルハージにつかまって、そうもいかなかった。過ぎ去りし日への愛慕かしら、とイザベラは彼女たちの質問をかわしながら、会話の矛先を変えようと努めた。スタンディッシュ家と古くからつき合いのあるベルサイア夫妻は、アーネスト公に計画をひっくり返されなければ、私がマーカスと結婚する予定だったことを知っている。彼とかつて婚約していたという話が人々の口に上るのは時間の問題だった。これはすばらしく甘美な再会だと決めつけるのは、ローズ・ベルサイアだけではないだろう。二人は愛し合って結婚したと、誰もが思うにちがいない。なんという皮肉かしら。

イザベラは部屋に入ってきたマーカスを見て、何か話があるのだと感じた。顔にそう書いてある。そこで彼女はプリンセスたちとにぎやかにおしゃべりをつづけ、マーカスを完全に無視して、彼の気をくじくのを楽しんだ。

だがそれも時間の問題だった。マーカスは辛抱強い男ではない。プリンセス・ド・リーヴェンがでしゃばったまねをして、ここへお座りなさいな、と自分のとなりをぽんぽん叩いてマーカスを呼んだ。彼が断るはずもなかった。

「あっという間に結婚された理由をいまレディ・ストックヘイヴンにうかがっていたところよ」プリンセス・リーヴェンが言った。「とってもすてきな結婚式だったようね。愛慕……昔の恋の炎……」

マーカスがイザベラを見た。くすんだ黒い瞳に怪しげなきらめきが宿る。「ああ、それはもう最高にすてきな式でした」彼はプリンセスによどみなく答えた。

イザベラはもじもじと体を動かした。「ええ、想像をはるかに超えるほど」

レディたちは至福の愛に満ちた情景を思い浮かべるように、そろってため息をついた。

「そして結婚してから今日で……」プリンセスが問いかけるようなまなざしを向ける。

「十日です」マーカスは答えた。

「昨日よりも今日のほうがもっと特別な一日だったと、毎日思っているわ」イザベラは言った。

マーカスがじろりと彼女を見た。「そう思ってもらえてうれしいよ、愛する君」

「でも、それなら」イザベラは静かに言った。「昨日と比べて今日は何が違うのかしらね？」

かすかにぎこちない沈黙が流れ、プリンセスたちもそこに、自分たちが考えていたものとは違う、けっして甘くはない何かを感じとった。

「新聞には便宜的な結婚だと書かれていたけれど、そんな見解はまったく見当違いだと、あなたたち二人を見ればわかるわ」プリンセス・エステルハージが口を挟んだ。

「的はずれもいいところよ」イザベラは同意した。

「これほど便宜的でない結婚がほかにあったかしら。ちょっと失礼させていただくわ。この結婚の真相について、今度はストックヘイヴン卿が解説してくださるようだから」

だが、レディたちが集うこの客間でしばし一人になりたいというイザベラの願いを、マーカスは叶えてくれそうになかった。案の定、部屋を出ようとするイザベラに彼が追いついた。

「ちょっと待ってくれ」

手首をつかまれた。ぎゅっと握られたわけではなかったが、それを振りほどくには、かなりみっともない姿をさらすはめになるだろう。

「猫が鼠《ねずみ》をいたぶるようなまねはよせ」彼は小声で言った。「君の目的を教えろ」

イザベラは顎を上げた。「あなたには何も教えないわ。あなたは自分が置かれた状況を受け入れればいいのよ。これまで他人にそうさせてきたように」

「僕は何も受け入れない」

「あなたに選択の余地はないわ」

マーカスは彼女にほほえんだ。「ああ、選択の余地はあるさ、イザベラ。僕がいましたいのは、二人でここを出てこの問題に最終的な決着をつけること、それだけだ」

イザベラは唇を湿した。「あなたに命令されてここを出るつもりなどありません」

「では、手荒な手段に出るしかない」

イザベラはどきっとした。マーカスの暗いまなざしが彼女の唇にじっと注がれている。彼は人前でキスをしようとしている。だがその事実以上に、彼の目に浮かんだ激しい欲望がイザベラを打ちのめしていた。

「あなたにそんな勇気はないわ」口ではそう言いながら、なんの確信もなかった。もちろん、〝そんな勇気〟をマーカスは持っている。そして、迷わず実行するだろう。

「では、僕にやめろと言え」そのものうげな口調には挑発がたっぷりと込められていた。言えるものなら言ってみろ、と。ああ、どうしよう。私は彼を拒めない。

ゆっくり、とてもゆっくりと、マーカスは顔を寄せて唇を重ねた。

彼の唇にイザベラの体が反応し、足の爪先まで熱くなった。彼を止めることなどできない。抑えのきかない炎のように激情が全身を突き抜ける。時間が止まり、キスがすべてになった。唇が震え、開いて、マーカスの舌を受け入れる。頭がぐるぐるまわった。彼が唇を離したとき、部屋もまだぐるぐるまわっていた。

「レディ・ストックヘイヴンになろうと決意させたものがなんだったのか、イザベラにきこうと思ったんだけれど」プリンセス・ド・リーヴェンがソファから、やけに皮肉っぽい声をあげた。「その質問はもうどうやら必要ないようよ」

マーカスの指が勝ち誇ったように、わが物顔に彼女の腕をつかんでいた。イザベラは神経の一本一本でそれを感じとった。彼が部屋全体に笑顔を振りまいた。「みなさん、申し訳ありません。どうかお許しを。まだ新婚ほやほやなもので」

しょうがないなという笑い声があがった。

「引き留めはしないよ、ストックヘイヴン」ヘンリー・ベルサイアが言った。「政治は待ってくれるが、待てないものもあるからな。君とは近々、会合の席で話をするとしよう」

「ありがとうございます」マーカスは答えた。

そしてイザベラをかたわらに抱きよせ、その耳もとでささやいた。思わず彼女の体にぞくっと震えが走った。

「そろそろ仲直りといこう。一緒に君のうちへ帰ろう。いますぐに」

12

そう遅い時刻でもないのに、ブランズウィック・ガーデンズの屋敷はひっそりしていた。玄関広間で二つのランプが光を放っている。ドアを開けてくれた従僕はベルトンほど感情を隠すのがうまくなかった。彼は両方の眉をつりあげ、その疑《うたぐ》り深い視線をマーカスからそらして、ぴかぴかに磨きあげられた大理石の床を見つめた。もう少し違う状況なら、イザベラは笑いだしていたかもしれなかった。彼女が殿方を連れて帰ることに、使用人たちは慣れていないのだ。

暑い夏の夜、二人は月明かりに照らされながら馬車を走らせた。だが甘い気分に浸るどころか、イザベラは気を抜く余裕もなく、ただがたがたと震えて、急にたまらなく怖くなった。向かい合って座るマーカスは無表情で、すでに上着とベストを脱ぎ、クラバットも緩めていた。彼女は心から願った。服を脱いだのは暑苦しいからで、馬車の中でいきなり私を奪うためではないことを。しかしなんの保証もなかった。月光を浴びた彼のシャツ姿は優雅でありながら、危険なほど雄々しい。イザベラは目をそむけた。

「借金を抱えたとき、なぜ友人を頼らなかった?」マーカスがふいに尋ねた。「彼らなら喜んで救いの手を差しのべただろう」

イザベラは背筋を起こした。「友人からお金は借りません」

「意地っぱりのせいで高くついたな」彼が言った。

「他人に対する意地ではないわ」イザベラは静かに答えた。「これは自尊心よ」

二人はその後、馬車がブランズウィック・ガーデンズに到着し、マーカスが彼女に手を貸して屋敷の中へ入るまで口をきかなかった。

二人を出迎えに現れたベルトンは、夫の腕を借りて帰宅したイザベラ・ディ・カシリス公妃を見ておろおろしたりはせず、顔に動揺も浮かべずに、黙ってお辞儀をした。

「おかえりなさいませ、妃殿下、伯爵……」執事は堅苦しくうなずいてみせた。「晩餐《ばんさん》会を楽しまれたことでしょう。何かお飲み物でもお持ちしましょうか？」

「ありがとう、ベルトン」イザベラは手袋をはずしながら言った。「書斎でポートワインを一杯いただこうかしら」彼女はマーカスにさっと目をやった。

「いえ、ボトルにするわ。ストックヘイヴン卿《きょう》はどうなさいますか？」

イザベラがマントを脱ぐのを手伝おうと、彼はすでに背後に近づいていた。仕事を取りあげられた執事がますます無表情になった。彼女の肩からするりとマントを脱がせるマーカスの、そのひどく親密な指先からイザベラはすばやく逃れた。

「ブランデーをもらえないかな」マーカスは言った。

「かしこまりました」ベルトンは体をこわばらせて答え、奥へ引っ込んだ。

従僕がマーカスとイザベラのために書斎のドアを開けた。ドアがそっと閉じられると同時に、二人は静寂の中に残された。

イザベラは窓辺に近づいて長いカーテンを開け、ほてった顔に涼しい夜風を当てた。神経がぴりぴりしている。どちらも自分から話を切りだそうとしなかった。

暖炉を背に、両手をポケットに入れて悠然と佇《たたず》むマーカスは、彼自身とこの場をすっかり支配しているように見える。イザベラはふいに疲れを感じた。うわべを繕い、格闘し、反目し合うことに疲れてしまった。彼女はマーカスに向き直り、その目をまっすぐに見つめた。

「私を屈服させようとしているのでしょうけれど、私はしないわよ」

マーカスが彼女に近づき、肩をつかんだ。イザベラの挑戦的な目をじっと見下ろす。

「ああ」唇の片端を上げ、彼はほんの少しほほえんだ。「君が屈服するとは思えない」

「だったら……」彼女はほんの少し身ぶりを交えて言った。「私に何をお望みかしら?」

「仲直りをしたい」マーカスが告げた。「君に望むのは僕への説明と清算、そしてちゃんと新婚初夜を迎えることだよ。君の望みはなんだ?」

イザベラは大きく息を吸った。「私をあなたから解放して」

彼のまなざしが燃えあがった。「では取引をしよう。僕が望むものを与えてくれるなら、僕も君の望みを叶《かな》えよう」

彼女はマーカスを見つめ、その場に凍りついた。ほの暗く暖かな書斎は親密な会話と打ち明け話にはぴったりだ。だが、イザベラはそんな気分ではなかった。裏切られたような、寒々としたみじめな気分だわ。私に対する彼の計り知れない不信を知る前なら、望みどおりに釈明したかもしれない。でも、それもいまは時間の無駄だという気がする。過去をさらけだし、おまけに彼の軽蔑《けいべつ》にさらされることになったら、私はその状況に耐えられるかどうか。

そして初夜については……。

考えただけで全身が震えた。いくら私の一部がそれを激しく渇望していても、私を憎む男に自分を与えることはできない。私はどうしようもなくマーカスに引かれている。昔からずっと。まだ手遅れではない、二人はまた恋人同士に戻れる。そう信じたい気持ちはいまでもどこかにある。しかし、冷たい現実がその願いを打ち砕くのだ。

マーカスがイザベラの腕をつかんだ。そっと握られただけだったが、彼女は動けなかった。氷のような冷たさが全身にしみ込んでくる。

「そういう形で清算する気はありません」イザベラは顎を上げ、相手の目を見た。「よく聞いて、ストックヘイヴン、私は釈明などしたくないの。釈明などごめんだわ。この期に及んで、そんなことをしてなんになるというの。私にはそんな義務もないのに……」小さく肩をすくめる。「それでもあなたが言い張るなら、釈明のほうを選ぶわ。初夜よりましですもの、そうでしょう?」

マーカスにまじまじと見つめられると、自分の胸にしっかりとしまい込んできた苦悩と秘密、愛と不安のすべてを見透かされそうな気がした。彼は指の力を緩めてあとずさったが、その顔は相変わらず険しかった。

「いや、すべてをのむかのまないかのどちらかだ」すべてか無か。清算。初夜。それと引き替えに手にする自由……。

心そそられる無限の未来がイザベラの前に広がった。誰かに指図されることなく、自分の思いのままに生きるための平安と自由。そういう機会をずっと待っていた。父親にアーネスト公との結婚を強いられ、結婚してからは、アーネストに公妃として行動をいちいち指図された。そのあげく、マーカスに人生を奪われるなど耐えがたい。

喉から手が出るほど自由が欲しい。

自由はすぐそこにあるのに、つかめそうでつかめない。

「ソルタートンが欲しいわ」イザベラは言った。

「いいだろう」

「維持するための資金も」

「いいとも」

「そして……」

床入りすれば結婚解消の可能性は消えるだろう。イザベラは大きく息を吸い、そのことを考えまいとした。いまはまだ。

「合法的な別居を」

彼女は一瞬、マーカスが拒否するだろうと思った。彼の顎の筋肉がひきつった。

「承知した」その口調は乱暴だった。

「信用できないわ」イザベラはささやいた。

マーカスが肩をすくめた。「僕は約束を破る男ではない。もし破ったら、君はその自尊心とやらをのみ込んでベルサイア夫妻のところへ行き、僕のことをなんでも言いつければいい。君がそうしようと思えば、僕の大望を徹底的にぶち壊せるのだから」

イザベラの喉に込み上げる涙がつまった。「そんなことはしたくないわ」

「でもそうするしかない」マーカスの表情は石のように硬かった。

選択肢はかぎられている。これからの人生を愛する夫に疎まれながら希望のかけらもなく生きていくか、それとも自由を手に入れて、我慢のならない状況から抜けだすか。

マーカスが彼女を見つめていた。

「いいわ」イザベラは咳《せき》払いした。「手を打つわ」

「ああ、どうしよう」ペネロペ・スタンディッシュは嘆き声をもらした。彼女はいまアリステア・キャントレルと〈ライム・ストリート・コーヒーハウス〉にいた。こんな夜遅くに殿方と二人でコーヒーを飲むなど未婚女性にはふさわしくない行動だが、アリステア・キャントレルに危険は感じない。誰かといてこんなに安心感を覚えることはないほどだった。彼とは『ジェントルメンズ・アシニアン・マーキュリー』編集室の出口でばったり会った。その晩、ペンはイザベラをねたにした醜聞記事を新しい憶測と古いゴシップを頼りに書きあげ、さっそく新聞社へ届けに行った。一刻も早く原稿を自分の手から放せば、罪悪感もやわらぐ気がしたからだ。編集人のモローは大喜びで原稿を受けとった。そうやって血のにじむような苦労をして稼いだソブリン金貨一枚はいまもペンの手提げ袋《レティキュール》の中に入っていた。あのときペンは金貨を手にするが早いか買いたいものをあれこれ考えはじめ、出口でアリステアに衝突したのだ。彼の洞察力に満ちたまなざしのせいで、ペンの裏切りの証《あかし》である金貨がレティキュールの中でぱっと燃えあがった気がした。何を言ったかは覚えていないけれど、たどたどしく挨拶《あいさつ》の言葉を口にし、あわてて通りすぎようとする彼女の腕にアリステアが手をかけた。

〝ミス・スタンディッシュ、ちょっとお話しできますか？〟

ペンは観念した。

町が夜の歓楽にうつつを抜かす中、二人はコーヒーハウスの隅の静かな席に座った。

「ミス・スタンディッシュ」アリステア・キャントレルがくり返した。「もちろん、余計なおせっかいかもしれないが、ロンドンでいちばん下品な新聞社にいったいどんな用事があるのか、首を傾《かし》げずにはいられないよ」

「どうしよう」ペンは同じ言葉をくり返した。動揺のあまり、彼女はコーヒーにもう一杯砂糖を入れてがちゃがちゃとかきまわした。

アリステアは彼女を見据えた。「姉上をとても慕っている様子の君が、姉上の記事を新聞社に売る理由を知りたいものだ」

ペンはがっくりと肩を落とした。もちろん嘘《うそ》をつくことはできるけれど、アリステアに嘘をついても意味がない気がする。

「どうしてわかったの？」ペンは蚊の鳴くような声できいた。

アリステアがほほえんだ。「必然的な推論だよ。情報を売っている人物は、イザベラ公妃の生活について、ごく親しい人しか知りえないような事実を把握している。つまり、公妃に非常に近い人間にちがいない。編集人の部屋から出てくる君を見て……」

彼は肩をすくめた。「これは決定的だ、と」

「ええ」ペンは言った。「ええ、そのとおりよ。穴があれば入りたいわ」

一瞬、間があいた。

「すまない、ミス・スタンディッシュ。だが、君はイザベラ公妃のことが好きなんだろう？」

ペンの顔がゆがんだ。「ええ。そうよ、もちろん！　ベラは本当に愛すべき人で、私も大好きだわ」

彼女は身を乗りだした。アリステアはわかってくれるだろうか？　いいえ、彼はとても誠実な人間だから、こんな欺きを許しはしない。彼によく思われたいと思っていることにペンは気づいた。

「ミスター・キャントレル……」訴えかけるように彼を見る。「ごらんのとおり、私はひどくお金に困っていて、何かしなければ生きのびられないの」ペンはどう言おうか迷った。次に飛んでくる質問は想像がついた。「理由はさほど問題ではないわ。だけど何かしなければと考えたとき、ベラのゴシップを売ることしか私にはできなかったのよ」そのとき、紳士の腕につかまってコーヒーハウスを出ていく厚化粧の高級売春婦が目に入り、ペンはこう言い直した。「少なくとも、私が売りたいと思うものはそれしかなかったの」

アリステアは彼女の視線を追い、唇をぴくりと動かした。「わかるよ、ミス・スタンディッシュ。レディがそういう困った状況に陥り、生活の手段をべつに探さなくてはならないのは悲しむべきことだが、でも……」

「わかっているわ。私はこれ以上ないほど自分を嫌悪しているのよ、ミスター・キャントレル。やめなければと自分に言いつづけたけれど、やめられなかった。誘惑が大きすぎて。それに、ベラは記事を見てもあまり気にしない様子で……」ペンは言葉をのみ込んだ。「言い訳にはならないわね」

アリステアはつかの間、彼女の手に触れた。ペンはぎょっとして、戸惑いを覚えた。

「ベラのことが心配だわ」自分の驚きを悟られまいと彼女は言った。「姉を裏切っている私が言うのは滑稽《こっけい》でしょうけれど、でも心配よ」

アリステアがうなずく。「わかるよ」

ペンは何もかも告白したい衝動にかられた。

「ベラは私の姉で、とても……」彼女は言葉を探した。「とても経験豊かで――いいえ、そういう意味じゃなくて、つまり姉は世界をたくさん見てきたということだけれど……」つかの間、彼女の青い目とアリステアのはしばみ色の目が合った。「経験が豊かであるにもかかわらず、姉は自分が何をしているのかちゃんとわかっていないと思うことがあるの」

アリステアは口を開かなかった。彼はもう一度、心から慰めるようにペンの手に触れ、今度はしばらく離そうとしなかった。

「そもそも、ベラがアーネストと結婚したのは父が財政を破綻《はたん》させたからよ」ペンはつづけた。「姉は不幸な結婚生活を送り、そして帰国と同時にアーネストから遺《のこ》された借金のことを知らされた。でも、なぜマーカスと結婚したかというと……」

息が切れて言葉がとぎれた。彼女の手を握っているアリステアの手は温かく、とても心地よかった。

「昔二人が相思相愛だったのは私も知っているわ」ペンは言った。「私はあのころまだ子どもだったけれど、子どもだっていろいろと気づくものよ、そうでしょう？　二人は狂おしいほどに愛し合っていたんだと思うわ。そして、滞りなく結婚式を挙げるはずだった。だけど歯車が狂ってベラはアーネストと結婚、マーカスはインディアと結婚して、今度は……」彼女はかぶりを振った。

アリステアが指にぎゅっと力を入れた。ペンは安らぎを感じたものの、手を引っ込めてコーヒーをひと口飲み、その甘さにむせ返った。

「もう！」目が涙でにじんでいても、笑っているアリステアの顔は見えた。

「お代わりを頼もうか。そのカップの中身はとても飲めたものではないらしい」

「そうは思わないけれど、でもどうせならチョコレートを一杯いただこうかしら」

飲み物が運ばれてきた。彼は大騒ぎせずに物事を着々と進められる人だと気づいて、ペンの心はさらに安らいだ。アリステアがテーブル越しに彼女を見ている。そのはしばみ色の目はとても鋭かった。

「ミス・スタンディッシュ、もう新聞に記事を売らないと約束してくれるかい？」

ペンがまた肩を落とした。売ることなど二度とできないとわかってはいるけれど、お金が入らなくなると思うと怖い。

「もちろんよ。売るなんて……」声から落ち着きがなくなった。「でも、どうしよう……」

「原因は兄上、だろう」アリステアの声が硬くなった。

ペンは警戒するような表情を浮かべた。「お願い、その話はやめて。フレディも頑張っているのよ。でもお金の扱いが昔から下手なの」

いや、そうじゃない、とアリステアは言いたいのだろう。彼女にはわかっていた。だが、彼は無礼な口はきくまいと抑えている。しばらくしてアリステアは言った。「金がすぐにも必要だというなら、君と契約を結んでもいい」

「ミスター・キャントレル！」驚いた拍子に、ペンはカップの中のチョコレートをこぼしそうになった。

「もちろん」彼が目をきらめかせた。「貸すだけだよ。当然」

「ええ、もちろん」張り出し窓の席で腕を絡め合い、周囲の客のことなど目に入らない様子の恋人たちから、ペンはぐいと視線を引き離した。店のいかがわしい雰囲気と、男性と夜の外出をしているという興奮が彼女の思考をあらぬ方向へ導いていた。「ご親切に感謝しますわ」ペンは言い添えた。

アリステアが立ちあがった。「では家までお送りするとしよう、ミス・スタンディッシュ。馬車を拾おう。町はいささか猥雑《わいざつ》さを増しているが、大丈夫、僕と一緒ならまったく安全だ」

「そのようね」ペンはため息をついた。

アリステアが支払いをすませ、店を出て辻《つじ》馬車を慣れた手順で手際よく呼んだ。その肩の線や頭の形、質素ながら小ぎれいな装いの下の体の動きを彼女は見つめた。これまでの私は、目に映るものより文字に書かれたものに感動していた。だけどいまは、彼を見て、熱い欲求がわきあがったことに驚いている。いらだたしいわ。ミスター・キャントレルはひどく無邪気に保護を申しでたけれど、私はその彼に安心感を求めようなんてさらさら思っていない。

「行こうか？」アリステアが腕を差しだす。

「ありがとう」ペンは取りすました未婚女性のような視線を投げたが、もう自分はオールドミスではない気がした。「あなたは真の紳士だわ、ミスター・キャントレル」

「なんなりとお申し付けを、ミス・スタンディッシュ」アリステアの口調は誠実そのものだった。

ペンはため息をついた。アリステアは私を美人だとは思っているようだけれど、だからどうしようという気はないらしい。たとえ箱形の馬車で彼とロンドンからカンタベリーへ旅をしても、彼が道中することといったら、名所を指さし、飲み物や軽食を注文することくらいだわ。飛びかかってきて私を奪おうとはしないし、手に上品にキスさえしないだろう。私はいま滑稽なほど安全で、完全に不満で、すっかりいらだっている。こんな気持ちになったのは初めてだった。かつて母に、レディはそんな気持ちになってはいけませんと言われたけれど、どんな気持ちなのか、いまやっとわかったわ。

まったくもっていらだたしい。アリステア・キャントレルはピムリコの小さな家の前に立って、明かりの灯《とも》る二階の窓を見あげていた。きっと、いまごろミス・ペネロペ・スタンディッシュはドレスのボタンをはずし、金色の髪からピンを抜きとり、シュミーズの紐《ひも》をほどいて寝支度をしているにちがいない。とはいえ、興味をかきたてられるばかりで、その姿はいっこうに見えない。窓には厚いカーテンがきっちりと引かれているからだ。だが、見えなくても想像を羽ばたかせることはできる。ペネロペの豊かにこぼれ落ちる金色の髪、小さいけれども形の整った胸、透けるように薄いシュミーズに包まれたほっそりとした体。もちろん、あの窓の奥では、フレディ・スタンディッシュがブランデーのボトルを抱えていびきをかいているだけの可能性もある。だけど、どっちにしても大差はない。ペンは家の中にいて、そのペンを僕は求めている。彼女はすぐそこにいるのに、果てしなく遠く、手が届かないのだ。

ペンは僕を信用して、その困った状況を打ち明けてくれた。それを僕は光栄に思うべきで、彼女から寄せられた信頼をひどく不品行なやり方でぶち壊そうなどと考えてはならない。僕を信じればいいと言ってその気にさせ、親しくなったのを利用して彼女をあらぬ方向へ導くなど、間違ってもできない。ああ、でも本当はそうしたくてたまらない。もういても立ってもいられない。

ミス・スタンディッシュが歯に衣着《きぬ》せぬ才女と呼ばれているのは知っている。彼女は、自分がばかだとみなした相手の鼻なら遠慮なくへし折るだろうし、その対象となる相手はいくらでもいる。それでも姉を思い、姉を裏切っていることへの罪悪感に胸を痛める彼女に優しさと無防備さを感じた。男でさえ、財政危機に陥れば生計を立てるのは難しい。女性がその危機に直面したら、さぞ恐ろしいことだろう。だから彼女の力になってやらなければ。誘惑するのではなく。

降りだした雨はアリステアには都合がよかった。雨は彼の情熱をいくらか冷まし、着ているものをびしょ濡《ぬ》れにした。熱病にかかりたくなければ、うちへ帰るしかない。ペネロペの家の窓を恋煩いの若者みたいに見あげてはいられない。それでも彼はまだあきらめきれず、窓にバルコニーがあったなら、ここに頑丈な蔓薔薇《つるばら》が生えていたらと思った。と同時に、たとえ上るものがあっても、どうせ途中で落ちて手当てをしてもらうはめになるぞと嘲《あざけ》る心の声も聞こえた。ミス・スタンディッシュが生活上の助けを必要としていて、辻馬車を呼んだりカップ一杯のチョコレートを注文したりする人間が必要だというなら、僕はそれにうってつけの男だ。だが、恋愛の蔓薔薇を懸命に上ったところで、顔から地面に落ちるに決まっている。

それでも、アリステアは四角い窓を見つめつづけた。窓の明かりが消えるまで。

13

「どこから始めましょうか?」イザベラは礼儀正しく尋ねた。

「決まっているだろう」マーカスは答えた。「なぜ僕を捨てた?」

イザベラは革張りの肘掛け椅子の中でさらに身を縮めた。自分をすっぽりと包むその大きな椅子にのみ込まれてしまいたかった。眠りたい。安心したい。でも彼と話さなくては。話せばわかってもらえるのかしら? イザベラの胸は震えた。

「君は祭壇の前に僕を置き去りにした」マーカスが抑えた声で言った。「君に会いに行った僕に門前払いをくわせ、手紙もよこさず、説明もいっさいしなかった」口調がしだいに感情的になる。「何が起きたのかは、新聞の結婚報道で初めて知ったよ。そして君から婚約指輪が送り返されてきて……」

言葉がとぎれ、彼の心の鎧戸《よろいど》が閉まるのがイザベラにはわかった。炉火にふたたび灰がかけられた。

「説明してくれ」マーカスは告げたが、表情はなかった。強制するつもりはないらしい。

「話すことはあまりないわ」イザベラは火の燃えさしをじっと見つめた。マーカスを見ながら話すのはつらい。「家族のためよ、ストックヘイヴン。あるいは、お金のためと言ってもいいかしら。それは、あなたが話を聞いてから判断すればいいわ」

ちらっとイザベラは目を上げた。マーカスは顔色一つ変えない。自分をぐっと抑え込み、その奥深くで怒りをたぎらせている気がする。こうなったからには、とにかくすべてを終わらせてマーカスから解放されたい。一刻も早く。

「幼かったころの私は父が深刻な財政困難に陥っているとは気づかなかったわ」イザベラはちょっと肩をすくめた。「子どもってそういうことに疎いものよ。これからもずっと同じで、いつまでも安全だって思っているから」彼女はため息をついた。「大きくなって、父が借金と縁の切れない人間だと知ったのよ。ひと財産作ってはつぶし、賭事《かけごと》に手を出し、夢みたいなことに投資はするし、財布の紐《ひも》を締めることもできない……。死んだとき父は何も遺《のこ》せず、フレディは働かざるをえなくなったわ。ペンが受けとれる手当はわずかなものだから」

イザベラの話をマーカスは身動きもしないで聞いていた。向かい合わせの革張りの肘掛け椅子にじっと座ったまま、まじまじと彼女を見つめている。その表情は冷たくよそよそしかった。イザベラは寒気を覚え、慰めを求めるかのように椅子に深く身を沈めた。

「アーネストが結婚を申し込んできたとき、父は破産寸前だったの。そしてもちろん、当時のアーネストは裕福だったわ。監獄へ入らなくてすむようにしてやろうと彼は父にもちかけたのよ」彼女は苦い笑い声をあげた。「私はその取り決めの一部だったの。家族を破滅から救うには、私はアーネストの求婚に応じるしかなかった。あなたとの結婚を翌日に控えていようが、そんなことはおかまいなしよ。家族が生きのびられるかどうかが、私の決断にかかっていたのだから」言葉を切り、暖炉の中心をじっと見つめる。そこでは残り火が赤々と燃えていた。

あのときの気持ちは口にするまい。家族のことも話したくない。父は自分の娘すら守れない弱い人間であることを家族にさらけだし、アーネストからの結婚の申し込みを受けろとどなりつけた。いたたまれずに、自分の小さな刺繍《ししゅう》入りのハンカチをびりびりに引き裂いた母に、無表情な顔に絶望のまなざしを浮かべていたフレディ。ペンは私の手を握って、お父様の話は本当なの、私たちは飢え死にするの、と尋ねた。十七歳の私にはあまりにも苦しい決断だったけれど、それでもそうするしかなかった。

「そして君は承諾した」マーカスは淡々とした声で言った。

イザベラの全身を怒りが突き抜けた。どうしてそんなふうにじっと座って、非難の目を向けていられるの！　私は十二年たったいまも、取りついて離れない絶望を昨日のことのように感じているのに……。だがマーカスにはわからないだろう。結局のところ、私はアーネストを金の卵とみなしたと思っているのだ。

「つらい選択だったわ」イザベラは静かに告げた。「あなたに恋をしていたから。夢中だったから」込みあげる思いが声に出そうになる。「次の日に結婚するはずだったのに！　本当に……ショックだった……あなたとの結婚をあきらめなくてはならないなんて」

「拒むこともできただろう」マーカスが言った。唇が険しげに引きしまっている。「僕と結婚すると言い張ることもできたはずだ」

そうかしら？　イザベラは考えをめぐらせた。マーカスのもとへ走ることはできたかもしれない。でもあのとき私は若く、一人ぼっちで、怖いくらいどうしていいかわからなかった。マーカスがいてくれたら、そばにいて私を守ってくれたらと願ったところで、結局、彼を選べば自分の家族に破滅を宣告することになるのだ。胸が引き裂かれた。

どれほどあなたのところへ行きたかったか。

彼女は唇を噛《か》んで言葉をのみ込んだ。その先は言うまい。それでなくても、いまマーカスは苦々しさをいやというほど味わっているのだから。あのころの二人はいまとはまるで違っていた。明るく無邪気に彼と過ごした日々がよみがえり、胸がずきんとした。好きだったから彼に自分を捧《ささ》げ、先のことなど考えもしなかった。十七歳の私は向こう見ずで、無分別で、レディはかくあるべきと教え込まれた品行には無頓着《むとんちゃく》だった。しかしその先にやってきたのは、両親とフレディとペンの窮地、そして娘のエマの悲劇だ。彼らの未来すべてが自分の決断に委《ゆだ》ねられた。だから私はマーカスとの幸せな結婚生活よりも家族の生活の安定を選び、そして現実を思い知ったのだ。束縛されない熱情と軽率な行動のただ中にあるときには至福に浸れるかもしれないが、必ずあとで代償を支払わされる、と。あれから、私も思い出と後悔の中で日々代償を支払っている。

それにしても、私の選択をマーカスはいまここで責めようというのだろうか。彼は考え込むように私を見ているけれども、そこには同情も理解もない。イザベラはぐっとつばをのみ込んだ。

「思うに」彼が言った。「僕が助け船を出すかどうか君は確信を持てず、危険を冒すことはできなかったというわけだ。当時の僕には金も成功する見込みもなく、かたやアーネスト公は裕福な男で――」

「財産目当てに結婚したような言い方はやめて！」思わずその言葉が口をついて出た。言うつもりはなかったが本心だった。マーカスの前でふたたび苦しみをよみがえらせたくはないけれども、感情をぶちまけずにいられなかった。声にイザベラの本心を聞きとったらしく、彼の目が見開かれた。

「でもそうだろう」マーカスがゆっくりと答えた。「君は事実、財産目当てに結婚した。たとえ家族を救うためだとしても」

イザベラは顔をそむけた。私は何を期待していたのだろう。話を聞いて彼が私を力いっぱい抱きしめてくれること？　昔、私が彼に抱いた愛と温《ぬく》もりの中で？　自分でも認めたくはないけれど、まさにそう願っていた。心ひそかに。だけど人生はそれほど単純ではない。

「そうね。お金のために結婚したのよ。私の家族にはお金が必要だったから。彼は私を買ったの」彼女は挑戦的にマーカスを見て、わざと辛辣《しんらつ》な口調で告げた。「たとえあなたと結婚したとしても、幸せになれたかどうかわからないわ、マーカス。私たちはまだ若く、恋にのぼせていて、将来のことなど考えもしていなかったでしょう」

「たしかに」マーカスはかすかにほほえんだ。「二人とも、あの身を焼き尽くすような欲望を満たすのに夢中だった」

そのとおりだとイザベラは思った。初めての体験に興奮し、すっかりのみ込まれていた。明日に思いを馳《は》せることも、今日のふるまいを恥じることもなかった。思いだすだけで切望と後悔に激しく胸が疼《うず》く。

「ああいう強烈な欲望というのは燃え尽きる運命にあるようね。燃え尽きてあとには何も残らない。思い出にするしかないわ」

マーカスは何も答えなかった。そして、監獄にいたときと同じ目で、彼女の髪に光る人造ダイヤのピンからスカートの裾《すそ》からのぞく銀色の靴までを眺めまわした。きっと約束された新婚初夜のことを考えているのだろう。イザベラの体がぞくっと震えた。

彼が椅子の中でもじもじと動いた。「それでも説明ぐらいはできただろう。海軍宛《あて》に手紙を書けたはずだ」にこりともせずに唇をゆがめる。「事情を説明するのが礼儀というものだろう。ああいう関係にあったわけだから」

イザベラは半ば肩をすくめた。「説明の言葉すら思いつかなかったの」それは事実だった。

マーカスの視線が彼女を焼き焦がす。「僕は君の恋人だったんだぞ、イザベラ！　昔、君はなんでも打ち明けてくれたじゃないか。僕は……」

ふたたび張りつめた沈黙が流れた。ちょっとさわればぷつりと切れそうなほど、空気が張りつめている。許しを乞《こ》うても無駄だろう。マーカスは絶対に許しはしない。ふいにイザベラは許しなどどうでもよくなった。彼がここから出ていってくれて、ただ眠れればそれでいい。

「すべて説明したわ。言葉足らずだし遅すぎるのもわかっているけれど……」彼女は肩をすくめてみせた。私に言えるのはここまでよ。これ以上どうしろというの。心が空《むな》しくなった。

まだマーカスは返事をしなかった。イザベラはそわそわした。

「さあ、もう解放して」長引く沈黙の中で彼女は言った。

マーカスはしばらく口をきけなかった。いかにももっともな話だと思った。イザベラは称号と財産に目がくらんだと僕が勝手に決めつけていただけで、真相は百八十度違うということか。十七歳のイザベラは、孤独の中で、あまりに過酷な人生の選択を強いられたのだ……。だとすれば、どんなに寂しくつらい思いをしたことだろう。

すべてがあっという間の出来事だった。あの日、こっそりと見つめ合った瞬間、恋心に火がついて、むき出しの情熱にかりたてられた。一つに結ばれて、最後は冷たい宿命に引き裂かれた。二人にとっては充分な時間でも、それはまたたく間のことで……。

　マーカスが信じてきたものは揺らいでいた。イザベラの顔はひどく青ざめ疲れてはいるものの、そこにはなんの感情も浮かんでいない。彼女はあらかじめ稽古《けいこ》でもしたかのように、落ち着き払って説明を口にした。だが、財産目当てに結婚したわけではないと抗議したときの声に、嘘偽《うそ》りはなかった。

とはいえ、イザベラにはもう一つ責任を問いたいことがある。それを忘れてはならない。彼女の罪はまだ晴れてはいないのだ。

「インディアの件は?」マーカスは口調を荒らげた。

「僕と結婚しなかった理由はさておき、彼女は……」

彼は首を横に振ってつづけた。「何が原因で、君の不興を買うことになったんだ?」

全身に緊張を漂わせて彼の返事を待っていたイザベラの目に戸惑いが広がり、眉間《みけん》に小さなしわが寄った。

「インディアですって?」明らかに当惑した声だ。

「おっしゃる意味がわからないわ」

その口調に、マーカスはふたたび嘘偽りのない響きを感じた。頭の中の声に心の声が異議を唱える。彼女が嘘をついているに決まっている。しかし、彼女はつねに正直だという気がしてならない。

「母親と彼女を敵対させただろう」

マーカスは咳《せき》払いをした。亡くなった妻に対し、僕は罪悪感をずっと引きずってきた。まったく間違った理由で彼女と結婚し、結局、お互いを幸せにすることはできなかった。だからどうしても亡き妻の無念を晴らさないわけにいかない。インディアにとっては遅すぎるだろうが、イザベラにその責任を問い、罪を認めさせることはできる。彼は立ちあがり、怒りを胸に閉じ込めたまま、ゆっくりと書斎の中を歩きはじめた。

「君はソルタートンを何度も訪れ、レディ・ジェーンに手紙をたびたび書き送り、そうやって自分のいとこの立場を徐々に危うくしていった」マーカスは振り返って彼女を見た。「インディアは僕にこう言ったんだ。母はイザベラのような娘が欲しいと思っていて、その事実に自分は絶えず苦しめられてきた、と。君はインディアからソルタートンを奪おうと企《たくら》んだ。そして、それが原因でインディアとレディ・ジェーンのあいだにはとてつもない不和が生じ、結果として、レディ・ジェーンはインディアを相続人からはずした」

まさかそんな、と言いたげにイザベラの目が恐怖に見開かれた。椅子の中で体を起こし、背をこわばらせて肘掛けを両手でつかむと、かすかに首を振る。

「でも私は何も知らなかったのよ！　インディアと母親の関係を裂くようなことは、言った覚えもした覚えも誓ってないわ。インディアを相続人からはずすように仕向けただなんて、とんでもない！」

マーカスは握りしめた両のこぶしを上着のポケットに突っ込んだ。「それなら、なぜインディアは君の仕業だと断言した？　彼女が僕に嘘をつく理由などないのに」

イザベラの顔つきが明らかに変わった。逃げだされる前にマーカスは彼女をつかまえて立ちあがらせると、ぐいっと引きよせた。

「そうなんだろう？　君は何かしたはずだ」

イザベラが青ざめた。「たしかに、ソルタートンが大好きだという思いを隠しはしなかったわ」こわばった声で答える。「手紙も書いたし、自分がソルタートンをどんなに恋しく思っているか、ジェーンおば様にも伝えた。それが罪だというなら、そのせいでジェーンおば様がインディアを相続人からはずしたというなら、罪人と言われてもしかたないわ。でも、私にはなんの邪悪な意図もなかったし、ただソルタートンへの愛を隠しておけなくて……」

あなたへの愛を隠しきれなかったように。

イザベラは口に出してそうは言わなかったが、マーカスには聞こえた気がした。ソルタートンを思うとき、そこに重なるのはやはりイザベラと過ごした時間だ。またしてもインディアを裏切っている気がして、彼は羞恥《しゅうち》の気持ちに襲われた。

「君が自分の娘だったらよかった、とレディ・ジェーンは思っていた。インディアがそれにどうやって耐えられると思うんだ？」

イザベラはかぶりを振った。「それは私の責任ではないわ、ストックヘイヴン」

「小細工をしてレディ・ジェーンに取り入ったことに対しては、責任を負ってもらう」マーカスはきっぱりと言った。

「そんなことはしていません。インディアがそう言ったのだとしたら、彼女が嘘をついたのよ」

マーカスのこぶしに力が入った。「なぜ嘘をつく必要がある？　彼女が嫉妬《しっと》していたとでも？　君に？」

イザベラが蔑《さげす》みの表情を浮かべた。その顔はすぐ間近にあって、心の動揺を示すように喉元がどくどくと脈打っているのがわかったが、本人はあくまでも涼しい顔を装うつもりのようだ。

「なぜ私に嫉妬するの？　あなたと結婚したのは彼女よ」

「彼女が結婚したのは、君が退けた男だ」マーカスは厳しい声で言った。

イザベラがためらうようにまつげを伏せ、表情を覆い隠して唇を引き結んだ。その官能的な唇にいつも気持ちが崩れそうになる。彼女にキスをしたい。欲求が体の中で暴れまわる。自分が激しく嫌悪する女にキスをしたいとは、まったくいらいらする。

「インディアが私に嫉妬していたとは思えないけれど……でも正直言って、インディアが何をどう思っていたのかは見当もつかないわ」彼女の目が陰りを帯びた。「打ち明け話をする間柄ではなかったし、親しい関係ではなかったから」

「同じ年だったのに？」

彼の非難めいた口調に、イザベラの頬がかっと赤くなる。「それも私のせいにするの、ストックヘイヴン！　私はインディアと友達になろうとしたけれど、彼女にはその気がないようだったのよ。彼女は

「……」イザベラは言葉に迷った。「ひどく無口な人だったの。いいえ、インディアのことはあなたのほうがよくご存じね」彼女はマーカスから離れた。「そうよ、当時もそのあとも、あなたへの思いを彼女に話したことなどなかった。たとえ話したとしても――」

「インディアが嫉妬する理由はない。僕と結婚したのは彼女なんだから」マーカスはいかめしい表情で締めくくった。

「あなたに愛されているとわかっていたら、嫉妬する必要はないでしょうね」イザベラが言った。まるで何かに苦しめられているように顔が青い。それから彼女は顎を上げた。「言ったとおり、この件については何も知りません。話をでっちあげて、せいぜい私をこらしめる材料にすればいいわ」

マーカスの顔がさらにイザベラに近づいた。「僕は嘘などつかない」歯を食いしばって言う。「インディアも」

「私もよ！」亡くなった妻の目にそっくりの青い瞳が反抗的にひらめいた。マーカスはふいに苦いものを感じた。インディアの告発を僕が疑わなかったのは、レディ・ジェーンの気持ちが手に取るようにわかったからだ。情熱と勇気と強い意志に満ちたイザベラとは対照的に、インディアはおとなしく内気な娘だった。インディアを理想の娘と考える母親もいるだろうが、レディ・ジェーンにはもの足りなかった。彼女自身、活発なレディだったからだ。母娘《おやこ》とはいいながら、中身はチョークとチーズほども違うレディ・ジェーンとインディアが打ち解け合うことは最後までなかった。しかし、イザベラが本当の娘だったら申し分ないのにとジェーンが思っていたと考えること自体、インディアを二重に裏切っている気がした。

「いくら否定しても、これも君の一連の行動の一部だろう？」これまでのイザベラの話をすべて聞かなかったかのように彼は乱暴に言った。「君は金のためにアーネスト・ディ・カシリスと結婚した。そして、これまで君がつき合ってきたほかの男たちもきっと、君が必要とするものを与えられなければ捨てられたんだ」ほかに男がいたと思うだけで、すさまじいほどの怒りにあおられた。「君はレディ・ジェーンが自分の娘を相続人からはずすよう仕向け、相続権を獲得した。そして自分を破滅から救うために僕と結婚し、今度は自由を手に入れるために取引に臨んだ。君はなんでもするし、どこまでだって身を落とす。自分の財産を確保するためならね」

その言葉にイザベラの顔が真っ青になった。「どうしてそんなでたらめを」

「事実は火を見るより明らかだ」

「事実はお話ししたとおりよ。アーネストと結婚したのは、家族を救うにはそれが最善だと思ったから。ほかの男たちも、とあなたは言ったけれど……」イザベラはぐっとつばをのみ込んだ。

マーカスは憤激して身を硬くした。「なんだ？」

「何人もいたわけではないし、私が男性に求めたのは愛情だけよ」声にまぎれもない絶望がにじむ。「それにかこつけて、あなた方が私を娼婦《しょうふ》呼ばわりするのはわかっているけれど、あなたは何もわかっていないわ。何一つね」

「ならば教えてくれ」

イザベラが彼を見た。その目にかすかな笑みが浮かんでいる。「だめよ、ストックヘイヴン。そこまで話せとは言われなかったわ。私の魂をこれ以上あなたにさらけだすつもりはないの。あなたが聞きたかったのは、私があなたを捨てたときの真相でしょう。それはもうお話ししたわよ。あなたが信じようと信じまいと」

マーカスのいらだちが募った。「まだあるだろう？　相続の件は？」

「言ったとおりよ。レディ・ジェーンがインディアを相続人からはずす計画については何も知らなかったし、彼女をそそのかしてもいない。そして、私が今度あなたと結婚したのは――」言葉がとぎれた。

「なんだ？」

イザベラのまつげが揺れ、表情はふたたび仮面の下に隠れて、その口調が重苦しくなった。「いいわ。白状する。あなたと結婚したのは投獄から逃れるためよ。ひどい過ちを犯したけれど、でもあのときは私だって……」

彼女は唇を固く結んだ。

〝私だって絶望的よ！〟僕が結婚を承諾しないなら、ほかの囚人を探すまでだとイザベラが開き直り、そう叫んだときのことがよみがえった。

マーカスは肩をすくめた。怒りに満たされ、同情する気にもならない。「それで僕が借金を肩代わりして、君は救われた。僕を捨てた理由はこれで全部だというなら……」火明かりの中で見る彼女の姿ははかなく不安げだった。こんな鉄面皮の女がどうしてこれほどかよわそうに見えるんだ？「次は初夜だな」マーカスはわざとゆっくり告げた。

イザベラが彼の胸に片手をついて寄せつけまいとした。「私を気にかけてもいない、信じてもいない、そしておそらく好いてもいない男性に自分を与えることなどできないわ」

マーカスは笑い声をあげた。自分の内側で荒れ狂う何かが報いを求めている。彼女の中でこの怒りと苦々しさを静めたい。男なら誰だって、イザベラを目にしたら、同じ欲望を抱くに決まっている。

「君は勘違いしているよ、愛する人」マーカスは言った。「僕は君に心底惚《ほ》れている。君が欲しい」

自分の本心は忘れたかったのだが、彼女の澄んだ青い瞳はその真偽を見極めようとした。「だけどそう言いながらも、私を嫌悪しているのね」

マーカスの視線はまったくゆらがなかった。「そういう自分もいるかもしれないが、そこに目を向ける必要はない」彼はイザベラの唇に指で触れた。いますぐ彼女を抱けなかったら、僕は欲望の火に焼かれて燃え尽きてしまいそうだ。「どうしても君が欲しい」マーカスはつづけた。声が荒々しさを帯びる。「君だって僕に無関心ではいられないんだろう。僕の目を見て言ってみろ。あなたなど欲しくないと」

イザベラは唇を噛みしめていた。目を上げようとはしなかった。「あなたに無関心でいたいのよ」

「ああ」マーカスは顔を寄せ、彼女の首の曲線に唇でそっと触れた。「たとえ君がそう望んでも、それはまたべつの問題だな」

イザベラは身を震わせ、彼の唇から逃れて、二人のあいだに距離を置こうとした。「私を抱けるはずがないわ」背を向けて言う。「出ていって！　娼婦を見つけて欲望を満たせばいいのよ！」

一瞬、沈黙が流れた。マーカスはしばらくその場から動かなかったが、ややあって彼女の腕に手をかけた。葛藤《かっとう》が伝わってくる。まるで錘にぎっちりと巻かれた紡ぎ糸のようだ。

「それは君の本心ではない」彼が静かに言った。

イザベラの肩ががっくりと落ちた。

「本心ではないわ」彼女は認めた。「でも、あなたは行かなければ、ストックヘイヴン。私が真実を打ち明けたのに、あなたは信じようとしなかった。結婚していようがいまいが、私に敬意を払えない男性に自分を与えることはできないわ」

マーカスの表情は変わらなかった。

「いや、君は与えられるし、与えなければならない。それで手を打つと言ったのは君だ」

「いいえ」イザベラが答えた。「私を軽んずる人に与えるつもりはないわ」片手をさっと挙げて必死に訴える。「昔あなたは私のことをわかってくれたでしょう、マーカス！　私がどんな人間か、あのときちゃんと判断してくれていれば、いま私をそんな目で見ることはなかったはずよ」

マーカスは歯を食いしばった。彼女への愛がまるで亡霊のように心をねじり苦しめる。「僕は若かったんだ」彼は無情にも告げた。「君にのぼせて判断を誤ったのかもしれない」

「あなたは私に愛を誓ってくれたわ」イザベラの顔はもう死人のように真っ青だった。「すべては偽りだったというの？」

彼女の目が燃えあがった。そしてマーカスが答える前につづけた。

「私は最悪の人間だと、なぜ決めつける必要があるの？」

それはマーカスが答えたくない質問だった。いまは答えたくない。いや、おそらく永久に。その瞬間、何も考えられなかった。あるのはイザベラを抱きたいという強烈な衝動だけだ。心の悪魔と対決したくない。心の砦《とりで》に小さな裂け目があることを認めたくない。たぶんインディアが嘘をついたのだろう。彼女は僕のイザベラへの愛に嫉妬し、僕はやましさと自責の念からすべてをイザベラのせいにして、その痛恨の真実を認めまいとした。

イザベラの深みのある濃い青色の瞳に欲望がにじみ、頬がピンク色に染まった。彼が肌に触れると、指先に熱が伝わってきた。

「君は僕を拒めない」マーカスが言った。いま拒否されたら自制心をすべて失いそうなほど、彼女が欲しい。「僕は君の最初の恋人だった。君も僕を求めているはずだ」

「後悔することになるわよ」脅しではなく単なる事実としてイザベラはそう口にした。「こんなの間違っているわ。ええ、間違っていますとも。二人にはまだ未解決の問題がたくさんあるというのに」

その言葉の意味はマーカスにもわかった。だがそれは考えまい。事を複雑にしてどうする？　いまはただこの熱い興奮の中で、過去と、非難と、いがみ合いを忘れてしまえばいい。それが終わったら……だがあとのことは考えたくない。考えるのは、この手で彼女を奪い、改心させ、二人につきまとう亡霊たちをすべて眠らせてからだ。

「いまは何も考えられない」彼はささやいた。

そしてイザベラを引きよせて唇を重ね、自分を苦しめ悩ませている鬱積《うっせき》した激情をぶつけた。彼女は抵抗も反応もしなかった。マーカスの体に震えが走り、今度は反応を要求するというより誘いだすように、優しくイザベラにキスをした。彼女をその気にさせたい。僕が欲しいと彼女にも思わせたい。マーカスの唇の下でイザベラの唇が震えながら開き、彼の舌を受け入れると同時に、全身がマーカスの腕の中で柔らかくなった。キスに屈したその愛らしい姿に心が乱される。

彼はイザベラを抱きあげ、ドアへ向かった。しかし階段を上りきったところで、寝室の場所がわからないことに気づいた。もっと違う状況なら、妻をベッドに勇んで運ぼうとしたらベッドがどこにあるかわからないというこの事態をおもしろおかしく思ったかもしれない。だが、いまはそんな余裕はなかった。いらだちでどうにかなりそうだった。

「どこへ行けばいいか教えてくれ。さもないと階段で君を奪うことになるぞ。もう我慢できない」

マーカスは自分の言葉にぎょっとしたが、イザベラの顔からも驚きが読みとれた。優雅にふるまうどころか彼女を娼婦のように扱っている自分に愕然《がくぜん》としながらも、欲望に突っ走る自分を止められない。イザベラから勝ちとった反応をまたしても失い、彼は怒りと絶望に襲われた。彼女がそっけない声で答えた。

「あなたの求愛は繊細さに欠けるわ、ストックヘイヴン」

「その時がきたら、そうではないとわかるだろう」マーカスは言った。「寝室は?」

彼の苦しみをよそに、イザベラが一瞬思考をめぐらせるような顔をした。マーカスにはそれが一時間にも感じられた。

「左手の三番目のドアよ」

寝室の中は暗く、カーテンが引かれていたが、隙《すき》間《ま》から差し込む月光が床に斑《まだら》模様を描いていた。ベッドの高いヘッドボードに施された彫刻はほとんど彼の目には入らなかった。それがほうきの戸棚でも気にしなかっただろう。マーカスは彼女をそっとベッドに寝かせてからドアのところへ戻り、慎重に鍵《かぎ》をかけた。これからここで何が始まるのかを告げるように、かちゃりという音が静かな屋敷に響き渡った。彼はイザベラのそばへ引き返しながらクラバットをはぎとり、シャツを脱ぎ捨てた。彼女はもしかしたらあわてて立ちあがり、逃げだそうとしたり、抗議の声をあげるのではないだろうか? 彼は半分それを覚悟したがイザベラはベッドにじっと身を横たえて彼を見つめていた。スカートが腿の上までまくれあがり、脚がみだらに奔放に、こちらに向かって開いている。こんなに何物かに心をかき乱され、かりたてられたことはない。

マーカスは欲望といらだちもあらわに、ぎこちない手つきで彼女の肩からドレスをむしり、ぶざまな自分を呪《のろ》った。

「ドレスが!」イザベラが叫んだ。「新調する余裕など——」

かまうもんか! ドレスなど邪魔なだけだ。

「もう一枚買うまでだ」マーカスは荒々しく唇を重ね、貪《むさぼ》るようにキスをした。もう一度、イザベラからの反応が欲しい。どうしても。彼女もさっき僕が欲しいと認めたではないか。いやがる妻を無理やりベッドに運んだわけではないのだ。

根気よく進むしかないのだろうが、この僕のどこに根気があるというのだ。だが最初からやり直しだ。なだめすかして彼女の体からこわばりを拭《ぬぐ》いとり、情熱を引きださなくては。あわててはならない。いっぽうで、そんな悠長なことはしていられないと彼の体が叫んだが、今度はその声を無視した。

イザベラの唇が開いた瞬間、マーカスは欲望のうねりにふさわしい勝利を感じた。彼女の舌が彼の舌に絡みつき、彼の唇が彼女の唇をわが物顔に動きまわる。マーカスは彼女の顔を両手で挟み、絹のような黒みがかった金色の髪に指を滑り込ませた。そんなふうに髪をなでたいとずっと思っていた。イザベラが小さくうめき、彼に応《こた》えるように体を動かした。マーカスの欲望が膨らみ、それに比例して彼の下腹部もこわばった。

もうこれ以上待てない。

ブーツを脱ごうと彼が体を少し離したとき、イザベラがあどけない仕草でちぎれたドレスの胸をかき合わせた。だが、その動作はあらわになった肌に彼の視線を引きつけただけだった。向かい合うようにベッドの端に腰掛け、彼女のウエストに両手を置いて、彼女の喉のくぼみに唇を寄せる。その肌に熱が広がった。首の曲線にさっと舌を這《は》わせ、イザベラを味わうと、たちまちシュミーズの切れ端の下で彼女の胸の先端が硬くなった。マーカスは喉の奥で声をもらし、シュミーズを払いのけて、ひんやりと湿り気を帯びた頂を口に含んだ。イザベラが思わず体を弓なりにしたが、マーカスは今度はウエストを両手でしっかりつかんで、あらわになった胸を唇で奪った。柔らかなうめき声と、もだえる体が彼を限界まで追いやった。もっと彼女を悦《よろこ》ばせたい。自分の欲望が満たされればそれでいいと思っていたが、いつの間にか彼女を悦ばせたいと彼は思いはじめていた。お互いの欲求が絡み合っていた。

マーカスはドレスを払いのけ、むき出しのおなかと腰に巧みに両手を這わせた――イザベラが夢中で手を伸ばし、彼を求めるまで。彼女が震えだしたのは寒いからではなかった。その肌に興奮のさざ波がひたひたと押しよせるのを感じ、マーカスの中に激しい渇望が呼び起こされた。もう一度キスをすると、彼女の熱い唇がマーカスに押しつけられた。彼は両手を下に滑らせてイザベラの腰をつかみ、自分の体に引きつけながら、彼女の唇を舌先で開いた。舌が深く潜り込み、探り、イザベラの舌を奔放に絡めとる。イザベラも同じぐらい彼を求めていた。それは、マーカスの体をせっかちに動きまわる手と、何度もくり返される柔らかな歓喜のあえぎからわかった。

彼はイザベラの太腿をできるだけ優しく開いた。反射的にためらいを見せる腿の内側に指を滑り込ませ、熱く濡《ぬ》れた彼女を感じながらそっとなでつづける。ついでなめらかなおなかに唇を当ててじりじりと下へずらした。舌先で腿の曲線をなぞり、ひどくゆっくりと、できるだけ優しく、三角形の茂みに唇でさっと触れた。イザベラのあえぎを聞いてマーカスは彼女自身にキスをし、その腰を押さえたまま、震える中心に何度も何度も痛いほど優しく、舌先で触れた。

イザベラが声をあげた。彼女の背中が弓なりに反る。マーカスは体を起こし、脚のあいだへ慎重に進み、その入り口へ硬くなった欲望の証《あかし》を添えた。もう抑えられない。すかさずイザベラの中へ身を沈めると、熱と彼を驚くほど締めつける力を感じた。

復讐《ふくしゅう》も苦々しさも怒りもすべて、イザベラを求める激しい欲望の火に焼き尽くされた。それでも、彼女の中へ突き進んだ瞬間の砕け散るような衝撃は予期せぬもので、それがすべての思考をかき消した。二人はいま、十二年前のあの若い二人に戻っていた。あずまやの固い板張りの床に身を横たえる二人の上に、夏の月が祝福の光を降り注ぐ。すべすべした銀色に光る白い肌をマーカスの手が優しくなで、二人の心と体と精神が溶け合い、さらに一つになる……。痛みと悦びにイザベラの指の爪が肩に食い込むのを感じながら、マーカスは彼女の中に入っていった。彼の熱い体が突きあげるたびに全身が激しく焼かれ、至福の悦びにねじりあげられて、そしてふいに訪れた抗《あらが》いがたいその瞬間、マーカスは驚きと恍惚《こうこつ》の中で叫んだ。

愛してる……。

それは思い出の中の声なのか、それともいま自分があげた声なのか？　もはやわからなかった。どちらでもかまわない。これまでイザベラを強欲で道徳に反した人間とみなしてきたが、本当は、その虚像に彼女をなんとか当てはめようといつも必死だったことに彼は気づいた。

いくら当てはめようとしても無理だ。

イザベラはそんな人間ではない。昔のままの彼女だ。

憎しみは打ち消され、そこに安らぎが流れ込んできた。

苦しみは焼き尽くされた。

彼は愛と心からの感謝の中で、疲れ果てた体にイザベラを抱きよせ、眠りに落ちた。

カーテンがさっと引かれる音に、マーカスはベッドの中でもぞもぞと動いた。こんなに長い時間ぐっすり眠ったことはかつてなかった。心の悪魔たちがついに眠りについたらしい。閉じたまぶたの裏側に光を感じた。目を開けて一日を始めるのはもう少しあとにしたいが、その前にイザベラに伝えよう。君を疑うようなことばかり言って悪かった、家族を選ぶか僕を選ぶかという無理な選択を強いられてさぞつらかったろう、と。

マーカスは無意識に手を伸ばした。

となりは空っぽだった。

「お湯をお持ちしました」

マーカスは目を開けた。ベルトンが水差しの取っ手を握り、腕にタオルをかけ、ベッドの足もとにすました表情で立っている。

マーカスはベッドの中で跳ね起きた。「イザベラは……どこにいる？」

ベルトンの両眉がほんのかすかに動いた。「お出かけになりました」

「出かけた？」

マーカスはあわてて寝室の中を見まわした。ベッドのカーテンの後ろに隠れているんじゃないのか。

いや、そうであってくれ！

「外出されました」ベルトンがいかにも悲しげに言った。「けっして伯爵を起こさぬようにとおっしゃいましたので」

しまった、なんてことだ。自分と同じ至福にイザベラを連れていったとばかり思っていた。僕をのみ込んだあの激しい歓喜を彼女にも感じてほしかった。でももしや……自分が悦びを覚えるのに夢中で、彼女が感じていないことにまるで気づいていなかったのではないか？　奪ったのは彼女の体だけで、心を取り逃がしてしまったのでは？　マーカスは吐き気と寒気を感じてふいに怖くなった。

ベルトンはすでにベッドを離れ、サイドボードのボウルに湯を移していた。ぶうんという耳鳴りに、湯がばしゃばしゃと注がれる音が重なる。それから、ベルトンはこぼれた滴をきちょうめんに拭《ふ》きとった。

マーカスはベッドから飛びだし、執事の腕をつかんだ。

「イザベラ公妃はどこへ行った？」

ベルトンがゆっくりと振り向いた。その表情は相変わらず冷静そのものだ。

「ロンドンを出られました」

マーカスは執事の腕を揺さぶった。「いつ？　いつ出かけたんだ？」

「夜が明けるころです」執事はマーカスの質問を先まわりして言った。「いま午前十時です」

十時。マーカスの頭の中をいくつもの数字が魚のように泳いでいった。夏の夜明けは四時半、遅くとも五時だ。五時に出発。ということは、イザベラはいまごろどこにいてもおかしくない。僕からできるだけ離れ、できるだけ遠くへ行こうとしているのかもしれない。

ベルトンは任務についた兵士のように直立不動の姿勢を崩さなかった。マーカスは自分を見下ろし、全裸だったと気づいて執事の腕から手を離した。

「ありがとう、ベルトン」

「どういたしまして」執事はちょっと間を置いた。

「お手紙がございます」

手紙。マーカスの胸が希望に膨らんだ。

「どこに？」

ベルトンがベッド脇《わき》の小さなテーブルを指さす。

マーカスは手紙を手に取り、開いた。手が震えているのがわかったが驚かなかった。

ストックヘイヴンへ
ソルタートンへ行きます。初夜をすませましたので、私には自由を与えてくださるものと。
I・S

それだけだった。念のため便箋《びんせん》を裏返したが何も書かれていなかった。体も心も遠く離れてしまったと思うと、胸が押しつぶされそうだ。自分のこれまでの人生で彼女をいちばん近くに感じながら、昨夜は眠りについたというのに。イザベラは夜明けを待ちかねるように自分から去っていった。

彼女にどれだけ容赦なく非難を浴びせ、彼女の心をどんなふうに支配しようとしただろう？　マーカスはその血も涙もない仕打ちにぞっとして、両手に顔をうずめた。

「ひげをお剃《そ》りになりますか？」彼の頭上でベルトンがきいた。

「いや、けっこうだ」マーカスは機械的に答えた。

「身支度をなさいますか？」その声には、服は着ていただかないと困りますという響きがにじんでいる。

「ありがとう」マーカスは機械的に答えた。

「馬はどうなさいます？」今度の声にははっきりと感情が込められていた。マーカスは顔を上げた。

「馬？」

ベルトンがぎらぎらとにらみつけるような目つきで答えた。「馬です」

マーカスの目に光が差し込むと同時に、希望が胸にわきあがった。やるだけやってみよう。

「ああ、出発できるように馬を用意してくれ、ベルトン。足の速い馬を」

ベルトンの唇にほんのかすかに満足げな微笑が浮かんだ。よろしいと言いたげだ。「ではさっそく」

14

ソルタートン　一八一六年七月

借りは清算したわ。あとはマーカスが約束を守ってくれれば、私は自由よ。

イザベラ・ストックヘイヴンは、たとえ相手が親しい友であれ、自分の愛の営みについて口にする質《たち》の女性では断じてない。けれども、もしそういう女性だったら、ゆうべの夫はとてもすばらしかったわ、と打ち明けていたかもしれなかった。マーカスとの愛の行為をほかと比較できるほど、経験豊富というわけではない。アーネストとの営みは、鍵《かぎ》が差し込まれたままの衣装だんすに押しつぶされるようなものだったから。だけどマーカスは……。そう、私に無限の悦《よろこ》びと切望を味わわせ、体をぞくぞくさせ、めろめろにさせてくれた。だから愛の行為の熟練者にちがいない。完璧《かんぺき》な新婚初夜だった。でも一つだけ足りないものがある。

夫は私を愛していない。

一刻も早く逃げだしたかった。マーカスからではなく、自分自身の感情から。しかしいくら否定しようとしても、その気持ちはつねに私を追いかけてくる。逃げ道はなかった。

マーカス・ストックヘイヴンを愛している。

出会ったその日からずっと。

彼にはゆうべ、真実を打ち明けたけれども、一つだけまだ告白していない秘密があった。口にするのもおぞましいその大きな秘密とは、エマの出生に関する疑問だった。打ち明けて、隠し事など何もないまっさらな自分になりたいと思ったが、迷ったあげく、結局は口にしなかった。いまさら言って何になるのだろう？　エマはもうこの世になく、その苦しみをよみがえらせるつもりはなかった。子どもを失うという悲しみの中に二度と身を置きたくない。誰も愛したくないし、子どもが欲しいと願う勇気もない。イザベラは自分の気持ちをふたたびしまい込んだ。

　けれども、その最大の秘密を暴露するまでもなく、ゆうべの告白は無駄でしかなかった。マーカスに胸の内を明かし、それをはねつけられたときはつらかった。今日、体は疲れ果て、心は赤裸にすりむけていた。歩きながらいろいろなことを考えた。マーカスに語ったさまざまな事実について、そして自分がした誘惑について。

　私を誘惑して興奮の渦に巻き込み、理性的な思考を奪いとったのは、マーカスの欲望と同じほど大きな私自身の欲望でもあったからだ。私が彼を求める気持ちは、彼が私を求めている気持ちに負けないくらい強烈だった。その事実とイザベラはまともに向き合った。自分はマーカスを求めていたし、いまも求めている。

　乱暴だけれど私を悦ばせようとするマーカスの熱意が、私の中の何かに火をつけた。彼にどうしても逆らいたくないと思う自分がそこにはいた。ゆうべの出来事が心によみがえり、イザベラは震えた。もう長いことあんな気持ちになったことはなかった。ほとんど忘れていた。いいえ、忘れたかったのだ。ずっとずっと長いあいだ。十二年前の自分に戻るわけにはいかない。

　マーカスの腕の中で彼にキスをして彼に触れ、彼を抱きしめたとき、故郷へ帰ったような気がした。マーカスへの深い愛にどっぷりと浸《つ》かった。自分の中に彼を感じた瞬間、体はすぐに反応したけれども、あの痛いほどのめくるめく至福の情熱に舞いあがりながらも、愛と恐怖に胸は引き裂かれていた。絶対に間違っていた。それは自分が求めるものでありながら、マーカスの心に愛がないかぎり、けっして正しいものにはなりえない。

すべてが終わったあと、彼はイザベラを抱きよせ、たちまち眠りに落ちた。かすかな光に照らされたその姿は若々しく、顔からはすべての怒りと苦しみと憎しみが消えていた。愛と悲しみにみぞおちが締めつけられるのを感じながら、彼女はマーカスを見つめ、彼の腕に自分を絡みつけ、その疲れ果てた心を叩《たた》きのめす残酷な事実を締めだそうとした。

でもだめだった。

体を重ねはしても、いまはマーカスをはるか遠くに感じる。彼は私を愛していない。真実を彼に打ち明けたのは、自分を信じてほしかったからだ。でも信じてはもらえず、心はますます空《むな》しくなった。さいころのひと振りにすべてを賭《か》けたのに、望んだ目は出なかった。二人は正直に話をしたし、肌も合わせた。それは私にとって拷問であると同時に歓喜でもあるけれど、一緒に愛を連れてきてはくれなかった。マーカスへの複雑な思いばかりに囚《とら》われ、彼の愛を奪おうとする恋敵の存在など考えもしなかった。なぜ私はそんな簡単な事実に気づかなかったのだろう?

インディアの件についてマーカスが尋ねたとき、一瞬、なぜそんな見当違いの質問をするのかと思った。だが彼の瞳に浮かぶ怒りと忠誠心と激情を目にして、心臓がビロードの靴を通り抜けて沈んでいく気がした。インディア。もちろんそうよ。マーカスが過去に結婚した唯一の女性。インディアは彼の愛と忠誠心をしっかりとつかみ、死んだいまもその手を離さない。私がマーカスを欲しくてたまらないように彼もこの私を求めているのかもしれないけれど、それは彼が最初の妻に対して抱く感情とはまったく別物だ。

マーカスが愛しているのはインディアだ。ゆうべその思いはイザベラを傷つけ、いまもそうだった。彼がインディアの件を持ちだしたときは驚いたが、それは胸の中で鈍い痛みに変わった。気がつかなかった私がばかだった。彼の情熱は自分だけに向いているといい気になっていた。

ゆうべは一睡もできず、夜が白々と明けると同時に馬車を呼んで、まだ眠りの中にある町を南へ向かった。大急ぎで荷造りをして、召使いたちには早々にソルタートンへ移るよう指示を出してから、マーカスの寝姿を最後にもう一度見て、屋敷を出た。

リッチモンドを過ぎるころには、見わたすかぎり野や畑や生垣、森や村落が連なる田園風景が広がった。道の状態はよく、すばらしく天気がよかった。

イザベラはうたた寝をしようとしたが、だめだった。さまざまな思いが頭の中をこまのようにくるくるまわって眠れなかった。

馬車が丸石の上をがらがらと進んで宿屋の庭に入り、彼女の麻痺《まひ》した心を目覚めさせた。また休憩だわ。馬を替えて、火傷《やけど》するように熱いコーヒーを喉に流し込んで……。

「ここはどこかしら?」イザベラはきいた。

「バグショットの〈ゴールデン・ファーマー・イン〉ですよ」

夕方、分かれ道に差しかかると、馬車は西のエクセターではなくウィンチェスターへ向かう南寄りの道に入った。イザベラには今夜泊まろうと決めている場所があった。めざすのは町の宿屋やホテルではなく、町はずれの古い城壁の下の、その城壁よりもさらに古い〈オーストリッチ〉という名前の宿だった。かつては修道士たちによって旅人の宿泊所として営まれ、その修道院が消滅したあとはいったん世俗の手に渡ったものの、五十年ほど前にある私設の修道会に買いあげられた。セント・ジェローム会の修道士は自分たちで蜂蜜酒《ミード》を醸造し、薬を作り、旅人を泊めてもてなしている。スタンディッシュ家もソルタートンへ旅するときには、よくここに宿をとった。修道会の施設に宿泊するのは貴族としての品格を上げるにふさわしいとレディ・スタンディッシュは考えていたようだが、イザベラはそういう理由で〈オーストリッチ〉を選んだわけではなかった。一人旅の女性にこれほどふさわしい宿があるだろうか。修道院よりも安全な場所はほかにはないだろう。

毎年夏に恒例の馬の市が立つ今週、町はにぎわいを見せ、セント・ジェロームの宿はほぼ満員だった。修道士の一人が喉を潤す冷えた一杯のミードとともに彼女を出迎えてくれた。午後になるにつれ道は埃《ほこり》っぽくなり、暑さも増してきた。イザベラは喉がからからで、それに自分のような一人旅のレディがアルコールを口にすることにあまり抵抗は感じなかった。屋敷であわてて中身をつめ込んだ大きな旅行鞄《かばん》は、果樹園を見下ろす二階の部屋へ運ばれ、部屋には洗面用の冷たい水が入った水差しと、ぱりっとしたシーツが敷かれたベッドが用意されていた。イザベラは御者と馬の世話係が寝る場所を確保してから部屋に入ってベッドに横になり、目を閉じた。しばらくすると、肉の焼けるいいにおいが漂ってきて思わず目を開けた。おなかがぺこぺこだ。それからもうしばらくしてドアがノックされ、宿の係が、料理の重みで悲鳴をあげそうなトレーを手に現れた。〈オーストリッチ〉が本当にすばらしい宿なのを忘れていたわ！

夜はろうそくの光を頼りに読書をして過ごした。町のにぎわいが彼女の部屋にも届いたが、やがてその喧騒《けんそう》と明かりの中で、本を枕《まくら》に眠りに落ちた。

そして次に目が覚めたとき、部屋は闇《やみ》に包まれていたが、何かに眠りを邪魔されたのだとすぐに気づいた。誰かがドアの取っ手をそっとまわそうとしている。かちりと小さな音がして、ひと筋の光がドアの下に差し込んだ。イザベラは緊張した。

イザベラはドアが大きく開くのを見てベッドの脇《わき》を静かに手探りし、おまるを見つけようとした。冷たい磁器の縁に指がかかった瞬間、必死でつかんだ。広くあちこち旅したおかげで、こういうときにどうすればいいかは心得ている。最初に一撃お見舞いしてから、あとで問いつめればいい。もちろん、悲鳴をあげてもいいが、修道院の中でわめきたてることには抵抗を感じる。

黒い人影が部屋へ滑り込んでドアをそっと閉め、静かにベッドへ近づいてきた。イザベラは寝返りを打ちながら宙に弧を描くようにおまるを振りあげた。おまるは侵入者の側頭部に命中して、ごつんと音を響かせ、男がうめいて横へよろめいた。

「これを教訓に、夜はレディの寝室へ忍び込まないことね！」イザベラはぴしゃりと言った。

「その言葉を肝に銘じるとしよう」男は皮肉っぽく答えて、頭をさすった。「二度としないと誓う……少なくとも君の許可を得るまでは」

イザベラは体をまっすぐに起こした。さっきは驚きのせいで胸がどきどきしていたが、いまは不安でどきどきしている。「マーカス？　いったいここで何をしているの？」

彼女は火口箱をつかみ、火を打ちだした。ろうそくが燃えあがった。手がかすかに震えている。予期せぬ事態に当惑を隠せなかった。また彼と会わなければならない日がくるとしても、それはずっと先のことだと思っていたのに。合法的な別居の申請も、ソルタートン贈与の正式な手続きも、ミスター・チャーチワードに依頼すればいいのだから。二人は二度と顔を合わせる必要などなかったのだ。

狭いベッドの端に、マーカスがのろのろと腰を下ろした。「熱い歓迎とは言えないな」と悔しそうに言う。

「ここで何をしているの？」イザベラは問いただした。「私の居場所がどうしてわかったの？　宿泊先は誰にも言わなかったのに……」

マーカスの唇に笑みが浮かんだ。彼女の体がかっとほてって、ぴりぴりした。ゆうべの記憶が呼び起こされる。肌を這《は》いまわる彼の両手、胸に押しつけられた唇、こすれ合う肌と肌……。イザベラはそわそわして目をそらした。

「僕に居場所を知られないよう、誰にも言わなかったとでも？」マーカスが尋ねた。

「そのとおりよ」

彼が笑い声をあげた。「君が通った道をたどればいいだけの話だ。君は目立たないほうではないからね、イザベラ」

「なぜわざわざ追いかけてきたの？」イザベラの不安が募った。「必要もないのに。初夜はすませたでしょう。今度はあなたが約束を守る番よ」

マーカスはすぐには答えなかった。ろうそくの明かりに照らされた顔はむっつりとして表情がない。

「このまま行かせるわけにはいかない」ようやく口を開いた。

彼女はどきりとした。「どういう意味かしら？」

マーカスが体をもじもじと動かした。居心地が悪そうだった。「話がしたかったんだ」顔が陰に隠れる。「イザベラ、すまなかった。ゆうべ、僕は君を求め、君も僕を求めていると思った。力ずくで奪うつもりなどなかった」彼は言葉を切り、ついで正確を期すように言い添えた。「少なくとも……最初は君の気持ちなどおかまいなしだったかもしれない。でも、もう二度と君の意思に反して君を奪ったりしない。悪かった、僕が君を追いたてたのだから」マーカスはそう言って、また居心地悪そうにもじもじと体を動かした。

屋敷を出た理由を彼は誤解している。二人のあいだに距離を置こうと考えたのは、朝、目を覚ましてさよならをきっぱり告げられたら耐えられないと思ったからだ。しかしマーカスは、ゆうべの愛の行為が私を追い払ったと思い込んでいる。いまは見るに忍びないほど深く悔いている彼を前にして、イザベラは顔が熱くほてった。口がうまくきけなかった。

「その話はやめましょう」

「どうして？　僕たちは夫婦だ」

イザベラの口の中がからからになった。愛の行為について誰かと話し合ったことなどこれまで一度もない。とりわけ夫とは。彼女は自分がどぎまぎしているのに気づいた。

彼がイザベラの顎の下に手を当て、光のほうへ向けさせた。

「恥ずかしいのか」声に驚きがにじんだ。

彼女はマーカスの手をはねのけた。「いいえ、恥ずかしくなどないわ！」

「いや、恥ずかしいんだろう。目を見ればわかるよ」

イザベラはつかの間彼をじっと見つめ、それから目をそらした。「そういう問題を話題にするのに慣れていないの」彼女は苦しまぎれに答えた。

どうせマーカスは嘲《あざけ》りを口にするのだろうと思ったが、彼は黙ったままぼんやりと、おまるの一撃を食らった頭をなでていた。イザベラはためらいがちに手を伸ばした。

「痛いの？」

マーカスが彼女の手をつかんだ。「ああ。だがさっき言ったように、これは自業自得だ。イザベラ……」声の調子が変わった。「なぜ逃げだした？ゆうべ、二人のあいだに起きたことが原因なのか？」

イザベラはぐっとつばをのみ込んだ。希望と絶望がまじり合い、胸がよじれそうだ。

「マーカス、そんなふうに思わないで……」言葉が口からなかなか出てこないが、正直になるしかない。「私も求めていたわ」彼女はやっと、ぽつりと告げた。「あなたを求めるあまり、二人のあいだにある問題を全部忘れそうになった。でもそのとき思いだしたの……」疲れたように肩をすくめる。「そして、もう手遅れだと気づいたわ。これは間違ったことだと思ったし、これでいいと思える日は二度とこないのよ」

マーカスが彼女を見た。その目はとても澄んでいる。「よかった。手遅れだと君が思っているのは喜べないが、気乗りのしないレディに無理強いしたわけではないとわかって」

イザベラは手を振りほどいた。ひどく面倒なことになってきた。危険だわ。ゆうべと同じ親密な空気が、ろうそくの灯《とも》るこの部屋にじわじわと広がっていく。でも、もう手遅れよ。だって、十二年前の出来事について君の話を信じようという言葉は、彼の口から一度も出なかった。君を疑って悪かった、自分のふるまいを許してくれという謝罪も、君を愛しているという告白もなかった。私にとっては、体を重ねることよりも信頼を回復することのほうが大事だったのに。

「あなたにははっきりわかったはずよ。私がそれほど気乗りのしないレディではなかったと」

マーカスがほほえんだ。「あのときはそう思ったが、目が覚めたら君がいなくなっていて……」彼は首を横に振った。

「だって、そういう約束だったでしょう」イザベラはきっぱりと言った。「あなたは欲しいものを手に入れ、代わりにソルタートンを私に譲る。それが交換条件よ。約束は守ってもらうわ」

マーカスの視線が彼女の顔をくまなく探った。本心を読みとられそうで、イザベラはたまらなく怖くなった。

「自分の約束を果たすためだけに僕と愛を交わしたというのか？」彼の声が妙な響きを帯びた。

「いいえ」彼女はしぶしぶ答えた。「でも、問題はそこじゃないのよ、マーカス。私があなたに求めるのは……」

愛。信頼。だが愛にも信頼にも危険はつきもので、これまでさんざん傷つけられてきた自分がその苦しみにまた立ち向かえるかどうかわからない。

「約束は約束よ」閉じていた口をようやく開いた。

「君は本当に合法的な別居を望むのか？」マーカスは穏やかに、だが決然とした声できいた。

イザベラは彼と目を合わせなかった。「それが約束だから」

「質問の答えになっていないな」

彼女は苦しげに息を吐きだした。「それしか道はないわ」絶望もあらわに手を投げだす。「ほかにどうすればいいというの、マーカス？　昔には戻れない。過去は変えられないのよ。それはこれからも私たちのあいだに居座りつづけるわ」

マーカスはしばらく黙っていた。そしてようやく答えた。「昔に戻ることはできない。だけど先へ進むことはできる」彼の口調がやわらいだ。「離れたくないんだ、イザベラ。僕から離れてほしくない。それを黙って許すわけにはいかない。いまは」

彼女は欺かれたようで気落ちした。「あなたが約束を破るのはこれでもう二度目よ」

「僕の子を身ごもっているかもしれないじゃないか」

その言葉が沈黙の中へと落ちていった。つかの間、イザベラは目を閉じた。激しく燃えあがったあの瞬間、そんなことは考えもしなかった。そんな心配をする必要はこれまでずっとなかった。エマを思いだして胸がよじれ、あまりの痛みに彼女はあえいだ。

「ああ！　そんな」

マーカスの表情が変わった。彼女の本心に気づいて、傷ついていることはイザベラにもわかった。だけど彼には私の気持ちはわからない。わかるはずがない。

彼はどうせ何か辛辣《しんらつ》な言葉を返す気だろう。だがマーカスは、上掛けの上でこぶしを握っている彼女の手に触れた。「すまない、イザベラ。君がそれを望んでいないことは承知している。だが可能性は拭《ぬぐ》いきれない、はっきりとわかるまでは……」

彼女が答えないのを見て、マーカスはため息をついた。

「この話はまた明日だ。いまはよそう。君は疲れた顔をしているし、僕も疲れている。君を見つけようと休みなく馬を走らせたのでね」彼はブーツを脱ごうと前屈《まえかが》みになった。

イザベラはそわそわと上掛けを顎まで引っ張りあげた。差し迫った不安が胸の苦しみに取って代わる。

「何をする気？」

マーカスがにっこりした。黒い瞳に、いたずらっぽい色が輝く。「もちろん、ベッドに入るのさ」

イザベラは大きく息を吸い込んだ。「でも……私が言ったことを聞いていなかったの？　昔には戻れないのよ、マーカス、けじめが必要だわ。修道士たちに頼めば、あなたが寝る場所をべつに用意してくれるでしょう？」

マーカスが彼女を見た。ろうそくの明かりの中では、その表情は読みとれない。相変わらず頭をさすっている彼のつんつんと突ったった黒髪を、イザベラはなでつけてやりたい衝動にかられた。

「部屋はないそうだよ、イザベラ。僕が君の夫だというのはジェローム修道士の耳に入っているし、こ

「この部屋を一緒に使うよう修道士たちからも言われた」

「彼らは人を疑うことを知らないのね」イザベラは言った。「私の夫だと言い張る男が現れれば、片っ端からこの部屋へ案内する気かしら？」

「僕が聖職者に嘘《うそ》をつくとは彼らも思わなかったんだろう」マーカスは独善的にそう答えると、シャツを引っ張りあげて頭から脱いだ。

「まあ！」彼女は上掛けをぎゅっと引きよせた。「この部屋は一人でも狭いくらいなのに」このかぎられた空間をマーカスと一緒に使うのかと思うと、不安に喉が締めつけられた。「あなたには馬車で寝てもらうわ」

彼がにやりと笑う。引きしまった胸と肩の輪郭をろうそくの光がなめるように照らしだし、その肌を赤銅色に変える。ふと、自分が相手を凝視しているのにイザベラは気づいた。でも目をそらせない。


「つれないことを言うなよ、イザベラ。馬を走らせつづけてもうへとへとだ。馬車の中はひどく寝心地が悪いだろう。それにほかに行くところもない。いま聖コルンバ祭で、どこの宿も満員だ」

「たとえ今日がクリスマスだろうと関係ないわ」イザベラは完全にうろたえていた。「この部屋に泊めるわけにはいきません！」

マーカスが手を伸ばし、彼女の頬に触れた。まぎれもなく彼女を安心させようとする仕草に、イザベラはふいに無防備な気分に陥り、目をぱちぱちさせた。

「恥ずかしがり屋の女学生みたいだ。そんなにびくびくするとは思わなかったな」彼の声からおもしろがるような調子が消えた。「君の言い分はちゃんと聞いたよ、イザベラ。僕を恐れる必要はない」

「恐れてはいません」彼女は勢いよく言い返した。「でもこのベッドは狭すぎるわ」

「お互いの腕の中で眠ればいい。それなら狭くても大丈夫だ」マーカスは合理的に、感情を交えずに答えた。イザベラは大きく息を吸い込んだ。男の人の腕の中で眠ったことなど一度もない。ゆうべは彼に抱きよせられてはいても、心の混乱が静まらず、温《ぬく》もりに埋もれてまどろむことはできなかった。ふと彼女の中で誘惑が渦を巻いた。腕に抱かれ、慰められ、不安から解放されたい……。

マーカスがふたたび前屈みになって、意を決したようにブーツを引き抜いた。ろうそくの明かりの中で彼は身に着けたものを脱いでいったが、ズボンは脱がなかった。イザベラは大いにほっとする反面、非常にがっかりした。枕にもたれて目をつぶる。マーカスがかたわらに滑り込んでくると同時に体に緊張が走り、できるだけ離れようとしたものの、狭いベッドの中ではそう遠くへは行けない。寝返りを打って床へ落ちそうになった彼女の、そのひどくゆったりした寝巻きのひだをマーカスがつかんだ。

「修道士に法衣《ほうえ》を借りて寝巻きにしたのか？　君を奪いはしないから安心しろ、イザベラ。そんなかさばった法衣を着ていたのでは、どっちみち君にたどり着けそうにない」

たしかに法衣にはたっぷりひだがあったが、イザベラは彼を感じていた。体が妙にぴりぴりする。

「楽にして。ばね仕掛けの罠《わな》みたいに緊張しているぞ」マーカスが言った。

「これまで一度も――」

「え？」

「一度も男の人の腕の中で眠ったことがないのよ」イザベラは早口で言った。

「アーネストとは？」

「宮殿もべつべつだったのに、寝室が一緒のはずはないでしょう」

マーカスが笑い声をあげた。「なんて贅沢《ぜいたく》な。だが、彼もたまには君の部屋に泊まったんだろう？」

「飲みすぎてベッドから出られなくなったときにはね」彼女は正直に答えた。「そういうときは私がさっさとベッドを離れたのよ」

前の結婚の記憶がよみがえり、不安が舞い戻った。あのころの自分は罠にかかったように身動きがとれず、自分にはそぐわない公妃の役柄に無理やり押し込められていた。二度とあんな目には遭いたくない。

イザベラは上半身を起こし、両膝を顎のところまで引きあげた。

「そういう格好をしないとだめなのかい？」マーカスがきいた。「上掛けを全部持っていっているよ」

彼女はため息をついてシーツのあいだへするりと戻った。

「君の結婚生活についての話には驚かされっぱなしだな」彼はイザベラに腕をまわし、自分の肩に顔を引きよせた。「さあ、ほら」子どもに話しかけるように言う。「体を楽にして」

マーカスの腕の中は驚くほど心地よかった。イザベラは彼の肌の香りを吸い込み、知らぬ間に鼻をすりよせていた。マーカスの温かく力強い喉に唇を当てながら、しっかりと鼓動を刻む胸に耳を押しつける。外の通りから人声や馬具がじゃらじゃら鳴る音が聞こえてきた。だけど、いま自分はしばしの安らぎの中にいる。

「ベラ？」マーカスの声は眠たげだった。「ソルタートン・ホールは自分のものだと主張することがそんなに大事だったのか？」

イザベラは吐息をついた。「ええ」

「当然それは君に属するものだからか？」

心の内を見透かされているようでぎょっとした。

「私に属していたものだからよ。私が愚かにも大あわてで結婚して、ソルタートン・ホールの所有権をうっかりあなたに渡してしまう前まではね」イザベラはかすかに体を動かした。アーネストのことがふたたび頭に浮かんだ。「私はストックヘイヴン伯爵夫人であると同時にイザベラ・スタンディッシュでもあるのよ、マーカス。私自身や私のものをすべて、誰かの人格の中に取り込まれてしまうのはいやなの」

「前はそうだったと？」

「ええ」アーネストが必要としたのは型どおりの公妃だった。

「僕だったら」マーカスがゆっくりと言った。「君にそれを求めるかどうかわからないがね」

「たいていの殿方は求めるわ」

「では、どうやら僕はたいていの殿方とは違うらしい」

それは疑うべくもない。イザベラはちょっとよこしまな笑みを浮かべた。「どうやらそのようね、マーカス」イザベラは彼の肩にそっと頬をすりつけた。そんなことをするべきではないとわかっていたけれど、肩がそこにあって、それはとても魅惑的だし、それに一度だけなら……。

「眠って」マーカスは彼女の髪にキスをした。

自分が満ち足りた温もりの中へ流されていくのがイザベラにはわかった。本当に危険なのは体を重ねることではなく、こんなふうに親密になることだ。それは、昔と同じように二人の関係がすべてうまくいくのではないかという思いに彼女を誘い込むのだ。イザベラは疑いと葛藤《かっとう》を心から締めだし、早く眠ったほうがいいと自分に言い聞かせた。そして眠りに落ちる途中、マーカスの声をふたたび聞いたように思った。

「眠って。二度と君を放さないよ」

朝食の席についていたフレディ・スタンディッシュに伝言が届けられたとき、彼はまだゆうべの酒が抜けない朦朧《もうろう》とした頭で、トーストにちびちびかじりついていた。そして、肝臓が明らかに不調をきたしている事実をペンに悟られまいとしていて、手紙を持ってやってきたメイドに彼はうかつにも注意を払わなかった——そんな自分をあとで責めることにもなるのだが。二週間前にメイドとして雇われたばかりのその娘は無能というしかなかったが、そんな低賃金ではこの程度のメイドしか雇えませんと職業斡旋《あっせん》所の女性から言われていた。メイドは手紙を彼に直接渡しはせず、ペンが差しだした手の上に置いた。メイドはきっと宛名《あてな》も読めないのだろう。

紙が開かれるぱりぱりいう音と、食欲旺盛《おうせい》なペンが蜂蜜《はちみつ》を塗った三枚目のトーストをばりばりと食べる音がまじり合って、フレディは心なしか吐き気を覚えた。

「うーん」ペンが口をもぐもぐさせながら、驚いたように言った。「あなたに妙な手紙が届いたわよ、フレディ」視線を便箋《びんせん》のいちばん下へ落とす。「差出人はウォリックという人よ」

衝撃で、フレディの体が目を覚ました。食べかけのぐちゃぐちゃのトーストから手を離してぱっと立ちあがり、ペンの指から便箋をむしりとる。

「フレディ！」彼の袖《そで》にひっかかってティーカップをひっくり返されたペンが叫んだ。

フレディは謝りもせずに食堂を飛びだすと、階段を二段ずつつかけあがりながら手紙を読んだ。

「親愛なるスタンディッシュ卿《きょう》……すぐにお目にかかる必要が……ウィグモア・ストリート……午前中に……けっして遅れることなきよう……」

側仕《そばづか》えの手を借りずに上着を引っかけ、階下へかけ戻ると、玄関広間にペンが決然とした表情で立っていた。

「何か困ったことでも、フレディ？」

フレディは妹を見た。知らないのだから無理もないが、困ったなんてものじゃない。

「いや、全然」彼はぶつぶつ言った。「心配はいらない。ちょっと金を借りている人がいてね」

「賭事《かけごと》の借金？」観念したようにペンがきいた。

「そんなところさ」フレディは彼女の頰に急いでキスをして、それ以上厄介な質問が飛んでくる前に横をさっと通りすぎた。

「いつ戻るの？」ペンの声が背中に聞こえた。フレディはわずかに首をまわしただけで返事はせず、一目散に町へ向かった。だが辻《つじ》馬車は呼ばなかった。金がなかったのだ。

清々《すがすが》しい朝の空気を吸って頭ははっきりしていたが、むかむかする恐怖がみぞおちに広がった。エドワード・ウォリック！　どうしてまたこんなことに？　いまとなってはもうよく思いだせないほど昔、すべては始まった。あのころ僕はインディア・サザンに結婚を申し込んで断られ、すっかり悲嘆に暮れていた。まだ若く挫折《ざせつ》に慣れていなかった僕は、酒と借金という父親譲りの悪癖に手を染め、それから坂を転がりだした。周囲が気づかない程度の転がり方ではあったものの、確実に坂を下りつづけ、そしてついにあの恐ろしい瞬間を迎えることになった。借金にどっぷり浸かったままフリートで一生を終えるらしい、と父親に打ち明けざるをえなくなったのだ。嫌悪と非難にゆがんだ父親の顔がいまも目に浮かぶ。自分にたった一人しかいない息子のふがいなさを父は叱《しか》りとばしたが、その息子の心に弱さをしみ込ませたのも、その父にほかならなかった。

もちろん、スタンディッシュ卿にも息子を救う術《すべ》はなかった。アーネスト・ディ・カシリス公が彼にぽんとくれた金はもうすべて使い果たしていたから、フリートの一件にはただ蓋《ふた》をするしかなかった。だが、そのとき父と息子の祈りが通じたようにウォリックが現れ、借金の肩代わりと引き替えにあちこちで口利きをしてもらえないかと持ちかけてきた。なんの問題もなかった。ウォリックが欲しいのは影響力だった。新聞にちょっと記事をのせ、議員に耳打ちし、法廷で自分に都合のいい判決が下されるようにするのだ。スタンディッシュ父子《おやこ》はできるかぎりウォリックの頼みを聞いてやったが、もしそれが社交界の仲間入りをしたいという頼みだったら、そうはいかなかっただろう。それはいくらなんでも無理だった。

フレディはピカデリーを横断しようとして、危うく荷車に轢《ひ》かれそうになった。父のスタンディッシュ卿自身にそれほど大きな影響力はなく、その利用価値はかぎられていた。スタンディッシュ父子に対するウォリックの失望感は、フレディも最初から感じていた。ウォリックはつねに父子を金不足の状態に置いて、安心を与えないようにした。だが、やがてスタンディッシュ卿が亡くなると、フレディがまともな職に就けるようにとアシャーズ銀行に仕事の口を世話した。彼の雇い主にとってもウォリックにとっても、フレディは便利な存在だった。もちろん、金を扱う才能のない彼に、雇い主もウォリックも銀行家としての眼識を求めはしなかった。アシャーズが欲しいのは上流社会に正当なコネを持つ人間、そしてウォリックが欲しいのはウォリックがつねに欲しいと思っているもの、つまり情報だった。誰がどれだけ金を持っているか、誰が誰から金を借りているか、誰が相続をすませたか、誰が金持ちで、誰が貧乏で、誰が死に物狂いか――そしてそこにはまさにフレディも分類されたわけだが。

彼はつかの間ジェームズ・ストリートの入り組んだ道に迷い込んだが、なんとかウィグモア・ストリートにたどり着いた。息を切らして一階の高級婦人服店に飛び込み、階段を上る。それから一時間近く待たされたが、驚きはしなかった。そして、ようやく奥の階段からウォリックの事務室に通された。

エドワード・ウォリックは礼儀正しくとはいえないまでも手を差しだした。

「スタンディッシュ。さっそくかけつけてくれてどうも」

言葉の裏に嘲りがにじんでいる。フレディをさんざん待たせたことは百も承知だった。屈辱と絶望の波がフレディの体にかっと押しよせた。自分はすでに深みにはまってしまった。自分の首根っこを押さえつけているこの男の手を振りきって逃げるのは不可能だ。それに、今日ウォリックが求めているのは、これまで渡してきた情報とは違う、もっと危険な何かだという気がする。いつかこういうときがくるだろうとは思っていた。恐れてはいたけれども、覚悟はしていた。

「いまや君の妹はストックヘイヴン伯爵夫人だ」ゆっくりとした口調とはいえ、フレディはその声に、危険を嗅《か》ぎつける動物さながらにある響きを感じとった。フレディは口をつぐんでいた。部屋に重苦しい空気が垂れこめる。肩甲骨のあいだに汗がたらたらと流れ、背中に緊張が広がった。ウォリックの唇が薄く開かれた。

「ストックヘイヴンは私が欲しいと思うものを必ず手に入れてしまう」ウォリックが言った。「海辺の家……財産……妻……」

フレディは仰天のあまり、思わず口走った。「イザベラが欲しいと？」

ウォリックが石板色の灰色の目に敵意を浮かべて彼をさっと見た。「いまの妻ではないよ、スタンディッシュ卿。君の妹はむろん魅力的ではあるがね。ストックヘイヴンが過去にも結婚していた事実を、みんな忘れることにしたようだな」

フレディの胃がひっくり返った。「インディアのことですか」頭の中が熱くなって、ぶうんと音が鳴りだし、額にしわが寄った。「彼女をご存じで?」

「親密な関係だった」ウォリックがうっすら笑みを浮かべた。「遠い昔のことだ。十二年前の話だよ、正確には」

フレディは目をこすった。視界がぼやけ、瓶の中に蜜蜂が閉じ込められたように、頭のぶうんという音がどんどん大きくなる。あんなにおとなしく優しかったインディアと、毛穴から邪悪がしみだしているようなこの男が、どんな形であれ知り合いだったとは信じられない。

「どういうことなのか僕には」

「一生わかるまい」ウォリックが言った。その唇にはまだ笑みが残っていた。「君と君の父上について、そして君の危険なまでの浪費癖について、私は誰から話を聞いたと思う?」彼は肩をすくめた。「それはどうでもいいが、君にやってほしいことがあるんだ、スタンディッシュ」

その有無を言わせぬ口調に、フレディの背が反射的に伸びた。「はい?」

「ストックヘイヴン伯爵、あるいは伯爵夫人にソルタートンへ行く予定があるのかどうか、即刻知りたい。私が言う〝即刻〟というのは一時間以内のことで、二日後ではないがね。おわかりか?」

フレディは面食らいつつうなずいた。彼につきまとっていた気の滅入《めい》るような恐怖感が薄らいだ。危険な仕事ではなさそうだ。情報を提供すればいいのだから。

「それだけですか?」そうであってほしくて、声がつい熱を帯びた。

ウォリックがうなずき、声にかすかにおもしろがるような響きをにじませた。「いまのところは、もちろん。さあ行け」

命令は一つで充分だ。フレディは階段を下りた。階下の婦人服店に漂う香水の香り、買い物客の声。

太陽は輝き、空気は清々しい。これでやっと食べ物が喉を通りそうだ。心配することは何もない。

フレディは腹いっぱい食事をしてから、上機嫌で家路についた。外出していたペンが帰ってきたとき、フレディは肘掛け椅子でうとうとしていた。

彼を見てペンが顔を輝かせた。

「フレディ！ 夜まで戻らないのかと思っていたわ！ あの手紙の件は？」

「問題ないよ」フレディはもぐもぐと答えた。そしてこの機会に例の件を片づけようと、さりげなく尋ねた。

「ベラは元気かな？」

ペンは頭からピンを抜いてドアの脇のテーブルへ帽子を投げ、ほんの少し顔をしかめた。

「ベラはソルタートンへ行ったわ。そうしたいってこの数週間ずっと言っていたものね」

言っていた？ フレディは思考をめぐらせた。そういえば、海辺で静かに暮らしたいとイザベラが言って、それで、ドーセットに引っ込むなんて死ぬほど退屈だよ、と自分も答えた記憶がかすかにある。だが、そんなにすぐに出発するとは思いもしなかった。ペンがおしゃべりをつづけた。

「今朝発《た》ったらしいわ。ひどく大あわてだったようよ」ペンが顔をしかめた。「今日は展覧会へ一緒に行く約束をしていたのに、すっかり忘れてしまったみたい」

冷たい恐怖がフレディの胸をわしづかみにした。

彼は階段をかけ下り、危うくつまずいて転びそうになった。驚いたペンの叫び声が聞こえた。

「フレディ？ フレディ！」

妹にかまってはいられない。すごく楽しい一日になりそうだと思ったのに、それはほんの数時間しかつづかず、急に暗雲が垂れこめてきた。ウォリックはなんと言った？

一時間以内に知りたい……。

イザベラは数時間前にロンドンを出ている。

今回はフレディも辻馬車をつかまえた。ウィグモア・ストリートまで料金がいくらかかろうがかまうものか。

「呼びつけたりしてごめんなさい、ミスター・キャントレル」ペネロペ・スタンディッシュは言った。「でも、あなたのほかに助けてもらえそうな人が思いつかなくて」片手で両のこめかみを押さえる。「ひどく非常識だとはわかっているのよ！　どうか私を許して――」

「ミス・スタンディッシュ」アリステアは彼女の手を引いてソファに座らせ、自分もとなりに腰を下ろした。「大丈夫、何があっても、あなたを尊重する気持ちは変わらない。何をしてあげればいいのだろう？」

ペンの表情が明るくなった。アリステアに来てもらったのはほかでもない、彼が目の前のどんな問題にもうまく対処できる人だとわかっていたからだ。彼は頼りになる人だ。つないだ手を見下ろすペンの心に、彼女らしくもない願望がわきあがった。私を心配してほしい、守ってほしい、そのついでになるべくならうっとりさせてほしい。しかしアリステアは励ますように彼女の手を優しく叩いただけで、手を離した。ペンはため息をついた。

「私の身内に何かとんでもない事態が起きているらしいの！　今朝は本当はベラと王立美術院へ展覧会を観《み》に行く予定だったのよ」

アリステアが何か考えを口にするかとペンは待ったが、彼が黙っているのを見て先をつづけた。

「それで、ブランズウィック・ガーデンズへ行ってみると、私宛に書き置きがあって。ベラは昨日、ソルタートンへ発ったわ。海辺に移り住みたいと最近よく口にはしていたけれど、こんなに急に行ってしまうなんて！　ベラを急《せ》きたてた原因がなんなのか気になって……」彼女はアリステアに目をやった。頬がかっと熱くなる。「ストックヘイヴン卿も一緒かどうか、ご存じ？　手紙には一人で行ったように書いてあったけれど、本当にそうなのかと……」そこで言葉を切り、額にちょっとしわを寄せた。

「マーカスも姉上のあとをすぐ追いかけるつもりだったようだ」アリステアは如才なく答えた。「途中でもう追いついたかもしれないな。心配はいらないよ、ミス・スタンディッシュ。姉上は大丈夫だ」

ペンはさらに顔をしかめた。「つまり、マーカスと一緒ではなかったのね？　そんなおかしな話があるかしら！　あの二人の気持ちがまるでわからないわ、ミスター・キャントレル」

アリステアの唇がぴくりと動いた。「二人は間違いなく非常に……その……複雑な関係にあると」

ペンは彼を見た。彼のそつのない答えにいらだちを半分、そしてあきらめを半分感じた。ミスター・アリステア・キャントレルは非の打ちどころのない紳士よ、その彼に何か欠点があってほしいと願う自分のこの気持ちがどこからくるのか、自分でもわからない。だけど、いまはそんなことを考えている場合ではなく、目の前の問題に集中しなければ。彼女はしっかりと両手を握り合わせた。

「私の取り越し苦労にすぎないならいいのだけれど。ブランズウィック・ガーデンズから戻って、イザベラがソルタートンへ向かったことを兄に伝えたら、兄が家を飛びだしていったの。そして、今度は兄から自分もソルタートンへ行くというわけのわからない伝言が届いたのよ！」彼女が髪に手をやると、ピンが数本、絨毯《じゅうたん》にばらばらと落ちた。「荷物も取りに戻らなかったし、それに本当を言えば、フレディは側仕えも連れずに旅ができる人ではないのよ。着替え一つできないのだから。ええ、一人でブーツを脱げるかも怪しいの！」

充分信じられる話だとアリステアは思った。行き止まりの道ですらたどり着くのも大変だろうフレディが、ドーセットまで行けるかどうか。彼は目の前の、このうえなく美しい女性を眺めた。困り果てた青い瞳とこぼれ落ちた金色の髪の彼女を、この腕に抱きしめ、慰めてやりたい。フレディ・スタンディッシュは兄として妹を守るべき立場にあるのに、その兄に妹が絶えず目を光らせなければならないとは実に嘆かわしい。アリステアはペンに触れまいと腕組みをした。

「私もソルタートンへ行くしかないわ」ペンがそう締めくくり、ぱっと立ちあがった。「ここに座ったままなりゆきを見守ってはいられないもの！」

「そしてみな陸に耐えられず、異議を唱える者なく、海へ飛び込む」アリステアがつぶやいた。

ペンは彼を見つめた。「いまなんと、ミスター・キャントレル？」

アリステアが顔を赤らめた。「詩だよ、ミス・スタンディッシュ。クーパーの引用だ」

彼女の両眉が上がった。「詩を引用している場合ではないわ、ミスター・キャントレル。私はこれからどうすればいいのかしら？」

アリステアは自分の想像の翼をたたんだ。「君はソルタートンへ行き、私がその護衛を務めるしかないだろう」

彼にそう言ってほしかったし、なんとかそう言わせることはできたけれども、ペンはなぜかがっかりしていた。最初から最後まで甘い雰囲気のかけらもない会話がつづき、ミスター・キャントレルがあいまいに引用したあの詩の一節も、すてきだとは思えなかったのだ。

「ありがとう」彼女は言った。「護衛してくださるなんて本当に感謝します」

アリステアがほほえんだ。「よかった。では馬車の手配をすませて荷物をまとめ、一時間後に戻ってくるよ」彼は立ちあがった。「君もそれまでに出発の準備ができるだろうか、ミス・スタンディッシュ？」

「一時間あれば充分よ、ありがとう。私はドレス一枚選ぶのに延々と時間を費やすレディとは違いますから」

アリステアの顔にさらに笑みが広がり、それに反応してペンの鼓動が速くなった。「ああ、君はそういう人ではなさそうだ」お辞儀をして部屋を出ようとする彼に、ペンは手を伸ばした。

「ミスター・キャントレル、ちょっと待って……」

アリステアが立ちどまった。

「私には付き添い《シャペロン》がいないの」彼女は早口で言った。「あなたと二人きりで馬車に乗るのは作法に反しているわ、ミスター・キャントレル」

「メイドを一人雇って付き添わせよう、ミス・スタンディッシュ」彼は即座に答えた。「問題はないよ。女性の連れがいたほうが君も快適に過ごせるだろう」

「ええ」ペンは沈んだ声で答えた。「そうだと思うわ。申しあげにくいのだけど、私にはシャペロンに支払うお金がないの」

「僕もだ」アリステアが言った。「とにかく一人雇って、ソルタートンへ着いたらストックヘイヴンに頼んでみよう。心配無用だ、ミス・スタンディッシュ。僕を信頼してくれ。紳士としてのふるまいを忘れたりはしないから」

「ええ」ペンはいらだちのため息をついた。自分の願望にはしっかりと邪魔が入ってしまった。「それは疑わないわ」

15

馬車の座席で、マーカスは妻の横顔をほれぼれと眺めていた。黒い麦わらのボンネットをかぶったその横顔に見とれる時間はいくらでもあった。宿を出発してからというもの、妻はほとんど横を向いたままで彼のほうを見ようとしなかったからだ。そして、妻の指はせっかちに手提げ袋《レティキュール》の留め金をとんとん叩《たた》いていた。

マーカスは今朝、大きな満足感とともに目を覚ました。ほかに行く場所がないとはいえ、イザベラは彼に抱かれたまま眠っていた。マーカスの腕の中で丸くなった温かく柔らかなその姿に、彼は希望と喪失感が入りまじった複雑な気分を味わった。昨日、

イザベラが逃げだしたと知ったときには、彼女を取り戻すことしか頭になかった。本能に突き動かされて馬を走らせ、街道沿いの宿を一軒一軒捜し、馬を止めては人に尋ね、先を急ぎ、ようやく彼女に追いついた。完全にそっぽを向かれたらもう取り返しがつかないと思うと、怖かった。イザベラはそっぽを向きはしなかったが、これでもう大丈夫だと思ったら大間違いだ。そもそも、彼女は夫を求めてはいないのだ。だが僕の子を身ごもった可能性もあるいま、考え直してくれるよう説得しなければ。

マーカスのあとからベッドで目を覚ましたイザベラは、申し分ない笑顔を一瞬彼に向けたものの、意識の中に現実が押し入ってくると、懸命に彼の腕から離れようとした。おとといの夜、イザベラはその体を惜しげもなく彼に与えたのに、彼女が本当は奥ゆかしいことを知ってマーカスはひどく驚いた。あれは特別な時間だったと言うしかないが、彼女はて

っきり男性経験は豊富で、男の腕の中で眠るのを恥ずかしがるような女性ではないと思っていた。だが、それだけでなく、僕はこれまでイザベラに対して根拠もなくあれこれと決めつけてきた。そして僕を嫌いにさせるような材料をどっさり与え、僕を信じさせる材料は一つも与えてこなかった。

朝食の席でも二人は無言だった。修道院の食堂は、結婚生活について話し合うにふさわしい場所とは言えないが、本当は言葉を交わすべきだった。馬車の用意ができて、僕も一緒にソルタートンへ行くとマーカスが告げるころには、イザベラがすでにその恐ろしく冷ややかな表情の後ろへ引きこもっているのがわかった。

「話し合おう」マーカスは唐突に言った。

イザベラが疑《うたぐ》るような青い瞳をちらりと向けた。「そうね。でも……」彼女は言いよどんだ。「あなたに話すことがあるのかどうか」

「君は二度約束して、二度約束を破った信用ならないろくでなしだ、と言ったらどうだ？」

イザベラの唇にかすかな笑みがよぎった。それを見て彼の心が浮きたった。まだ見込みがあるかもしれない。

「あなたが私の立場だったらそう言うと？」彼女はきいた。

「間違いなく。それに、その主張は当たっていなくもない」

こらえきれずにイザベラがにっこりした。「つまり？」と両眉を上げてみせる。

「そう、真実かもしれない」マーカスの答えに彼女がふたたび顔をしかめた。「でも……」

気品を漂わせて小首を傾《かし》げるイザベラを見て、彼はあらためて現実を思い知った。アーネスト公と結婚していた十二年間、彼女は感情の手綱をしっかり締めざるをえなかったのだ。あののびやかで溌剌《はつらつ》としていた娘はもういない。そう思うと、マーカスの胸に鋭い痛みが走った。

「認めなければならないことがいくつかある」

「まあ、なんて寛大なのかしら」イザベラは旅行用のドレスについている上品な緑色の飾りボタンをなでつけながら、彼の言葉を待った。

マーカスは大きく息を吸った。謝罪を口にするのは容易ではない。人に謝ることなどめったにないのだから。

「すまない。君を誤解していた。君と再会したとき、頭には復讐《ふくしゅう》しか浮かばなかった。僕への、そして……」彼は言いよどんだ。

「そしてインディアへの仕打ちに対して」イザベラが淡々とつづけた。

その名前が二人のあいだの宙に、居心地悪そうにぶら下がった。

「わかるわ」イザベラは言った。「彼女はあなたの妻だったのだから」

ふたたび横を向くイザベラを見て、自分の気持ちがまるで伝わっていないことにマーカスはいらだちを覚えた。

「君の話と彼女の話がなぜ食い違っているのか、僕にも説明がつかないんだ」マーカスは少しむきになって言った。「でも君はけっして、彼女から故意に相続権を奪うような人ではない。君のような……心の広い人間がそんなことをするはずがない」

次にイザベラが口を開いたとき、声がかすかに温《ぬく》もりを帯びている気がしたが、マーカスがただそう思いたかっただけなのかもしれなかった。

「心の広い人間」彼女が言った。「それはまた大きく変わったものね、マーカス。私たちのあいだに起こったことを考えると」

そう言われてもしかたがないと彼は思った。僕はイザベラだけでなく、僕自身の直感をも寄せつけまいとしていた。彼女のほうが間違っている、裏切っていると思いたかった。自分の目に蓋《ふた》をして、心の声をことごとく締めだして、彼女は最低の人間だと信じようとした。しかし、いくらその考えに彼女を当てはめようとしてもうまくいかなかった。そして、いま世界はくるくるまわって地軸がふたたび変わり、真実が見えてきた。

「悪かった」マーカスはもう一度言った。

「おとといの夜に私が話したことを信じるというの？」イザベラがきいた。「アーネストと結婚した理由を？」

マーカスはどう答えるか迷った。彼女が語ったことはそっくり信じるにしても、その選択を——僕より家族を優先した事実を僕は許せるのだろうか。

「君の話はよくわかったよ」彼は慎重に言葉を選んだ。「君が僕に助けを求める道を選ばなかったのは残念だが、理由はよくわかった」

イザベラが唇を噛《か》んだ。「つまり許してはくれないのね」

マーカスは心が引き裂かれそうだった。自分に嘘《うそ》はつけない、でも、イザベラをこれ以上傷つけたくない。「そうは言っていないよ、ベラ。これは、僕が許すかどうかの問題ではない。あのとき僕のところへ来てくれたらよかったとは思うが、来なかった理由はよくわかった」

「誰だって苦しい選択を迫られることがあるわ」それは彼が耳を寄せないと聞こえないくらい小さな声だった。「私はあなたとの幸せより家族の将来を選んだのよ」彼女がふいにマーカスを見た。瞳に浮かぶ苦悩に胸が締めつけられる。「本当にいたたまれないわ、マーカス」

「そうだな」

これは無視することも一蹴《いっしゅう》することもできない問題だとマーカスは悟った。あの告白の夜、すべて水に流せるかもしれないと思ったが、それは無理だといまわかった。二人のあいだには悲痛なほど信頼が欠如していて、その穴を埋めるのは並大抵ではない。そして、その機会を彼女がくれるかどうかもわからない。イザベラに触れ、心配するなと言葉ではなく体で伝えたいが、そういう行動に出ることすらまだ早すぎる。

「でもやはりソルタートンは君のものだ」彼はふいに言った。「本来君のものだし、君にとってどんなに大事な場所かよくわかっている。ソルタートンを渡すよ。維持するための資金も」

イザベラの顔がぱっと輝いた。「本当に？　約束を守ってくれるの？」

「誓って」マーカスは悲しげにほほえんだ。「その件に関しては約束を守ろう」

イザベラの顔から輝きが失《う》せた。「合法的な別居についてては？」


マーカスは首を横に振った。「ベラ、それは認めるわけにはいかない」

イザベラがうつむき、手袋の縫い目を指でなでつけた。必死で気持ちを静めようとする彼女を、マーカスは見つめた。イザベラが不信と不安に苛《さいな》まれているのはわかる。これまでさんざん僕は彼女を非難し、疑いつづけてきたのだから。だけどきっと信頼は回復できる、その意志さえあれば。財産目当てに結婚するあざとい女の姿にイザベラをいくら当てはめようとしても、当てはまらなかった。もうそんなことをする気もないが、彼女が自分の子を身ごもったかもしれないというそれだけの理由で、僕は信頼回復に努めようとしているのではない。本当のイザベラをもう一度見たいのだ。あの激しく向こう見ずだった娘に、僕に情熱と情熱でぶつかり合った女性に帰ってきてほしいのだ。

だが、イザベラがそれを望んでいるようには見えない。心を通わせ合うことを彼女がなぜ拒むのか、その理由が知りたい。僕に傷つけられたからという単純な理由ではないだろう。イザベラは何かを恐れている気がする。だから、こちらも優しく言いよらなければ。できるだけ穏やかに。

しかしそれは、できるだけ荒々しく彼女を奪いたいと思っている僕にとっては難題だ。

「私たちの結婚は絶対にうまくいかないわ」意固地になったイザベラの表情がかわいく、彼はキスをしたくなった。まずいことに下半身まで疼《うず》きだした。ここが正念場だ。僕は辛抱強い男ではないし、彼女とはすでに一度愛を交わしたのだから、その彼女に触れないようにするのは至難の技だ。

「結婚がうまくいかないというのは、君にその気がないからかい？」マーカスは静かな声で尋ねた。

「この先も私たちのあいだに過去が居座りつづけるからよ」かすかに身ぶりを交えながら言う。「インディア、アーネスト……」

そしてマーカスが忘れようとしてもどうしても忘れられない、名も知らぬ恋人たちの存在。嫉妬《しっと》に身を切り裂かれ、彼ははっと息をのんだ。立ちはだかる障害は実に大きい。だが、この胸の決意も強いのだ。彼女を二度と放しはしない。

イザベラがぎゅっと握り合わせていた手袋の指から目を上げ、視線を合わせた。

「私を愛しているの、マーカス？」

その言葉に、彼は爆発寸前の自分を抑え込んだが、ひりひり傷む心は消えなかった。つまり、愛を交わしたあの夜、僕は愛を口にしなかったということか。それでいい。先走って彼女にべらべらしゃべりたくない。心の奥底にある気持ちは自分でもよくわからない。昔、彼女を愛していたことは疑いようもないが、いまは本当に愛しているのだろうか。イザベラが欲しい。その気持ちだけで充分だ。

愛しているの？　ときいた彼女の声は、まるで答えを知っているかのように悲しみを帯びていた。そして、彼が答えないのを見て、イザベラは静かにかぶりを振った。

「一度はあなたの愛を手にした私が、私を愛しているかどうかもわからないあなたを受け入れられると思う、マーカス？　お互いしかたなく結婚するなんて、ごめんだわ」

彼は大きく息を吸い、穏やかに話そうとした。こんな無防備な気分を味わうのは久しぶりだ。イザベラの率直さに圧倒される。自分がいま差しだしているものでは充分ではないという気がしてきた。

マーカスは咳《せき》払いをした。「ベラ、僕たちは結婚しているんだ。結婚の解消はありえない。愛というのは……」

「愚か者のためのもの？」声に苦々しさがにじむ。

「若者のためのもの、と言おうとしたんだ。年を取るにつれ、物事は複雑になる」

「ずいぶんもったいぶったお言葉ね。あなたは九百六十九歳まで生きたメトセラぐらい長く生きてきたとでも？」彼女はすげなかった。

「僕はすでに妻を一人失った」口調がいくらか苦々しさを帯びた。「また失うつもりはない」

青い瞳の視線がじっと注ぐのをマーカスは感じた。彼女はインディアのことを尋ねるつもりなのではないだろうか？　そうしてほしい。それこそが、二人を隔てる壁なのだから。僕はインディアをないがしろにして、そのひどい罪悪感からずっと抜けだせずにいた。あのとき僕がそばにいたなら、彼女が馬車の事故で命を落とすこともなかったという気がしてならない。そして、僕はそのやましさを口にせずに背負いつづけている。

だが、イザベラは何もきかず、自分の殻の中へ引っ込んでしまった。マーカスにはそう思えた。

「婚姻解消も合法的別居も、もちろん強制できないわ」彼女が言った。「受け入れる以外ないけれど、私を愛してもいないのに、あなたが結婚をつづける意味がわからないわ」

マーカスはぐっと彼女に身を寄せた。「ベラ、僕に機会を与えてくれ。君とは結婚をつづけたいんだ」

「子どもができたかもしれないから？」その言葉が胸に苦痛をもたらすかのように彼女は言った。「もうまもなくはっきりすることだわ」

手袋に包まれたイザベラの手を彼は握った。「子どもができたなら、その子を一緒に育てよう」

「そしてできなかったら……」その目は挑戦的ではあるものの、不安に満ちていた。「べつべつの道を歩めばいいのね」

マーカスはかぶりを振った。「君は何を怖がっているんだ、ベラ？」

イザベラの顔が曇った。答えないつもりか、と彼は一瞬思ったが、やがて彼女は静かにこう答えた。

「苦しみをまた最初からくり返すのが怖いの」

マーカスは彼女の手を握った指に力を込めた。ビロードの座席から動くまいとするイザベラの体を自分のほうへ引きよせる。「誓って、君をわざと苦しめるようなまねはしない」込みあげる感情に声が荒々しくなった。「もう二度と」

彼女の顔が上を向いて、キスできそうなほど近づいた。瞳は愛らしく、そして深い悲しみをたたえている。

「機会をくれ」彼はもう一度言った。「君に求愛する機会を」

イザベラの顔に不信とためらいが浮かんだ。マーカスは彼女の手をぎゅっと握った。

「君を守り、君を大切にするよ、ベラ。また信頼し合えるようになるかもしれない。それができることを僕に証明させてくれ」そうすることがなぜそんなにも大事なのか自分でもわからないが、大事だというのはわかっていた。

イザベラが小さくうなずいた。「子どものために……といっても身ごもっていればの話だけれど、最終的な結論を出すのはもう少し先にするわ。いまは、それしかあなたに約束できない」

心臓が跳ねあがったが、マーカスは何も反論はしなかった。君を二度と放すものかと、いまは言うべきでない。これで時間は稼げたし、どうしても欲しかった機会も与えられた。あとは、僕が信念を曲げない男であることを彼女に納得させるのみだ。

「君が僕を信じる覚悟ができて、僕も君を信じるとなれば、君に話しておかなければならないことがある」

「覚えているだろうか」マーカスが言った。「フォーダイス公爵夫人の舞踏会で顔を合わせたとき、フリートにいた理由を君からきかれたが、僕は答えなかった」

彼がそんなことを言いだすとはイザベラは想像もしていなかった。頭の中では、まださっきの会話と、それが意味するさまざまな事実がくるくるまわりつづけている。マーカスを捨てた経緯について彼が信じると言ったとき、ひりひりする胸の痛みが少しやわらいだ。それは小さな歩み寄りで、彼女が求めていた譲歩には満たないものだったかもしれないが、でも信じてもらえただけでもいい。そして、彼女に対するふるまいについて、マーカスは謝罪を口にした。口にしづらかったはずなのに。彼は、自分の過ちを容易に認める男ではないのだから。

これでもう、別れるときにも憎しみを引きずらずにすむわ。まだ別れると決まったわけではないけれど……。イザベラは身震いした。妊娠しているかどうか、あと何日待てばわかるのだろう？　エマを身ごもったときは気づくのが遅かった——あまりにも。今度はその兆候にもっと早く気づくかもしれないけれど、悩まされることに変わりはない。彼のもとにとどまるのか、去るのか。君を守り、大切にするよとマーカスは約束したが、愛を約束してはくれなかった。愛がなければ、それはうわべだけの結婚生活で、鏡に映る中身のない人生を生きるようなものだ。

とにかく、いま子どものことを考えるのはよそう。考えるのは、自分が少しの安らぎと一人の時間を持てたときでいい。それに、インディアの影は相変わらず、自分の肩につきまとって離れないのだから。

〝僕はすでに妻を一人失った……〟

ええ、言われなくてもわかっているわ。

しかし、いまマーカスが言おうとしているのは、フリートのことのようだった。なぜ監獄にいたのかと尋ね、その質問をかわされたときのことをイザベラは思いだした。目の前に現れた彼を見ていらいらしていたおかげで、理由を問いただすのをすっかり忘れてしまった。

「実はある犯罪を調査していた」彼が言った。

イザベラはぱっと顔を上げた。「自ら犯罪者に化けて？」

「いかにも」マーカスはため息をついた。「それが、捜している人物に近づくいちばん手っ取り早い方法だという場合もある」

彼女は長い吐息をついた。「そうなの。それでうまくいったの？」

「いや。僕が捜しているのはウォリックという名前の男だよ。エドワード・ウォリック」彼がイザベラを見た。「その名を聞いて何か心あたりは？」

彼女はかぶりを振った。「ないと思うわ。私に心あたりがあってもよさそうだと言うの？」

「君は顔が広い。そいつは君の一族と関係がある人間かもしれないんだ」マーカスの目が彼女の顔をまじまじと見つめた。「ソルタートンの僕の家で起きた強盗と火災、そして君のおば上の死にウォリックが関与していると僕はにらんでいる。そいつはフリートにつながりのある犯罪者だ」

イザベラは衝撃に襲われ、彼を凝視した。マーカスがフリートで何をしていたにせよ、それが自分やソルタートンに関係するものだとは思ってもみなかった。

「火災についてはミスター・チャーチワードから聞いたけれど、事件ではなく事故のような口ぶりだったわ」イザベラはのろのろと言った。「それに、ジエーンおば様の死は人為的なものではないと」彼の表情を探る。「違うの?」

「そう公表されてはいるが」マーカスがかすかに体を動かした。「実際、あの火事は故意ではないにしろ、人間が引き起こしたものだ。村の少年がうっかり火をつけ、ウォリックの代わりに僕の家で何か捜し物をしていたときにね」

彼女は眉をひそめた。「何を捜していたの?」

マーカスがかぶりを振る。「わからない。僕もそれが知りたいんだよ。あの夜、ソルタートンの家に足を踏み入れた瞬間、何か変だと気づいた。そして、二階のインディアが使っていた部屋で、侵入者を発見した。少年が何かを捜していたのは間違いない」

まるで記憶が痛みをよみがえらせたように、彼がたじろいだのがイザベラにもわかった。

「部屋には衣類や書類が散乱していた」マーカスがつづけた。「少年は僕を見てあわてふためき、その拍子にろうそくが倒れて、ベッドのカーテンに燃え移ったんだ。少年は窓から飛び下り、怪我《けが》をしたが、意識を失う前に、自分はウォリックに送り込まれたのだと打ち明けた。それで、いま僕がその男を捜しているというわけだ」

イザベラの思いは自分のおばへと向かった。

「でも、ジェーンおば様のことは？」彼女は言った。「その死の状況に不審な点はなかったようよ。ミスター・チャーチワードの話では、おばはあの晩発作に見舞われ、そして召使いたちに発見された。おばは一人きりで……」声が上ずり、わきあがる不安と動揺に戸惑いを隠せなくなった。その声に苦悩の響きを感じとったマーカスが、彼女の両手を取り、努めて穏やかな口調で答えた。イザベラの気持ちはいくらか落ち着いた。

「残念ながら、ベラ、一人きりではなかったらしい。あの夜、レディ・ジェーンには男の訪問客があった。召使いたちの話では、男はウォリックと名乗ったそうだ。おば上と書斎でしばらく過ごしたところまではわかっているが、彼がいつ帰ったのかは誰も知らない。呼び鈴が激しく鳴り響き、召使いたちが急いでかけつけると、おば上はすでに床に倒れていた。そして、ベッドへ運ばれてまもなく息を引きとったそうだ」

親しい者に看取《みと》られることもなく、一人ぼっちで旅立ったおばの最期を思い、イザベラは身を震わせた。「私にはどういうことなのか……。その男が、そのウォリックがおばを殺したと？」

マーカスはかすかに首を横に振った。「いや。殺害をにおわせるものは何もない。医者を呼んだのは僕だ。二人が書斎でなんの話をしていたにせよ、おば上はそれにひどい衝撃を受け、発作を起こして亡くなったのだと思う。彼女の死にウォリックが関与していたというのは、そういう意味だ」

イザベラは額にしわを寄せた。「口論か何かがあったの？　二人が声を荒らげているのを召使いたちは聞いたのかしら？」

「何も聞いていないそうだ」マーカスはため息をつき、悔しそうに言った。「それに、そいつの人相を正確に言える者すらいない」

「それでも、あなたはそのウォリックという男が、火事とジェーンおば様の死に関する鍵《かぎ》を握っていると考えているのね？」

「そうだ」

彼が指の力を緩めると同時に、イザベラは両手を膝に下ろし、馬車の窓の外をぼんやりと見つめた。

「かわいそうなおば様」彼女はつぶやいた。「本当に気の毒でならないわ」

「まったく胸の悪くなる話だ。だから僕はソルタートンへ行くよ」

それを聞いたイザベラの心が急に冷たくなった。あれこれ言いながら結局、マーカスにはソルタートンへ行くべつの動機があったのだ。「わかったわ」と寒々しい口調で応《こた》える。

マーカスの目におもしろがるようなきらめきが浮かんだ。「いや、わかっていないよ、ベラ。僕はこう言おうとしたんだ。ウォリック捜索の新たな手掛かりを求めてソルタートンへ戻ろうと前々から計画していたが、君がいきなりソルタートンへ出発したものだから、その計画を早めざるをえなくなった、とね」

イザベラは彼を見た。「わかったわ」彼女はくり返した。

マーカスがふたたび彼女の手を取り、手袋の手の甲を親指でそっとさすった。手袋の上から指の温もりが伝わってくる。

「ベラ。頼むから僕を信じてくれ。一言一句、一挙一動を疑っていたら、信じ合える日など永久にこない」

イザベラはうなずいた。「でも、なぜいま私にこの話を？」

彼がほほえんだ。「君とのあいだにもういっさい秘密は作りたくないし、協力を得られるかもしれないと思ったからだ」

「私がその……ウォリックについて何か知っていた場合という意味ね？」

「ああ」

イザベラはかぶりを振った。「ごめんなさい、マーカス。ソルタートンや一族に関係する人物として、そういう名前は聞いた覚えがないわ。協力できればよかったけれど」

「気にしなくていい」

イザベラはふと思った。「その男は……危険なのね？」

マーカスが彼女を見る。「非常に。とはいっても、怖がらなくていいよ、ベラ。そいつは君に危害を加えたりしない」

「ええ、でも……」イザベラは口を閉じたが、マーカスはすぐにぴんときたらしく、彼女のほうへ体を寄せた。

「ベラ、つまり僕のことが心配だと？」

イザベラは彼の視線を避けた。「それは……もし彼が危険な男だというなら……」

「僕のことが心配なのか！」マーカスは顔をにやにやさせている。

「うぬぼれないで」イザベラは不満げに言った。「私は哀れみ深い人間なの。べつに、あなたのことだけを心配するわけじゃないわ」

マーカスがますますにっこりして、彼女の頬に触れた。「もちろんだとも」

彼はイザベラを引きよせた。いつの間にか彼のほうへ体を倒し、その肩に頭を預けている。彼女を馬車の揺れがまどろみの中へ誘い込んだ。だがイザベラは夢を楽しむことはできなかった。夢の中に現れたのは、助けを求めながらその叫びを誰にも聞いてもらえないジェーン・サザンと、〝君とのあいだにもういっさい秘密は作りたくない〟と告げるマーカスだった。そして、私はまだ最大の秘密を彼に打ち明けていないと考えながら、イザベラは目を覚ました。

爽《さわ》やかな夏の夕暮れ、馬車がまもなくソルタートンへ到着しようというとき、ふたたび雲行きが怪しくなった。それまでは、自分の肩で眠りつづける彼女を見ているだけでマーカスは大いに満足していたが、目的地を前にしてイザベラが目を覚まし、ぼんやりと眉間《みけん》に小さくしわを寄せた。その態度にかすかな緊張が見てとれた。

「ずっと考えていたのだけれど」イザベラはそう言いながら上品な旅行用のドレスのスカートをなでつけ、彼の視線を避けた。「私たち、少し距離を置いたほうがいいと思うの。この先どうするべきかがはっきり決まるまで」それから彼を見てすぐに、さっと目をそらす。「つまり、それは……」彼女はそこで言葉を切った。その先は聞くまでもないことだとマーカスは思った。

私が妊娠しているかどうかわかるまで、あなたから離れられるかどうか決断するまで……。

彼の中の所有欲がいっせいに抗議の声をあげた。ゆうべは僕の腕に抱かれて眠ったではないか、その前の夜は、裸で僕の腕に抱かれていたではないか！

だが、そんなことを言っても始まらないだろう。イザベラがふたたび手の届かないところへこっそり逃げだそうとしているのが伝わってくる。いらだちは感じるが、覚悟はできていた。僕はけっして我慢強い男ではない。しかし今回は、我慢をしなければ欲しいものは手に入らないのだ。それはすなわち、未来永劫《えいごう》イザベラを自分のものにして、生活を――ベッドをともにすることだ。

マーカスは声に感情が出てしまわないよう気をつけて言った。

「この先どうすべきかはっきりするまでというのは……何に対してだ？」

彼女が美しく青い目で傲然《ごうぜん》とマーカスを見た。

「結婚に対してよ、もちろん。まったく都合のいいことに、ソルタートンにはあなたの家もあるわ。だからあなたがそちらで暮らして、私がホールに住めば――」

マーカスは鋭く息を吐いた。「イザベラ、率直に言うが、僕は君と離れてソルタートン・コテージで暮らすつもりはないよ。ともかく、僕の家はまだ人が住める状態ではない。火事のあと修復に取りかかったが、その工事がまだ完了していないのでね。だから、ソルタートン・コテージで暮らせという君の要望には、たとえそいたくてもそえないんだ」

「そういうことなら」イザベラが横を向いて言う。「私が最後にソルタートンの海辺で過ごしたあのころに比べてホテルもずいぶんきれいになったと聞いているし、きっとあなたの気に入る場所が見つかると思うわ」

「ソルタートン・ホールがとても気に入っているんだ」マーカスが手を伸ばし、腕に引きよせると、イザベラはしぶしぶ応じた。優しく求愛するという誓いを思いだして、彼は口調をやわらげ、わきあがる激しい欲望を抑え込んだ。とはいえ、いまここで、馬車の中で愛を交わしてイザベラのためらいを取り払ってしまえ、とそそのかす声もどこかから聞こえてきた。「もしそのほうがいいというなら、寝室はべつにしてもいい。とりあえずは」

「ありがとう」イザベラがそっけなく答えた。「そしてあなたは、ご自分の家に住めるようになったら、さっそくそちらへ移ってくださるのね」

きっぱりとした口調に、マーカスは肩をすくめ、意味ありげな笑みを唇に浮かべた。上着の内側に手を入れ、一枚の紙を取りだす。

「君は僕の家の女主人になるのだから、これを読んでおいたほうがいい」彼は言った。

彼女は手袋をはずして紙を受けとり、ぞんざいにちらっと目をやり、身をこわばらせた。

「これはなんなの？」

「ソルタートン・コテージの借用条件だ」

イザベラは疑るように彼を見た。「借用条件？　借用といっても形だけのことでしょう？」

マーカスは首を横に振った。「それは誤解だよ。ジョン・サザン卿《きょう》は、自分の娘があの家を使えるよう賃借権を僕に与えたんだ。インディアが亡くなったあとも、前の借家人との契約内容のままで賃借契約を継続してほしいと彼から丁重に頼まれた。それで僕も承諾した。ソルタートンとつながりを保てるのはうれしかったのでね」

イザベラが眉をぐっとひそめ、書類に目を通した。目に浮かぶ半信半疑の表情を、マーカスはしてやったりという気分で見つめた。

「でももちろん……あなたはすでにソルタートン・ホールの所有者なのだから、自分の借家人にはなれないわ！」

マーカスは笑い声をあげた。「ああ、ベラ、それは虫がよすぎるぞ！　僕がソルタートンを——そもそも君に相続権があった地所を君に譲った以上、家主は君だ。そして、家主は借家人である僕にいくつかの……もてなしをする義務がある」彼はイザベラの指から書類をひったくった。「条件を詳しく説明させてくれ」

彼女がふいにそわそわした。「お願いだからやめて。知りたくないわ」

「でも、知っておいてもらわないとならない」マーカスは今度は嘲《あざけ》るように笑みを浮かべた。「言ったとおり、ソルタートンは君の地所だ」

「地所の問題にはかかわりたくないのよ」イザベラ

はつんと顎を上げた。「契約については、ミスター・チャーチワードが引きつづき、取り仕切ってくれればいいでしょう」

「残念ながらそういうわけにはいかない」

それ以上文句を言う隙《すき》を妻に与えず、マーカスは条文を読みあげた。

「家主は借家人にブランデーを生涯にわたって無償で提供することに同意する」彼は目を上げた。「僕は海軍にいたので酒の味にはうるさいんだ。心おきなくブランデーが飲めるよう、村の酒場の主人に話をつけておいてもらえるかい?」

「私をからかって楽しんでいるのね」彼女が言った。「私にそんなお金などないのを承知のうえで。ソルタートンを維持する資金もくださると約束したのだから、酒代はご自分で払ってくださらないと」

「君には払えない? では、金ではなく現物で支払ってもらおう」

イザベラがいらだたしげに口を引き結んだ。

「家主は借家人の医療費を全額負担すること」彼はつづけた。「だがなんと幸運にも、僕は大変丈夫で健康だ」

「どうしてまたこんなばかげた契約が結ばれることになったの?」彼女は手を伸ばし、マーカスの指から書類を取りあげようとした。だが、彼は取られないようにそれを遠ざけた。「常識はずれもいいところじゃないの」

「君のおじ上とおば上は常識はずれな人たちだったからね」マーカスは指摘した。「コテージの前の借家人が先々困らないように、この契約内容が考えだされたんだ。覚えているかな? 僕の母のいとこのキャプテン・フォーブスを? 僕がソルタートンへ来たのも、最初はおじ上を訪ねるのが目的だった」

イザベラが彼から顔をそむけた。「キャプテン・フォーブスは愉快なおじ様だったから、よく覚えているわ。それにしても残念――」

「僕がおじに似ていないことが?」

「いいえ、私のおじ様がこんなおかしな契約を考えだしたことがよ」イザベラがぴしゃりと言い返した。

「ジョン・サザン卿としては、それは慈善行為だったんだ」マーカスは言った。「フォーブスおじには金がなかった。当時、僕の一族はみな金がなかった。だが、フォーブスおじを気に入った君のおじ上とおば上は、彼の面倒を見てやりたいと、このかなり変わった契約をひねりだしたようだ」

イザベラがため息をついた。「なぜあなたのおじ様が亡くなったときに契約が失効にならなかったの?」

「誰も取り消さなかったからだよ。契約は家に対するもので、契約者は特定されていなかった」

「つまり、いまあなたには、この過分な施しをすべて受けとる権利があると」

「そういうことだろう、君がそれを実施できるというなら」

イザベラの顎がつんと、さらに鋭い角度に上がった。この事態に面食らってピンク色に染まるその横顔を、マーカスは非常に気に入った。上流人らしい落ち着き払った態度に石を投げ込み、公妃のすました顔を崩すのは大いに気分がいい。

「では、本当におあいにくさまね。施せるものが私に何もなくて」

マーカスは笑みを浮かべた。「それには議論の余地があるだろうが、まずは契約の条件を最後まで聞いてくれ、イザベラ。そのあとで君の考えを聞こう」

マーカスは優しくそう告げた。

「家主は借家人に冬のあいだ暖かい毛布と薪《まき》と食べ物を提供すること」彼はつづけた。「さらに、家主は借家人を週に一度、海水浴へ連れていくこと」

「海水浴ですって！」まったく耳を疑うといわんばかりに、イザベラが叫んだ。

マーカスはうなずいた。「フォーブスおじは病弱だった。健康回復に海水浴療法は効果的だったが、足腰も弱っていたので、浜辺まで行くのに付き添いが必要だったんだ」

イザベラは、当てつけがましく彼のブーツの両足に目をやった。その両足は、いま向かいの座席にどっかりと行儀悪くのっていた。

「あなたの足腰は何も問題なさそうだわ」

「たしかに。それ以外の部分もすべて問題ないよ」

イザベラの顔が勝利にほほえんだ。「つまり、あなたを甘やかす必要はないということね」

「だが僕としては、僕を海水浴へ連れていってくれるよう君に要求したいね。そしてそのほかには……」彼は契約書の条文を確認しながら読み進めた。「僕の体にも精神にも健康をもたらすと僕が判断する戸外での活動に付き添ってもらう」

彼女が貴婦人らしからぬ態度でふんと鼻を鳴らした。「ばかばかしい！」

マーカスは体を寄せた。「とんでもない。ちゃんと契約書に書いてある」

今度はイザベラも彼の両手から書類を引ったくった。「〝体と精神に健康をもたらす戸外での活動〟ですって？」彼女はくり返して言った。「あなたの場合、精神の健康に絞ったほうがよさそうね、マーカス。精神面にかなり改善の余地があると思うわ。肉体面にかまけてばかりいてはだめよ」

マーカスは彼女を引きよせ、口と口が触れそうになるくらいまで近づけた。彼の唇に思わず注がれるイザベラのまなざしが陰りを帯び、舌先がそわそわと下唇を濡《ぬ》らす。長く激しく唇を重ねたいという衝動をマーカスは押しつぶした。まだだ。彼女を抱きしめたいと一方的に思っているうちはまだだめだ。

イザベラが僕と同じような気持ちで求めてこないうちは。

「僕の精神の健康のことは君が考えてくれ」彼は小声で言った。「僕が考えているのは、二人を隔てる寝室のドアのことばかりだよ」声が荒々しくなる。「しっかり鍵をかけておくことだね。ドアが開かれるまでずっと叩きつづけるだろうから」

16

〈公妃と情熱家の紳士S伯爵の奇妙な物語はさらに驚きの展開を見せている。本紙の読者は二人のあわただしい結婚についてご記憶かと思うが、どうやら新伯爵夫人は結婚一週間にしてふたたびあわただしく夫のもとを去り、海辺へ一人で新婚旅行に出かけた模様。伯爵がかっかしてその夫人を追いかけていったところをみると、夫人はまたしても英国紳士の色恋の能力に失望し、外国人の恋人を見つけることにしたのだろうか。清々《すがすが》しい潮風に吹かれて伯爵がその勇猛さを奮い起こし、夫人に満足をもたらすことを願おう……〉

——一八一六年七月六日付『ジェントルメンズ・

アシニアン・マーキュリー』

「くだらないことを書きたてて」アリステア・キャントレルはむっとして言った。腹だたしげにため息をつき、新聞を投げ捨て、皿の上で冷たくなった卵料理に嫌悪の目を向ける。朝からむしゃくしゃしていた。朝食のテーブルを挟んで座っているのは彼の不機嫌の原因、ミス・ペネロペ・スタンディッシュだ。彼女はいま健康美に輝き、溌剌《はつらつ》として、干し草畑に放たれた馬のようにもりもり食事を口に運んでいる。明らかによく眠れたらしく、彼のことを考えてひと晩じゅう目を覚ましていたわけではなさそうだ。

オールスファドにはゆうべ遅くにたどり着いた。近くのウィンチェスターで開かれている聖人祭の市にやってきた人々でどの宿もいっぱいだったが、やっと町でいちばん粗末な宿屋に部屋を見つけた。もちろん、その最後のひと部屋にはペンとメイドが寝るようアリステアは言い張り、自分は談話室の木の長椅子でひと晩過ごした。そして当然ながら、暖炉から立ち上る煙と灰のむっとするにおいと、頭に浮かぶペンの愛らしい顔に悩まされて、一睡もできなかった。

「この記事は誓って私ではないわ」三枚目のトーストをむしゃむしゃ食べながらペンが言った。アリステアを見てかすかに顔をしかめる。「今朝の調子はいかが、ミスター・キャントレル？　あまり元気がないようだけど」

アリステアは彼女を見て少し表情をやわらげた。ミス・スタンディッシュに素行の悪い兄がいるのも、熟慮に欠けた姉がいるのも、彼女の落度ではない。彼女の姉はどうしてもっと近場のケントかエセックスの地所を相続しなかったのだろう。

「今日じゅうにソルタートンまで行けるかしら？」

ペンが期待を込めてきいた。

アリステアはかぶりを振った。「それはどうかな、ミス・スタンディッシュ。道が込んでいて、のろのろとしか進めないからね。今夜はスリー・レッグド・クロスのあたりに泊まって、明日の朝ソルタートンに到着できれば上出来だろう」

「フレディはどこにいるのかしら」ペンが言った。

兄のことは心配でも、それで食欲が落ちることはないらしい。「道に迷っていなければいいけれど。兄はひどい方向おんちなの」

「ある種の宿にたどり着く術は、彼もきっと心得ていると思うよ」アリステアは言った。

ペンが驚いたように、そのピンク色の唇をすぼめた。「ミスター・キャントレル、ずいぶん辛辣な意見だわ！ あなたがそんなことを口にするなんて、とてもいい人だと思っていたのに」

アリステアは赤くなった。「申し訳なかったよ、ミス・スタンディッシュ」

「全然かまわないわ」ペンが答え、笑顔で彼をうっとりさせた。「殿方がその胸に激しい感情を抱くことのどこがいけないのかしら？　そういう私も、かなり激しいところがあるけれど」

アリステアは息がつまりそうになった。この会話をつづけるわけにはいかない。閉めきられた馬車の中でミス・スタンディッシュの〝激しいところ〟を思い浮かべるだけで気が変になりそうだ。

「僕が人生で激しく情熱を燃やすのは読書と、それに庭いじりなんだ」彼は気持ちを静めるように言った。

ペンが真っ青で澄んだまなざしを向けた。「あらまあ、ミスター・キャントレル。ではじっとしている時間が長そうね。それでよく体型を美しく保っていられること。運動不足は体に悪いそうよ」

ミス・スタンディッシュと一緒に楽しみたい運動

が頭に浮かんで、アリステアの体の一部がむずむずした。腰を動かし、膝に置いたリネンのナプキンの位置を直す。

「ミス・スタンディッシュ……」彼は咳《せき》払いをした。僕はまさか生意気な娘にからかわれているんじゃあるまいな？「そろそろ出発の準備をしてもらえるとありがたいんだが」

「もちろんよ、ミスター・キャントレル」ペンが立ちあがった。「すぐに支度をするわ。お互いの情熱についてはソルタートンへ向かう馬車の中で語り合いましょう。それなら道中楽しく過ごせるもの」

そう言うと彼女は談話室から飛びだしていき、アリステアはふたたび膝のナプキンをいじりながら考えた。お互いの情熱は二人をどこへ連れていくのだろうか？

ペンとアリステアは知る由もなかったが、フレディ・スタンディッシュはそこからほんの八キロ離れた酒場〈乙女の腕亭《かいな》〉の床で上着にくるまって眠っていた。乗り合い馬車でウィンチェスターまでたどり着いたものの、やはり宿はどこも満員で、しかたなくぐでんぐでんに酔っ払うことにしたのだ。しかし正体がなくなっているあいだに財布を盗まれたので、ソルタートンにたどり着くのはいつになることやら不明だった……。

新しい住まいで迎える二度目の朝、イザベラは早くに目が覚めた。昨日は旅の疲れが出て動く気になれなかったが、一日ゆっくりして休養を充分とれたから、さっそく探検に出かけたくなった。

レディ・ジェーンの寝室だった南向きの海側の部屋に、夜明けの光と海からの明るい照り返しがうっすらと差しはじめた。イザベラはベッドを出て窓辺に歩みより、窓を開けて潮の香りのする新鮮な空気を呼び込んだ。すると、同時に思い出もいっきによみがえった。丘のふもとに目をやると、左手に白い塗り壁の小さな家の密集する古い漁村が、そして海沿いに優雅な新しい建物が立ち並ぶ通りが見えた。子どものころ、この海辺へ遊びに来たときと同じように胸がときめき、どきどきする。

でも、思い出の場所はほかにもいろいろある。階下の玄関広間に到着する訪問客をペンと一緒に手すりのあいだからよくのぞき見た広い階段の曲がり角や、埃《ほこり》とワックスのにおいがする古い子ども部屋、それに庭を下りきったところにあるぼろぼろのあずまや。そこでマーカスと逢瀬《おうせ》を重ね……。

さらに、屋敷の至る場所にインディアを感じた。彼女が描《か》いた絵や、彼女が集めた小さなガラスの動物、それから彼女の愛読書。棚に置かれたその本をめくると、そこには子どもだった彼女が書き入れた〝インディア〟という拙《つたな》い文字があった。イザベラは、ずっとソルタートン・ホールという幽霊に取りつかれてきたようなものだった。いま、窓辺に佇《たたず》み、朝の光が入江に徐々に広がっていくのを眺めながら彼女は思った。その幽霊たちを追い払うのはとてもつらい仕事だろう。マーカスがインディアをどんなに愛しているか、たとえそれを知らなかったとしても、ソルタートンへ戻ればやはりつらい気持ちになったにちがいない。それは流砂のようにこの私を吸い込もうとしている。

ふいにいても立ってもいられない気分になり、彼女は大急ぎで身支度をして、がらんとした階段を駆け下りた。海でひと泳ぎして頭をすっきりさせ、思い出を洗い流せばいいわ。

屋敷じゅうもすでに目を覚ましていたらしく、活動を開始していた。きちんとした家というのはどこもそうだが、物事が円滑に、正確に動いていくものだ。ウィンチェスターから先に伝言を送り、到着がまもないことを知らせてはあったが、馬車が玄関前の道に入ったとき、ソルタートン・ホールの秩序が完璧《かんぺき》に保たれているのを見てイザベラは目を見張った。このような整然とした佇まいは、指揮監督の行き届いた使用人たちがいなければ維持できない。マーカスはどうやらレディ・ジェーンの死後、彼女に代わって屋敷をしっかり管理してきたらしい。それがよくわかったのは、召使いたちがイザベラには温かく礼儀正しく、だがマーカスには親愛の情を込めて挨拶《あいさつ》をしたときだった。イザベラは感銘を受けたが、それを彼に伝えるつもりはなかった。いまはまだ。

彼女は庭の歩道を突っきり、ソルタートン・ホールと村をつなぐ砂利の小道へ出た。静かな朝で、入江を舞う海鳥の声しか聞こえず、えにしだの石鹸《せっけん》のような香りだけがあたりに漂っていた。港のほうへ目をやると、二艘《そう》の漁船が穏やかな海面に矢のような白波を残して入江を横切っていくのが見えた。砂浜が始まるあたりに、海水浴客に貸しだされる白塗りの移動更衣車が一台待機していた。梶棒《かじぼう》に挟まれたまま砂地に忍耐強く立っている体つきのがっしりしたポニーの前には、非常に大柄な女性が一人座り込み、絡まった魚網を忍耐強くほどいている。

イザベラは足を止め、笑顔になった。突然、あの十二歳の自分に、お気に入りのディッパーをめざして砂浜をかけていく子どもに戻った気がした。ディッパーは更衣車をポニーに引かせて海水浴客を水辺へ連れていき、ときには海に浸《つ》からせるのが仕事だった。

「マーサ！　マーサ・オターね！」

その大柄な女性が目を上げ、日に焼けた顔が裂けそうなほどの満面の笑みを浮かべた。「おはよう、お嬢ちゃん。戻ってきたんだってね」

「元気だったの？」イザベラはきいた。

「相変わらずだよ」マーサ・オターがのんきそうに答える。だけど、十二年たっても何も変わらない人なんているのだろうかとイザベラは思った。

「大人になったね」ミセス・オターが言った。

「そうね、外見は」イザベラは小さくため息をついた。「海に入りたいのよ、マーサ。水辺まで連れていってもらえないかしら？」

マーサはよっこらしょと言いながら立ちあがった。

「そりゃ喜んで。こんな朝っぱらから海へ来るなんて頭がどうかしてると思われるかもしれないけど、海水療法は人にけっして害を与えるもんではないからね。とはいえ、治療にもならないんだけどね」それから、何か考えるところがあるようにつけ加える。「あんなやぶ医者たちがなんと言おうと」

イザベラが更衣車に乗り込むと、マーサはスカートの裾《すそ》をたくしあげて水辺へポニーを引いていった。この辺は遠浅なので海水浴にはもってこいだ。

「海水療法で私の憂鬱《ゆううつ》を追い払えるといいけれど」イザベラは言った。「今朝はなんだか元気が出ないの。こんなに美しい朝がきたというのに、しょげてはいられないでしょう」

マーサがそのたくましい肩越しにさっと振り返った。「ああ、ソルタートンで暮らせば元気になるさ、お嬢ちゃん。何を悩んでるんだい？　あの新しい旦《だん》那《な》さんのことじゃないだろうね？　何も心配いらないよ。旦那さんはお嬢ちゃんにぞっこんだって聞いたし。昔も、これからもずっとね。みんな知ってることだよ」〝みんな〟というのはかなり大げさな表現だとイザベラは思った。

車輪がきいきいと音をたてながら海へ入っていくにつれ、イザベラの裸足《はだし》の足が水に浸かっていく。

「それが本当だったらいいわね」イザベラはしょんぼりと言った。

マーサはポニーを促すように優しく叩《たた》いた。「あのころのお嬢ちゃんと旦那さんは、子どもなのに恋人同士だったさ。だけど、永遠の恋人だってみんな思ってたよ」首をぐるっとまわしてイザベラを見る。「何が問題なんだい、ミス・ベラ？」

「何もかもよ」彼女はため息をついて答えた。

「またうまくいくようになるって」マーサがのんきな声で言った。

イザベラはふたたびため息をついた。「いとこのインディアの――」

「ああ」マーサがふたたび口を開いた。「リトル・ミス・インディアのことか。あの子が安らかに眠れるよう、神の恵みがあることを祈るね」

インディアがマーサ・オターの同情を買っていることにイザベラはいらだちを覚えた。そして、そんなふうに思う自分の心の狭さが卑しく思えた。なんだか不公平だわ。幽霊とどう競い合えというの？死者となったインディアは、もう批判を受けることすらできない遠い場所にいて、私はその影の中で生きていかなければならない。この世で過ちをくり返し、不利な戦いを挑みつづけながら。だけど、もううんざりだわ。いちいち目くじらをたてる自分がいやになる。

「インディアとは親しくつき合わなかったから、彼女のことはよく知らないの」

「共通点はいっぱいあるよ」マーサが意見を口にした。「お嬢ちゃんが知らないだけで」

二人がマーカスと結婚したことをマーサは言っているのだろうか。それについてはあまり考えたくない。そう思ったとき、マーサがつづけた。「あの子の求婚者が追い返されてね」

イザベラは眉をひそめた。インディアに求婚者がいたというのは初耳だ。彼女は昔からひどく内気で、殿方の気を引くような娘ではなく、彼女が誰かの注目の的になったという記憶はない。

「誰が求婚者を追い返したの?」

「両親だよ、もちろん」マーサはまったく悲しい話だと言いたげに首を横に振った。「プライドが高すぎたんだよ、サザン家は。娘の相手にはもの足りないだなんて」

「彼女に求婚者がいたという記憶はないわ」イザベラは言った。「どこの誰だったの?」

「さあね」マーサは関心なさげに答えた。「でもハンサムな若者だったよ。よこしまな笑顔のね。木の枝から鳥をおびきよせて、ミス・インディアを楽しませていたっけ」

イザベラは無言で、車輪が水をはね散らかす音を聞きながら、ソルタートンで過ごした最後の数年の夏のことを思いだそうとした。インディアとは同い年だったが、マーカスにも告げたとおり、秘密を打ち明け合う仲ではなかった。インディアはおとなしく内向的な娘で、活発で外向的だったイザベラは彼女に話しかけて打ち解けさせようとしたけれど、丁重に、きっぱりと拒否された。

「おかしいわね」イザベラは言った。「何も思いだせないの。彼女はマーカスと……」インディアとマーカスが結婚したというその事実に心がくじけた拍子に舌ももつれ、彼の名前がうまく口から出てこなくなった。「恋愛結婚をしたのだと思っていたわ。つまり、あれが彼女の初恋だったと」

それは違うね、とマーサが水を吹くくあざらしのような声をあげた。「恋愛結婚だって! 旦那にきいてみるといいよ、ミス・ベラ」

もしもその勇気があればね、とイザベラは思った。インディアがマーカスの中に呼び覚ました忠誠心と激情をすでに垣間《かいま》見た以上、臆病《おくびよう》と言われようが、その質問を彼にぶつける気にはなれない。心にふたたび舞い戻ってきた憂鬱に、イザベラはじっとしていられなくなった。

「浜辺からもうだいぶ離れたかしら、マーサ?」彼女は尋ねた。
「たっぷりとね」マーサはポニーを立ちどまらせた。
「考えてることはわかってるよ、ミス・ベラ。でも、裸で泳ぐのは男だけ。それがしきたりだよ」
「そんなしきたりはとっくに変えられるべきだったのよ」そう言うと、イザベラはさっとドレスとシュミーズを脱いで海へ飛び込んだ。

その朝はマーカスも早くに起きた。イザベラが寝室を離れて庭へ出ていくのと、自分がベッドを出るのがぴったり同じだったのは偶然だと自分に言い聞かせた。だが単なる偶然でないこともわかっていた。二人の寝室は、いらだたしくも錠の下りたドアで仕切られているとはいえ、彼女を強く意識するあまり、体が彼女の体に同調してしまった気がする。柔らかくていい香りがするものの、触れることのできないその姿をそばに感じながらベッドに身を横たえる夜があと数日つづけば、僕はきっとドアを斧《おの》で叩き割るにちがいない。禁欲の誓いなどどこへやらだ。

庭を抜けて砂の小道を下り、浜辺へ向かうイザベラを彼は窓から見ていた。彼女と逢引《あいびき》を重ねた古いあずまやが目に入り、マーカスのいちばん熱い記憶が呼び起こされた。これでは熱情を冷ますどころではない。何か激しい運動でもしなければおさまらないだろう。彼は厩《うまや》へ下りていって、アキレスに鞍《くら》付けさせると、浜から離れるように丘を登り、崖《がけ》のてっぺんに向かった。そこからの眺めはすばらしく、カーブを描く入江とその入江に囲まれたソルタートンの村、そしてもう一つ、穏やかな波間にゆらゆらと揺れる妻の裸身が見えた。

あたりが明るさを増す中、海にたゆたう妻の姿はあざみの冠毛のようにふわりとして、水面に広がる人魚のような長い髪を、沈んでいく月が少しだけ金色に染めている。朝の淡い光が銀色の繭のように彼女の体を包んでおぼろげな影に変えていた。

マーカスは賞賛の口笛を吹こうとするかのように唇をすぼめた。上着のポケットにいつも入れてある望遠鏡に手が伸びた。だが、そこで思いとどまった。自分の妻をそんなふうに偵察するのは好色のような気がしてならない。だが、そうしたくなるのも無理はないだろう。ソルタートンで早朝、しかも日曜の朝、世のしきたりにおかまいなく裸で海水浴するのは彼女くらいのものなのだから。日曜日のソルタートンには公共の娯楽はない。ソルタートンは保養地といっても品のいい上流人向けなので、堕落したブライトンやマーゲートのまねをするわけにはいかないのだ。しかしその娯楽不足の解消に、イザベラは堂々とひと役買っているらしい。すでに海沿いの遊歩道に人だかりができていた。

マーカスは彼女を見つめた。水の精のごとき完璧な姿、大理石のような白い肌。無防備な肩の線と、高く丸みを帯びたすばらしく美しい胸、男が思わず触れたくなる、くびれたウエスト。その手をウエストから腰へ、そしてさらにそのほっそりした長い両脚へ滑らせずにはいられない……。

馬が抗議するように横へ一歩動いた。マーカスが無意識に手綱を絞ったらしい。彼は唇に笑みを浮かべたまま、馬をかりたてて狭い小道を下り、浜へ向かった。遊歩道の人だかりがさらに数人増えていた。その全員が海を眺めていた。

マーカスは眺めるだけでなく、海の中へ馬を進めた。

イザベラにあと数メートルのところまで近づき、アキレスが胸のあたりまで水に浸かったそのとき、彼女が振り向いてマーカスを見た。水の上に顔だけを出している。

「おはよう、ストックヘイヴン」彼女が言った。

「海で泳いでいるレディの自由を侵害した殿方には罰金が科せられるのをご存じ？」

「それは船に乗っている場合で、馬の場合はべつだ」マーカスは答えた。「それに、こういう君の姿を見るためなら、ソルタートンの男はみんな喜んで罰金を払うだろう」

「その理由がわからないわ」イザベラが言った。「ちゃんと服をつけているのに」

マーカスは目をしばたたき、そして凝らした。さっき崖から見たときと同じように、イザベラは仰向けに浮かんでいるが、さっきとは全然違っていた。首から爪先まで海水浴用の青いガウンに包まれ、かすかにうねる水面を慎み深く漂っている。

「でも、さっき見た……」と言いかけて、彼はしまったと思った。「君は裸だった」

イザベラが怒りもあらわに片方の眉を上げた。

「私を偵察していたの、ストックヘイヴン？」

「いや……僕は……」

これではまるで、しどろもどろになっている青二才の学生じゃないか。まさか目の錯覚ではないと思うが？　彼は眉をひそめた。だが、あれがもし僕の願望が生みだした想像の産物だったとしたら恥ずかしい話だ。

「たしかに裸だった！」マーカスは叫んだ。「見たんだ！」

「いまは日曜の朝よ」イザベラが冷ややかに言う。「女性の体に興味を示すには、いささか不適当な時間帯ではないかしら。先日も話し合ったように、あなたは自分の精神の健康だけを考えるべきよ、ストックヘイヴン。自分の妻の体をみだらに空想するのではなく」

移動更衣車の扉が彼を脅かすように、いきなり開いた。アキレスが驚いてあとずさり、危うくマーカスを海へ振り落としそうになった。大柄な女性が付き添っているのを知らなかったマーカスは、ぎょっとして目を上げた。麦わらのボンネットに青いフランネルの上着を着たその女性は、魚網らしきものを彼に向かってぱたぱた振っている。海で泳ぐレディたちによからぬ関心を寄せる殿方たちの気をくじくのも自分の仕事のうちとばかりに、彼女はいまその任務に全力を注いでいた。

「安息日に不信心なまねを！」女性が金切り声をあげながら、魚網とジンの強烈なにおいを武器にマーカスを襲撃した。「浜へ戻るんだね、旦那。レディが慎み深く海水浴しているところへ立ち入りなさんな！」

「おい、君」マーカスは内心でおもしろがっていた。「このレディは僕の妻で、僕も一緒に泳ごうかという気に半ばなっているんだが」

「だめだよ、旦那！　ソルタートンでは男女が一緒に海に入れないんだから」女性は意味ありげに指をぽきぽき鳴らし、海に飛び込んだ。ハムのように大きな両手で、いまにも彼に襲いかかってきそうだ。馬が仰天してマーカスもろとも溺《おぼ》れる前に、彼は一メートルほど後退した。

「ありがとう、マーサ」イザベラが言った。いまマーカスに見えるのは、水の上に出たイザベラの顔だけだった。濡《ぬ》れた巻き毛が額にかかり、ギリシャ神話に登場する魔女キルケのように長い髪が水中に棚引いている。「夫はもう失礼するそうよ」

マーサは腰に両手を当てた。「旦那さんは奥さんに少し敬意を払うことを覚えないとだめだね」

マーカスは両眉を上げ、イザベラから大柄な女性へと視線を移した。彼女はイザベラを守るように身構えている。

「申し訳ない」彼はのろのろと謝った。「てっきり……」と言いかけて口を閉じた。彼女にここで自分の空想を語って聞かせてもしかたがない。イザベラがマーカスを見つめていた。そして、間違いなく、困っている夫をおもしろがるような表情を瞳にちらつかせていた。

マーサはまだ怒り冷めやらぬ様子だった。そのけんか腰のまなざしに見送られながら、マーカスはアキレスの向きを変えて浅瀬を水しぶきを上げながら引き返した。

旦那さんは奥さんに少し敬意を払うことを覚えないとだめだね……。

マーカスの口がへの字に曲がった。いま、その教訓を日々叩き込まれているところだ。

浜に戻って確認すると、更衣車は陸からは絶対に見えない場所に位置しているのがわかった。そして、たしかに人だかりが海を眺めていることも。その先に見えるのは風をはらんだいくつもの帆だ。ということは、港に船が入ってくるらしい。海で泳いでいたイザベラより、馬で乗り込んでいった僕のほうがよっぽど無謀だった。彼女が村人の前で裸で遊び戯れていると、よくもそんな思い込みをしたものだが、すべては僕の空想だったにちがいない。これもまた、自分が妻に完全にいかれている証拠だ。

マーカスはほっとした様子のアキレスを陸へかりたてながら、悔しそうな笑い声をあげた。驚いたことに、僕は所有欲の強い夫らしい。インディアとの結婚から得た喜びは、妻と一緒にいる穏やかな幸せだけだった。だが自分は間違った相手と結婚したのだから、それはとっくにわかっていたことだ。

でもその僕にいま、正しい相手と結婚をやり直す機会が与えられた。どんなに時間がかかろうとも妻への求愛をつづけ、最後にはきっと、互いを熱く求め合い、同じくらい互いを尊重し合える関係になってみせよう。

17

「サー・スタンリーにレディ・イェンセン、レディ・マー、ラティマー夫妻、ミセス・ブルストロード、スペンス夫妻……」

マーカスと一緒に馬車に乗り込みながら、イザベラは緊張の面持ちでソルタートンのお偉方を思いだせるかぎり並べたてた。これからソルタートンの舞踏会に初めて顔を出すのだ。

「ミス・パリーはまだここにいるのかどうか……それからキャプテン・ウォルターズ――」

マントの縫い目をそわそわいじっている彼女の指を、マーカスの手ががっちりとつかんだ。

「ベラ、なんだか船の上の点呼みたいだ。大丈夫、うまくいくよ。君は魅力的で美しく、そのうえ、みんなの名前を覚えていたらそれは喜ばれるだろうが、思いだせなくても怒る人はいない」

「ああ、どうしよう」イザベラはふいに、緊張で胸が苦しくなった。「ペンの予言していたことが今日ついに現実になりそうだわ」

「というと？」

「私はどんな町へ行っても静かに暮らすのは無理だそうよ。もちろんソルタートンでも」彼女は唇を噛《か》んだ。「私はつねに物議をかもす人間だとペンは言うの」

「昨日君がとった行動を考えると、その意見は妥当かもしれないな」

「なんのことかしら。海水浴のことを言っているなら、見苦しいまねはいっさいしていないわ」

マーカスが彼女にさっと視線を向けた。「ベラ、やっぱり君は裸で泳いでいたんだろう。この目で見たんだ」

イザベラは唇を噛んで笑いを押し隠した。マーカスをあわてさせることができて愉快でならない。彼は昨日一日、自分が勘違いしたとはまだ信じられないとばかりに彼女を横目で見ていた。

それに、こんなふうにマーカスをじらすのはなかなかいい気分だった。昨日の朝、移動更衣車のそばに彼が突然現れたときは驚いたと同時に心をかき乱された。そして、彼の姿が見えなくなるとすぐに水から飛びだしてドレスを着た。アキレスの背から彼を水の中へ引きずり下ろして戯れたくなった。とはいえ、たとえそう思ったとしても、男女がただ一緒に海に入ることすら許さないマーサ・オターがそんなまねを許すわけがなかった。だから、マーカスを寄せつけないのが賢明だと頭ではわかっていても、わがままな体はそれとは正反対のことをささやきかけていた。

「見たんだよ」マーカスはそうくり返し、笑みを浮かべた。「君の一糸まとわぬ姿を。すばらしく刺激的だった」

むしむしする夜で、それでなくても暑い馬車の中で、イザベラの体はさらにじっとりとほてっていた。二人のあいだの空気が発火しそうに熱い。

「考えていたんだが」マーカスがつづける。「例の……契約の一環として……僕と一緒に泳ぎに行くというのはどうだ？」

イザベラの頭にうっとりするような情景が浮かんだ。マーカスの体から滴り落ちる水、彼女の肌にひんやりと押しつけられる彼の裸身、足の下の熱い砂、背中に照りつける日差し……。イザベラはみぞおちがかっと締めつけられるのを感じて、馬車の座席でもじもじした。ベッドはともにしないとつっぱねた彼女を心変わりさせるために、マーカスはいま必死で誘惑している。そして、いまいましいことに、彼女も実は彼の誘いを望んでいた。あれから、まだ三日しかたっていないというのに。彼との昔の情事の記憶がよみがえったせいかしら？　そして、互いに与え合うことのできる悦《よろこ》びをすでに知った以上、いくら否定しようとしても、それは自分の悪あがきにすぎないから？

マーカスの長く力強い指が彼女の手を握った。夏の夜の暗がりの中で、彼の黒い瞳に欲望があふれる。マーカスが体を寄せた。

「ベラ……」

馬車ががたがた揺れて停車した。

「もう旅の終わりとは、なんと無粋なことだろう」

マーカスはそう言って先に馬車を出ると、踏み段を降りる彼女に手を貸して建物の入り口へと進み、その奥の光の中へと導いた。

海岸の通り沿いにある、貸し出し図書館に隣接するソルタートン舞踏会場はまだ建てられたばかりで、今夜は人でぎっしり埋め尽くされていた。司会役がある人に挨拶《あいさつ》をしようと、手を差しだして前へ進みでるのをイザベラはぼんやりと見ていた。すると、一人の年配のレディがかけよってきて、驚いたことに、彼女をしっかりと抱きしめた。

「まあ！　ソルタートンで再会できるなんて本当にうれしいことだわ。いちばん乗りで言わせていただこうかしらね。あなたが戻ってきたと噂《うわさ》には聞いていたけれど、顔を見るまでは信じられなくて！」

レディはイザベラの頬にキスをして、彼女から手を離さずに体を離した。「ええ、覚えていますとも、少女だったころのあなたをね！　それはかわいらしい子だったわ！　私はあなたのおば様とは親友だったのよ」

「お元気でしたか？」イザベラはそうききながら、自分をのみ込みそうなその腕から逃れた。レディがどこの誰なのか見当もつかず、マーカスに目で訴えたが、彼も肩をすくめただけだった。そして、彼もまたべつの、名も知らぬ知り合いに声をかけられて離れていった。イザベラはこのままマーカスとはぐれてしまいそうな気がした。

見知らぬレディは相変わらず、まるで大の仲良しのようにおしゃべりをつづけていた。幸い、公妃として長年過ごしたおかげで、たとえ相手と面識がなくても知り合いのような顔をしているのは苦ではなかった。

「こうしてお目にかかるのは本当に久しぶりですわね」イザベラはレディにほほえみかけた。「ご家族はお変わりなくて?」

年配のレディは顔を輝かせた。「ええ、ミスター・ゴーリングは健在ですよ、おかげさまで。今夜は欠席していますけどね。主人はリウマチを患っているものだから。娘のシシリアは去年嫁いで、いまはオックスフォードの近くに住んでいるのよ。たまらなく寂しいわ」

ミセス・ゴーリングが口を閉じて、涙のにじんだ目を拭《ぬぐ》った。イザベラはかまをかけてきいた。

「シシリアは一人きりのお嬢さんですものね? そのお嬢さんがそんなに遠いところへお嫁に行かれて、さぞおつらいでしょう」

ミセス・ゴーリングは勢いよくうなずいた。「よく覚えていてくださったこと、イザベラ公妃! ええ、私のかわいい子羊ちゃんがあんなに遠くへ行ってしまって。でも、シシリアの夫のミスター・モンクトンは年五千ポンドの収入があって、ロンドンに家も馬車もあるのよ。ここへ海水治療のためにやってきたときにうちの娘と出会ったというわけなの」

彼女はため息をついた。「気の毒に、彼は胆汁症に苦しんでいるんですよ」

かわいそうなシシリア、とイザベラは夫よりシシリア自身を気の毒に思った。しかし上流社会に長年身を置いてきた経験からいえば、たとえ若いレディでも、年収五千ポンドのためなら胆汁症で少しくらい怒りっぽい夫にも耐えられるかもしれない。

「ソルタートン・ホールに興味を持つあなたがそこの主人になるというのは本当にうれしい知らせよ」ミセス・ゴーリングがつづけた。「気の毒に、レディ・ジェーンは晩年体が弱かったうえに、あの義理の息子のストックヘイヴンも屋敷へめったに足を踏み入れなかったでしょう。ソルタートン・コテージはほったらかしでしたからね。誰かが火をつけてやろうと考えてもちっとも不思議じゃなかったのよ。焼けた跡は、まったく見られたもんじゃなかったわ！　無責任もいいところよ」夫人はそこで口を閉じると、片眼鏡を目に当てた。「なんてことでしょう。あそこにいるのはストックヘイヴンよ！　ソルタートンへ戻ったという話は耳にしていないわ。私としたことが、そんなことを知らないでいるなんて！」

「ストックヘイヴン卿《きよう》がここへ戻ったのは今週ですわ」イザベラは唇をぴくりと引きつらせた。マーカスの人格にけちをつけるミセス・ゴーリングの声は彼にも聞こえていたらしい。「実を言うと、私も一緒に戻ってきました。つい最近、ストックヘイヴン卿と結婚したものですから」

ミセス・ゴーリングが片眼鏡を当てたままゆっくりと振り返り、レンズで拡大された片目をこちらに向けて、イザベラをぎょっとさせた。

「まあ！　それこそ大ニュースね！　おめでたい話だとは思いますけどね、イザベラ公妃。でも、あなたならもうちょっとうまくできたんじゃないかしら。ただの伯爵じゃなくて、公爵を選ぶとか？　ちょうど花嫁を探している人でもいれば、王族でもよかったでしょうに」

「高望みはしませんわ、誓って」イザベラはそう言いながら、心からの笑みを浮かべた。「私にいま必要なのは、子どものころから大好きだったソルタートンの屋敷で暮らすこと、それだけですの」

「それはまたごりっぱですこと」ミセス・ゴーリングが満足げな顔でそう言い、マーカスにふたたびちらりと目をやった。彼が顔を上げ、いくらかいぶかしげにイザベラの目を見た。ミセス・ゴーリングが今度は少し声を張りあげて言った。「あなたのその責任感を旦那《だんな》様にも少し教え込んだほうがよさそうね、妃殿下。彼があなたと同じようにソルタートンを大事にする気になったら、私たちも、彼がここの住人であることを誇りに思うようになるでしょうから」彼女はイザベラに温かな笑みを投げ、冷ややかにマーカスに向かってうなずくと、では失礼とその場を離れた。そして、仕入れたばかりの情報をそばにいるレディに耳打ちしに行った。

次にイザベラと近づきになろうとやってきたのは、ミセス・ゴーリングの友人の未亡人ミセス・ブルストロードとその娘のラヴィニアだった。ミセス・ブルストロードは年ごろの娘を抱えてやきもきしている母親で、わずかな寡婦手当で食いつなぎながら、娘の嫁ぎ先を探すのに懸命になっている。シシリア・ゴーリングが夫をつかまえたとあっては、なおさらぐずぐずしていられないのだろう。その姿はろうそくのまわりをひらひら飛んでいる蛾《が》のようだった。対照的にラヴィニア・ブルストロードは、フリルのたくさんつきすぎたドレスでおめかしした、穏やかで気さくな娘だった。三人はしばらく世間話に興じ、天気や保養地としてのソルタートンの発展、それにロンドンの社交シーズンとファッションについて話した。ラヴィニアはロンドンで社交界デビューをすませてきたところだった。

「でもだめだったんですよ、イザベラ公妃」開こうとしない不器用な花を嘆くようにミセス・ブルストロードがぼやいた。「舞踏会やパーティーには片っ端から顔を出したのですけれど。〈オールマックス〉へもレディ・エザリントンが保証人になって入場券を手に入れてくださって！　何がいけなかったのかしら」

不成功に終わったラヴィニアがいま着せられているレースのひらひらしたピンクのドレスを見れば、何がいけなかったかは一目瞭然《りょうぜん》だとイザベラは思った。現実的な性格のミス・ブルストロードとそのドレスの組み合わせでは、よほど熱心な求婚者でないかぎり逃げだすに決まっている。

ミセス・ブルストロードがほかの人から声をかけられて話しはじめた隙《すき》に、ラヴィニアが身を乗りだしてイザベラにささやいた。「母の話に耳を貸さないでください、イザベラ公妃。たとえずっとご縁がなくても、私は幸せなんです。だってロンドンで会ったのは、愚かな洒落《しゃれ》者か財産目当ての男性ばかりだったもの。それに……」非難がましくピンクのドレスを見下ろす。「母は私をクリスマス・プディングみたいに着飾らせて、何を期待しようというのかしら？」彼女は半ばおどけ、半ば絶望的な目をイザベラに向けた。「あなただったらどうなさいますか？」

「私だったら大ばさみで刈り込むわ」イザベラは正直に答えた。「そのひらひらがなければすてきなドレスですもの」

ラヴィニアがくすりと笑った。「まあ、そうしようかしら？　なんてすばらしい思いつきなんでしょう！」

ミセス・ブルストロードの話が終わったようだと気づいて、イザベラは急いでこう言った。「私にまかせてちょうだい、親愛なるラヴィニア。あなたのドレスについて、お母様の考えをうまく変えてみせるから」

ラヴィニアが瞳をきらめかせてイザベラをちらりと見た瞬間、ミセス・ブルストロードがこちらに視線を戻した。イザベラはさっそく切りだした。

「いま、ミス・ブルストロードとロンドンのファッションについてお話ししていましたの。それで、先週発表されたばかりの最新流行のドレスを彼女が着たら絶対にすてきだろうって申しあげました。とてもすっきりした仕立てで、私もいくつか型紙を持っているので、お貸しすることもできますけれども、いかがかしら？」

ミセス・ブルストロードが怪訝《けげん》な顔をした。「すっきりした？」

「優雅な、と言ったほうがいいかしら。あの型のドレスはどんなレディでも着こなせるわけではないけれど、ミス・ブルストロードの体型にはぴったりかと思います」

「すてきだわ」ラヴィニアが言った。いい女優になれそうだとイザベラが思うくらい、彼女はごく自然に会話に入ってきた。「流行の先端を行くのはすばらしいことよ」

娘の意気込んだ顔をつくづく眺めていたミセス・ブルストロードの表情がやわらいだ。「いいでしょう、ラヴィニア」その口調はぶっきらぼうだった。

「正直いえば、私なりのドレスの好みというのもあるけれども、でもまあ若い娘には……」

「ありがとう！」母親と立ち去る間際に、ラヴィニアがイザベラにそうささやいた。

何人かの紳士がイザベラのまわりをうろついていた。だが、イザベラは長年の経験から即座に人物評価を下すことができた。オナラブル・ミスター・デイグビーは高貴な出自の若者で、この小さなソルタートン社交界における自分の地位を強く意識しており、伯爵としての貫禄《かんろく》を漂わせる伯爵と妃殿下に人気をさらわれるのはおもしろくないようだった――

たとえそれが外国の公妃であっても。

ミスター・キャソンは財産のある娘と結婚したいと公言してはばからず、その率直さがかえって彼を魅力的に見せていた。下心などないふりをされるよりはずっとましだとイザベラも思った。あなたのご友人たちをぜひソルタートンに招いてください、と彼はイザベラに言った。「遺産相続の権利を持つ女性を一人でも紹介していただけたら、僕は死ぬまであなたの熱烈な信奉者となるでしょう、イザベラ公妃。女性の相続人を見つけるのは本当に大変なんです」

「結婚するのもね」イザベラはそっけなく答えた。

「もしや女のご姉妹《きょうだい》が?」

「いるわ。でも妹には財産がないのよ」

ミスター・キャソンがひどくがっかりした顔をした。

舞踏会の顔ぶれは多彩だった。伊達《だて》男に放蕩《ほうとう》者、出世のことしか頭にない男、休職中の将校、金持ちの未亡人、貧しい未亡人、デビューしたての娘、人妻……さながらロンドンの縮小版だ。イザベラは会話を交わして笑顔を振りまき、質問を投げかけて、幸運な紳士数人とダンスを踊った。そして、そのあいだずっと部屋の反対側にいるマーカスを意識していた。最初のダンスを申し込んでもらえなかったことが彼女は少し寂しかった。さっきからずっと、一人のまじめそうな青年が彼を相手に長々と話をしている。内容はよくわからないがマーカスを説得しようとしているらしい。

イザベラは次のダンスは踊らず、ある年老いた海軍大佐のとなりに腰を下ろした。彼は船に乗っていたときの冒険談を語って彼女を退屈させることもなく、いま自分が情熱を注いでいる庭仕事の話をして、地元の園芸家が開発中の薔薇《ばら》の新品種について意見を求めた。マーカスは相変わらずイザベラに寄りつこうとはしなかったので、彼女はいやでも、名ばかりの結婚を望んだのが自分であることを思いださずにいられなかった。舞踏会に出るのは義務にすぎない――二人のどちらにとっても。連れだって公の場に姿を現し、あとは別行動で夜を過ごす。それが当然なのだ。当世風のやり方だから。だが、それでは悲しかった。

「お相手願えますでしょうか、レディ・ストックヘイヴン」一人の紳士がイザベラの前でお辞儀をして、次のダンスを申し込んだ。さっきミセス・ブルストロードから紹介された夏の訪問客の一人、ミスター・オーウェンだった。マーカスはまだ話し込んでいて、ダンスのことなど頭にないらしい。イザベラはオーウェンに笑顔を向け、手を差しだした。

「ありがとうございます。カントリーダンスのお相手なら喜んで」

しかし踊りの列に並びながら、彼女は首を傾《かし》げた。ミスター・オーウェンは本当に踊れるのだろうか。ソルタートンへは海水療法が目的で来たのは間違いない。肌がろうそくのように青白く、健康体には見えないのだから。灰色の瞳はどんよりして表情に乏しく、傍目《はため》にもわかるほど足を引きずっている。年齢は私とたいして変わらないのだろうが、あまり長生きできるとは思えない。体から防虫剤と強壮剤のにおいが漂ってきて、そして彼の中に潜んでいる何かがイザベラをぞっとさせた。彼の病気とは関係のない、病気よりはるかに不健全な何かだわ。だが、さらにぞっとしたのは、彼にどこか見覚えがあるような胸騒ぎを覚えたことだった。ダンスの誘いを受けなければよかったとイザベラは思った。

「海水治療にいらしたのですか?」彼にそれをききたかったというよりは沈黙に陥らないために、イザベラは尋ねた。

「リウマチを患っていましてね、レディ・ストックヘイヴン、それに神経痛と胆汁症も少し。潮風に当たって頻繁に海水浴をするのが唯一の治療法だそうです」

医者たちが海水療法なんてものを口にしはじめたから、みんな自分が病気だと思い込みはじめたのよ、と昔おばが言っていたのを思いだし、イザベラは笑いを噛み殺した。

「お気の毒に」彼女は言った。

ミスター・オーウェンがどんよりした目でイザベラを見据え、冷たい微笑をうっすら浮かべた。「あなたは健康そのもので海水治療など必要ないでしょうね。でも、油断すると潮風にやられてすぐにおこりにかかりますよ」

「ご忠告をどうも」イザベラは言った。

そのとき、目の隅にマーカスの姿が見えた。彼は熱弁をふるう青年からようやく離れようとしているところで、額にちょっとしわを寄せてイザベラのほうを見た。会場のどこを探してもマーカスほど健康的な男はいない。イザベラは思わず彼に突進したくなった。彼をさらって、こんなにも頑丈で健康な自分たちを祝い、病室のようなこの部屋のにおいを振り払いたかった。それも、ソルタートンの住人の半分が驚きのあまり早死にするようなやり方で！　イザベラが目を合わせると、マーカスは会話を途中で切りあげ、彼女の表情に何かを感じとったのか、問いかけるように片方の眉を上げた。彼を凝視するイザベラの唇が開いた。息ができない。彼女を食い入るように見つめるマーカスを見て、体が震える。彼の視線はイザベラ一人だけに完全に集中していた。ここはソルタートンの舞踏会場だというのに、マーカスはいまその全身で、死にそうになるほど君を激しく奪いたいと伝えている。彼がイザベラのほうへ歩いてきた。

音楽がやんでいった。イザベラはマーカスから意識と視線を引き離して、顔に無理やり笑みを張りつけ、不健全の固まりのようなミスター・オーウェンに言った。

「ダンスに誘ってくださってありがとうございました。席までご一緒しましょうか？　少し息が切れていらっしゃるようなので」

オーウェンがうなずき、もたれかかるように彼女の腕をつかんだ。「申し訳ない、レディ・ストックヘイヴン、ダンスのあとは私が会場の中をご案内してしかるべきなのだが」

「お気になさらずに」

彼を椅子に座らせ、やれやれと思ったそのとき、イザベラはうなじがちくちくするのを感じた。マーカスがそばまで来ていた。

「失礼させていただきますわ」彼女は言った。「次のダンスの約束をしているので――」

「僕とね」

イザベラの肘のあたりで声がした。マーカスが手を差しのべ、かすかにお辞儀をする。その目に浮かぶイザベラだけに向けられた表情を見て、彼女は体から力が抜けそうになった。だが、マーカスはまなざしで彼女への欲望を伝えながらも、無礼を働いたりはしなかった。

「やあ、オーウェン」彼はそう言いながらイザベラを自分のかたわらへ引きよせた。マーカスの脇腹《わきばら》に押しあてた彼女のてのひらに、心臓のとどろきが伝わってくる。

オーウェンが病人らしく、ふうっと大きなため息をついた。「どうも、ストックヘイヴン。君は今夜も痛風や発作とは無縁とお見受けするが？」

「ああ」マーカスは答えた。彼が笑いをこらえて身を震わせるのがイザベラにもわかった。「おかげさまで、非常に健康だ」これ以上は待てないと、マーカスが彼女に目を向けた。「おいで。二人ともワルツを一曲踊るくらいの体力はあるだろう。そして、踊り終えたら、失礼することにしよう。疲れ果ててしまわないうちに」

そう言われて初めて、イザベラは次の曲がワルツだと気づいた。それが保守的なソルタートン社交界で演奏されることにいくらか驚きを覚えた。ワルツに果敢に挑む元気いっぱいのソルタートンの住人もいるにはいたが、ほとんどの者たちは羨望《せんぼう》と非難の入りまじった表情で後ろへ引っ込み、ワルツを踊る勇気ある輩《やから》はいったい誰だと眺めていた。

「あなたが楽しく過ごせているといいのだけれど、マーカス」フロアに出たところでイザベラは穏やかに言った。彼を強烈に意識しながら、同時に周囲の人々の視線もひしひしと感じていた。なんとかして自分の感情をさらけださずにワルツを踊りきらなければ。

「かなり傷だらけだよ、正直言って」マーカスは辟易《へきえき》したように言った。どうやら、彼も世間話に精を出すのは苦手らしい。「市民としての誇りに欠けているとなじられ、桟橋への投資を断るしみったれだとみなされ、さらに耳に入ってきたのは、君の夫としてはもの足りないというゴーリング女史の意見だ！　それに引き替え君には……」マーカスは品定めするような視線を彼女に向ける。「誰も彼もが大いに敬意を表する。あれから十二年もたったのに、ミセス・ゴーリングを思いだしたとはすばらしい。夫人はご満悦の様子だったな」

イザベラの唇に小さな笑みが浮かんだ。「挨拶されたときは、どこの誰だか見当もつかなかったのよ」彼女はささやいた。「でも、私を見て夫人はとてもうれしそうだったから、あなたのことはまったく存じあげないと白状するのも何か失礼な気がしたから」

マーカスがほほえんだ。「そういうこととは知らなかった。君は上流社会のたしなみがすばらしく身についているな。そしてすばらしく情け深い」彼はそこでためらうように言葉を切った。「みんなから聞いたよ。君が学校へ本と楽器を送ったことをね。それにおば上から出産や結婚や死亡の知らせを受けとるたびにその人宛《あて》に必ず手紙を送ることや、遠路カシリスまで遊びにやってくる者がいれば誰であろうと歓迎すること、そしてふつうなら仕事や縁故や教育の機会に恵まれないだろう人々に、自分の影響力を利用して力を貸したことも。びっくりだな、イザベラ。まったく知らなかったよ」

イザベラは内心で笑みを浮かべた。マーカスを驚かせるのはいい気分だ。彼が私について勝手にさんざん決めつけてきたことを覆すのは楽しい。じきにもう一度、彼を覆してやりたいけれど、このワルツを楽しむのが先だわ。

マーカスとワルツを踊るのは今夜が初めてだったが、すばらしく心地よかった。それどころか、二人が踊るワルツは罪深く、官能と誘惑に満ちていた。背中に感じるてのひらの温《ぬく》もり、ドレスの絹地に押しつけられる腿の筋肉の波動。イザベラの頭に雲がかかり、体にとろけるような悦びが満ちあふれた。その興奮に彼女は抗《あらが》わなかった。まったくみんなの言うとおり、このダンスは危険だわ。ワルツは禁止されるべきよ。そして夫と愛を交わしてはならないという禁欲の誓いについては、そう……私がこれまで素直でなかったのは明らかで、今夜口にした数杯のワインが私の目を開かせてくれたのに違いない。

「ベラ」マーカスに耳もとでささやかれ、肌に彼の吐息を感じてイザベラは身震いした。

「え?」

「あの男はどういう男だ?」

イザベラは欲望の靄《もや》から自分を引きずりだし、マーカスの顔に焦点を合わせようとした。「どの男性？」彼女は咳払《せき》いをした。「つまり、誰のことを言っているの？」

彼は笑い声をあげた。「気を散らされたという口ぶりだな。ちゃんと聞いていなかったのかい、ベラ？」

「ええ、あんまり」イザベラは彼の肩の曲線に指を滑らせた。

マーカスが横目でいぶかしげに彼女を見た。「では何を考えていた？」

「あなたと愛を交わすことを」

マーカスがステップを踏み違えた。その大胆不敵な告白にぎょっとしたのだろうかとイザベラは思ったが、次の瞬間、彼の目にむき出しの欲望と楽しげな表情が浮かんだ。

「抽象的に？　それとも具体的にかい？」彼の声も荒々しいささやきに変わっていた。

「具体的によ。五分後でもいい、と」イザベラもささやき返した。

少し急《せ》かしすぎたのかもしれなかった。マーカスがいきなり体を放したが、その手は彼女の手を握ってダンスフロアから引っ張りだし、出口へと向かった。暇乞《いとまご》いの時間が永遠にも感じられた。そんなにあわてて帰るなんて、きっとイザベラの具合が急におかしくなったのね、とミセス・ブルストロードが心配そうに口にした。具合がおかしくなったのは本当だったが、ミセス・ブルストロードが考えているようなことではなかった。妻の面倒はちゃんと見ますからとマーカスが約束して、その善良なレディをさらりとかわした。ついでイザベラは、今度はぜひお茶にいらしてねというミセス・ゴーリングの誘いに手短に礼を述べた。一刻も早く親密な闇《やみ》の中でマーカスと二人きりになって、自分の体に彼の両手を感じたかった。ようやく馬車に乗り込み、扉がかちりと閉まると同時に、彼女は安堵《あんど》のうめきをもらしてマーカスの腕に倒れ込み、彼の貪《むさぼ》るような唇を受け入れた。

息をしようと開いた唇に、マーカスが口を押しつけ、舌を深く潜り込ませた。イザベラの髪に彼の両手が絡みつく。キスは激しく誘惑的で、マーカスの唇はわが物顔に彼女の唇の上を動きまわった。やがてイザベラの舌が彼の舌とダンスをするのを許すと、次にはじらし、そしてイザベラを征服しようとした。イザベラも、熱意と巧妙さでは彼に負けてはいなかった。

マーカスの手がドレスの前に滑り込み、胸を包み込んだ。その探求に応《こた》えるようにイザベラは体を弓なりにして押しつけた。欲望に頭の中がかすむ。マーカスとは距離を置き、自分を簡単に与えはしないという誓いをイザベラはふたたび、ぼんやりと思いだした。だがその瞬間、自分がマーカスを愛していることに気づいた。それ以外に何か理由がいるだろうかと、くらくらする頭で彼女は思った。

気がつくと、イザベラは上半身裸の格好で彼と向き合い、彼の腿の上に両脚を広げて座っていた。両手でウエストをつかまれたまま顔をのけぞらせて歓喜のため息をもらす彼女の胸に、マーカスが唇を這《は》わせる。彼はその頂にそっと歯を立て、舌先で円を描き、イザベラは……いわば心からの興奮に溺《おぼ》れていた。ずっとこのままでいたい。

がくんと馬車が止まった拍子に、彼女はマーカスの膝から落ちそうになった。

「くそっ」彼は言った。「これからはもっと遠まわりしないとだめだな」

彼はイザベラがドレスの乱れを直すのを急いで手伝ってから、力の抜けそうな膝で馬車の踏み段を降りる彼女にしっかりと手を差しのべた。抱きあげて屋敷の中に入り、階段を上って寝室まで運んでほしいとイザベラは思ったが、マーカスはあくまでも慎重だった。そして馬車のランプのほのかな光の中で彼女のほうを向き、静かな声で言った。

「ベラ、君の気が変わったというのなら屋敷へ入ってもいいが、僕はもう君を二度と一人で眠らせはしないぞ」

イザベラは彼の腕をつかんだ。「ええ、一人で眠らせたりしないで」せがむように言う。

もう言葉はいらなかった。マーカスは彼女の腰にするりと腕をまわし、引っ張りあげるようにして正面の階段を上り、玄関広間に入った。イザベラは胸がわくわくして喉に笑いが込みあげていた。彼の両手から、はやる気持ちと熱い欲望が伝わってくる。すぐにも、二人は彼女の寝室にかけ込み、互いの服を破り捨て、羽毛のマットレスに倒れ込んですさまじい情熱で互いを奪い合うだろう。その情熱が体を走り抜けて……。

だがイザベラの足がぴたりと止まった。階段をかけあがってベッドへ、という期待はすべて吹き飛んでしまった。

階段の下にいくつも旅行鞄《かばん》が積まれ、応接間からはかん高い声が聞こえてくる。

「ペン」イザベラは気が抜けたように言った。「どうやらフレディも」

「スタンディッシュ卿とミス・ペネロペ・スタンディッシュがご到着です、旦那様、奥様」メイド頭がそう言いながら玄関広間へ走りでてきた。「それからミスター・キャントレルが」

イザベラはマーカスと目を見交わした。彼の目にはかすかな驚きと同時に、まるでこの事態を予期していたかのような表情も浮かんでいる。だがマーカスは信じられないという顔で、いらだちもあらわに首を横に振った。

イザベラは唇を噛んだ。「なんて間の悪い」

「旦那様？」メイド頭がおずおずと言った。「お客様方を応接間にご案内したのですが」

「ありがとう、ミセス・ロートン」マーカスはゆっくりと答えた。大きく息を吸い、イザベラに笑顔を向けて手を差しだす。「さあ、行こう。思いがけない客人たちの言い分を聞きに」

ミセス・ロートンが応接間のドアを開けたときもペンはまだ兄を叱《しか》りつけている最中だった。

「まったくもう、フレディったら、気が知れないわよ。あんなに急いで、ちゃんと理由も言わずに家を出るなんて！」

「なんとなく海辺に旅してみたくなってね」フレディの弁解の声が聞こえる。「健康のためだよ」

「たわごとだわ。田舎は嫌いなくせに」

「そうとも！」フレディはその言葉に飛びついた。「田舎は嫌いだが、海辺は嫌いじゃないんだ、ペネロペ……」

「こんばんは、フレディ、ペン」兄妹《きょうだい》に穏やかに声をかけてソファに近づき、イザベラはペンの頬にキスをした。その横で、マーカスがアリステアに挨拶する。「中庭にいたらあなたたちの声が聞こえたわ。ここで会えるなんて、とてもうれしいわ！」

「ごめんなさい、ベラ」さすがのペンもいささかばつの悪そうな顔をした。そしてソファに座ったままくるりと振り返り、「こんばんは、マーカス」と挨拶をしてから姉に向き直った。「いまフレディに言っていたところよ。ちゃんと支度もしないで飛びだしていくのはやめてほしい、と」

「ええ、私にも聞こえたわ」イザベラはそう言いながら、ソファにだらしなく座っているフレディをマーカスが好奇のまなざしで見つめているのを感じた。「ということは、一緒にここまで来たわけではないのね？」

「違いますとも」ペンは憤然と答えた。「ついていこうにも、フレディはあっという間にいなくなってしまったんだから」

「そうだとも」フレディの顔がさっと赤くなった。「突然、衝動にかられたんだからな。男が思いのままに行動しちゃいけないのか？　そうしたいと思ったときに？」

イザベラはアリステア・キャントレルのほうを向いた。彼はいつもどおりの静かな態度で様子を見守っている。

「ごきげんよう、ミスター・キャントレル」イザベラは言った。「私の厄介な兄妹につき合わされるはめになって申し訳ないわ。それと、妹を無事ここまで連れてきてくださってありがとう」

「どういたしまして、レディ・ストックヘイヴン」アリステアは即座に答えた。

「とりあえず軽食にはありついたようね」イザベラは食べ残しに視線を落としたが、トレーの上は野生動物が食い散らかしたような有様だった。「それに、ペンがお相伴にあずかったのは間違いないわね」

「おなかがぺこぺこだったの」ペンが弁解がましく言う。「旅は食欲を増すわ」

沈黙が流れた。アリステア・キャントレルがその目にひそかに笑みをたたえてペンを見つめているのに気づき、イザベラは心の中で両眉を上げた。ペンとミスター・キャントレル？　二人がお互いに関心を抱いていることには、ロンドンにいるときから気づいていたけれど、どうせアリステアもペンの美しさに魂を奪われた哀れな男の一人にすぎず、いずれ彼女の独立精神に幻滅するのだろうと思っていた。でも、今回はどうやら、いつもとは違うらしい。

「僕は寝酒をいただくとしよう」マーカスがさらりと言った。「アリステア、スタンディッシュ、一緒にどうだ？」フレディに向けられた彼のまなざしに、イザベラはふたたび好奇と反感の表情を感じとった。フレディとマーカスのあいだに敵意が存在することには前から気づいていたが、その理由については、イザベラにもよくわからなかった。

フレディがもぞもぞと体を動かした。「先にちょっと妹と話をしたいんだが、ストックヘイヴン、かまわないだろうか」

「もちろんだよ」マーカスは礼儀正しく答え、アリステアの先に立ってドアへ向かった。「われわれは書斎にいるから、よかったら合流してくれ」唇にひそかに笑みをたたえてイザベラをちらりと見る。彼がその目に謝罪と約束を浮かべているのが、イザベラにはわかった。

「おやすみ」彼が言った。

イザベラは思わずため息をもらし、夫が応接間を出てドアが閉まると同時に、交戦中の兄妹に視線を戻した。

「いいか、ペン」フレディが言った。「あんなふうに僕を叱りとばしたら、キャントレルだって興ざめだぞ。おまえが口やかましい女だとわかっただろうからな。がみがみ女が好きな男なんていないんだ！」

ペンが真っ赤になった。「ミスター・キャントレルの気を引くつもりはないわ、フレディ」

「そいつはけっこうだな」兄は間髪入れず、辛辣《しんらつ》な調子で告げた。「長々と説教する女ほどむかつくものはないからな！」

「フレディ、ペン」イザベラは割って入った。「ちょっとだけ口げんかをやめて、事情を説明してくれるとありがたいのだけど」

「予告なしで押しかけてきて、蜜月《みつげつ》のお邪魔をしたかしら、ベラ？」ペンがお茶のトレーからパンくずをつまみながら言う。「でもマーカスとあなたが次に会うのは明日の朝だというなら、お邪魔というほどでもないわね。なんだか煮えきらない感じよ、あなたのこの結婚」

「大きなお世話よ」イザベラはすまして答え、あなたがこんな間の悪いときにやってこなければ私の結婚はいまごろ煮えたぎっていたわ、とペンに言い返したくなるのをこらえた。「私がききたいのは、海辺へ行かなければとあなたたちが突然思いたった理由よ」イザベラは尋問するように兄を見た。「フレディ?」

フレディがもじもじした。「保養地なら人も集まっているし、体のために海の風に当たるのもいいだろうと思って」彼はぶつぶつと言った。「社交シーズンが終わるとロンドンの上流社会はがらがらになるからね。おまけにベラがいなくなって、とたんにつまらなくなった」

「口がお上手だこと」イザベラはそっけなく答え、フレディの頑とした表情を見て思った。兄からはこれ以上何もききだせそうにないが、さっきの言葉が真相だとはとても思えない。その顔には強情さとともに憂いが浮かんでいる。でも、兄のほうはしばらくそのままにしておこう。

「あなたは、ペン?」彼女はきいた。

「あなたのせいに決まっているでしょう」ペンが憤慨して言った。「お忘れのようだけど、ベラ、最初にあわててロンドンを離れたのはあなたよ。心配したわ。そうしたらフレディまで飛びだしていって、私はどうすればいいのかわからなくなった。それで、ミスター・キャントレルに来てもらって相談をしたのよ」

「なんでミスター・キャントレルなんだ?」フレディが口を挟む。

ペンは兄を無視した。「そうしたら、ここへ来て万事問題ないことを確かめるのがいちばんだろうという話になって」

「二人そろって無鉄砲な行動に出たものね」イザベラはそっけなく言った。「メイドを付き添わせたのならいいけれど、ペン」

ペンの顔がますます赤くなった。「もちろん作法に反しないよう、ミスター・キャントレルが手配してくださったわ。彼のお母様の家の使用人を一人借りることにして」彼女はため息をついた。「ミスター・キャントレルはどこまでもりっぱな人よ。礼儀作法の見本のようだわ」

イザベラはぴんときた。そして、少なからぬ驚きを覚えた。ペンがそわそわして怒りっぽいのは、望みどおりに事が運ばないことにも原因があるようだ。叫びだしたくなるほど非の打ちどころがなく、品行方正にふるまう男と長時間一緒に過ごして、彼女はいま頭にかっかと血が上っている。イザベラは祈った。鈍感な兄のことだから大丈夫だとは思うけれど、ペンをこの部屋から連れだすまで、どうか兄が自分と同じ勘を働かせませんように。

「そうなのね」イザベラはなだめるように言った。「とにかくもうここへ来たわけだし、私もあなたたちに会えてうれしいわ。疲れたでしょう。そろそろ寝室へ引きあげては？」

「ペンを寝かせてやってくれ」フレディが言った。「僕はあそこに見えるブランデーを寝酒に引っかけるとしよう」

「お好きなように」イザベラは言った。「マーカスとミスター・キャントレルに合流しないの？」

フレディが落ち着かなげな目つきになった。「一人で一杯やるほうがいい」

イザベラはふたたび、兄の奇妙な態度に気づいた。夫と兄が武装停戦状態にあるなら、みんなでこれから和気あいあいと過ごすのはかなり難しそうだ。彼女はため息をついた。

「いいわ。ベッドに入りたくなったらミセス・ロートンに寝室まで案内してもらって」

イザベラはペンの腕を取り、応接間を出て階段へ向かった。マーカスとアリステアが静かに話す声が書斎から聞こえてくると、ペンは顔を上気させたままドアにちらりと目をやって、足早に通りすぎた。

いま、妹の頭がべつのことでいっぱいだというのはイザベラにもわかった。ペンはソルタートン・ホールに戻ってきた感想すら口にせず、そして完全に姉と二人きりになれる青の寝室へ入ると同時に、イザベラの手をつかんだ。

「ベラ、あなたにどうしても話しておかなければならないことがあるの。話を聞いたあとで、もし望むなら、私を屋敷からほうりだしてもらってもかまわないわ」

イザベラは妹を見た。「そういう野蛮なまねをするつもりはまったくないわよ、ペン。どんな告白かしら?」

ペンは肘掛け椅子にどさりと腰を下ろして、両手を揉《も》んだ。「あなたに洗いざらい打ち明けるようミスター・キャントレルに言われて……」

「なるほど」イザベラの体がぶるっと震えた。私は完全に状況を誤って解釈していたらしい。アリステア・キャントレルは、やはりソルタートンへの旅の途中で妹を誘惑したようだ。

「私も時機を見計らって話そうと思っていたのだけど、なかなかふさわしい機会がなくて。簡単に言うと、私たちにはお金がなかったのよ。そして、私はフレディの借金に悩まされていたわ。そういうことよ」ペンの青い瞳に苦悩があふれた。「ああ、ベラ、どうか私を許して！　あなたの秘密を暴露しようとしたわけじゃないのよ」

「なんのことやらさっぱりだけれど、でもなんだかどきどきしてきたわ、ペン」

「新聞のゴシップ欄よ！」ペンはそこで劇的に言い放った。それから自分の旅行鞄を部屋の真ん中へ引きずりだし、蓋《ふた》の留め金をはずしながら、ずっとしゃべりつづけた。「『ジェントルメンズ・アシニアン・マーキュリー』のミスター・モローに雇われてゴシップ記事を書いたのよ！　あなたの借金について、ブランズウィック・ガーデンズの家について、突然の結婚について……」

「なるほど」イザベラはゆっくりと答えた。

「お金が必要だったの」ペンは沈んだ声でそう言いながら、鞄の中を引っかきまわし、下着をほうり投げた。「べつに問題ないと思ったのよ、ベラ。でもあなたと再会して、あなたのことがまた大好きになって、そうしたら自分がひどい裏切りを犯している気がしてきて……」

イザベラはベッドの端にのろのろと腰を下ろした。

「確認させてもらうけれど、あの記事を新聞に提供していたのはあなたなのね」

「ええ」ペンの赤くほてった顔が悲しみに沈んだ。しゃがみ込んだ彼女の手には、いま例の新聞記事が握られていた。「本当にごめんなさい。自分が裏切り者に思えたわ。だけどミスター・キャントレルが……」

「ええ」イザベラは言った。「ミスター・キャントレルはどこでこの件に首を突っ込むことになったのかしら？」

「同じ新聞に記事を書いているのよ。ミスター・モローの仕事場でばったり会って、それで、ゴシップ欄の寄稿者は私ではないかと彼が察したわけ。あなたに正直に話すよう説き伏せられたわ」

「この件に関して、少しは気がとがめる人もいるとわかってうれしいわ」イザベラはそっけなく言った。

ペンの顔がますます真っ赤になった。「ああ、ベラ、どうか私を憎まないで！　お金を稼ぐのに必死だったの。だけど何年ぶりかであなたに会ったら、あなたを利用してお金を得るなんてひどく間違っている気がして、胸をかきむしられたわ」彼女はため息をついた。「本当に悪いことをしたと思っているの」ふたたびため息をつく。「もう二度としません。自分の姉の評判を汚さずにお金を稼ぐ方法だって何かあるはずだもの」

イザベラは沈黙した。何かに必死になる気持ちは、ペン以上によく知っている。

「さっきフレディの借金のことを言っていたわね」イザベラが口を開いた。「全然知らなかったわ。つまり、そんなことをした原因はフレディにあるのかしら、ペン？　相当まずい状況になっているの？」

「はっきりとはわからないけれど」ペンが悲しげに言った。「生活費の請求書はたまるいっぽうで、メイドの給料も払えないほどよ。それに、フレディは私にたくさん隠し事をしているみたいだわ」

「急いでソルタートンへ行こうと思いたったその理由だけでなく」イザベラは考えをめぐらせた。「なぜ私に何も教えてくれなかったの、ペン？」

「あなた自身も苦境に立たされていたから」ペンが困りきった顔をした。「秘密にしていてごめんなさい。もっと早く打ち明ければよかったわ」

イザベラは渋い表情を浮かべた。「ゴシップ好きな人たちにあなたが私の結婚話を売っていたなんて、信じられないわ」

ペンが泣きだしそうになった。「本当にごめんなさい！　誓って言うけど、そんな下卑たまねがしたかったわけではないの」彼女はため息をついた。

「私が憎い？」

イザベラはかぶりを振った。「憎むなんてできないわ、ペン。お金に困るのがどういうことか、私にはいやというほどわかっているもの。それに、私たちには家族が大勢残っているわけではない、そうでしょう？　誰も失いたくはないわ」

ペンがわっと泣きだした。「ああもう！」彼女はズロースで思いきり鼻をかんだ。「本当にごめんなさいさい、ベラ。どうやって償えばいいのか」

彼女はため息をついた。「だったら、フレディの状況について知っていることを全部話して」ヘッドボードにゆったりともたれて言う。「全部と言ったら全部よ、ペン」イザベラは眉をひそめた。「フレディがどこかへ急いでかけつけることなんて、これまであったかしら？　しかも海辺へ？　きっと何かあるわね」

ペンが立ちあがった。「ええ、フレディはすごくおかしかったわ。最初は朝食の席に妙な手紙が届いて、それで飛びだしていったらまたすぐに飛びだしていったの。戻ってきたと思ったらまたすぐに飛びだしていったの。って、そのまま戻らなかいなんて！　あの日、私はあなたのところへ行ったのよ」と彼女は非難がましくつけ加えた。「一緒に王立美術院の展覧会へ行く約束だったでしょう」

「そうだったわね」イザベラは妹がまくしたてたごたまぜの情報を整理しようとした。非常に頭のいい人間の話を理解するのはとても大変なときがあると思ったのは、これが初めてではない。「ペン、その妙な手紙の内容は？」

「賭事《かけごと》の借金の件だったようよ」ペンがあくびをした。「失礼。疲れが出たらしいわ。この話を聞いても納得できないでしょうね」彼女は目をこすった。

「フレディは朝食の席で手紙を受けとって、急いで出かけていったわ。戻ってきたフレディにあなたがソルタートンへ行ったことを伝えると、またすぐ出ていって帰ってこなかったの。自分もソルタートンへ行くというわけのわからない伝言をよこしただけで。荷物も持たずによ」

「フレディの荷物ならあるわ」イザベラはゆっくりと告げた。「玄関広間でさっき見たもの」

ペンが顔をしかめた。「それは変ね。だって、その荷物をどこで用意したのかしら？」

「必要なものを途中で買ったんでしょう」イザベラ

は言った。

ペンが両手を広げた。「でもお金はまったく持っていないのよ！」

「賭事の借金……」

イザベラは静かに言った。賭事に目がなかった父親のことが思いだされ、胸が締めつけられる。どうか神様、フレディがどこかの血も涙もないあくどい金貸しの餌食《えじき》にされていませんように。

「きっと、フレディは手紙の差出人の名前は言わなかったんでしょうね」イザベラは期待せずにきいた。

「ええ」ペンが答えた。「言わなかったけれど、手紙がどこからきたのかは知っているわ。私がうっかり間違って封を開けてしまったから。差出人の住所はウィグモア・ストリートで、名前はウォリックよ」

18

イザベラはしばらく待っていた。ミセス・ロートンがフレディを部屋に案内し、従僕が荷物をいくつも抱えてよろめきながら階段を上っていく足音が聞こえた。やがて、廊下で人の話し声がした。マーカスとアリステアが静かにおやすみを言う。そして、マーカスの寝室のドアがそっと閉じる音がした。それでも、イザベラは待った。しばらくして、マーカスの側仕《そばづか》えが部屋を出てきて、屋敷はしんと静まり返った。イザベラはさらに待ち、それから急いで化粧着をつかむと、こっそり廊下に出た。部屋の中には夫婦の寝室をつなぐドアがあったが、あいにく鍵《かぎ》を持っていないことに気づいた。マーカスの寝室のドアをノックするのは少し奇妙に感じられた。

フレディ。フレディとエドワード・ウォリック。二人にかかわりがあると考えただけで胸が悪くなったが、イザベラはその情報を頭から締めだすことができなかった。自分が何をしようとしているのか、自分でもよくわからなかった。マーカスはウォリックを執拗《しつよう》に追っているが、フレディが追及され、脅され、屈辱的な扱いを受けるのは見たくなかった。ペンと同じように、イザベラも面倒ばかり起こす兄に腹を立てながらも、深い愛情を抱いていた。兄がウォリックの悪事に加担している可能性があるとマーカスにほのめかすよりは、兄に直接問いただしたほうがよいのかもしれない。しかし、それではマーカスを裏切ることになる。マーカスには知っていることをすべて話すべきなのだ。イザベラは兄を取るべきか、夫を取るべきかの決断を迫られていた。

彼女は廊下でしばらく迷ったあと、マーカスの寝室のドアを短くノックして中に入った。マーカスはイザベラを見て、ひどく驚いたような顔をした。彼はベッドの上に起きていた。上掛けの上に紙が散らばり、手には鉛筆を持っている。おそらく、スケッチをしていたのだろう。『軍艦構造学理論』の本がベッドの脇《わき》のテーブルの上に置かれていた。

さらに言うなら、マーカスは上半身裸だった。腰から下はシーツに覆われているが、何も身に着けていないにちがいない。イザベラは一瞬フレディのことも息をするのも忘れて、マーカスに見入った。

「仕事をしていたんだよ」マーカスは申し訳なさそうに笑って、紙をかき集めた。「こうでもしないと、気がまぎれない。僕に何か用か、イザベラ？　今夜、また君に会えるとは思わなかった。何か心配事でも？」

イザベラはためらった。ベッドの端に腰を下ろし、マーカスと適度な距離を保っているのを確認する。

やはり、話すのは気が引けた。彼女は上掛けの端をもてあそんだ。

「フレディのことなの」ぎこちなく言う。「ペンから聞いたのだけれど……兄はエドワード・ウォリックとかかわりがあるらしいわ」

マーカスは目を細め、イザベラの目をまっすぐに見つめた。「ペンから今夜聞いたのか？」

「ええ、そうよ」イザベラはほっとすると同時に後ろめたさを感じた。顔を上げると、マーカスの目に何か奇妙な、考え込むような表情が浮かんでいた。

「フレディには借金があって……」彼女は言葉を切り、責めるような目でマーカスを見た。「マーカス、あなた、知っていたのね！」

マーカスは顔をしかめた。「頼むから、大きな声を出さないでくれ、ベラ」彼が声を落としたので、イザベラは彼の話がもっとよく聞こえるようにそばに寄らなければならなくなった。「アリステアと僕はフレディがなんらかの形でかかわっているのではないかと疑っていたが、たしかな証拠は何もなかった」

「だからミスター・キャントレルがここにいるのね」イザベラは言った。彼女は急に寒気を感じた。「そして、フレディもここにいるというわけね」彼女はぶるっと身を震わした。「何が起きているの、マーカス？」

「僕にもわからないんだよ」マーカスは上掛けをはねのけ、イザベラを胸に抱きよせた。イザベラは慰めを求めるようにマーカスに身をすりよせ、彼が彼女の体に腕をまわすと、胸に頬を当てた。「ウォリックはこのソルタートンにいるのではないかと思う。だが、たしかなことはまだ何もわからない。君のお兄さんがここにやってきたことで、何か進展があるかもしれないが」

「フレディを傷つけるようなことはしないでしょ

う?」イザベラは小さな声で尋ね、顔を上げてマーカスを見た。

イザベラにはマーカスが笑うのがわかった。「おいおい、ベラ、私は中世の人間じゃないんだ。義理の兄を傷つけるようなまねは絶対にしないと約束するよ」彼の声にはどこかおもしろがるような響きがあった。「フレディがどんな形でかかわっているにせよ、彼が重罪を犯しているとは思えない。彼は悪いことのできる人間ではないだろう」

「ええ」イザベラはつぶやき、無意識のうちにマーカスの頬に頬をすりよせていた。彼の頬にはうっすらと無精ひげが生えていて、ちくちくした。「私は……兄は何かに引き込まれ、抜けだせなくなってしまったんだと思うの。賭事《かけごと》や借金から抜けだせなくなってしまったように……」

「情報を流すように脅されているのかもしれないな」マーカスの声がわずかにきびしくなった。それから彼は少し横を向き、イザベラの頬にキスをした。「少しは気分がよくなったかい、ベラ?」

「ええ」イザベラは言った。「あなたに話してよかったわ」

マーカスはイザベラを抱きよせ、彼女の頬にキスの雨を降らせた。

「僕もうれしいよ」彼がささやいた。「少しは信頼してくれるようになったんだね」

マーカスが唇を求めると、イザベラは彼女の心を覆う冷たい闇《やみ》を追い散らそうとするかのように彼にしがみつき、夢中でキスに応《こた》えた。それでも、闇はまたすぐに彼女の心を覆い尽くし、どんなに追い払おうとしても消えなかった。フレディ、インディア、アーネスト……。亡霊となった三人の姿が頭にちらつき、マーカスに愛撫《あいぶ》をされても気が散って、何も感じなかった。

十五分後、イザベラは大きなダブルベッドの中でマーカスの下に横たわり、戸惑いと屈辱に息がつまりそうになっていた。屋敷は暗く静かで、聞こえるのはマーカスの荒い息づかいと、マットレスが無情にきしむ音だけだった。それでも、何も感じなかった。イザベラは混乱していた。こんなことがあるのかしら？　夜の早いうちはあんなにマーカスが欲しかったのに。こうしているいまも、体は熱く燃えあがっているのに、心は闇に覆われ、過去の亡霊と秘密に苦しめられている。イザベラは苦しげに体を動かした。マーカスにやめてと言いたかったが、言えなかった。こんな屈辱があるだろうか？　夫と愛し合いたいのに、それができないなんて。イザベラは絶望の淵《ふち》に叩《たた》き落とされた気がした。

「ベラ？」マーカスは動きを止めていた。ベッドの横に手を伸ばし、ろうそくに火をつける。

「ごめんなさい」イザベラは言った。「考え事をしていたの」

「何を考えていたんだ？」その口調からはマーカスの心を読みとることはできなかった。マーカスが体を離すと、心まで離れていってしまうような気がして、イザベラは背筋が寒くなった。これからもこんなふうなのだろうか？　私たちは過去の亡霊に引き裂かれてしまうの？　もしそうなら、とても耐えられそうにない。

イザベラは両手で顔を覆った。「過去のことよ」彼女は言った。「ごめんなさい、マーカス。私は本当にあなたと愛し合いたかったのよ。あなたを誘惑したかったの」

悲しいことにイザベラの言葉は沈黙の谷間に落ちていき、彼女は新たな屈辱に身が縮む思いがした。マーカスのため息が聞こえた。

「ベラ」彼の声は優しかった。「何を考えていたのか話してくれ。さもないと、僕たちは過去を乗り越えられない」

「マーカス……」イザベラは身震いした。できれば、こんなことは話したくなかったのに。

「すべて話すんだ、ベラ」マーカスの声は静かだったが、執拗だった。「君を理解したいんだよ」そのあと、イザベラがまだためらっていると、彼は突然荒々しい口調で言った。「彼は君を傷つけたのか？」

「アーネストのこと？」

イザベラはきき返した。それからベッドの上に起きあがり、膝を抱えて、シーツが体をすっぽり包むようにした。マーカスに裸を見られたくなかった。これ以上自分をさらけだすのは耐えられないから。

「いいえ、彼は私を傷つけたりはしなかったわ」イザベラは言った。「あなたが言っているような意味では」彼女は顔を上げ、マーカスの目をまっすぐに見つめた。「結婚してからまもないうちに、彼にはっきりと伝えたの。彼の欲望のゲームに加わるつもりはない、と。彼にほんの少し困らせられたことがあったものだから」

「それは傷つけているのと同じだな」マーカスは言った。

二人の視線が絡み合う。ろうそくの明かりに照らされたマーカスの瞳は黒く、吸い込まれそうだった。イザベラは彼の顔を見て、ごくりとつばをのんだ。すでにマーカスを愛しすぎるほど愛していた。ふたたび彼を失うのは、ナイフでこの身を切り裂かれるようなものだ。どうしてこんなことになってしまったのだろう？　私は自分の身を守るつもりだった。それなのに、また自分を無防備にしてしまった。

「ええ」イザベラは言った。「彼はほかの方法で毎日のように私を傷つけたわ。彼の残酷さと無関心と、悪意で」

「そして君は愛人を持った」マーカスは言った。その顔にはなんの表情も浮かんでいなかった。「そのことを話してくれ」

イザベラは震えながら息を吸い込んだ。わが身を抱きしめるように膝を抱え、胸に引きよせる。

「エマが死んだあと、ハインリヒ・フォン・トリアに慰めを見いだしたの」彼女は言った。「私は愛情に飢えていて、彼との情事にのめり込んでいったわ。でも、彼にとっては追いかけることがすべてだったみたい」

彼女は両方のこめかみを指で押さえた。ハインリヒ・フォン・トリアへの情熱は何年も前に燃え尽き、あれは愛のまねごとにすぎなかったとすぐに気づいた。だが、エマを亡くしたすぐあとだった当時には、彼の裏切りは大きな打撃だった。

「彼はひとたび欲しいものを手に入れ、誰彼かまわず吹聴《ふいちょう》してまわると、私に興味を失ったわ。手柄を立てたような気でいたんでしょうね」彼女は頰に手を当てた。「私はいい笑い物よ」

マーカスはイザベラの手を取って上掛けに置かせると、今度はその手を両手で握りしめた。イザベラは手を引っ込めようとした。だが、彼は手をつかんで放そうとしなかった。マーカスの心の葛藤《かっとう》が伝わってくるようだった。彼は私に怒りを感じているのに、必死に抑えようとしている。イザベラは心の底から怖くなった。

「そんなふうに言ってはいけない、ベラ」マーカスはきびしい口調で言った。「自分を卑下するのはやめるんだ」

「その必要はないわ」イザベラの口調は苦々しかった。「私の評判はとっくに地に堕《お》ちているもの」

マーカスはかすかに首を振った。彼は険しい表情を浮かべている。それから彼は、イザベラが痛みにひるむほど、手を握る手に力を込めた。

「最低の男だ」マーカスは感情のない声で言った。

彼の冷静さがイザベラにはかえって恐ろしかった。これなら、怒りをぶちまけられたほうがまだましだったかもしれない。「君を裏切るような男は地獄に堕ちればいい。僕がこの手で殺してやりたかった」

イザベラは涙に喉をつまらせた。「彼のことなどもう考える必要もないわ。彼はフランス軍に殺されたの」

マーカスの表情がわずかにやわらいだ。「ありがたいと思うべきだろうな」彼は彼女を見た。「彼を愛していたと言ったね？」

イザベラはマーカスの手にすがりついた。マーカスにフォン・トリアへの愛を語るのはひどい裏切りのように思える。マーカスこそが、イザベラがただ一人心から愛した男性なのだから。それでも、彼にはすべてを正直に話さずにいられない。

「愛していると思っていたわ」彼女は言った。「私はとても不幸だったの。慰めが欲しかったのよ」言い訳を口にしている気がして、彼女は口を閉じた。

「マーカス、ごめんなさい」

「君が謝る必要はない！」彼が怒ったように言ったので、イザベラはびくっとして身を引いた。マーカスが突然彼女のほうを向き、怒りに燃えた瞳で彼女を見た。「僕は怒っているんだよ、ベラ。それは否定できない。怒り、嫉妬《しっと》している。自分ではどうすることもできないんだ。だが、理解できないわけではない。君は不幸のどん底にあった。君が彼を愛していたと言うなら、僕は君を信じよう」

ぴりぴりした沈黙が二人のあいだに流れた。イザベラはなんと言えばいいのかわからなかった。マーカスがため息をついた。

「ほかには？」疲れたような声で言う。

一瞬、イザベラはマーカスがなんのことを言っているのか理解できなかったが、しばらくして、いらだたしげに両手を振った。「ほかには誰もいないわ。これでもまだ充分じゃないというの？」

マーカスは信じられないと言いたげな目で彼女を

見た。「だが……いたはずだ！　僕が聞いた話では……」

イザベラはもう少しで笑いだしそうになった。夫を性的に満足させるのに失敗したと思ったら、次は夫とかつての恋人の話をし、その夫はいま、自分の妻が世間で言われているような放蕩《ほうとう》女ではなかったことに疑問を抱いている。これ以上ひどい状況に置かれることなどあるのだろうか、とイザベラは思った。「あなたが聞いたのは醜聞よ、マーカス。醜聞は事実ではないわ」

マーカスはわずかに身を離し、イザベラの顔をじっと見つめた。「フォン・トリア一人だけ？　だが……」

「戯れの恋はしたわ」イザベラは上掛けの模様を指でたどった。「退屈しのぎに」

「それならなぜ……」マーカスの口調がしだいに怒りを帯びてきた。「そんな根も葉もない噂《うわさ》を立てられるままにしておいたんだ、ベラ？」彼は両手でイザベラの肩をつかんで揺さぶった。「すべて本当だと思われてしまうじゃないか！　君の醜聞はいやというほど耳にした。愛人がいるとか、堕落しきっているとか……君が陰口を叩かれなかったことなどないんじゃないのか？」

「さあ、どうかしら」イザベラは言った。「噂は聞かないようにしていたから」

マーカスはいまや黒い瞳に怒りの炎を燃えあがらせていた。「冗談を言っている場合ではない！　なぜ夫の愛人を葬儀に参列させて、口さがない連中を喜ばせるようなまねをしたんだ？　そんなことをするから、夫の愛人と三人で暮らしていたなどと妙な噂を立てられるんだ」

イザベラは急に自分がマーカスよりもはるかに大人で賢明になったように感じられた。「マーカス」彼女は諭すように言った。「アーネストとの生活はそれはみじめなものだったの。少しでも安らぎを見いだせるなら、私はそれ以上のことをしていたでしょうね。マダム・ド・クーランジェはアーネストを幸せにしてくれたのよ」彼女は皮肉な目で彼を見た。「彼女は私から夫を遠ざけてくれた。それだけでも彼女には充分恩義を感じているわ。だから、彼女にはちゃんとアーネストにお別れを言う権利があると思ったの」

イザベラはじりじりとベッドの端に寄った。

「自分の部屋に戻るわ。こんなふうになってしまって残念だわ」

「ここにいてくれ」

マーカスはイザベラが上掛けの下から抜けだす前に彼女をつかまえ、自分の横に引き戻した。

「横になって」マーカスは優しく言った。「ひどく疲れているようだ。君のおかげで考えることがたくさんできてしまったよ、ベラ。でも、まだ君にそばにいてほしいんだ」

マーカスはまだ私をベラと呼んでくれている。イザベラにとって、それは大きな慰めだった。二人のあいだの親密さが失われていない何よりの証《あかし》なのだから。イザベラはほっと胸をなで下ろした。二人のあいだにはインディアの影がいまだにちらついてはいたが、希望が持てるような気がした。いつか、近い将来、マーカスとインディアの話ができるようになるかもしれない。そのときこそ、彼の口から真実が聞けるだろう。

イザベラは素直にベッドに横になり、マーカスの温かい体に抱きよせられるままになっていた。マーカスがいま何を思っているのか、どんな気持ちでいるのか考えようとした。けれども、彼の体の温《ぬく》もりはあまりに心地よく、しだいに眠りに引き込まれていった。イザベラは彼の首筋に顔をうずめ、肌のにおいを吸い込んだ。懐しいにおいがする。彼の腕に抱かれているのがごく自然なことに思えたし、不思議と心が落ち着いた。少しずつ二人の信頼が増していくような気がした。

マーカスには、イザベラがいつ眠りに落ちたかが確実にわかった。息づかいが変わり、体からは力が抜けた状態で、彼女はいま、無防備な様子で彼のとなりに横たわっている。マーカスはわずかに体の位置を変えて、彼女をさらにそばへ抱きよせた。上掛けでその体をしっかりくるみ、顔にかかる髪を払いのける。イザベラは若く、清らかで、とても美しかった。すると突然、何か絶望に近い感情が込みあげてきた。

これはマーカスが思い描いていた夜とは違っていた。イザベラが彼の寝室にやってきて、着ているものを脱ぎ捨てたときには、こんなことになるとは想像もしていなかった。彼はイザベラを優しく抱きしめて横たわっていたものの、心の中には激しい怒りと嫉妬が渦巻いていた。彼は絶望的な気分を味わっていた。この嫉妬を克服できる自信がどうしてもわいてこなかった。

それがいかに自分勝手な考えであるかは、マーカスにもよくわかっていた。彼にもかつては愛人がいた。愛情はなく、たがいの欲望を満たすだけの関係だった。にもかかわらず、彼はイザベラが夫と、そしてただ一人の愛人に身を許したことに怒りを覚えずにはいられなかった。それがマーカスの正直な気持ちだった。イザベラは僕だけのものであるべきだったのに、そうではなかったのだ。

マーカスは手で自分の髪をかきむしって、長いため息をもらした。イザベラはまだ眠ったままだ。彼を信頼しきっているかのように身をすりよせ、丸くなって眠っている。そんな彼女を見てマーカスの胸は締めつけられ、それと同時に、またしても激しい嫉妬が込みあげてきた。

　イザベラのこととなると、マーカスはいつも強い所有欲を感じた。ほかの女性に対して、こんな感情を抱いたことはただの一度もなかった。とりわけ、死んだ最初の妻には。彼のインディアへの思いは複雑で、罪の意識に苛《さいな》まれてはいたが、イザベラに抱いているような激しい欲望の何十分の一すらもインディアに対して感じたことはなかった。

　マーカスはすべてのことを頭から締めだそうとした。考えるのは明日になってからでも遅くない。僕はイザベラが欲しいのだ。彼女が欲しいならこの気持ちと永久に共存していかなければならない。なんとかうまく、折り合いをつける方法を見つけるしかない。

　マーカスは夜明けに目を覚ました。空が白みはじめ、部屋の中がわずかに明るくなっている。よく眠れなかったので、体にはまだ疲れが残っていた。イザベラはもうじき目を覚まし、ゆうべのことを思いだすだろう。彼女は話をつづけたがるだろうが、マーカスは話したくなかった。どういうわけか、彼はイザベラに愛人がいたという事実にまだ怒りを覚えていた。自分がみじめで、裏切り者になったような気さえして、彼は暖かいベッドをこっそりと抜けだした。

　朝はまぶしく魅惑的で、窓の向こうに見える青い海が手招きしているように見えた。水平線を、白い帆を上げて一艘《そう》の船が滑っていく。マーカスは急いで服を着て、キンヴァラ・コーブに下りていった。体を動かして、頭を空っぽにしたかった。顔に当たる夏の日差しはすでに熱く、あたりには潮の香りと、はりえにしだの石鹸《せっけん》のようないい香りが漂っていた。道を行くと、砂がじゃりじゃりと音をたて、靴底に地面の暖かさが伝わってきた。気持ちのいい朝だった。

波打ち際に着くと、マーカスは靴だけを脱いでいきなり水に飛び込んだ。水は驚くほど冷たかった。キングヴァラ・コーブの向こうまで泳いでいき、熱くなった岩の上でひと休みして、降り注ぐ強い日差しが濡《ぬ》れて肌に張りついた服を乾かしてくれるのを待った。そして、自分はこの世でいちばん幸せな男であるべきだと思った。やがて空腹を感じたので、来た道を戻り、庭を通って静かな屋敷の中に入っていった。そして自分の部屋に戻り、乗馬服に着替えて、鼻歌を歌いながら、階段を下りていき朝食室に足を踏み入れた。

そこでマーカスは思わず立ちどまった。

イザベラが濃い青の乗馬服を着て、すっかり落ち着いた様子で朝食の席に座っていた。顔はひどく青白く、髪はきっちりと編み込まれ、硬い表情を浮かべている。その瞬間、マーカスは気づいた。僕がイザベラに距離を感じたのと同じように、イザベラも僕に距離を感じて離れていってしまったのだ。彼女は朝目覚めて僕がいないのに気づき、僕が彼女を許せないでいると考えたのだろう。マーカスは無力感に襲われた。二人のあいだの溝がこれ以上広がらないうちに、なんとかしなければ。さもないと、ここまで苦労して築きあげたものまでも失ってしまうことになる。だが、マーカスにはどうすることもできなかった。彼の中に、イザベラに歩みよりたくないもう一人の自分がいた。その男性は怒り、嫉妬し、自分でも認めたくないあらゆる醜い感情に支配されていた。

しばらくしてから、イザベラは礼儀正しく無関心な様子でマーカスに朝の水泳のことを尋ねたが、すでに遅すぎた。

二人は黙って食事をした。控えている給仕係は気まずそうに足を踏み換え、わざとらしく窓の外を見ていた。従僕の困り果てた表情を見て、召使いは人生のどれだけの時間をこのような気まずい思いをして過ごすのだろうとマーカスは思った。目の前で食事の席にふさわしくない会話が交わされたり、主人と女主人が口論を始めたりするのだ。あるいは、言葉一つ交わさない冷えきった夫婦も中にはいるだろう。マーカスとイザベラは実際に冷えきった夫婦になる危険をはらんでいた。こんなふうにして結婚生活を送るのかと思うとぞっとした。インディアとの生活がまさしくそうだった。彼女とはうわべだけの夫婦にすぎなかった。僕はまた同じ過ちをくり返そうとしている。

「これから僕と一緒に乗馬に行かないか?」マーカスの口から思わず言葉が飛びだしていた。イザベラが驚いたのと同じくらい、そう言った彼自身も驚いていた。なぜそんなことを言いだしたのか自分でもよくわからなかった。ただ、二人のあいだがこれ以上こじれる前になんとか修復したいという強い気持ちが、そう言わせたのだとしか考えられなかった。

イザベラが顔を上げ、恥ずかしそうに頬を染めた。マーカスは自分がひどい男になったような気がした。僕が彼女を罰しているのは、自分の心が狭いからにほかならない。マーカスはなんとか埋め合わせをしようとした。

彼は無理にほほえんだ。「キンヴァラ・コーブに行く道を通るのもいいな。君はあそこからの眺めが好きだっただろう?」

努力の甲斐《かい》もなく、マーカスの言葉は堅苦しく、いかにも取ってつけたかのように聞こえた。イザベラはそれを聞き逃さなかった。うなずいたものの、さっきまで目に浮かんでいた幸せそうな表情はすぐに薄らいだ。

「喜んでお供しますわ。二十分後に厩《うまや》で会いましょう」

イザベラはそれだけしか言わなかった。マーカスはコーヒーを飲み干した。そして、他人行儀な会話しか交わさなくても、夫婦はなんとかやっていけるものだと苦々しく思った。将来、それを検証する時間はたっぷりありそうだ。

厩ではそれぞれ馬の準備に忙しく、少なくとも、二人のあいだの緊張した空気をごまかすことはできた。二人はまっすぐに庭を出て丘陵地帯へ行く道を上り、崖《がけ》に出た。馬がわき水の多い芝生をゆっくり進むあいだ、二人は黙って馬を歩ませた。イザベラは彼がゆうべの話について口にし、そのことには今後いっさい触れないと言うのを待っている。マーカスは怒りを覚えた。イザベラに、そして自分自身に。いったいなんと言えばいいんだ？　僕は君がアーネスト・ディ・カシリスと結婚したことに怒りを感じているし、君がハインリヒ・フォン・トリアとベッドをともにしたことに関してはさらに憤っている。君の名前を利用することもいとわないような恥知らずな連中と戯れの恋をした君が許せない。そんなことが言えるはずなどないではないか。彼は唇を固く結んだ。

乗馬用の帽子の下からのぞくイザベラの顔は真剣そのものだったが、マーカスのほうを見てはいなかった。マーカスは緊張が極度に高まり、それに怒りといらだちが加わって、限界に達するのを感じた。何かはけ口を見つけなければ、忍耐の糸がぷつんと切れてしまいそうだ。

「教会まで競走しよう」彼は言った。

イザベラがぱっと顔を上げた。目がとたんに輝きだす。彼女はマーカスの目に怒りの結果としての挑戦を見てとり、彼が何を考えているのかを理解した。言葉はいらなかった。彼女は何も言わずにアスターの脇腹を蹴《け》ると、ひと足先に飛びだしていった。残されたマーカスは飛ぶような勢いでかけていくイザベラの後ろ姿を見つめた。

彼はアキレスの向きを変え、怒りと苦々しさと不信を体から一掃するかのように、ヒースと芝生を蹴散らすようなすさまじい勢いで走っていった。しばらくのあいだ息もつけず、芝生を疾走する馬の蹄《ひづめ》の音と、顔を叩く風と、奇妙な高揚感以外には何も感じなかった。前を行くイザベラの姿は、ぼんやりとした色にしか見えなかった。

マーカスはいまや、イザベラのわずか数メートル後方まで迫っていた。イザベラの目前に、ゴールの目印である教会を囲む石の壁が迫っていた。イザベラはアスターの手綱を強く引き、馬は後ろ足で立つようにして、墓地を囲む壁の手前でかろうじて止まった。マーカスは速度を落として、彼女の横に並んだ。

「君の勝ちだ」彼は言った。「追いつけると思ったが……」彼は言葉をつまらせた。

イザベラはマーカスを見ていなかった。彼が話しかけたことにも気づいていなかっただろう。彼女は壁の向こうの墓地を見ていた。小さな木の棺が大人たちの手によって小さな教会に運ばれていくのが見えた。イザベラは両手で口を覆って嗚咽《おえつ》をこらえた。彼女はアスターの手綱を握りしめ、向きを変えて、マーカスが止める間もなく、尾根の端の立木のほうに馬を走らせた。

マーカスは葬列が教会に入り、ドアが閉まるのをじっと見つめた。これから子どもの葬儀が執り行われるのだろう。

子どもというものに関して、マーカスは何も考えたことがなかった。インディアと結婚し、当然、子どもを持ちたいと思ったが、それはあくまでも跡継ぎが欲しいからであって、それ以上の深い理由はなかった。愛する子どもを失うのがどういうものなのか、心に受ける傷がどれほど大きなものなのか、彼には想像することしかできなかった。

子どもの葬儀を目にしたイザベラはいったいどんな気持ちでいたのだろう？　マーカスはいたたまれなくなり、アキレスの脇腹を蹴って、全速力で走りだした。イザベラはどこに行ったんだ？　はたして、当てがあったのかどうかも彼にはわからなかった。それでも、とにかく彼女を捜さなければならない。その気持ちに突き動かされていた。

イザベラはすぐに見つかった。彼女は崖の縁に立つ、いまは廃墟《はいきょ》となった古い灯台の中で泣いていた。アスターが外でのんびり草を食《は》んでいる。イザベラはあの場から逃げたかっただけなのだろう。マーカスは彼女が何を考えているのかきこうとしたが、彼女の顔を見た瞬間、言葉につまってしまった。マーカスは黙って彼女を抱きよせた。彼女が泣きやみ、彼の肩に頭をもたせかけるまでずっと抱きしめていた。自分の胸に顔をうずめて泣くイザベラを見て、マーカスは複雑な心境になった。悲しいときには、無条件で僕を信頼し、身を委《ゆだ》ねてくれる。彼女の赤くなった頰にかかる髪をそっと払いのけると、指先が涙に濡れた。

「あの……子ども」イザベラがとぎれとぎれに言うと、マーカスは彼女をさらに強く抱きしめた。そうすれば、彼女の心の痛みを消し去ることができるかのように。

「すまない」マーカスは言った。「僕に理解できればいいのだが」

イザベラは頭を振り、マーカスに身をすりよせた。「あなたを失いたくないの、マーカス」彼女は言った。「私はあまりにも多くのものを失い、心に大きな傷を負ったわ。また同じことがくり返されたら、とても耐えられそうにない」

マーカスはイザベラの髪に唇を押しあてた。「そんなことにはならないよ」彼は言った。

マーカスはその瞬間、胸に渦巻いていた怒りや悲しみや嫉妬といった黒い感情が、すっと消えてなくなるのを感じた。イザベラは僕のものだ。たとえ、かつてほかの男に身を許したことがあったとしても、彼女の心はずっと僕だけのものだったのだ。

19

アスターが厩《うまや》に戻る道を知っていたのは幸運だった。イザベラは彼女の馬の手綱を引いていこうというマーカスの申し出を断ったものの、じゃがいもの入った袋のように馬の背に揺られているのが精いっぱいだった。自分がめったに泣かない理由が、いまイザベラにはわかった。ひどい気分だった。鼻は少なくとも二倍は大きくなったように感じられ、まるで顔の真ん中に灯台が立っているみたいだった。頬は熱くほてり、いまの気分と同じように、見た目もさぞかしひどいにちがいない。マーカスがキスをしようとしなかったのも当然だ。彼は額に軽く唇を触れただけだった。お気の毒に、とてもそれ以上のことをする気にはなれなかったんだわ。すっかり興ざめし、もう私を抱く気にもなれないかもしれない。

ソルタートンの玄関広間に入り、ペンとアリステアがそこにいるのを見たとき、イザベラはさらに落ち込んだ。率直で、思ったことを口にせずにはいられないペンが、姉の顔を見るなり間抜けな声をあげたのだ。「ベラ、なんてひどい顔をしているの！いったい何があったの？」

「図書室に案内してもらえないかな、ミス・スタンディッシュ？」マーカスの視線に気づいて、アリステアが横から口を挟んだ。「君のおば様は、十七世紀の詩人の貴重な著作を収集しておられたそうだね」

「ええ」ペンは言った。「でも、ひどいものよ。とても読めたものじゃないわ」彼女はアリステアに図書室のドアのほうに誘導されたが、肩越しに振り向いてイザベラを見た。「本当に大丈夫なの、ベラ？マーカスに何かされたんじゃないわよね。まさかとは思うけれど」

イザベラはマーカスがあきらめたようにため息をつくのを聞いた。

「私のことなら心配いらないわ、ペン」彼女は言った。「ちょっと動揺しただけよ。マーカスとはなんの関係もないわ」

ペンは疑わしげな目で義理の兄を見た。「そうだといいけれど」険悪な口調で言う。「わかったわ。ミスター・キャントレル、いま行きます！」アリステアが早くするようにしきりに身ぶりをするので、ペンはしかたなく先に図書室に入っていった。

「アリステアも気の毒に」マーカスは言った。「彼は十七世紀の詩が大嫌いなんだ」

「彼とペンにも共通点があったということね」イザベラは言った。彼女は鏡に映る自分の姿を見てぞっとした。ヒースの小枝が髪に引っかかり、乗馬服には、しだの葉が張りついている。鼻は案の定、赤くてかてかと光っていて、目は腫《は》れてひとまわり小さくなったように見えた。

「部屋に行って休むわ」彼女はか細い声でつぶやいた。

「それがいい」マーカスが言った。「部屋まで送っていこう」

「その必要はないわ」イザベラは答えた。「一人で大丈夫よ」

マーカスはイザベラを見て、ほほえんだ。マーカスが彼女の顔を見て笑っているのに気づいて、イザベラは彼の頬を引っぱたこうかと思った。だが、こちらを見つめるまなざしは優しく、親密さにあふれている。彼女の胸に幸せな気持ちが込みあげた。その瞬間、二人のあいだで何かが起きた。言葉はなかったが、言葉よりもはるかに強い力を持つ何かがゆうべの怒りや苦しみや悲しみをすべて押し流し、二人がまた新たにやり直す機会を与えてくれた。

「ついでに言っておくが」マーカスは鏡に映るイザベラの目を見て、さりげなく言った。「君はどんな顔をしても醜くなりようがない！」

「マーカス！」

怒りの言葉がイザベラの唇から飛びだすか飛びださないかのうちに、マーカスはすかさず彼女を抱きよせ、唇にキスをした――イザベラから反応を引きだすまで、何度も何度も執拗《しつよう》に。イザベラは階段の手すりにつかまり、あえぐように息をした。

「いきなり何を……」

マーカスはふたたびイザベラにキスをした。そのキスは荒々しいがときには優しく、舌で容赦なく攻めたてて、ついにイザベラの唇を開かせた。イザベラは手すりから手を離し、代わりにマーカスにしがみついた。

後ろでがたっという音がして、二人はぱっと離れて振り向いた。メイドが一人立っていた。床にアイロンが転がっている。彼女は好奇心と恐怖の入りまじった目で二人を見ていた。

「この家にはプライバシーというものがないのか」マーカスはぶつぶつ言って、イザベラの頬にキスをした。「君は休んだほうがいい。本当に大丈夫だね？　僕はこれからやらなければならないことがあるが、すぐに様子を見に行くよ」

イザベラはマーカスの手をぎゅっと握りしめた。疲れていたが、心は驚くほど軽くなっていた。マーカスがイザベラの唇にもう一度短く口づけると、彼女はゆっくりと階段を上って部屋に向かい、枕《まくら》に頭をのせていくらもたたないうちに眠りに落ちた。

ドアが開き、妹がお茶とビスケットを運んできたとき、イザベラは目を覚ました。

「マーカスに何か軽い飲み物か食べ物を持っていくように言われたの」ペンは陽気に言った。「彼はスープとオート麦の粥《かゆ》を注文しようとしたけど、なんとかやめさせたのよ」

イザベラは笑ってベッドに起きあがり、顔にかかるもつれた髪を払いのけて、洗面器の上にかけられた鏡をのぞき込んだ。もう気にしないことにしよう。

「ひどい顔をしているでしょう？」

「そうね」ペンは率直に言った。「だけど、顔色はよくなったわ。何があったの、ベラ？　マーカスにあれこれきかないように言われたけれど、あなたが本当に大丈夫かどうか心配だから」

「私ならもう大丈夫よ」イザベラは言った。

「でも、泣いていたようだから」ペンはひどく心配しているように見えた。「あなたはけっして泣いたりしないのに」

「たいがいはね」イザベラは認めた。「だけど、今回だけは例外よ。乗馬に出かけたとき、子どものお葬式を見てしまったの」

「まあ、ベラ！」ペンは顔をくしゃくしゃにして、姉の手をつかんだ。

「大丈夫よ」イザベラはくり返した。ペンはいまにも泣きだしそうな顔をしている。「もう昔のことですもの」

ペンは顔をしかめた。「でもときどき不思議に思っていたの。あなたはあれ以来子どもを作ることを望まなかったと聞いたものだから……」

「ええ」イザベラは目をこすった。「子どもが欲しくないのは事実よ。また愛する者を失うことにはとても耐えられそうにないわ。すべてを失う危険をもう冒したくないの」

彼女は顔をそむけ、ベッドのカーテンの柄をじっと見つめて必死に涙をこらえた。子どもはもう欲しくないと思っているのは事実だった。だが、そのいっぽうで、マーカスの子どもが欲しいという強い気持ちがあり、自分でもどうしたらいいのかわからなかった。

「私はとんでもない間違いをしでかしているんじゃないかという気がするのよ、ペン」イザベラは沈んだ声で言った。「もう二度と結婚しないと誓ったのに。特に、愛のある結婚は。それなのに、日ごとにマーカスが好きになっていく。彼が子どもを欲しがっているのは知っているけれど……」彼女はぐっと涙をこらえた。そして、ペンの両手を強くつかんだ。「怖くてたまらないの。最初に婚姻の無効か別居を主張しておくんだったわ」

「もう手遅れよ」ペンは言った。「あなたとマーカスは結ばれる運命にあるのよ、ベラ。運命を信じなさい」彼女はため息をついて、わずかに身を引いた。「あなたがひどい顔をして戻ってきたとき、原因は何かインディアに関係することかもしれないと思ったの」彼女は正直に言い、珍しく激した口調でつけ加えた。「ソルタートンは彼女の家だったかもしれないけれど、いまだに家に彼女のものがあふれているのは少しおかしいと思うわ！」

イザベラはちょっと驚いていた。ソルタートンに来た当初は、彼女自身もまったく同じように感じていたからだ。だが、いまはとても何かを変える気にはなれなかった。マーカスに話を切りだす勇気がないのだ。それは、折れた足首に重しをつけ、わざと痛みを引き起こすようなものだ。ようやくマーカスとやり直せるきざしが見えはじめたところで、インディアの亡霊を呼びだしてすべてを台なしにするようなまねはしたくなかった。

「私だったら、家じゅうにかけてある彼女の肖像画をはずして、彼女が集めていたくだらない陶器の置物をさっさと処分するわ」ペンはつづけた。「ねえ、知ってる、ベラ？　マーカスは彼女が死んだあと、彼女の部屋にけっして手を触れようとしなかったんですって。何から何まで、彼女が生きていたときのままにしていたそうよ。ミセス・ロートンがそう言っていたわ。ソルタートン・コテージが火事になってからようやく、彼女の遺品をまとめてトランクにつめ込んで、この家の屋根裏部屋にしまったそうよ」

「ペン」イザベラはとがめるように言った。「噂話《うわさ》をするのはよくないわ」

「でも」ペンは譲らなかった。「彼女の亡霊に取りつかれているみたいでいやじゃない？」

「実は私もそう感じているの」イザベラは正直に言ってため息をついた。「インディアがまだここにいるような気がするのよ。だけど、彼女に取って代わることはできないわ。彼女はマーカスの最初の奥様だったんですもの」

ペンはイザベラの顔をまじまじと見つめた。「彼があなたに抱く気持ちの半分でもインディアに気持ちがあったと考えてるなら、本当にどうかしているわ。彼はインディアのことなんかこれっぽっちも思っていなかったのよ！」

「それなら、なぜ彼女の持ち物を大切に取ってあるの？」イザベラは尋ねた。「どうして部屋をそのままにしておいたの？　この家は彼女の思い出の品であふれているわ。彼が彼女を深く愛していた何よりの証拠よ。それに……」イザベラは肩を落とした。「インディアについて、マーカスと話をしたの。彼がどれだけ彼女を愛していたかがよくわかったわ」

ペンは不服そうな顔をした。「とにかく、私は彼女があまり好きじゃなかった。何かこそこそしていて、いやな感じだったもの」

「ペン！」

ペンは赤くなったが、お茶を注《つ》ぐと、カップを手に持ってベッドの端に腰を下ろした。

「私はあなたたちよりも年下だったから、彼女のことをよくわかっていなかったのかもしれないわ。あなたのほうがよく覚えているはずよ」

「それが、よく覚えていないの」イザベラは言った。「覚えていることと言えば、彼女がとても痩《や》せていて顔が青白くて、大きな青い瞳をしていたということくらい。あまり親しく話をしたことはないのよ。彼女はとてももの静かだったから」

ペンは眉を寄せた。そして姉に勧めるのもすっかり忘れたまま二枚目のビスケットを手に取り、ぼんやりとほおばった。

「痩せていたとあなたは言うけれど、私の記憶にあるインディアは全然違ったわ。夏にみんなでここに集まったとき、あなたが……」ペンは言いよどんだ。「あなたがアーネストと結婚する前年の夏じゃなくて、そのまた前の年のことだけれど、私の記憶にあるインディアはかなりふっくらしていたわ。あなたたちが十六歳のときじゃなかったかしら。彼女は全然痩せてなんかいなかったわ」

イザベラはうなずいた。「そうね、思いだしたわ。あの年代の女の子はふっくらしているものなのよ」

「翌年、あなた抜きでソルタートンを訪れたとき、彼女はまた痩せていたわ」ペンはそう言って、ふたたびビスケットの皿に手を伸ばした。「そのあいだに、ジェーンおば様が彼女をどこかに連れていったんじゃなかったかしら？　健康状態が思わしくないとかで。だけどあんなに痩せて戻ってきたところを見ると、まったく効果はなかったみたいね。なんだか前よりもの静かになって、悲しそうな顔をしていたわ」

「でも、彼女はもともと内気な性格だったでしょう？」イザベラは言った。

「そうだけれど、ちょっと違うのよ」ペンは言った。「私たちが四人でここに来たとき、彼女は妙にそわそわしていて、秘密を抱えているみたいだった。その次の年に会ったときは、静かで悲しそうだった。きっと何かあったんだわ」

「あなたは恐ろしく観察力の鋭い子だったのね」イザベラは言った。「私は何も気づかなかったわ」

驚いたことに、ペンは赤くなった。「私は人を観察するのが好きだったのよ」彼女はつぶやいた。「そのころ、インディアには好きな人がいたの」

イザベラはぱっと顔を上げた。マーサ・オターも、インディアには結婚を反対された求婚者がいたようなことを言っていた。

「彼に会ったことがあるの？」

「いいえ……」ペンはばつの悪そうな顔をした。「でも、二人が人目を忍んでこっそり会っていたのは知っているわ。庭で一緒にいるのを見たことがあるの」

イザベラは一瞬、ペンが偶然見てしまったのは、自分とマーカスなのではないかと思った。妹は、密会していた男女をインディアとその求婚者だと勘違いしているのだ、と。だが、つづけてペンが言った。「たぶん彼は軍人だったわ。とてもハンサムで、不敵な笑みを浮かべ、自信に満ちた声で笑い、肩をいからせて歩くような人よ」ペンはぼんやりとつぶやいた。「彼はどうなったのかしら？」

「ジョンおじ様が彼の求婚を拒んだのよ」イザベラは言った。彼女は記憶を掘り起こし、当時はそれほど重要とは思えなかったことに行きあたった。「たしか、あれは私の最後の社交シーズンだったと思うわ。ある晩、その男性が舞踏会場にやってきて、インディアに近づこうとしたの。ジョンおじ様が彼を大声で罵《ののし》って、追いだしたのよ。あんなに気まずいことはなかったわ」

イザベラは額にしわを寄せ、その夜のことをもっとよく思いだそうとした。当時はあまり注意して見ていなかった。彼女はマーカスと踊っていて、肉体的な接触がもたらす甘美な禁断の悦《よろこ》びにわれを忘れていたのだ。すると、舞踏会場のもういっぽうの端のドアのそばで騒ぎがあった。ジョン・サザン卿《きょう》が叫んでいた。礼儀正しいおじが声を荒らげるのは非常に珍しいことだった。おじの怒りの対象は若い陸軍の士官で、士官は彼を追いだそうとする儀式管理官と揉《も》み合いながら、ぞっとするような目で遠巻きに見物している招待客の中に必死にインディアの姿を捜していた。

「妙ね」イザベラはゆっくりと言った。「すっかり忘れていたわ」

「何があったの？」ペンは興味ありげに尋ねた。

「特別何かあったわけじゃないのよ」イザベラは言った。「インディアが泣きだして、私たちは家に帰らざるをえなくなった。そのあとは、みんな何ごともなかったかのようにふるまっていたわ」

「その若い男性は？」ペンは尋ねた。

「その後彼に会うことは二度となかったわ」イザベ

ラは言った。そして、彼女はふと思った。彼には、本当にその後二度と会わなかったのだろうか？　どこかで会ったような気が……。それも、ごく最近……。彼女は必死に思いだそうとしたが、結局何も思いだせなかった。

色情狂のような前夫のアーネストと違い、愛の営みにほとんど関心がなかったイザベラは、ハウス・パーティーがどれだけ厄介なものかまったく知らなかった――少なくとも、新婚夫婦にとっては。それというのも、自分はみだらなのではないかと思うほどイザベラはマーカスが欲しくてたまらなかったが、彼とこっそりキスを交わしたり二人きりになろうとしたりするたびに、フレディかアリステアかペンが図書室や客間やそれぞれの寝室からふらりと現れて、話しかけてくるのだった。私たちがどれだけ熱くなっているか、みんなは気づかないのかしら？　二人きりで蜜月《みつげつ》を楽しむことさえ許されない状況にイザベラはいらだった。いつロンドンに戻るつもりなのかと当てこすりを言っても、三人はわれ関せずといった顔をしていた。それゆえに、マーカスとイザベラには愛し合うのはおろか、ゆっくり語り合う時間すらもなかった。

「ソルタートンにはこれ以上お客様を招待しないようにしましょう」朝食の席で、つかの間の二人だけの時間を楽しんでいるときに、イザベラがマーカスに言った。「ペンとアリステアは昨日けんかをしてひと言も口をきかない状態だし、フレディはフレデイで、ソルタートンの居酒屋にやけに詳しくなっているわ。そして、あなたと私は……」彼女は間を置いた。

「二人きりになる時間もない」マーカスは締めくくった。彼は手を伸ばして、イザベラの手首にそっと触れた。「イザベラ、もし二人きりになれたら……」

「二人きりになれたら？」イザベラはそわそわとした様子でマーカスの黒い瞳を見つめた。彼の目には彼女が感じているのと同じ欲望の色が浮かんでいる。イザベラは舌で唇を湿らせた。「二人きりになれるの？」

「もし――」マーカスが最後まで言い終わらないうちに、朝食室のドアが開いて、フレディが卵とトーストとコーヒーをのせたトレーを持った従僕を従えて入ってきた。またしても邪魔が入り、イザベラは泣きだしたいような気分になった。

「おはよう、フレディ」イザベラがそっけなく言う。「今日は何か予定があるの？」

フレディは目の端で妹を見た。まるで、自分が気に入られていないのに気づいている犬が、こっそり飼い主を盗み見るようなまなざしだった。

「おはよう、ベラ」彼は言った。「港にでも行って、新鮮な空気を吸ってこようかと考えているんだけどな」

「まあ、また！」イザベラは驚いたように言った。「居酒屋からの眺めはずいぶんすばらしいんでしょうね」

フレディは顔を赤くして、そっと椅子に座った。

ふたたびドアが開き、ペンと、ついでアリステアが入ってきた。二人は互いに目を合わせようとはせず、口をきこうともしなかった。イザベラはテーブルのできるだけ離れた席に座る二人を見て、いらだたしげにため息をついた。

「おはよう」彼女は言った。「二人とも雨の日曜みたいにご機嫌ね」

マーカスはおもむろに立ちあがり、前に進みでた従僕を無視してイザベラの席までティーポットを持っていった。

「朝食のあと一緒に乗馬に出かけよう」彼はイザベラの耳にささやいた。「こんなことはもうたくさんだ。キンヴァラ・コーブに行って、君を誘惑するよ」

イザベラはトーストをのみ込んだ拍子に、むせてしまった。そして目に涙を浮かべながら、マーカスがテーブルの自分の席に戻って、満足げな表情をしているのを見た。イザベラは椅子の中で居住まいを正した。

「今朝は大丈夫かい？」マーカスは何食わぬ顔で尋ねた。「少し顔が赤いようだが」

「ここは暑いわ」イザベラはそう言って、わざとらしく手で顔を扇いだ。「窓を開けていただけないかしら？」

それが間違いだったことにイザベラはすぐに気づいた。従僕がふたたび前に進みでようとすると、マーカスがいきなり立ちあがった。窓はダイニング・テーブルのもういっぽうの側の、イザベラの席のそばにあり、マーカスは自分の席に戻る途中にかがんで、ふたたび彼女の耳にささやいたのだ。

「君を裸にして、海に入りたい」

イザベラは椅子の上で跳びあがり、その拍子にお茶をこぼしてしまった。体がかっと熱くなり、おなかの下のあたりがきゅんとなる。官能的な悦びを感じて胸は張り裂けそうだった。彼女は自分の反応が怖くて、とてもマーカスをまともに見ることができなかった。

「トーストをもっといかがかな？」マーカスはふたたび席に着くと、尋ねた。

「いいえ、けっこうよ」イザベラはなんとか言った。「お心づかいありがとう」

マーカスはほほえんだ。「まだ始まったばかりだよ」

ペンは興味津々という目で二人を見ていた。アリステアは咳《せき》払いをして、朝刊に手を伸ばした。イザベラは朝食を食べることに集中して、マーカスと、彼女の体に渦巻いている激しい欲望を無視しようとした。

「バックリー」マーカスが従僕に言った。「これをレディ・ストックヘイヴンに渡してくれ」

マーカスは新聞の一面の端を破りとると、走り書きをして、それをたたんで従僕が差しだした銀製のトレーにのせた。従僕はもったいぶった足取りでテーブルをまわって、イザベラにうやうやしくトレーを差しだした。彼女は疑わしげな目でマーカスを見た。

「読んで」マーカスが促す。

イザベラは紙切れを手に取ると、ポケットにしまった。マーカスはがっかりしたような顔をした。

「今日は何をする予定なの、ベラ?」ペンが明るい調子で尋ねた。「貸本屋に行ってみるというのはどうかしら?」

「実は、君のお姉さんのためにはるかに刺激的な予定を考えてあるんだ」イザベラが口を開く前にマーカスが言った。「一緒に馬で地所を見てまわろうと思ってね」

「それはすばらしいな!」アリステアが言った。

「僕も一緒に行っていいかな?」

「いや」マーカスは言った。「君は馬が好きじゃないだろう?」

アリステアはマーカスからイザベラに視線を移して、取ってつけたように言った。「ああ、そうだった。乗馬が苦手なのをすっかり忘れていた」

「お客様をほうっておくなんていったいどういうつもりなの?」ペンは唇をとがらせた。「私たちを招待したのはあなたたちなのよ」

「あら、招待した覚えはないわよ」イザベラはきっぱりと言って、ナプキンを置いた。「お先に失礼するわね」

イザベラがマーカスに目を向けると、彼はいたずらっぽくほほえんだ。イザベラは挑戦的なまなざしで彼を見返した。

「すぐに支度をするわ」彼女は言った。

「楽しみにしているよ」マーカスはつぶやいた。

玄関広間に出てから、イザベラは待ちきれずにポケットからさっき受けとった紙切れを取りだし、震える指で開いた。

岩場で裸になって日光浴をしよう。

イザベラははっと息をのみ、危うく紙切れを落としそうになった。階段を磨いていたメイドが、興味深げに彼女を見ていた。朝食室のドアが開いて、マーカスが出てきた。彼は赤くなったイザベラの顔から彼女が手に持った紙に目を移し、眉を上げた。

「もう何も言わないで、マーカス」イザベラは静かに言った。「これ以上何か言ったら、ただじゃすまさないわよ。こんな朝早くから興奮するのは不謹慎ね」

マーカスはイザベラが何を言おうとしているのかに気づいて目を見開き、それから唇に誘《いざな》うような笑みを浮かべた。イザベラは弾む足取りで階段をかけあがっていった。マーカスに誘惑されるのが待ち遠しかった。

20

結局はイザベラが思い描いていたようにはならなかった。人目につかないキンヴァラ・コーブにたどり着き、馬を浜の古い石造りの避難所に落ち着かせるまでのあいだに、二人は借地人や知り合いに何度となく呼びとめられ、そのたびに馬を止めて、話を聞かされるはめになった。イザベラは誘惑のことをすっかり忘れ、痩《や》せた牧草地や壊れたままになった柵《さく》や、乳の出が悪いという乳牛の話に胸を痛めた。

「ソルタートンの地所がこんなにひどい状態だなんて思いもしなかったわ」彼女はマーカスの手につかまって、湾をぐるりと囲む岩場に上りながら、少しがっかりしたように言った。

「これをもとの状態に戻すのは大変な作業だ」

それに、お金も相当かかる。イザベラはそう思ったが、口に出しては言わなかった。そして、マーカスも同じことを考えているのだろうかと横目でちらりと彼を見た。ソルタートンに投資してほしいとマーカスに頼む権利は、彼女にはないことはわかっていた。彼には彼の地所があり、そちらを優先しなければならない。それでも、イザベラはマーカスがソルタートンのために最善を尽くしてくれることを願わずにはいられなかった。彼はおそらく、借地人を増やすことを考えているのだろう。それを思うと、イザベラの心は沈んだ。ここに落ち着きたいと願っていた。彼女はソルタートンが好きだった。でも、マーカスが必ずしも自分と同じ意見を持っているとはかぎらない。この問題については、あとで話し合う必要があるだろう。

マーカスは鞍嚢《くらぶくろ》をつかんで、砂浜に飛び降りた。

「今週はずっと地所の台帳に目を通していた。借地人を一人ずつ訪ねてまわっていたんだが、その話はあとにしよう……」彼はイザベラにほほえみかけた。「いまはとにかく楽しむことだけを考えよう」

イザベラはうなずいた。空は頭上で青い弧を描き、足の下の砂は熱かった。日差しがまぶしく、彼女は目の上に手をかざした。

「ソルタートンで最後に夏を過ごしたとき、君と一緒にここに来た」マーカスは言った。「覚えているかい、ベラ？」

どうして忘れることができるだろう。当時、イザベラとマーカスはあまり一緒に過ごすことができなかった。というのも、イザベラの母親のレディ・スタンディッシュが、娘にふさわしくない求婚者をすべて排除していたからだ。だがあのときは、マーカスの海軍の同僚が船遊びを計画し、その中に若い侯爵が加わっていたので、母は喜んで娘を送りだした。インディアも一緒だった。にぎやかでとても楽しいパーティーだったが、インディアは話の輪に加わろうとはせず、みんなとは少し離れたところに座ってじっと海を見ていた。それは、今日のような暑い日だったのをイザベラは思いだした。でも、あのときは私自身が興奮し、内側から熱く燃えあがっていた。ちょっとした目つきや言葉や仕草でマーカスと親密な間柄にあるのがわかってしまうような気がして、二人は離れていたけれど、そのあいだも遠くからお互いを見つめていた。私はマーカスが気になってしょうがなく、彼のほうもこちらを意識していた。マーカスがあとで私の待つ暗くなったあずまやに来るのはわかっていた。二人はいつもそこで人目を忍んで会っては、情熱的に愛を交わした。

だけど、いまはあのときとはいろいろなことが違う。大人になり、それなりの経験を積んだのだから。とはいえイザベラは気まずさを感じずにはいられなくなり、緊張をごまかすために鞍嚢に手を伸ばし、中から林檎《りんご》酒の入った石のボトルを取りだすと、栓を抜いて唇に傾けた。手がかすかに震え、林檎酒がこぼれて顎に滴り落ちた。

彼女をじっと見つめていたマーカスの目に笑みが浮かんだ。彼はイザベラの手の上に手を重ね、ボトルを取りあげて砂の上に置いた。イザベラは彼の視線を意識しながら、袖《そで》で顎を拭《ぬぐ》った。

「怖がる必要はないよ、ベラ」彼は言った。「君が望まないことをしたりはしないから」

イザベラは砂の上に置かれた石のボトルをじっと見つめた。自分の手に重ねられたマーカスの手の温《ぬく》もりと力強さを強く意識する。

「私が何を望み、何を望んでいないかなんて大した問題じゃないわ」彼女は言った。「でも、これまでのことを考えると、どうしても不安になってしまうの」

マーカスは手でイザベラの顎を上げた。「わかるよ」彼は苦笑する。「朝食のときはこんな複雑な展開になるとは思わなかったからね。約束を果たせるかどうか怪しくなってきた」

イザベラはマーカスの肩にもたれた。そうすると、落ち着いて安心できた。「そのとおりね」彼女はマーカスの頭に頭を寄せた。「こうしているのが好きなのよ、マーカス。こうしていると、とても自然なことのように思えるわ」

「そうだね」マーカスは頭を下げて、イザベラの顎に優しくキスをした。イザベラは一瞬、マーカスが強引に求めてくるのではないかと不安になったものの、彼の唇が唇を探りあて、かぎりなく優しくキスをすると、しだいに緊張はほぐれていった。

「君は林檎と海の味がする」

マーカスはささやき、舌先でイザベラの舌先に触れ、下唇の内側に舌を滑らせた。イザベラはもっとキスをしてほしくてマーカスのほうを向いたが、彼はいきなり身を引き、イザベラはじれったさにうめき声をあげそうになった。

「泳ごう」彼は言った。「すばらしい天気だ」

マーカスは立ちあがった。彼はすでに上着を脱ぎ、クラバットをはずしていた。彼が頭からシャツを脱ぎはじめると、イザベラは目をそらした。麦わらのボンネットの上から強い日差しが降り注ぎ、頬がますます熱くなる。

「ベラ？」マーカスはいぶかしげな口調で言った。「岩をじっと見つめているのは何か特別な理由でもあるのかい？　首の筋を違えてしまうぞ」

イザベラはマーカスを見た。だが、それは間違いだった。マーカスの半裸の姿を、しかも真昼の光の下で見るのは本当に久しぶりだった。筋肉の発達した肩、広くたくましい胸、平らで引きしまった腹部……。マーカスは美しかった。イザベラはぐっとつばをのみ、全身がほてったようにますます熱くなるのを感じた。まるで、太陽が自分のためだけに照っているみたいだ。

「あなたが着替えられるように、気をつかってあげているのよ」彼女は言った。

マーカスは岩に腰を下ろして、ブーツを脱いだ。「その必要はない。僕たちは結婚しているんだ。君は泳がないのか？」

「わからないわ」イザベラはとっさに言った。「だって……」

マーカスは笑った。日差しを浴びて肌が黄金色に輝いている。イザベラの指は彼に触れたくて疼《うず》いた。その胸に両手を滑らせて温もりを感じ、硬く引きしまった筋肉と、それとは対照的な、サテンのようになめらかな肌の感触を確かめたかった。てのひらに彼の胸の鼓動を感じたかった。イザベラは体が熱くほてり、服が汗ばんだ肌に張りつくのを感じた。海は見るからに涼しげで、手招きしているように見える。

マーカスがズボンの前に手をかけた。イザベラはあっと小さく叫んだ。マーカスが彼女を見た。

「日差しが強すぎるのか、ベラ?」

「あなたには慎みというものがないの!」イザベラは言った。「マーカス――」

だが、遅すぎた。マーカスはさっとズボンと下着を引き下ろし、その神々しい肉体をあらわにした。

マーカスは恥じらいもせず、誇らしげにイザベラの前に立っていた。

イザベラは男性に目の前で服を脱がれるのに慣れていなかった。彼女は戸惑いながらも、マーカスから目をそらすことができなかった。

「まるで怯《おび》えた処女のようだ」マーカスは楽しげに言った。「実に興味深い」

イザベラは髪の毛の根元まで真っ赤になった。最初の夫のアーネストは、こんなふうに私の前で裸になったことはなく、そもそも、アーネストの腹部はとても見られたものではなかった。もしアーネストが私の前で服を脱いだら、うっとり見とれるどころか、吐き気を催していただろう。

「あなたのようなふるまいをする人をほかには知らないわ」イザベラは小さな声でつけ加えた。

マーカスはにやりとした。「それで、君はどう思う?」少年のような顔をして、いたずらっぽく尋ねる。

イザベラは考えた。本当に思っていることを口にしたら、私はソルタートンの条例を破ることになるだろう。

「あなたのような恥知らずな人はいないわよ」彼女は言った。

マーカスは笑いながら、さらにイザベラに近づいた。イザベラは目のやり場に困り、見ても目の毒にならない場所を探そうとしたが、だめだった。マーカスが彼女を立ちあがらせたときにはほっとした。目の位置が彼の胸にあるのならばまだ耐えられる。これがもっと下だったら……。

「僕が朝食のときに言ったことを覚えているだろう?」彼は優しく言った。「君を裸にして海に入ると言ったんだ」

イザベラはかすかに抗議の声をあげた。だが、マーカスの指はすでに彼女の乗馬服の上着のボタンをはずしていた。シャツの小さなボタンをはずすのに手こずっていたが、マーカスは急ごうとはせず、そのあいだにも、イザベラの唇にキスをくり返していた。彼の指は熱心に動き、ボタンをはずす作業に集中しているのが目の表情にも見てとれた。イザベラは興奮に身を震わし、魔法にかかったようにじっと立ち尽くしていた。

上着が砂の上に落ち、やがて、シャツも取り去られた。むき出しになった肩と両腕を風が冷たくなでて、肌が粟立《あわだ》つ。マーカスの指が素肌をかすめると、ちくちくするような刺激を感じた。イザベラは唇を噛《か》んで、急いでと言いたいのをぐっとこらえた。

ウエストが何かに引っ張られ、スカートがはらりと落ちた。イザベラは急にもどかしくなり、スカートやブーツを脱ぎ捨てると、残りの衣服も取り去った。昔の奔放さがよみがえり、彼女は肩越しに振り向いてマーカスに誘惑するような視線を投げ、海に向かって走りだした。

海に入ったイザベラは水の冷たさに思わず叫んだ。海鳥の群れが岩場からいっせいに飛びたち、風に乗って空高く舞いあがる。海鳥の鳴き声が湾に響きわたっていた。

水しぶきを上げながらマーカスがやってきて、突然イザベラのとなりに立った。水に濡《ぬ》れた肩が日差しを浴びてきらきらと輝いている。マーカスは両手でイザベラのウエストをつかんで、硬く引きしまった自分の体に、女らしい曲線を描く彼女の柔らかい体を抱きよせた。イザベラがふたたびあえぎ声をもらすと、マーカスは激しいキスでその唇を封じた。二人の体がさらに密着し、イザベラは彼の体に震えが走るのを感じた。そして、マーカスの手が胸のふくらみに触れたので、彼女は驚いて飛びあがり、親密な愛撫《あいぶ》にうっとりと目を閉じた。

マーカスのまつげは滴に濡れ、顔と肩は日を浴びてブロンズ色に輝いていた。イザベラは畏敬《いけい》の念に打たれたかのようにマーカスの体に両手を走らせ、彼の黒い瞳にまぎれもない欲望の色が浮かぶのを見つけた。マーカスはうめいてふたたびイザベラを抱きよせ、飢えたように彼女の唇を求めた。イザベラは打ちよせる波と、素肌と素肌がこすれる感覚に耐えかねて、マーカスの腕の中で激しく身をよじった。マーカスは海の中で愛を交わすつもりなんだわ。イザベラははっと気づいて、体を離した。

「ただではすまさないと言ったでしょう」イザベラはそう言って、藍緑《あいみどり》色にきらめく海に潜り、岩場に向かって泳ぎだした。そして、太陽がじりじり照りつけて熱くなった岩に上った。彼女は振り向き、マーカスを見て声をあげて笑った。マーカスは盛大に水しぶきを飛び散らして濡れた頭を振ると、友好的とはいえない目で彼女をにらんだ。

「よくもやったな！」マーカスは岩場に上って、イザベラをつかまえようとした。イザベラは体を回転させて、彼の手からすり抜けた。太陽は熱く、裸の体に風がとても心地よく感じられる。まだつかまりたくなかった――いまはまだ。

イザベラは急いで立ちあがった。マーカスの手が伸びてきて、彼女の足首をつかんだ。マーカスは自分の体で倒れてくるイザベラの体を支え、くるりと体を回転させて彼女を組み伏せた。それから、唇で彼女の唇を封じた。イザベラは激しく身をよじった。マーカスはイザベラの手首をつかんでいた手を離したが、今度はその手で彼女の胸のふくらみをつかんだ。マーカスの頭が胸の先端に近づいてくると、イザベラの全身を悦《よろこ》びがかけ抜けた。情熱の炎に身を焦がされながらも、彼女は身をよじってマーカスの下から逃れようとした。

「ここではだめ」

「どこならいいんだ?」マーカスは荒々しい声で言った。

イザベラはマーカスの目をじっと見つめた。「あずまやよ」

マーカスの赤銅色の手はまだイザベラの白い素肌に触れたままだった。それを見て、イザベラの心臓の鼓動が早鐘を打ちだした。マーカスはゆっくりと体を離した。

「それなら、走ったほうがいい」彼が言った。

イザベラは言われたとおりにした。砂浜にかけ戻り、急いでスカートと上着を身に着けると、顔にかかる濡れた髪を払いのける。崖《がけ》の小道から庭まではわずかな距離で、もし誰かに出会ったとしても、二人は何かに追いかけられているみたいに走っているとしか見えないだろう。

マーカスがイザベラの手をつかんだ。彼はズボンをはいていたが、下腹部のこわばりを無視することはできず、イザベラはそれをまじまじと見つめた。心臓の鼓動がさらに激しくなる。マーカスは彼女の手を引っ張った。

「こうなったのは君のせいだよ。これをなんとかしてもらわないと」彼は言った。「さあ、行こう」

二人はかつて若い恋人同士だったときのように砂の道を走って、ソルタートン・ホールの庭に通じる門に向かった。イザベラがはりえにしだの茨《いばら》を踏んで痛みに声をあげると、マーカスは彼女を抱きかかえた。

かえて門を入り、あずまやに通じる階段を上っていった。ドアはなかなか開かず、蝶番《ちょうつがい》がぎいっと音をたててようやく開いた。中は薄暗く、埃《ほこり》っぽいにおいと、薔薇《ばら》の香りがした。マーカスはイザベラを下ろし、二人は薄暗い光の中でしばらく見つめ合った。

そして、ほとんど同時にお互いの腕に飛び込んだ。切迫した空気は消え去り、いまは優しさが二人を包んでいた。だが、嵐《あらし》は完全におさまったわけではなかった。マーカスのキスにイザベラは昔を思いだし、思わず涙ぐんだ。

「ずいぶんあわてていたんだな」マーカスはささやいた。「上着のボタンをかけちがえている」彼はイザベラにほほえみかけた。彼女はボタンをはずし、つづいてスカートも落とした。イザベラはふたたび生まれたままの姿になり、羞恥心《しゅうちしん》を感じる前にマーカスに近づいて彼のたくましい胸に触れ、その手をおなかからズボンのすぐ上まで滑らせた。彼の肌は少しざらざらしていて、胸にキスをしたら、塩辛い味がした。マーカスがはっと息をのむとイザベラをふたたび抱きあげて、隅で覆いをかけて放置されていた古い長椅子の上に座らせた。彼が覆いを取り去った。イザベラはかつて柔らかいクッションが体を支えてくれたことを思いだして、長椅子に寝そべった。ずいぶん前の話だわ。そして次の瞬間、イザベラはくすくす笑いだした。

「マーカス、蜘蛛《くも》の巣が……」

「鼠《ねずみ》だっているだろう」マーカスはイザベラのとなりに座ると、彼女の髪に両手を差し入れ、顔を上向かせた。「でも、気にしないでおこう」

マーカスの唇と手がもたらす快感に、イザベラは蜘蛛の巣も、鼠も、ほかのどんなことも気にならなくなった。マーカスの下にゆったりと横たわり、彼の巧みな指が体の上を滑ると、彼女は弓なりに背中をそらした。マーカスが胸のふくらみを愛撫し、自分のものだといわんばかりに、豊かなふくらみをてのひらで包み込む。そして胸の先端を口に含み、舌と歯で優しく攻めたてた。イザベラはマーカスの脚に脚を絡ませてそばに引きよせ、彼の背中や、引きしまったお尻を両手でなで下ろした。

マーカスの体がぴくりと動くのを感じて、イザベラは目を開けた。あずまやの薄暗い光の中で、マーカスの顔が欲望に張りつめているのがわかった。黒い瞳は欲望に燃えている。それでも、イザベラを見つめる彼の目は優しく、彼女はせつなさに胸を締めつけられた。

マーカスがそっとイザベラの腰のくびれをなで、両脚のあいだに手を滑らせた。欲望に不安が入りまじり、イザベラは一瞬身を硬くした。マーカスもそれに気づいたようだった。

「いとしい君……」そう言ってイザベラの唇に優しく口づける。

マーカスの柔らかい唇の感触に、イザベラは不安が薄らぐのを感じた。彼はイザベラの緊張をほぐそうとするかのように彼女の太腿の内側をなで、もういっぽうの手で濡れて首筋に張りつく髪を払いのけた。だが、イザベラはわずかに体をずらした。

「ごめんなさい、マーカス」

「謝ることはない」マーカスの手が胸の膨らみに下りてきたので、イザベラは目を見開いた。「ゆっくり時間をかけるのもいいものだ」

本当にそのとおりだった。マーカスの声はその手と同じように優しく、なめらかで、イザベラをけだるい気分にさせた。マーカスの手がおなかの上を滑ると、彼女は身を震わし、肩のくぼみにキスをされると、身もだえてあえぎ声をもらした。マーカスは彼女の濡れた髪を払いのけ、首筋を舌でなぞった。

「君は僕のものだ」イザベラの肌に唇を当てたまま

ささやく。「君は最初から僕のものだった。ほかのことはどうでもいい」

マーカスがふたたび体を重ねてくると、イザベラは本能的な欲望に突き動かされて彼の体に自分の体を押しつけた。

「どんなふうだったか覚えているかい？」マーカスがイザベラの耳にささやいた。イザベラの全身に震えが走った。

あの情熱、あの悦びを忘れられるはずがないわ。思いだしただけで、イザベラの全身がとろけそうになった。気がつけば、マーカスがそばかすの浮きでた彼女の喉もとにキスをしていた。彼の髪がイザベラの胸をかすめ、太腿に欲望の高まりが押しつけられるのを感じると、イザベラはわずかに身じろぎをした。

「まだだ。マーカスは首を横に振った。

「まだだ。思いだして。すばらしかっただろう、イザベラ。耐えられないほど刺激的だった」

イザベラは降参の声をあげ、マーカスの下で欲望に震えはじめた。マーカスの手がふたたび両脚のあいだに忍び込んできて、今度はためらわずに両脚を広げる。彼の手が茂みをもてあそび、親密な愛撫をくり返した。

「いとしい君……」

マーカスがイザベラの上に覆いかぶさり、彼女の両脚を大きく広げさせて、いっきに中に押し入った。

「ああ！」イザベラは貫かれるのを感じて、背中を大きくそらした。体の芯《しん》から熱くなり、マーカスの両肩にしがみつく。

マーカスはイザベラの中に深く身を沈め、その動きを速めた。悦びが次々に押しよせ、イザベラの頭はくらくらした。鋭い快感が全身を走り抜けると、彼女は叫んで、マーカスの下で激しく身をくねらせた。マーカスが先に彼女を悦ばせようとしているのはわかっていた。ロンドンの夜の埋め合わせをするかのように。イザベラにはマーカスのそんな心づかいがうれしかった。彼女は息を弾ませてじっと横たわりながら、彼に手を伸ばそうとした。

「ありがとう」彼女はささやいた。「でも、あなたは……」

「なんだい？」マーカスはイザベラにそっとキスをした。そしてマーカスの手がふたたび彼女のおなかを愛撫しはじめると、原始的な欲求をかきたてられるのを感じた。イザベラは新たな欲望の波に襲われ、マーカスはふたたびたっぷり潤った彼女の中に入った。マーカスは日焼けした肌に汗が光るまで激しく腰を動かし、イザベラの唇にキスをして、動きに合わせて舌をうごめかせた。やがてマーカスの体が痙《けい》攣《れん》したように引きつり、彼女の中に欲望を解き放った。同時にイザベラも絶頂に導かれ、悦びが幾千ものまばゆい光となって砕け散るのを感じた。マーカスの鼓動も、激しく乱れていた。マーカスはイザベラを強く抱きしめた。二人は固く抱き合ったままじっと横たわっていた。聞こえるのは二人の荒い息づかいだけだった。

いったいいつまでそうしていたのだろう？　イザベラはマーカスが動いたのに気づいた。彼の息が彼女の髪にかかった。

「ずっと君が欲しかったんだ、イザベラ」

イザベラはマーカスの腕の中で体を動かして、彼の顔を見た。彼の黒い瞳は真剣そのものだったが、唇にはかすかに笑みが浮かんでいた。

「私はてっきり」イザベラはからかうように言った。「あなたはロンドンで欲しいものを手に入れたのだと思っていたわ」

マーカスは真剣な表情をくずさなかった。「いや、あのときはそう思ったが、いまとはくらべものにならないよ」彼はイザベラの唇に激しく口づけた。

「もう一度最初から始めよう」

「マーカス！」

「僕はさほど若くはないが、君は僕を自分でも想像しなかったような次元にまで高めてくれる。自分の限界を試してみたいんだ」マーカスはイザベラの唇にふたたびキスを落とし、その手を彼女の体にさまよわせた。そして、体を下に滑らせ、欲望に疼く彼女の体の芯にそっと舌を這《は》わせた。イザベラはあえぐような吐息をもらし、純粋な悦びに身を委《ゆだ》ねた。

21

「もちろん、サザン家はつねづね不幸な一家だと思っておりましたわ」ミセス・ゴーリングは悪びれることなく言って、ティーポットに手を伸ばした。彼女とイザベラは前面がガラス張りになった貸本屋の喫茶室に座っていた。そこからの眺めはすばらしく、遊歩道から海を一望できた。二人はかれこれ二時間もそうして座っていた。

ミセス・ゴーリングはイザベラが不在だった十二年のあいだにソルタートンで起きた出来事をかいつまんで話し、夫人の話はいつしか町の住民の噂《うわさ》話に移っていった。イザベラはゆったり腰を下ろして夫人の話に耳を傾けながら海を眺め、人々を観察した。人は観察することで多くを学べる。ペンがそう言ったのはつい昨日のことだった。たとえば、ミス・ベリングは通りの向こうに立つ家の上の階の窓から身を乗りだし、あからさまにミスター・キャソンの気を引こうとしている。ミスター・オーウェンは足を引きずりながら、宿のほうに向かって波止場を歩いていた。水は水でもアルコールの入った水による治療を試みようとしているのだろう。そして、いつの間に仲直りしたのか、たったいま、ペンとアリステアが腕を組んで防波堤のほうに歩いていった。

「お気の毒に、サザン卿《きょう》は嫡子じゃありませんでしたでしょう」ミセス・ゴーリングはつづけた。「ですから、めぼしい財産もなく、一人娘のミス・インディアはあんなに若くして亡くなられてしまった。それから、例の子どものことが……」夫人は慎み深く声を落とした。「もちろん、サザン卿を悪く思っている人なんて誰もいませんわ。でも、貴族にもああいうことは起きるんですね。貴族だから起きると言ったほうがいいのかしら。新聞に書かれている記事を信じるならば。それでも、サザン卿のことを知っている人たちはまさかと耳を疑いましたけれど」

イザベラは遊歩道から視線を引きはがし、驚いて夫人を見た。「なんのお話でしょう？　子どもというのはどの子のことですか？」

ミセス・ゴーリングはうろたえているように見えた。「さぞかし驚かれたでしょうね。あなたはご存じだとばかり思っていましたわ」彼女はティーポットを手に取り、まったくその必要もないのに中味をかきまわした。「あなたは当時まだお若かったから……十七歳でしたわよね？　私の記憶が正しければ。それでも、若いお嬢さんは世間が思っているほどうぶじゃありませんでしょう。それで、世の常で噂が広まったんです」

イザベラは手を上げた。「ミセス・ゴーリング、あなたはおじに非嫡出子がいたとおっしゃるのですか?」

ミセス・ゴーリングはイザベラの率直な質問にぞっとしたような顔をした。「ええ、まあ、そのように思っていただいてけっこうですわ。みんな知っていましたのよ。あなた以外は。相手はメイドの一人だと聞きました。誰かははっきりわかりませんけれど」

夫人は肝心な情報を知らないことに気づいて、残念そうに額にしわを寄せた。

「子どもは男の子……」ふと考え込む。「いえ、女の子だったかしら? やっぱり、男の子よ。子どものいない庭師の夫婦に引きとられたと聞きました。夫婦はそのあとすぐにロンドンに移って、それきり、誰もその話に触れることはありませんでした。もちろん、みんな知っていましたけれど。サザン卿は当時かなり弱っておられたんですよ」ミセス・ゴーリングは頭を振った。「どこにそんな体力が残っていたのか! 男性ってわかりませんわね。きっとそれで命を縮められたんでしょう」

イザベラは黙っていた。夫人はイザベラを怒らせてしまったのではないかと心配したが、実際には、彼女は初めて知らされた事実に愕然《がくぜん》として、言葉を失っていたのだ。おじのジョン・サザン卿は妻を深く愛していた。夫婦は仲むつまじく、家庭には波風一つ立ったことはなかった。少なくとも、イザベラが知るかぎりでは。それに、ミセス・ゴーリングが言っていたように、おじは晩年健康を害し、病気がちだった。メイドを追いまわす好色な老人の姿とはあまりにかけ離れている。

「まったく知りませんでしたわ」イザベラはゆっくりと言った。

「まあ」ミセス・ゴーリングはひどく気まずそうな

顔をした。「サザン卿の姪御《めいご》さんにお話しするような話題ではありませんでしたね。もちろん、サザン卿のお嬢さんにも。ミス・インディアはご存じだったのかどうかわかりませんけれど、事実を知ったら、さぞかし動揺されたでしょうね」

「その子どもはどうなりましたの？」イザベラは尋ねた。

ミセス・ゴーリングは驚いたような顔をした。

「そこまでは存じませんわ。ロンドンに行ってからの消息を聞くことはありませんでした。でも、サザン卿が養育費を送るか何かして、面倒を見ておられたんじゃないかしら。あの方はとても責任感の強い方でしたから」

「ええ」イザベラは言った。「おじは責任感の強い人でした」イザベラは、ミスター・チャーチワードがサザン家の地所にそのような問題があることについてひと言も触れなかったのを不思議に思った。誰かに定期的な支払いが行われていたり、引退した召使いに年金が支払われているような形跡はなかった。チャーチワードは家系図に庶出の印があることをほのめかしもしなかった。もしそんなことがあれば、イザベラがソルタートンを相続したときに、彼は話してくれていたはずだ。イザベラは、そのような話を聞いて驚くほどの世間知らずではないのだから。考えれば考えるほど妙だ。マーカスはこのことを知っているのかしら？　もしそうなら、なぜ、彼もまた黙っていたのだろう？　まるで、この非嫡出の息子は、最初から存在などしなかったかのように姿を消してしまったようだ。

「お茶をもっといかが？」ミセス・ゴーリングが言って、イザベラのほうにビスケットの皿を勧めた。

「ミス・ベリングが紳士に手を振っているのが見えます？　なんてはしたない！　あの自堕落な娘はどんなことをしてでも夫をつかまえようと……」

イザベラはほほえんだが、夫人のおしゃべりはほとんど聞いていなかった。彼女はおじのジョン・サザン卿と、おじがメイドに生ませたという非嫡出子のことを考えていた。それが事実であることを示す証拠をいくら突きつけられても、おじにそのような子どもがいるとはどうしても思えなかった。

ペネロペ・スタンディシュは大いに不満だった。ミスター・アリステア・キャントレルとソルタートンにやってきて一週間、彼はよくいえばうわの空、悪くいえば、彼女にまったく興味を示していなかった。ソルタートンの舞踏会場で彼と踊ったが、彼はほかの若いレディとも踊り、ペンはその他大勢の一人にすぎなかった。一緒に貸本屋に出かけ、遊歩道を散歩しても、彼は兄のフレディと一日の予定を話し合ったり、港に面した居酒屋で一緒にお酒を飲んでいるときのほうがはるかに楽しそうだった。まさかとは思ったが、ペンはアリステアが関心を寄せているのは彼女ではなく、フレディなのではないかと疑いはじめていた。ロンドンで私に親切にしたのも、兄に近づくためだったのかもしれない。

今朝も遊歩道で立ちどまって海を眺めていたとき、アリステアは水平線ではなく、キー・ストリートの端のほう、船宿に急いで入っていくフレディの姿がちらりと見えたほうにオペラグラスを向けていた。ペンはため息をついた。こんな朝早くから飲まずにはいられない兄への失望と、希望を打ち砕かれた落胆からだった。認めるのは悔しいけれど、ペンはミスター・キャントレルに希望を抱いていた。私はなんて愚かだったのだろう。考えれば考えるほど腹が立つわ。ペンは突然怒りを口にしはじめた。「ミスター・キャントレル、あなたは自然の美よりも、私の兄に目を奪われていらっしゃるようね！」

アリステア・キャントレルはびくっと跳びあがっ

て、オペラグラスを持っている手を脇《わき》に垂らした。彼は顔を赤くしていて、ひどくばつが悪そうに見えた。実際、後ろめたそうな表情をしていた。ペンの怒りはさらに増した。

「私個人としては」彼女は冷ややかに言った。「女性よりも同性である男性に魅力を感じる男性がいたとしても、なんら悪いことだとは思わないわ。でも、自分の幸福を追求するために、人を欺くような人は許せないの」

アリステアはびっくりしていた。それはそうでしょうよ、とペンは内心で思った。二人は遊歩道の真ん中に立っていて、かなり人目を引いていた。

「ミス・スタンディッシュ、僕は断じて――」

「私が許せないのは、最初は私に気があるようなふりをしておきながら」ペンは言った。「兄に近づくために私を利用したことよ。兄は……」

「ミス・スタンディッシュ……」アリステアはあせって言った。

「兄は……」ペンは彼を遮ってつづけた。「男性にはこれっぽっちも興味がないわ。兄はあまり身持ちのよくない女性とおつき合いするほうが好きなの。あなたにこんなことを言わなければならないのはつらいけれど、結局はあなたが悲しむことになるだけだから、親切心で言っているのよ。兄のことはあきらめたほうがいいわ」

アリステアはペンの両腕をつかんで抱きよせると、情熱的に口づけをした。ペンの手から日傘が落ちたが、二人とも気にもとめなかった。

「君の兄上に恋心を抱いているわけがないだろう」アリステアは言った。ペンが答える前に彼はふたたび彼女にキスをし、今度は優しく彼女を抱きしめた。

「君を初めて見たときからだよ」アリステアはペンから体を離して、息を切らしながら言った。「君のように美しく、恐ろしく口の悪い女性はほかにはいない。君に会えて本当によかった」

ペンはアリステアの賞賛の言葉にすっかり感激し、今度は彼女から彼にキスをした。

「でも、まさか僕が君の兄上に関心を持っていると思われるとは、驚いたな」アリステアはそう言って、ペンの体をそっと揺さぶった。「僕が最初から欲しかったのは君だ」ペンのうっとりした青い瞳にほほえみかける。「コーヒーハウスでの夜、君を誘惑したかった。オールスファドの宿では君への欲望を抑えるのにどれだけ苦労したことか。いまは……」

ペンはアリステアがその頭の中でどんな空想を抱いていたか詳しく話す前に、ふたたび彼に抱きついた。そして、通りすぎる人々がけしからんという目で見ているのも気にせずに、かつてもっとも高級な保養地として知られていた町の遊歩道の真ん中で何度もキスを交わした。

イザベラは幽霊と対決する決心をした。彼女は午後からずっと、執務室と呼ばれる、地所に関するさまざまな業務が行われる部屋で机に向かっていた。その日の朝、うれしいことに、マーカスが新しい地所のことを知るようにといって、ソルタートンの台帳をイザベラに渡してくれたのだ。彼は何かわからないことがあったらいつでも呼んでくれと言って、彼女を一人にしてくれた。ところが、牛乳の産出量や土地の広さを表す数字とにらめっこしても、とうていかなわない相手である、いとこのインディアのことが気になって集中できなかった。しまいには、いても立ってもいられなくなった。

インディアはイザベラを絶えず苦しめる、過去の最後の亡霊だった。マーカスがこれからもインディアのものであるならば、イザベラは一生いとこの影につきまとわれて暮らすことになるだろう。インディアがマーカスにとってどんな存在だったのか突きとめなければならない。

ソルタートン・ハウスの屋根裏部屋まで、四階分も階段を上った。イザベラが頼めば、家政婦がインディアのトランクを下ろしてきてくれるのはわかっていたが、自分がしていることを誰にも知られたくなかった。特に、マーカスには。イザベラは後ろめたさと不安を感じていた。実際、自分が何をしようとしているのかよくわかっていなかった。ただわかっているのは、インディアにある疑いを抱いていること、彼女を理解しなければならないということ、そして、そうしなければ、一生彼女の思い出から逃れられないということだった。

階段は上るにつれて狭くなり、最後の階では、ふかふかの赤い絨毯《じゅうたん》がすり減った黄麻《つなそ》の敷物に代わっていた。さすがに上の階は暑く、蝿《はえ》が一匹窓のところを飛びまわっていた。イザベラが階段を上る足音がしんと静まり返った屋敷に響きわたり、まるで、この世には自分一人しかいないような気がした。

イザベラはそっとドアを開け、屋根裏部屋に入っていった。部屋は鎧戸《よろいど》が下ろされていて、暗く、蒸し暑く、埃《ほこり》と長年放置されたにおいがした。イザベラは背筋がぞくりとするのを感じた。そして、ミセス・ロートンが言っていたトランクを見つけた。トランクは二つあり、窓からいちばん遠く離れた部屋の隅に積み重ねて置かれていた。イザベラは部屋を横切って、最初のトランクを引っ張りだした。

それは過去への扉を開ける作業だった。

トランクには服がぎっしりつまっていた。散歩用のドレス、普段着のドレス、夜会服、ショールや手袋。どれもみなパステルカラーで、ラベンダーの香りをしみ込ませた布と装身具の上に一枚一枚積み重ねられていた。イザベラはインディアがいつも淡い色合いの、おとなしいデザインの服を好んでいたことを思いだした。彼女の衣装がすべてここに保管されているのを見るのは妙な気持ちだった。色あせて、着る人のいなくなったドレスは、インディアの亡霊のようにすら見える。トランクの底には本が積み重ねられていた。

もう一つのトランクには、インディアの生涯を物語るこまごまとした品々が入っていた。絹の靴下、レースの刺繍《ししゅう》が施されたペチコート、胴着にコルセット。端が黄ばんだ楽譜が散らばり、柔らかい袋に入れられた、繊細な細工の施された金と銀のネックレスもあった。そのほかには、絵の具の汚れのついた絵の具箱と刺繍枠も見つけた。イザベラはふいに涙が込みあげてくるのを感じた。インディアの生きた証《あかし》がこんなふうに広げられるのを見るのは悲しかった。遺品は色あせ、かすかに防虫剤のにおいが漂っている……。

日記はなかった。イザベラは日記が見つかるかもしれないと期待していたのだ。インディアはずっと日記をつけていて、子どものころ、いつもこそこそ隠れるようにして何かを書き込んでいたのが印象に残っていた。インディアが死んだときに、マーカスが燃やしてしまったのだろうか？　レディ・ジェーンがそうしたとも考えられる。サザン家の人々は世間の評判をとても気にする人たちだった。インディアの日記が他人の目に触れるのを恐れたのだろう。

イザベラはがっかりして、体を起こした。インディアの生きた証がこうしてすべて目の前に広げられているのに、何が起きたのかを知る手がかりになりそうなものはなかった。

そのとき、絹のハンカチーフのひだから何かが滑り落ち、むき出しの床板にかたりと落ちた。イザベラは腰をかがめて、それを拾いあげた。銀のロケットだった。イザベラはためらった。それを開けるのは他人の秘密をのぞき見るような気がして気が引けたが、中の細密肖像画を見たいという気持ちには抗《あらが》えなかった。レディ・ジェーンか、あるいは、父親のサザン卿の肖像画かもしれない。あるいは、マーカスの……。イザベラはさんざん迷ったあげくに開けることにした。たとえ、それで彼女がいちばん恐れているマーカスとインディアの深い絆《きずな》が明らかになったとしても、見なければならない。たとえそれを見て、胸が張り裂けそうになったとしても。

留め金をはずす彼女の指は震えていた。留め金は固かったが、なんとか開き、ついに秘密が明らかになった。

そこにあったのは、若い男性の肖像画だった。陸軍の真っ赤な軍服を着た若い男性だ。不敵な笑みを浮かべ、自信に満ちた声で笑い、目をいたずらっぽく輝かせている若い兵士。歩くときには肩をいからせて歩き、この世は自分のためにあると思っているような怖いもの知らずの自信家……。

イザベラの脳裏にふいに記憶がよみがえった。十三年前、舞踏会場で彼女とインディアに自己紹介したハンサムな若い中尉がいた。

彼は最初にイザベラに話しかけたが、彼の目はずっとインディアに注がれていた。イザベラは興味を引かれた。もの静かないとこが自分よりも男性の注目を浴びることはめったになく、イザベラは当然のことながら、少し傷ついた。だがそのあと、若い中尉がインディアに深々とお辞儀をしてダンスを申し込むと、彼女はしぶしぶほほえんで、二人を見送った。二人は、会場には自分たち以外に誰もいないかのようにじっと見つめ合っていた。

彼にはそのとき一度会ったきりだとばかり思っていたが、彼はその一年後にまた舞踏会場に現れた。そのときの彼が、サザン卿に追いだされたのと同じ男性だとは、イザベラはいまのいままで気づかなかった。彼こそが、ペンがインディアと密会していたと話していた男性にちがいない。インディアの両親に拒否された求婚者だ。

イザベラはトランクにどさりと腰を下ろした。海鳥の鳴く声がかすかに聞こえる。それに、屋根の上を吹く風と、遠くの湾で砕け散る波の音もする。部屋はむっとして、息がつまりそうだった。ロケットにはさまっていた髪がひと房、床に落ちて散らばった。イザベラはかがんで、髪を拾い集めた。髪は亜麻色で、赤ん坊の髪のように柔らかかった。子どものときのインディアの髪よりも明るい色をしている。多くの子どもがそうであるように、インディアの髪の色も、成長するにつれてしだいに濃くなっていった。髪の房は小さな青いリボンで結ばれていた。

イザベラはそれをきちんとロケットにしまって、ぱちんとふたを閉じた。頭の中には、インディアの姿と、ペンとミセス・ゴーリングの言っていた言葉がかけめぐっていた。ふっくらして幸せそうなインディア。次の年にはすっかり痩《や》せて、悲しそうだったという。スコットランドへの謎《なぞ》めいた旅……ロケットに入っていた髪……細密肖像画……サザン卿に隠し子がいたという信じられない噂……。それに、舞踏会場に現れ、サザン卿に追いだされたハンサムな若い中尉……。

うだるような暑さにもかかわらず、イザベラの体はがたがたと震えだした。彼女は手の中のロケットを強く握りしめた。インディアの秘密をようやく突きとめたわ。

ロケットを握りしめたまま、どのくらいの時間埃っぽい屋根裏部屋に座っていたのか、イザベラ自身にもわからなかった。ようやく立ちあがったときに痛みを感じて手を開くと、てのひらにロケットの鎖の跡がくっきり残っていた。彼女はトランクを閉めて、疲れたような足取りで階段を下りた。マーカスに話をしなければならないのはわかっていたが、とても話を切りだす勇気がなかった。

　イザベラは書斎のドアを押し開けた。マーカスが窓際の机に座っている。窓から明るい日差しが差し、使い込まれた木の机の表面が黒く光って見えた。マーカスは鼻の頭にちょこんと眼鏡をのせて、工学に関する本を読んでいた。彼は本に夢中になっていて、イザベラが入っていったのにも気づかない様子だった。

　イザベラはそのままマーカスを見つめていた。額にしわを寄せ、髪に日差しが当たって、白いものが幾筋かまじっている。私たちはもう若くはないんだわ。ふいにマーカスへの愛が胸に込みあげてきた。つい彼女が動いてしまったのだろうか、マーカスが顔を上げた。そして、彼はほほえんで本を置いた。イザベラは心臓の鼓動が速くなるのを感じた。

「やあ、何か用かな、イザベラ?」

「マーカス」

　その先がつづけられなくなった。インディアの話題を持ちだすことなどとうていできないように思え、その場から逃げだしたくなった。どうしてインディアの話をすることなどできるだろう。マーカスは死んだ妻の遺品を勝手にいじったと言って怒るにちがいない。私が何を言っても、亡き妻への不当な非難か、侮辱と取るはずだ。マーカスはひどく傷つき、思い出を汚されたと思うだろう。愛するマーカスが苦しむ姿は見たくなかった。それでも、自分がエドワード・ウォリックの謎を解く鍵《かぎ》を握っているという確信があった。どうしてもマーカスに話さなければならない。黙っているわけにはいかないわ。

「あなたに話があるの」彼女は思いきって言った。「インディアのことなのよ。マーカス、とても重要なことなの」

　マーカスの顔から笑みが消えた。心を閉ざしてしまったかのように、黒い瞳が陰る。イザベラがインディアの話を持ちだすと、マーカスはいつもこういう目をした。彼が自分から離れていってしまうのを感じたが、それでもイザベラは食い下がった。

「お願い、マーカス、あなたにとってはとてもつらいことだというのはわかっているわ」

マーカスの目に感情の揺れが見られた。「ああ」彼はゆっくりと言った。「たしかにつらいことだが、いつか君に彼女のことを話すつもりだった」

一瞬、間があった。

「それで?」

マーカスはイザベラに椅子に座るよう身振りで示した。彼女が腰を下ろすと、マーカスは眼鏡をはずして目をこすった。

「僕も君に話さなければならないことがあるんだ、ベラ」

二人のあいだに沈黙が広がった。イザベラはどきどきしながら待った。

「僕がインディアを愛したことはない」マーカスはいきなりそう言った。「愛そうと努力はしたが、できなかった。彼女を愛しているふりをした……自分を偽り、ほかのすべての人を欺いた。結婚式で誓いを立てたときから、これは間違いだとわかっていた。僕は間違った女性と結婚した。最初からわかっていたんだ」彼は青ざめたイザベラの顔を見て、唇にかすかな笑みを浮かべた。「驚いているようだね、ベラ。そんなことは考えてもみなかったのかい?」

イザベラはようやく声を出した。「え、ええ……そんなことは考えてもみなかったわ。あなたはインディアを心から愛していて、亡くなったあとも彼女のことが忘れられず、彼女の思い出とともに生きているのだとばかり思っていたわ」

マーカスは顔をしかめた。机の端に寄りかかり、腕組みをする。

「いったいどうしてそんなふうに思ったんだい?」

「どうしてって？」

イザベラはきき返した。私はマーカスの心を読みちがえ、一人で勝手に苦しんでいたのだろうか？

でも、彼は私がそう受けとってもしかたないような行動を取ってきた。証拠はいくらでもあるわ。

「何から始めればいいかしら？」彼女は言った。

「ロンドンで話をしたとき、あなたはむきになって彼女を弁護したわ。私が彼女と母親の仲を裂いたといって私を激しく非難した。あなたは私の話よりも、彼女の話を信じたのよ。あなたはことあるごとに、いまだに彼女を愛しているようにふるまったわ」

彼女はトルコ絨毯の模様を見るとはなしに見た。

彼女は、動揺しているのと同時にマーカスに怒りを覚えていた。

「あなたは火事になるまで、インディアの寝室をそのままにしておいたでしょう？　私は、それをどう思えばよかったの？」彼女はたたみかけるように言った。「この家はまるで、インディアを偲《しの》んで建てられた聖堂みたいだわ！　私はわかって――」彼女は口ごもり、ごくりとつばをのんだ。

「何をわかっていたんだい？」

「彼女の思い出には勝てないと。あなたは、彼女を愛したようにはけっして私を愛してはくれない。あなたはもう誰も愛せないのだと思っていたわ」イザベラは口を閉じて、マーカスをじっと見つめた。

「どうしてインディアへの本当の気持ちをいままで話してくれなかったの？」彼女は問いつめるように言った。「なぜ、インディアの肖像画や思い出の品を飾ったままにしておいたの？　どうして彼女の寝室はそのままだったのかしら？　片づけるのがつらかったからでしょう？　それ以外の理由は考えられないわ」

マーカスの目は真剣だった。「たしかにつらかった」彼は言った。「だが、それは罪悪感からで、女を愛していたからではない」

イザベラは椅子の肘掛けを両手でぎゅっと握りしめて、マーカスをまじまじと見つめた。

「罪悪感？　いったい何に罪悪感を感じていたと言うの？」

マーカスは寄りかかっていた机から離れ、イザベラの座っている椅子の正面に置かれた椅子に座った。二人は手を伸ばせば触れ合えるほど近くにいたものの、緊張して、身動き一つせずにじっと座っていた。部屋の空気がぴんと張りつめるのが肌で感じられた。

「彼女を愛せなかったことに罪悪感を感じていたんだよ」しばらくしてから、マーカスは言った。「僕は彼女を幸せにできないと気づいた。彼女は幸せになってしかるべきだったのに」彼がそこで突然顔を上げたので、その目に映ったものにイザベラはぞっとしてすくみあがった。「僕は間違った女性と結婚してしまった。そして、インディアを自分の望むような女性にしようとした。つまり、君のような女性に。彼女は僕と結婚しているあいだ、ずっと君の影を意識しながら生きていた。彼女もそれに気づいていたが、お互いにそれを口にすることはなかった」

イザベラは困惑して頭を振った。「けっしてかなわない相手と生きていかなければならないのは、私のほうだとばかり思っていたわ」

マーカスは自嘲《じちょう》するような笑みを浮かべた。「君がそう言うのも無理はない。彼女の肖像画と持ち物であふれたこの家を見れば、誰だって……」

「それに、あなたは彼女の思い出をとても大切にしている」イザベラはもどかしげに小さく手を振った。「それも罪悪感からなの、マーカス？　彼女に、彼女自身が望んでいたような人生を送らせてあげられなかったから、その償いをしようと心に決めたの？」

マーカスは両手に顔をうずめたが、またすぐに顔を上げた。「それが僕にできるせめてものことだった」彼は淡々とつづけた。「僕は彼女の死に対して責任がある。あのとき、僕が一緒にロンドンにいてやりさえすれば……。だが、僕はできるだけ彼女を避けるようにしていたんだ」

イザベラはマーカスの手を取った。手を振り払われるのを覚悟していたが、彼はそうしなかった。

「残念だわ」イザベラはぽつりと言った。

マーカスはちらりと彼女を見た。「君が残念に思う必要はない」

「そうかもしれないけれど」イザベラはためらった。「でも、何か価値のあるものを築きあげようとしてそれに失敗するのがどんな気持ちか、私にはよくわかっているの。とはいっても」彼女はかすかにほほえんだ。「アーネストとのことについてはすぐにあきらめたわ。最初からうまくいく見込みはなかったのよ」

マーカスもほほえんだ。イザベラの手を取り、手の甲に口づける。「そんなにひどい結婚生活だったのかい、イザベラ？」

「ええ、ひどいなんてものじゃなかったわ！」イザベラは言った。彼女の顔から笑みが消える。「でも、あなたの結婚生活ほど悲しいものではなかった。あなたはインディアを幸せにしなければならないと思っていたんでしょう。私のほうは、最初から便宜的な結婚だとわかっていたから、期待もしていなかったわ」

マーカスは少し体を動かしたが、イザベラの手を放そうとはしなかった。「インディアにはけっして触れることのできない何かがあるとすぐに気づいたよ。彼女は打ち解けない性格だと君は言ったが、それは本当だ。彼女は何かに悩んでいた。彼女は不幸だった。それは僕のせいではないかと思っていたんだ」

イザベラは震えていた。マーカスにエドワード・ウォリックのことを話すのはいましかないとわかっていたが、それでもためらわずにはいられなかった。マーカスは私を信じてここまで話してくれた。しかし、二人のあいだにある信頼はとてももろいのだ。私が、インディアが不幸だった本当の原因を知っているかもしれないと言ったら、それでなくてももろい絆を完全に断ちきってしまいはしないだろうか？

マーカスはイザベラが震えているのに気づいて、もの問いたげに彼女を見た。彼の黒い瞳は優しさにあふれ、イザベラはインディアの秘密を知らなければよかった、屋根裏部屋を探ったりしなければよかったと強く思った。だが、マーカスにこれ以上秘密を持ちたくなかった。二人のあいだにはあまりにも多くの秘密がある。それに、ウォリックを野放しにしておくわけにはいかない。

マーカスの手を握ったまま、イザベラは彼の椅子のそばにひざまずいた。そして、ゆっくり話しだした。一つ一つ言葉を選ぶように。

「マーカス。あなたが幸せになれなかった理由があるように、インディアにも、彼女なりの理由があると思うの」

マーカスはイザベラの手を握る手に一瞬力を込めた。「それはどういう意味なんだ、イザベラ？」

イザベラは深く息を吸い込んだ。もう後戻りはできない。

「インディアはほかの人を愛していたんだと思うわ」彼女は言った。「彼女はエドワード・ウォリックを愛していたのよ、マーカス。そして、彼の子どもを産んだの」

知り得たことのすべてを、イザベラはマーカスに話した。ペンが言っていたことと、二人の記憶をつなぎ合わせてわかったこと、サザン卿がメイドに生ませたと言われている子どもの存在、そして、トランクの中から見つかったロケット……。マーカスはイザベラの話にじっと耳を傾け、そのあいだ、けっして彼女の顔から目をそらそうとしなかった。彼の表情は無表情で、何を考えているのかはわからなかった。

「悲劇なのは、ウォリックが本当に彼女を愛してたことね」イザベラは最後に言った。「それ以外に、彼が翌年もソルタートンに戻ってきた理由は考えられないわ。彼はインディアと結婚したかったのよ。でも、サザン卿は二人の結婚を認めず、彼にはどうすることもできなかった」

マーカスはわずかに身じろぎをした。彼はじっと座って話に耳を傾けていたので、彼の気持ちを読みとることはできなかった。彼は黙れと怒鳴ったり、非難したり、頭から否定することはしなかった。それでも、イザベラはみぞおちのあたりに不安が広がるのを感じずにはいられなかった。インディアの名誉を傷つけ、マーカスの亡き妻への敬意を損なうようなまねはしたくなかったし、何よりも、マーカスの信頼を失うのが怖かった。

「サザン卿とレディ・ジェーンがなぜインディアとウォリックの結婚を認めなかったのか理解できないな」マーカスはゆっくりと言った。「インディアが彼の子どもを産んだのなら、彼が娘にふさわしいかどうかはともかく、まず娘の評判に傷がつかないようにしようとするのが親というものではないのか?」彼はまるで、人間の知性に挑戦する難問でも解こうとしているかのように淡々とした口調で言った。

「サザン家の人たちについては知っているでしょう。私はジェーンおば様が大好きだったけれど、彼女は地位や身分をとても気にする人だったわ。そういう点では、私の母に似ていたといえるでしょうね。あなたに初めて会ったとき、おば様に、あなたのような人を好きになってはいけないと言われたのを覚えている。あなたは私にはふさわしくないから、と。インディアはおじ様とおば様のたった一人の娘で、両親の期待を一心に受けて育ったの。どこの誰とも知れないような財産のない男性に、娘を嫁がせるわけにはいかなかったのよ」

マーカスはいきなりインディアの手を放して、立ちあがった。いらだたしげに片手で髪をかきあげる。

「インディアがほかの男を愛していた。そして、その男の子どもを産んで、手放した……」

「絶対だとは言えないわ」イザベラはあわてて言った。「ただ、事実をつなぎ合わせると、その可能性が高いと……」彼女はマーカスを見あげ、彼の気持ちを必死に推し量ろうとした。「ごめんなさい、マーカス。彼女のことを悪く思わないで」

「どう考えたらいいのかわからないよ」マーカスはそう言って、無表情な目で彼女をじっと見た。「しばらく外に出てくる」

「マーカス――」イザベラは急いで立ちあがった。床にひざまずいていたので脚がこわばり、スカートはしわくちゃになっていたが、マーカスの顔からうつろな表情を消し去り、傷ついた心を癒《いや》してあげたいということしか頭に思い浮かばなかった。彼女は手を伸ばして彼を引きとめようとしたものの、遅かった。彼はすでに背を向け、部屋のドアが静かに閉まった。イザベラはあとを追おうとしたが、結局そうしなかった。

インディアがほかの男を愛していた……。その男の子どもを産んで、手放した……。

マーカスは長いあいだ海のそばに座っていた。水平線に見える白い帆の動きを目で追っていたが、心は空っぽだった。通りすぎる人が奇妙な目で見ているのも気づかなかった。知り合いに声をかけられたのにも気づかなかった。

しばらくして、陸に向かって吹く風がだいぶ冷たくなってきたのを感じた。マーカスはようやく立ちあがり、遊歩道を歩いてソルタートン・ホールに向かう階段を上った。フレディ・スタンディッシュが港にある宿屋から出てきて、戸口の陰に立っている誰かと言葉を交わしているのが見えた。いまはとてもスタンディッシュと話をするような気分ではなかった。マーカスは足を速めた。

屋敷はしんと静まり返っていた。

イザベラは洗濯室にいた。マーカスが入っていくと、彼女は顔を上げ、両手に持っていたシーツをゆっくりと下ろした。顔には不安そうな表情が浮かんでいる。体を動かすことで、いやなことを考えないようにしていたのだろう。僕を傷つけてしまったのではないかとイザベラが思い悩んでいるのがマーカスにはわかった。インディアに対して罪悪感を抱いたのとは対照的に、彼の胸には優しい気持ちが込みあげた。

「いつも思っていた」マーカスは唐突に言った。「インディアは誰かを忘れられずにいるんじゃないか、と。そんな彼女を責めることはできなかった。僕も彼女とまったく同じだったからだ。お互いそれに気づいていながら、胸の内を話し合ったことは一度もなかった。なんとかごまかしながらやっていたが、二人のあいだはぎくしゃくするばかりで……。気の毒なインディア……」彼は悲しそうにほほえんだ。「お互いに努力はしたが、溝は深まるいっぽうだった」

イザベラはマーカスのほうにやってきて、彼の胸に片方の手を置いた。頭にかぶっている見慣れないレースの帽子から巻き毛がひと房飛びだして、頬にかかっている。暑い部屋の中で体を動かしていたせいで、彼女の顔は上気していた。

「あなたは彼女を幸せにしようと、できるだけのことをしたわ」彼女は静かに言った。「そのことが大切なのよ」

マーカスはうなずいた。「過去に何があったか聞いても、インディアのことは少しも悪く思わない」彼はそう言って、顔をそむけた。「僕も君のことが忘れられなかったんだから。自分ではどうすることもできなかった」

イザベラは黙って、マーカスの顔を見つめた。

「たしかにショックだった」彼はそう言うと、イザベラの手を引っ張って、いい香りのするリネンのシーツの山の上に座らせた。「彼女のことはわかっているつもりだった。僕の思いあがりかもしれないが、六年も一緒に暮らしていたんだから」彼は頭をかいた。「だが、結局、何もわかっていなかったようだ」

「インディアはなかなか心を開かないところがあったから」イザベラは言った。

「僕に打ち明けてくれればよかったのに」マーカスは言った。「だが、彼女にはできなかったのだろう」

彼は本能的にイザベラをそばに引きよせた。

「きっと孤独だったのにちがいないわ」イザベラはマーカスの心を読んだかのように言った。

マーカスはイザベラの瞳をのぞき込んだ。彼女は彼の肩に頭をもたせかけていた。

「君にはインディアの気持ちがよくわかるんじゃないのか？」彼は静かに言った。

イザベラはため息をついた。「インディアと私には思った以上に共通点があることがわかったわ」

マーカスはイザベラにキスをした。イザベラにふたたび出会い、彼女の真実の姿を知り、こうして腕に抱きしめているのが信じられなかった。マーカスは喜びに舞いあがりそうになりながらも、神に感謝し、それと同時に謙虚な気持ちになった。そしてイザベラの頭から帽子を取り去って脇にほうると、彼女の髪に顔をうずめ、そっとシーツの山の上に押し倒した。二人ともひと言も言葉を発しなかった。言葉にならないほど、二人のあいだの緊張は高まっていた。イザベラはマーカスの上着とシャツをはぐように脱がせ、彼の胸をなでた。マーカスはすかさずイザベラの唇にキスをし、彼女のスカートの下に手を滑らせて、太腿をさすりあげた。

「マーカス」イザベラは唇を離して言った。「いけないわ、こんなところで！　メイドがいつ入ってくるかもしれないのよ」

それに応《こた》えるようにマーカスは立ちあがり、部屋を横切って、鍵をかけるふりをした。

「これでもう誰も入ってこられない」彼は言った。

そのあとしばらくして、マーカスはイザベラが乱れた髪を見慣れない帽子の下になんとか押し込もうとする姿をのんびり眺めていた。彼女は肩越しに振り向き、マーカスがかすかに笑っているのに気づくと、怒ったような顔をした。

「マーカス、笑っていないで、手伝ってちょうだい！」

「まだ、洗濯室で愛し合ったように見えるよ」マーカスは言った。彼はしぶしぶ立ちあがり、言われるままに彼女に手を貸した。

両肩に彼の手がかけられ、イザベラが振り向いて彼を見た。

「さっき君に一つきき忘れていたことがある」彼は言った。

またたく間にイザベラの瞳の輝きが薄れ、不安に代わるのに彼は気づいた。マーカスは彼女を安心させようと、肩をつかむ手に力を込めた。

「エドワード・ウォリックのことだ」彼は言った。

「彼がなぜソルタートンに戻ってきたのか理解でき

ない。インディアは死に、過去と一緒に葬られた。彼は僕がどんな秘密を握っていると思っているんだ？　彼の目的はいったいなんだろう？」

イザベラの顔に後悔と同情が入りまじったような表情が浮かんだ。

「ウォリックは何かを捜しに来たんじゃないかしら」彼女は言った。「マーカス、彼は自分の子どもを取り戻しに来たのよ」

22

「あいつを罠《わな》にかけるんだ」マーカスが言った。彼とアリステアは図書室にいた。夜もだいぶ更け、一つだけ灯《とも》されたランプの火が、柔らかい光を放っていた。「ウォリックはこのソルタートンにいる。だが、あいつをおびきよせるには餌《えさ》が必要だ」

「スタンディッシュを使おう」アリステアは言った。「ウォリックは彼を信用している」

マーカスはためらい、それから、首を横に振った。「僕はそうは思わない。ウォリックのような男は誰も信用しないものだ」

アリステアはグラスにブランデーを注《つ》ぎ、何やら考え込んでいる様子でそれを見つめた。「情にほだされて、決断力が鈍っているんじゃないのか、マーカス？」

マーカスは顔をしかめた。そんなことは、アリステアに言われたくない。「たしかにそうかもしれない」彼は言った。「お兄さんを巻き込むようなことはしないと、イザベラに誓ったんだ」

「彼はもうすでに深くかかわっている」アリステアは指摘した。「彼を味方に引き入れないと、僕たちの計画を台なしにされかねない」

マーカスは口を真一文字に結んだ。「イザベラとはようやく仲直りしたところなんだ。誰にも邪魔はさせないさ。エドワード・ウォリックであろうと、ほかの誰であろうと」

アリステアは唇に皮肉めいた笑みを浮かべた。

「この世に妻より大切なものはないと言っているみたいだな」

二人の目と目が合った。「そのとおりだよ」マーカスは認めた。「僕は彼女を愛している」

一瞬沈黙があった。

「それで」アリステアは言った。「どうやってやつをおびきよせるつもりなんだ？」

マーカスは机の上にあった銀のロケットを取りあげた。「これを使う」彼は言った。

イザベラはマーカスに抱きしめられてベッドに横になったまま、インディアのことを考えていた。いままでは、ただいとこの影に怯《おび》えるだけだったが、いまは同情し、理解したうえで彼女のことを考えられるようになった。どうしてもっと早く真実を知ることができなかったのか、それが悔やまれてならなかった。イザベラはマーカスの温かい胸に無意識のうちに身をすりよせながら、明日の朝になったら、また屋根裏部屋に行ってみようと眠い頭で考えた。インディアの遺品を整理し、彼女を思いだせるようなものを何か一つ選んだら、ほかのものは人にあげるなどして思いきって処分しよう。そうすれば、彼女の思い出に区切りをつけ、マーカスとともに新たな人生の一ページを切り開けるような気がする。

眠りに引き込まれる直前にイザベラはふと思った。インディアの子どもはいったいどうしてしまったのかしら？

まだ朝だというのに、ぐったりするような暑さだった。それにもかかわらず、フレディ・スタンディッシュは走っていた。彼が走ることはめったになく、ソルタートン・ホールの部屋から部屋へと走りまわりながら、彼はその理由に気づいた。走るのは不快だからだ。汗は出るし、息は上がる。だが、今回は例外だ。何しろ緊急事態なのだ。走るのもやむをえない。

どこを捜しても、マーカス・ストックヘイヴンは見つからなかった。図書室にも客間にもいなかったが、家政婦はストックヘイヴン卿《きょう》とミスター・キャントレルは屋敷におられますとフレディに断言した。ストックヘイヴンを捜しまわるなど、フレディには考えられないことだった。彼はこの三週間、義弟を避けることに神経を費やしてきた。ストックヘイヴンにはフレディを居心地悪くさせる何かがあった。ストックヘイヴンは強く、自信に満ちあふれ、フレディがそうありたいと強く願いながら、いまだになれずにいる理想の男の資質をすべて兼ね備えていた。あんな男になれたらどんなにいいだろう。だが、いまはそんなことを言っている場合ではない。とにかく、緊急事態なのだから、義弟を妬《ねた》んでいる暇はない。

フレディが息を切らしながら庭の通路を走り、外に出るドアを開けようとしたとき、銃器室から何者かが出てきて彼の腕をぎゅっとつかんだ。フレディはあまりの痛さに悲鳴をあげそうになったが、唇を噛《か》んでうめき声をあげるだけにとどめた。

「静かに！」マーカスはフレディを部屋に引っ張り込んで、ドアを閉めた。アリステア・キャントレルも中にいた。手には決闘用のピストルを持っている。

フレディはそれを見て、気を失いそうになった。

「ウォリックが」フレディはぜいぜい息を切らしながら言った。「ウォリックがこの屋敷にいる」

マーカスはひどくいらだたしげな顔をした。「わかっている。頼むから静かにしてくれ」

アリステアはフレディのほうをちらりと見ただけで、ふたたび決闘用のピストルを調べはじめた。

「どれくらい待つ？」彼は尋ねた。

「三分だ」マーカスは言った。「三分たったら、上がっていこう」

フレディはふたたびマーカスの腕をつかんだ。

「わかっていないんだな、ストックヘイヴン。ベラ
が……ベラが屋根裏部屋にいるんだ」

さすがに今回ばかりは義弟の関心を引くことができたので、フレディはほっとした。マーカスはくるりと振り向き、目を細めてフレディを見つめた。

フレディは義弟の注目を一身に集めていた。

「イザベラが？」

「だから、そう言っているじゃないか」フレディはじれったそうに言った。「ベラがミセス・ロートンに、屋根裏部屋に行って、何か取ってくると話しているのを聞いたんだ。それから、ミセス・ロートンにあとで亡くなったレディ・ストックヘイヴンのトランクを持ってきてくれるように頼んでいた」

マーカスは毒づいた。「彼女はいつ屋根裏部屋に行ったんだ？」

「十五分……いや、二十分前だったかな」暑くて汗だくになっているのに、フレディの歯はがちがちと鳴った。彼は指で襟元をゆるめた。「ウォリックは

罠だと思うだろう」

「そうだな」マーカスはきびしい声で言った。「われわれが計画していた罠ではないが」

アリステアは大きな音をたてて撃鉄を引いた。

「さあ、行こう」彼は言った。二人ともフレディを見もせずに、出ていった。

フレディはほっとして、テーブルにへなへなともたれかかった。ポケットから染みのついた薔薇《ばら》の香りのする大きなハンカチーフを取りだし、額の汗を拭《ぬぐ》う。早くこの部屋から出なければ。油と火薬のにおいが、動物の死骸《しがい》を連想させた。彼はぞっとして身震いした。

それからフレディは通路に出て、ゆっくりと玄関広間に戻っていった。屋敷は不気味なほど静まり返っていた。客間に行き、座って『ジェントルメンズ・マガジン』を読もうとしたが、集中できなかった。ストックヘイヴンにすべてを打ち明けて、助けを乞《こ》うべきなのではないだろうか？　フレディは落ち着かずに椅子に座り直した。義弟は、最初から僕を見下げ果てた男だと思っている。いまさら何を聞いても、これ以上僕の評価が下がることはないだろう。それでも、フレディの心のどこかに、義弟にこれ以上悪く思われたくないという気持ちがあった。

フレディはうんざりして雑誌を脇《わき》に投げた。どうしてこんなに静かなんだ？　ウォリックはまだつかまっていないのか？　ウォリックが逃げたのだとしたら……。フレディは鼻の下に汗をかいた。まずいぞ。こんなところにぐずぐず座って、自分の運命がどうなるのか待っている場合じゃない。どんなことがあろうと、自分の運命は自分で見届けなければならない。

イザベラには、今度は自分が何を探しているのかはっきりわかっていた。ゆうべ、インディアのトランクの中に、絵の具箱らしき箱とスケッチブックがあったのを思いだし、もしかしたら、インディアは自分の思いを言葉ではなく、絵に描《か》いたのかもしれないと頭をよぎったのだ。そこで、もう一度ラベンダーと埃《ほこり》のにおいのするトランクの中を探し、ブリキの箱を見つけた。振ってみたところ、クレヨンのかたかたと鳴る音が聞こえた。スケッチブックはその下にあった。彼女はそれを引っ張りだした。

だが、中には何も描かれていなかった。

イザベラはがっかりしたが、あきらめきれなかった。きっと何か描かれているはずだわ。彼女はしゃがんで踵《かかと》に体重をかけ、ぱらぱらとスケッチブックをめくった。何もない。ところが、最後のページに鉛筆でうっすらと何かが描かれているのが見えた。天使のように愛くるしい小さな子どもの絵だった。鉛筆の色が薄れ、線もほとんど消えかかり、うっかり見すごすところだった。絵の下に、エドワード・ジョンと名前が書かれているのがかろうじて読みとれた。

そのとき、むき出しの床板にいきなり人の歩く足音が響いて、イザベラの心臓が大きく跳びはねた。誰かが階段を上ってくる足音は聞こえなかったのに……。二人は、もうとなりの部屋で待ちかまえているのだろうか？

人影がイザベラの上に落ち、彼女は顔を上げた。

「ごきげんよう、レディ・ストックヘイヴン」後ろで声がした。「先を越されましたな」

ミスター・オーウェンが金の持ち手のついた杖《つえ》に寄りかかるようにして立っていた。彼は舞踏会場で会ったときと同じように、病的なまでに青白い顔をしていたが、何か人をぞっとさせるような雰囲気も漂わせていた。石版色の灰色の目は記憶にあるよりも冷たく、イザベラは思わず身震いした。

「あなたには」オーウェンは静かに言い足した。

「いつも先を越されている」

「あなたに遅れをとるわけにはいきませんもの」イザベラは言った。「ミスター・ウォリックですね？」

彼は頭を傾《かし》げた。「よくおわかりになりましたね。私のことはご存じでしたか？」

「ええ……お噂《うわさ》をうかがったことはあります」

「ストックヘイヴンは執拗《しつよう》に私を追っていた」ウォリックはつづけた。「その理由をお聞きになりましたか？」

イザベラはゆっくり立ちあがったが、その動きはどこかぎこちなかった。ウォリックは彼女を止めようとしなかったが、それでも、イザベラは恐怖を覚えずにはいられなかった。二人のあいだに漂う空気に緊張と、ほかにも何か冷たいものを感じる。それに、彼女には自分の身を守る術《すべ》がなかった。

「どうしてここにいらしたの？」彼女は尋ねた。

ウォリックはほほえんだ。彼はもう一つのトランクの角に寄りかかって、じっとイザベラを見つめている。「過去のために……息子を捜しに来たのです」

「前に一度お会いしたことがありますわね？」イザベラは慎重に尋ねた。ウォリックが過去に触れたので、彼に話を合わせた。「一八〇三年だったかしら？　場所はソルタートンの舞踏会場。あなたは私のいとこと踊ったわ」

ウォリックの唇にかすかに笑みが浮かんだ。「男はみんなあなたと踊りたがった」彼は言った。「あなたは美しかった。でも、私は最初からミス・サザンが欲しかった」

ウォリックはもの思わしげな表情で首を傾げた。

「二週間前にお会いしたとき、あなたは私に気づかなかった」彼は言った。「無理もないでしょう。私は変わりましたから」

イザベラもそう思った。いまの彼には、昂然《こうぜん》と頭を上げ、目に向こう見ずな光を宿した、あの颯爽《さっそう》とした中尉の面影はない。インディアを引きつけた反逆的精神も、影も形もなかった。病がすっかり彼を変えてしまったのだろう。イザベラはあまりの変わりように驚くと同時に、彼に同情せずにいられなかった。エドワード・ウォリックに同情心を感じるとは思ってもみなかった。彼女はスケッチブックを開けて、彼に絵を見せた。

「この絵をごらんになって、ミスター・ウォリック」イザベラは言った。「おそらく、あなたの息子さんでしょう。あなたにちなんだ名前がつけられているわ」

それでなくても青白いウォリックの顔がますます青くなった。彼が杖を強く握りしめているのにイザベラは気づいた。

「ほかには?」まるで天気の話でもしているような口ぶりだった。それほど彼の声には感情がこもっていなかった。

「残念ですけれど何も」イザベラは言った。彼女はロケットのことを思いだした。ロケットはマーカスの机の上に置いてきてしまったが、あのロケットはウォリックが持っているべきもののような気がする。彼女は口を開いたが、またすぐに閉じた。

ウォリックがため息をついた。「書類は何も残されていない。私はあちこち捜しまわった。おわかりですよね、レディ・ストックヘイヴン。手がかりは何もない」

彼は上着のポケットからロケットを取りだして、そっとてのひらにのせた。イザベラは息をのんだ。

「これに見覚えがありますね?」彼は静かに言った。

イザベラは黙ってうなずいた。

「最初から罠だとわかっていましたよ」ウォリックは言った。「あなたの兄上がこれを見つけて、私に送ってきた。私にそう思わせる狙《ねら》いだったのでしょう?」彼は銀の鎖を持って、ロケットをそっと揺らした。「スタンディッシュ卿は六年間私のために働いている」彼は淡々と言った。「そのあいだに、彼がまったく役に立たないということがわかりましたよ。彼のような男が、屋根裏部屋に大切にしまわれていたミス・サザンの遺品の中からこれを見つけることなどありえない」彼はイザベラにほほえみかけた。イザベラは骨の髄まで凍りついた。「それでも、私はやってきた。何がなんでも、息子の消息を知る情報が欲しかった。ただ、レディ・ストックヘイヴン、あなたにお会いするとは思ってもみませんでしたが」

イザベラは礼儀正しくお辞儀をした。「あなたが驚かれたように、私も驚きましたわ、ミスター・ウォリック」

ウォリックは笑った。笑い声が屋根裏部屋にうつろに響き渡る。「私はあなたの兄上を見くびっていたようだ、レディ・ストックヘイヴン」

イザベラはそうは思わなかった。フレディはこのことにかかわっていないという強い確信があった。私はそうとは知らずに、自ら罠に飛び込んでしまったのだ。マーカスが計画について少しでも話してくれていたらよかったのに。だが、今朝の彼は声をかけるのもはばかるほど深く考え込んでいたし、イザベラも気分が悪かった。彼女の体調はしばらくしてよくなったが、そのあとは、インディアの亡霊を永久に葬り去ることしか頭になかった……。

「少なくとも、あなたの存在は慰めになりますよ、レディ・ストックヘイヴン」ウォリックは言った。「あなたは役に立つ。簡単に怯えたりしない。あなたのいとこと違って。だから、私は彼女を守ってやりたいと思ったのかもしれない」

「そうするのを許してもらえなくて、残念でしたわね」イザベラは言った。それは彼女の本心だった。ジョン・サザン卿が彼が娘に会うのを禁じたり、彼の求婚を拒んだりしなければ、違った結果になっていたのかもしれない。しかし、ウォリックはいま、喉から手が出るほど息子の情報を欲しがっている。その目には狂気すら感じられた。彼はきっと、息子を捜す手がかりを得るためなら、どんな危険を冒すのもいとわないだろう。それほどまでにせっぱつまっている。

「ほかに何をご存じですか?」彼は尋ねた。

「一八〇四年の春の初めごろに、いとことレディ・ジェーンがスコットランドを訪れたのを覚えているわ」イザベラは落ち着いた声で言った。「なぜあんな荒れ果てた土地にわざわざ出かけていったのか、当時は気づきませんでしたけれど、そうしなければならない差し迫った事情があったのでしょう」

沈黙があった。一条の日差しがウォリックのこけた頬を照らし、肌に深く刻み込まれたしわを浮きたたせた。

「スコットランドにも行きました」彼は静かに言った。「あらゆる場所に出かけ、あらゆる人に話をきいた。それでも、息子の消息はつかめなかった」

イザベラはごくりとつばをのんだ。彼の恐ろしい評判はさんざん聞かされていたが、彼女はウォリックに同情せずにはいられなかった。子を思う親の気持ちは誰でも同じだ。

「彼は庭師の夫婦に里子に出され……」イザベラはつづけた。「一家でロンドンに移り住んだと聞いたわ」

「その夫婦は死にましたよ」

ウォリックの言葉が部屋の静けさを打ち破り、空気を震わせた。

イザベラは言った。「ソルタートンに、何か知っている人がいるはず――」

ウォリックが突然動いたので、ふたたびイザベラは口を閉じた。「あなたのおじ上は実にうまくやったた」彼の声はぞっとするほど憎しみに満ちていた。

「彼は墓まで秘密を持っていったんだ。娘の評判を傷つける可能性のある、ありとあらゆる証拠を破棄してね」

相手の怒りの前になす術はなく、イザベラはわずかに肩をすくめただけだった。「おじは正しいと思ったことをしたまでよ」

ウォリックは不満そうに口をへの字に曲げた。

「彼は家名を守ろうとしただけだ。娘の気持ちなどこれっぽっちも考えていなかった。彼女を不幸にした責任は彼にある」

「どうしてそう思うの?」

「あなたが自分でそう言ったんだ。彼が私の求婚を拒みさえしなければ……」ウォリックがいきなりイザベラのほうを向いたので、彼女はとっさに後ずさった。だがそのあと、彼の怒りはイザベラではなく、過去に向けられているのだとわかった。「彼は娘が……子どもを身ごもった娘がアイルランド人のろくでもない男と結婚するのを許さなかった」彼の目におもしろがるような表情が浮かんだ。「たとえ話ですがね」

「それでも、あなたは戻ってきて、もう一度サザン卿にお願いをなさったのね」

「そうだ」彼はイザベラの目を見ているように見えたが、こちらを見ているのではないことに彼女は気づいた。「翌年の夏、あの舞踏会場に行って、もう一度運命を試してみた。ところが、サザン卿はならず者と私を罵《ののし》り、追いだそうとした。私はかっとなり、娘の恥を世間にばらしてやると毒づいたんですよ」

「でも、あなたはそうはしなかった」イザベラは言った。

ウォリックは灰色の目にふたたびおもしろがるような表情を浮かべて、イザベラを見た。「なぜだと思います？」彼は尋ねた。

「インディアを愛していたからよ」イザベラは言った。「いまでも愛しているんでしょう？　あなたが罰したいのはインディアの父親のほうで、彼女ではないわ」

ウォリックはわずかにひるんだように見えた。

「どうしてそう言いきれるんだ？」

「インディアが生きているあいだ、あなたは彼女の評判を傷つけるようなことは何もしなかったもの」イザベラは言った。「彼女に会いに来ることもなければ、子どもを捜したりもしなかった。あなたが自分の子どもを捜しはじめたのは、彼女が亡くなったあとだった」

「かけ落ちしようと言ったが、彼女はついてきてはくれなかった」ウォリックは自嘲《じちょう》するような表情を浮かべていた。「不思議なものだ。彼女は私を愛し、身も心も捧《ささ》げてくれたのに、人生までは預けてくれなかった」

「それほど不思議なことではないわ」イザベラはいとこを思いだしながら言った。インディアと自分にこれほど共通点があるとは思ってもみなかった。「恋に夢中になっているときには迷わず相手の胸に飛び込んでいけるのに、人生の決断を迫られると、往々にして間違った選択をしてしまうものなのよ」

イザベラは彼に目を向けた。「そのあと……あなたはどうなさったの？」

「軍に戻ったさ」ウォリックは肩をすくめた。「だが、すぐに上官の命令に従わなかったことで軍法会議にかけられ、軍を追放された。それから、しばらくアイルランドにいたが、またロンドンに舞い戻って、悪い仲間とつき合うようになった」彼は歯を見せて笑った。「いまだにそういう連中とつき合っている。いまではそいつらの親玉だよ」

「それでも、息子さんを捜しだすことがあなたにとっていちばん重要なことなのね」イザベラは言った。

極度の緊張に、体が悲鳴をあげそうだった。ウォリックに永遠に話しつづけさせておくことはできない。この先自分の身に何が待ち受けているのか、イザベラには想像もつかなかった。

「そうだ」ウォリックは言った。「私はソルタートンでも、スコットランドでも、ロンドンでもきいてまわったが、すべて無駄足に終わった」彼は世間話でもするような口調で言った。「しまいには、直接ソルタートンに来て、小僧にストックヘイヴンの家を家捜しさせた。私はそのあいだに、ソルタートン・ホールに行って、レディ・ジェーンに会った。私を助けられるのは、もう彼女だけだったからね」

「そこでもまた、あなたは拒否されたのね」

ウォリックの口のまわりに刻まれたしわがさらに深くなった。「レディ・ジェーンは頑として認めなかったよ。事実を認めたら、死んだ娘の名誉に傷がつくと思ったんだろう」

それを聞いても、イザベラは驚かなかった。夫がそうであったように、レディ・ジェーンにとっても、インディアの評判と家名を守ることが何よりも重要だったのだ。命をかけてでも。

「レディ・ジェーンはその夜に亡くなったわ」イザベラが告げた。

ウォリックはぱっと振り向いた。「私は何もしていない」

「おばと口論になったんでしょう?」

「だからなんだと言うんだ?」

「おばは年老いて、弱っていたわ。ショックに耐えられなかったのよ」

ウォリックはふたたび肩をすくめた。「私の知ったことではない」

イザベラはウォリックの無関心な態度に身が凍るような思いがした。彼には明らかに何かが欠けている。自分の息子にはこれほど執着しているのに、ほかの人間にはいっさい同情を示さないなんて。彼には哀れみも感情もないようだ。

「それで、どうなさるおつもりかな、レディ・ストックヘイヴン？」ウォリックが静かにきいた。彼がわずかに動くと、彼女はふたたび身をこわばらせた。

「私はこれからどうすればいい？」

「お帰りになるべきだわ」イザベラは落ち着いた声で言った。「ここにもう用はないはずよ、ミスター・ウォリック。インディアも母親のレディ・ジェーンも、秘密とともに地中深く眠っているわ」

ウォリックはイザベラに嘲《あざけ》るようなまなざしを向けた。「私に息子を捜すのはあきらめろと言うのか？」

「捜してどうなるの？」イザベラはそう言って、ため息をもらした。「けっして忘れられないというあなたの気持ちはわかるわ」

ウォリックは背筋を伸ばし、ゆっくりとうなずいた。「あなたならわかってくれると信じていた」

二人の目と目が合った。心にまたしても同情心が呼び起こされるのをイザベラは感じた。彼に同情などしたくないのに、哀れに思わずにはいられなかった。

「お帰りになって」彼女はふたたび言った。

ウォリックは体を起こし、ポケットに手を入れた。「そうしましょう。でも、あなたに一緒に来ていただきますよ、レディ・ストックヘイヴン」

フレディはまた走っていた。こんなことはやめなければいけないと、ぼんやりとはわかっていた。しかも、階段をかけあがるなど、もってのほかだ。二倍息が切れる。

彼は三階までは忍び足で階段を上ったが、屋根裏部屋の近くにマーカスの姿もアリステアの姿もないのに気づいて、混乱した。イザベラの身が危ない！ マーカスは僕が言おうとしたことをわかっていないのだ。もう彼を捜している時間はない。フレディは最後の階段をかけあがって踊り場に着くと、屋根裏部屋のドアをいきなり押し開けた。

「ベラ！」

エドワード・ウォリックとイザベラは大きな声に驚いて、同時に跳びあがった。フレディはウォリックが獲物に襲いかかろうとする蛇のように緊張しているのに気づいた。彼は突然イザベラの体に腕をまわし、喉もとに短剣を突きつけた。フレディはきらりと光る刃《やいば》を見て、ふたたび気を失いそうになった。

「いったい何を企《たくら》んでいるんだ、スタンディッシュ？」ウォリックは怒鳴った。

フレディはウォリックからイザベラに視線を移し、追いつめられたきつねのように唇をなめた。そして、絹のハンカチーフを取りだして額に流れ落ちる汗を拭った。

「フレディ」イザベラは言った。彼女は兄の裏切りを知って、悲しんでいるように見えた。「ミスター・ウォリックとは知り合いなんでしょう？」

「ああ」フレディは答え、ふたたびウォリックに視線を戻した。説明している時間はない。彼は両手を大きく広げた。「妹を放すんだ。ここには僕しかいない。僕は脅威にはならないだろう」

「おまえのことなど、誰が恐れるものか」ウォリックは鼻で笑った。イザベラに短剣を突きつけたまま、がらんとした部屋を見まわす。「おまえがなぜここにいるのかは不思議だが」彼はフレディをにらんだ。「誰も入ってはこなかったんだな？」

「誰も見ていないよ」フレディは落ち着いた声で言った。「妹を放して、とっととここから出ていくんだ、ウォリック」

ウォリックは怒りに顔を引きつらせた。「私を裏切るつもりか、スタンディッシュ？」

「いったいなんの話をしているんだ？」フレディは言った。彼は恐怖に青ざめ、がたがた震えていた。妹を助けようなどという気を起こさなければよかったとなかば後悔していた。イザベラは自分の身は自分で守れる。いまはどうしたらいいのかわからないような顔をしているが、頭ではきっと何か考えているにちがいない。だが僕はといえば、完全にお手上げだ。「僕にはあんたをだますなんて頭脳もないし、度胸もない」

イザベラがわずかに体を動かしたので、短剣の刃先が彼女の喉もとをかすめ、白い肌にうっすらと血がにじんだ。フレディはぞっとした。彼は子どものときから血を見るのが苦手で、それはいまも同じだった。

「レディ・ストックへイヴンには私と一緒に来てもらう」ウォリックは言った。

「だめだ」フレディはそう言って、一歩近づいた。「そんなことをする必要はない。僕は、ストックへイヴンとキャントレルがコテージから戻ってくる途中だと知らせに来たんだ。妹に何も危害を加えなければ、逃げる必要はない」

ウォリックはイザベラを盾にして、じりじりとドアに近づいた。

フレディは後込《しりご》みする自分を叱《しか》りつけ、勇気を奮い起こしてウォリックの脚に飛びついた。ウォリックはイザベラを放し、うなり声をあげてフレディに飛びかかった。体と体がぶつかる鈍い音がした。フレディは息ができなくなり、肺が風船のように破裂してしまいそうだった。

三つのことが同時に起きた。フレディは目の隅で、イザベラが腕を振り下ろし、エドワード・ウォリックの頭の横を何かで強く殴る姿をとらえた。あたりが騒がしくなり、ばあんと銃が発射される音がした。弾丸がウォリックの肩をかすって壁に当たり、漆喰《しっくい》がばらばらとはがれ落ちた。

そして、フレディは短剣で脇腹を切りつけられるのを感じた。彼は手で脇腹を押さえたが、指のあいだから血がにじみだしてきた。ウォリックは死んではいなかったが、かろうじて息をしている状態だった。なんというざまだ。僕はしょせん英雄にはなれないのだ。

「フレディ！」いつの間にかイザベラが横にいて、心配そうに自分の名前を呼んでいた。マーカス・ストックヘイヴンが窓から屋根裏部屋の床に飛び下りた。そうか、屋根を使う手があったのか。どうして気づかなかったのだろう……。

イザベラが布らしきものでフレディの脇腹を押さえていた。彼女のペチコートかもしれない。やめてくれるよう、フレディは言いたかった。上等なリネンをだめにしてしまうのはもったいない。それに、恐ろしく痛かった。

フレディはずるずる壁を滑り落ちて、うめいた。イザベラが彼の頭を膝にのせた。「いま助けが来るわ、フレディ」彼女は言った。「ミスター・キャントレルがお医者様を呼びに行ってくださったの。すぐによくなるわ」

フレディはイザベラの言葉に感謝していたが、これっぽっちも信じてはいなかった。

「いつもおまえを助けたいと思っていたんだ、ベラ」彼は言った。そう言うのには恐ろしく力がいった。「おまえが若いときにはそれができなかった。ようやく役に立ててうれしいよ」

マーカスが布をさらにきつく巻きつけると、彼は痛みにびくっと跳びあがった。

「彼だとはまったく気づかなかったな」フレディはささやいた。「一度も会ったことがなかった。彼がインディアの恋人だとわかっていたら……」彼は痛みに顔をゆがめた。イザベラは兄の手をぎゅっと握りしめた。

「フレディ……」

「お気に入りの上着もだめにしてしまった」フレディは言った。そのあと、幸いなことに、彼は暗闇《くらやみ》にのみ込まれ、それ以上痛みを感じずにすんだ。

「彼は助かるだろう」マーカスは言った。彼はこの三十分というもの、フレディ・スタンディッシュのベッドのそばに座り、不運な彼がエドワード・ウォリックの悪事に引き込まれたいきさつを涙ながらに話すのを聞いていた。フレディがやがて話し疲れて眠ってしまうと、マーカスはイザベラの寝室に行き、なんとか休むよう彼女を説得した。彼女の顔は兄の身を案じるあまり真っ青になっていた。だが、彼女が心配するのも無理はなかった。フレディの怪我《けが》は大したことはなく、短剣がほんの少しかすっただけだが、出血が多かったために、実際の傷よりもはるかに重傷のように見えたのだ。

マーカスはベッドに近づいた。イザベラは枕《まくら》に寄りかかり、ベッドの上に起きあがっていた。そばにはお茶が置かれ、手には本を持っていた。彼女がそこに書かれた文字を読んでいなかったのは明らかだった。本をさかさまに持っていたのだから。

マーカスは彼女を安心させるように両手を取った。

「フレディはしばらくはあのままだろうが、安静にしていれば、回復は早いだろう」

「今回のような奮闘はもう期待できないというわけね」イザベラはいつもの彼女を取り戻して、皮肉めいた口調で言った。「それでも、よかったわ。私はもうすでに多くの肉親を失っているの。兄まで失うのは耐えられないわ」彼女は額にしわを寄せた。

「でも、フレディをどうするつもりなの、マーカス？　彼がウォリックのために働いていたとなると、あなたは難しい立場に立たされるわ」

マーカスはほほえんだ。「フレディも気の毒だ。彼の話では、もう何年も前からウォリックの言いなりになっていたそうだ。その前には、彼の父親が。だが、彼はウォリックの組織のいちばん小さな歯車にすぎない。情報を提供していただけで、悪事にはいっさいかかわっていなかった」

マーカスはイザベラの顔に安堵《あんど》と苦悩の入りまじった表情が浮かぶのに気づいた。「そんなことになっているとは少しも知らなかったわ。ペンから兄に借金があることは聞いていたのだけれど……」彼女は疲れたように額をさすった。

「彼を責めてはいけないよ」マーカスは言った。「そこまで追いつめられていたんだ」

イザベラは弱々しくほほえんだ。「フレディを責めることなんかできないわ。追いつめられた人間の気持ちはこの私がいちばんよく知っているもの」彼女はマーカスを見た。「私が追いつめられ、孤独だったときにどんなことをしたか思いだしてみて。私の犯した罪のほうがはるかに重いもの」

マーカスはイザベラの手を強く握りしめた。「君のしたことは罪でもなんでもないよ、ベラ」もう二度とイザベラにつらい思いはさせない。マーカスはそう胸に誓った。彼女は強く、勇敢な女性だ。マーカスはそんな彼女を愛していた。

マーカスはイザベラがこれまで耐え抜いてきたさまざまな試練を思って、額にしわを寄せた。「フレディが、君が若いときに助けてやれなかったと言っていたが、あれはどういう意味なんだい？」彼は尋ねた。

イザベラはしばらく黙っていた。「フレディはずっと悔やんでいたんだと思うわ。私が……私がアーネストと無理やり結婚させられたときに、何もできなかったことを……」彼女はようやく言った。「はっきりとそう口にしたことはないけれど、何度かそう思わせるようなことを言ったことがあるの。ずっと罪悪感を抱いていたのね」

マーカスはゆっくりとうなずいた。「でも、当時は彼も若かったはずだ。彼は君より少し年上なだけだろう？」

「兄は十八だったわ」イザベラは言った。「父親に立ち向かうべきだったのに、そうしなかったことを後悔しているのよ」

マーカスはしばらく黙っていた。「君が好きでもない男と結婚させられるのを止められなかった自分を情けなく思っていたんだな。少なくとも、今日は自尊心を取り戻すことができたはずだ」

イザベラは考え深げな表情で彼を見た。「前から気になっていたことがあるの、マーカス。あなたはフレディが好きじゃないように見えるのだけれど、それはなぜ？」

マーカスはためらった。「ふまじめな男だと思っていたのはたしかに認めるよ。だが、僕は彼を嫌ってなどいない。むしろ、嫌われているのは僕のほうだよ。僕は前からフレディに嫌われているような気がしていた。理由はさっぱりわからないけどね」

イザベラは眉を寄せた。「兄がその理由を言ったことはないんでしょう？」

「ない」

「何か思い当たる節は？」

マーカスは首を横に振った。「何も思いつかない」

短い沈黙があった。イザベラは何か考え込んでいるような表情をしていたが、口を開いたときには、まったく関係のないことを尋ねた。

「エドワード・ウォリックはどうなるの？」

マーカスはため息をついた。「あいにく、彼も助かるだろうな。死んでくれたほうがこっちの気は楽になったかもしれない。そうすれば、彼の処罰をどうするか決めるのに頭を悩ませずにすんだだろうからね」

マーカスはイザベラの目に苦痛の表情がよぎるのを見た。「彼を逃がしてあげることもできるわ」彼女は言った。

マーカスは驚いて彼女を見た。「ベラ、あの男は君を殺そうとしたんだぞ！」

「違うのよ」イザベラは指摘した。「彼は自分の自由を求めるのと引き替えに、私を盾にしていただけよ」

マーカスは唇を固く引き結んだ。ウォリックがイザベラの喉もとに短剣を突きつけていたときのことは一生忘れられないだろう。マーカスはもう少しでウォリックを撃ち殺すところだった。だが、間違ってイザベラを撃ってしまったらどうするんだというアリステアのひと言で、正気に戻った。アリステアは彼の上着をつかみ、チャンスを待てと言った。短剣がイザベラの首筋をかすめ、血がにじんだのを見たときには怒りにわれを忘れそうになったが、皮肉なことに、その怒りをやわらげたのは恐怖だった。あれほどの恐怖を感じたのは生まれて初めてだ。イザベラが怪我をするかもしれない。殺されるかもしれない。そう思っただけで足がすくんだ。

マーカスはイザベラが痛がるほどその手を強く握りしめていた。だが気がついて、彼はしぶしぶ手を放した。本当は放したくなかった。イザベラをずっと抱きしめていたかった。そうしていないと、彼女を奪われてしまうような気がした。彼女を失いたくない。

「あの男は危険な犯罪者だ」声に怒りがにじむ。「彼はけっして君を解放しなかっただろう、ベラ。あの男は人殺しもいとわない極悪人だ。絞首刑になって当然の男なんだ」

イザベラは目をしばたたいた。マーカスは彼女の澄んだ青い瞳と、愛らしい口もとを見て、彼女をぎゅっと抱きしめたくなった。

「ええ、それはわかっているわ」彼女はそう言って、身を震わした。「私たちの話を聞いていたの、マーカス？」

「いや」マーカスは言った。「何も聞こえなかった。君が話してくれるのを待っていたんだ。だがその前に……」彼はつけ加えた。「屋根裏部屋で何をしていたのか聞かせてくれないか？」

イザベラは気まずそうに体を動かし、これから困難な仕事に立ち向かおうとするかのように唇を固く結んだ。

「インディアの遺品の中から、何か形見になるものを見つけようと思ったのよ」マーカスはきっと驚いたような顔をしたのだろう。だが彼女はつづけた。

「インディアの気持ちがよくわかるの、マーカス。私たちはけっして親しくなかったし、打ち解けることはなかったかもしれないけれど、それでも、彼女に同情せずにはいられないの」彼女は一瞬間を置いてから言った。「私たちはお互いにわかり合えたかもしれないわ」

マーカスはうなずいた。「ウォリックとは何を話した？」

イザベラはため息をついた。「彼の息子の話をしたわ」彼女は両手を合わせた。「ウォリックを見逃すことができないのはよくわかっているわ、マーカス。でも、彼は毎日苦しんでいるのよ。これからも苦しみつづけるでしょうね。子どもを見つけだすこともできず、生きているのか死んでいるのかもわからないなんて。それがどんなにつらいことか、私にだってわかるわ」言葉につまって、彼女はうつむいた。

マーカスの表情はきびしいままだった。ウォリックはまったく同情する余地のない男だとわかってはいたが、それでも、イザベラが同情する気持ちはわからないではなかった。イザベラの訴えにマーカスの心はわずかに揺らいだ。「君の気持ちは理解できるよ」彼はゆっくりと言った。

イザベラはぱっと顔を上げて、マーカスを見た。

「本当に?」

「ああ。君からインディアの子どもの話を聞いたときには、僕でさえウォリックに同情したくらいだ。だが、あの男は……」彼は首を振った。

ろうそくの明かりを受けて、イザベラの瞳は一段と明るく、青く輝いて見えた。「子どもを見つけることはできないかしら?」

マーカスはためらった。これ以上イザベラを悲しませたくなかったが、真実を話さなければ、彼女は自分でインディアの子どもを探しだそうとするだろう。

「子どもはすでに見つかっている」マーカスは言った。

イザベラの瞳がぱっと輝いたが、マーカスの表情を見た瞬間、その輝きは失《う》せた。

「彼は……」イザベラは一瞬ためらった。「死んだの、マーカス?」

マーカスはうなずいた。「彼はすぐそばにいたんだ。エドワード・チャニングといって、ウォリックが息子の消息を知る手がかりを見つけるために僕の家を物色させた少年だ」

イザベラは愕然《がくぜん》として、あえぐように言った。「で、でも……ウォリックは草の根を分けて息子を捜しまわっていたのよ! どうして気づかなかったの?」

マーカスは肩をすくめた。「それは僕にもわからない。少年はスコットランドで生まれ、その後サザン家で庭師をしていた夫婦の養子になった。その里親とともにロンドンに移り住んだが、里親が亡くなり、ソルタートンに連れ戻されて今度はチャニング家に引きとられた。チャニングの妻は庭師夫婦の遠縁に当たり、長年ジョン・サザン卿のもとで働いていたんだ。サザン卿は目の届くところに彼を置いておきたかったのだろう」

イザベラは眉をひそめた。「どうしてウォリックは気づかなかったのかしら？」

マーカスは頭を振った。「サザン卿のお眼鏡にかなっただけあって、チャニングの夫婦は口が堅かった。サザン卿自身も、墓場まで秘密を持っていった。ところが、少年はエドワード・ウォリックの血を引いたのか、道を踏みはずし、悪い仲間とつき合うようになったようだ」

「そして、ウォリックと出会った」イザベラはゆっくりと言った。「その子が自分が捜している実の子どもだとわからなかったなんて、こんな皮肉はないわ！」

マーカスの表情が険しくなった。「さらに皮肉なのは、エドワード・チャニングが、ウォリックを頼って家出をしてロンドンに向かったことだ。それなのに、彼は病気になり、ウォリックに見捨てられた。彼は救貧院で死んだんだ。チャニングにエドワードの死を伝えに行ったときに、僕は彼の出生の秘密を知ったんだ」

イザベラは手で口を覆った。「ウォリックは自分の息子を殺したのね？」

「見殺しにしたことは間違いない」

イザベラは悲しみに喉をつまらせた。「マーカス、こんなひどい話ってないわ。ウォリックは知っているの？」

「いや、まだ知らない」マーカスは言った。「だが、話すべきだろう。ウォリックは死刑になったとしても、あまり苦しまずに死ぬだろう。彼が死に追いやった者の中には、苦しみもだえて死んでいった者もいる。自分の手の内にあった息子を息子と気づかず、ほうりだして死に追いやった。これ以上の運命の皮肉はない。彼にとって、これ以上の罰はないな」

「あまりに残酷だわ」イザベラはささやいた。

マーカスは首を振った。「人生はけっして楽なものではない。きれい事ではすまされないんだ」彼は言った。

イザベラはほんの一時目を閉じ、ふたたび目を開けて、マーカスの瞳をじっと見つめた。「そのことは、ほかの誰よりもよくわかっているわ」

マーカスは彼女の両手を取った。「君に二度とつらい思いをさせたりしない」彼は言った。「誓うよ」

イザベラはエドワード・ウォリックが波止場に連れていかれるのを窓から見ていた。彼は手足を鎖につながれ、軍艦サファイヤ号から派遣された水兵に付き添われていた。これから船でロンドンに送られ、そこで裁判を受けることになっているのだ。それまで彼の体力がもつのだろうか。彼はひどく具合が悪そうで、鎖につながれた足を引きずるようにしてやっと歩いていた。その姿を見て、彼女はマーカスが投獄されていた、じめじめした監房を思いだした。水がしみだした壁、鼻をつく悪臭。思いだしただけで身震いがする。けっして自由の身になることはなく、死を待つだけの空《むな》しい日々……。それでも、それがウォリックに下された罰なのだ。彼が牢《ろう》につながれようとそうでなかろうと、もう息子を見つけることはできない。真実を知らずに死ぬのか、知って苦しみ抜いて死んでいくのか、それは誰にもわからない。

一行は遊歩道の曲がり角を曲がって、やがて見えなくなった。ソルタートンの住民や行楽客の多くが、おもしろい出し物を見るような視線を向けているのに気づき、イザベラは胸が悪くなった。鏡台のところに行き、頑丈な木の枠に両手をついて、鏡に映る自分の顔をしげしげと眺めた。

〝人生はけっして楽なものではない、きれい事ではすまされないんだ〟マーカスはそう言った。いま、私はそれを実感しているわ。彼女は大きな問題に直面していた。マーカスの子を妊娠していないのがわかったのだ。それがわかったとき、まるで彼の子どもをひそかに望んでいたかのように涙があふれるのを止めることができなかった自分に驚き、困惑したのだが。二人を結びつけるものは何もなくなってしまった。この数週間のあいだに、わずかでも愛と信頼を取り戻せたような気がしたけれど、それが二人をつなぎとめるほど強いものなのかどうかイザベラにもわからなかった。それでも、エマの出生の秘密をマーカスに打ち明けなければならないことはわかっていた。彼にはそれだけの敬意を払って当然なのだから。あとの判断は彼に委《ゆだ》ねるしかないわ。

イザベラは刑の宣告を待つ囚人のように怯えていた。

23

輝くばかりに美しい夏の日だった。イザベラはペンとキンヴァラ・コーブへピクニックに出かけ、海で泳ぎ、日光浴をしながらのんびりおしゃべりを楽しんでいた。前日、大きな事件があったあとだけに、そんなささいなことがとてもすばらしく感じられた。ペンは薔薇《ばら》色に頬を輝かせ、とても若々しく見えた。「ベラ」彼女は言った。

「何？」イザベラは眠そうな声で答えた。二人は人目につかない場所に座っていた。日差しが眠気を誘う。マーカスに早く真実を打ち明けなければならないのはわかっていたが、彼と将来を話し合う前に、一日だけゆっくり過ごしたかった。

「ソルタートンに来て、あなたに話さなければならないことがあるのを思いだしたの」ペンは言った。「ごめんなさい……」

イザベラは目を開け、麦わらの帽子のつばの下から横目で妹を見た。「また告白なのかしら、ペン？もう私を驚かせないで」

ところが、妹の顔は真剣そのもので、怯《おび》えているようにさえ見えた。

「手紙のことなのよ」

「どの手紙？」

「マーカスがあなたにかけ落ちを持ちかけた手紙よ」

イザベラはまっすぐに体を起こした。「かけ落ちですって？」

ペンはイザベラの顔をじっと見つめた。「彼から聞いているでしょう？　いつも思っていたの。もしあのとき、私があなたにあの手紙を渡していたら、と……。あなたはアーネストと結婚せずにすんだかもしれない」

イザベラは手を上げて、妹の発言を制した。「待って、ペン。マーカスが私にかけ落ちしようと言ったことは一度もないわ」

「えっ？　でも……間違いないわ」ペンは唇を噛《か》んだ。「あなたの部屋のドアの下に手紙が差し込まれているのを見つけたの。〝ミス・I・Sへ〟と書かれていたわ。あなたがアーネストと結婚式を挙げた次の日だったからよく覚えているの。旧姓のイニシャルで宛名《あてな》が書かれていたから、ぴんときたのよ。とにかく、あなたはもう家にはいなかった。あなたは式の朝食会のあと、アーネストとブランズウィック・ガーデンズにいたから」

「覚えているわ」イザベラは言った。「雨が降っていたわよね」

いま思い返してみても不思議だった。結婚式の当日は真夏の太陽がかんかんに照りつけていたのに、次の日には、イザベラの気持ちを表すかのように空が灰色の雲に覆われ、激しい雷雨が一日じゅう降りつづいた。いまでも、あのときのことを思いだすだけで、絶望と怒りの入りまじったなんとも言えない気持ちが込みあげてくる。

「ええ、雨が降っていたわ」ペンはくり返した。「それが災いしたの。私はあなたが新婚旅行に出かける前に渡そうと思って、手紙をポケットに入れておいた。でも、その日の午後、ミス・ベントリーが私を王立美術院に連れていってくれて——結婚式の騒ぎでほうっておかれていたから、かわいそうだと思ったのね——私たちはずぶ濡《ぬ》れになって、家に戻ってきたわ。家に帰るとすぐにモリーに服を脱がされて、それきり手紙のことは忘れてしまったのよ……」彼女の声には絶望の響きが聞きとれた。「あなたが新婚旅行に出かけたあとになって、モリーが私のところにその手紙を持ってきたの。服と一緒に洗濯され、乾かされて、アイロンがかけられたあとだったわ……」彼女は泣いているとも笑っているともつかない声で言った。「マーカスからの手紙にちがいないとわかっていたのに、もう手遅れだった。私はどうしたらいいのかわかなくて……」

イザベラははっとして尋ねた。「どうしてマーカスからの手紙だとわかったの？　手紙を読んだの？」

ペンは首を横に振った。「いいえ。洗濯されて、文字は読めなくなっていたわ。私はその手紙を捨ててしまったの。でも……」彼女は言葉をつまらせて、唇を噛んだ。「あなたとマーカスが愛し合っているのは知っていたわ」しばらくしてから、彼女は言った。「あなたたちが恋人同士なのを知っていた。彼がそんなに簡単にあなたをあきらめるはずはないもの」

イザベラは一瞬、日差しに目がくらみ、目をしばたたいた。

「みんなでジェーンおば様のところに泊まったとき、ある夜あなたが家をこっそり抜けだしていくのを見たのよ」ペンは申し訳なさそうに言った。「あなたとマーカスは人前ではお行儀よくふるまっていたけれど、二人のあいだには何かあると強く感じたの。あのときはまだ子どもで、それがなんなのかわからなかったけれど……」彼女はほほえんだ。「よく秘密にしておけたわね」

「あら」イザベラは皮肉めいた口調で言った。「あなたに知られていたのなら、秘密ではないわね」

ペンは両手を見下ろした。「本当にごめんなさい、ベラ。もしあのとき、私があなたに手紙を渡していたらと思うと、いたたまれなくて……」彼女は目にいっぱい涙を浮かべていた。イザベラはもらい泣きしそうになり、涙をぐっとこらえた。

「そんなことはもう忘れなさい、ペン」

イザベラは手を伸ばして妹を抱きしめた。ペンは姉にしがみついた。

「幸せになってね、ベラ」くぐもった声で言う。

「ええ」イザベラは胸がいっぱいだった。私とマーカスが別離することになったら、ペンはどんなにか悲しむにちがいない。だが、妹には私たちのあいだの複雑な事情は理解してもらえないだろう。

ペンの肩越しに、アリステア・キャントレルが崖《がけ》の小道をこちらに向かって下りてくるのが見えた。彼はマーカスとともにソルタートン・コテージの修復工事の進み具合を見に行っていたのだ。

「アリステアがあなたを捜しているわ」イザベラは最後にもう一度ペンをぎゅっと抱きしめてから放した。「さあ行きなさい」

姉に促されるまでもなくペンは急いで立ちあがったが、すぐに立ち去ろうとはせず、しばし姉を見下ろした。

「本当に大丈夫なの、ベラ？」彼女は尋ねた。

「私なら大丈夫よ」イザベラは落ち着いた声で言った。「もう少ししたら、マーカスを捜しに行くわ」

イザベラはペンが崖の小道を走っていき、アリステアの腕に飛び込むのを見つめた。二人は彼女に向かって大きく手を振ったあと、腕を組んでヒースを横切り、いまは廃墟《はいきょ》となった礼拝堂のほうに歩いていった。イザベラはため息をついて、海に向き直った。彼女は今日、マーカスに妊娠していないことを告げるつもりだった。そして、娘のエマについて本当のことを話すつもりだったが、急に怖くなってした。こんなことなら、最初からすべてマーカスに打ち明けておくのだったわ。ようやく信頼を取り戻せたと思った矢先にこんな話をしたら、二人のあいだのもろい絆《きずな》は簡単に崩れ去ってしまいそうだ。マーカスは永久に私のもとから去ってしまうかもしれない。

イザベラは両手を組んで、海を見つめた。私はソルタートンが大好きだ。できればこの土地でずっと暮らしたい。でも、マーカスがいなければ、なんの意味もない。私がこの世で何よりも愛しているのはマーカスだ。とはいえ、彼には真実を伝えなければならない。たとえ、彼と別れることになったとしても、秘密を残したままにしておきたくなかった。

イザベラはふたたび不安に襲われた。

それでも立ちあがり、スカートについた砂を払い落として、家に向かって小道を上りはじめた。イザベラは十二年前と同じように、重大な決断を迫られていた。今度こそ自分の下した決定が間違っていないことを祈らずにはいられなかった。どうか、マーカスにエマのことを話しても、間違った結果になりませんように。

ソルタートン・コテージに着いたとき、家は静かで、まるで暖かい午後の日差しを浴びてまどろんでいるように見えた。イザベラは緊張のあまり頭がどうにかなってしまいそうだった。ひんやりした玄関広間に入っていくと、マーカスが建築家と話しているのが聞こえた。まだ仕事は終わっていないらしい。イザベラはそのあいだに、気にかかっているもう一つの問題を片づけることにした。

イザベラはフレディが寝ている部屋のドアをそっと叩《たた》いて、ドアを開けた。家政婦が付き添っていたが、フレディは眠っているようだった。顔色はまだ青白いが、呼吸は安定し、熱も下がっていた。兄をこんなにいとおしく思ったことはなかった。

家政婦がそっと席をはずして部屋を出ていった。イザベラは空いた椅子に腰を下ろして、両手でフレディの手を取った。少ししてから、フレディが目を開けた。

「やあ、調子は？」話すのはまだ少し苦しそうだ。

ほほえんだ。「あなたは英雄よ、フレディ。私の命を救ってくれたわ」

兄のやつれた頬に赤みが差した。「そんなことはない」照れくさいのか、ぶっきらぼうに言う。「僕にできることをしたまでだ。あいつは卑劣な男だよ」彼は瞬《まばた》きをした。「マーカスから話は聞いただろう……」

「ええ、聞いたわ」イザベラは言った。「あなたが彼の言いなりにならざるをえなかった事情はよくわかっているわ、フレディ。何も説明する必要はないのよ」

「すまない」フレディはそう言ってイザベラから目をそらし、落ち着かなげに毛布のほつれた糸を引っ張った。「おまえには迷惑をかけてばかりで」

イザベラは兄の手をぎゅっと握りしめた。「いいのよ」

「元気よ、ありがとう」イザベラはそう言って、ほ「マーカスが僕の借金を肩代わりしてもいいと言ってくれた」フレディはあわてて言った。「おまえの夫はじつにすばらしい男だよ、ベラ」

「そう思っていなかったときもあったでしょう」イザベラは皮肉っぽく言った。「それはインディアのことが原因なの、フレディ?」

フレディはびくっとした。青い目を大きく見開いて、イザベラを見つめる。「ベラ、いったいそれはどういう意味なんだ?」

イザベラは憂いのこもった笑みを浮かべた。「ウォリックにナイフで切りつけられたあと、ようやく私を助けることができてうれしいと言ったでしょう? あなたがどうしてあんなことを言ったのか、よくわかっているわ、フレディ……」彼女は兄に優しくほほえみかけた。「でも、そのあとで、インディアのためだとも言った。それは本当なのかしら?」

イザベラは待った。フレディは目を閉じて、じっとベッドに横たわっていた。青白い頬にまつげが影を落としている。イザベラは胸を締めつけられた。フレディはいとこに恋をした十代の少年のような顔をしていた。

「ペンがさっき話してくれたのよ」彼女は静かにつづけた。「私の結婚式の翌日、私の部屋で見つけた手紙のことを。〝ミス・I・Sへ〟と宛名が書かれていて、ペンはてっきり私宛に書かれた手紙だと思ったらしいの。でも、そうじゃないんでしょう、フレディ？　あれはインディアに宛《あ》てて書かれた手紙だった。あのとき、彼女は結婚式に参列するために私たちの家に滞在していて、式の前の晩は、私の部屋で一緒に寝たわ。そのあとはインディアが一人であの部屋を使っていた。あの手紙は彼女に宛てて書かれた手紙だったのね」イザベラはゆっくり息を吸い込んだ。「あなたが書いたんでしょう？」

フレディは目を開けた。彼の瞳は青く澄んでいたが、瞳の奥にインディア・サザンへの言葉では言い尽くせない思いが表れていた。

「彼女とかけ落ちしたかった」フレディはかすれた声で言った。「悲しそうにしている彼女を見ていられなかったんだ。サザン卿《きょう》に恋人をあきらめさせられ、子どもを取りあげられてから、彼女はずっと不幸だった。インディアが僕を愛していないことはわかっていた。彼女が愛していたのは恋人だけだった。それでも、僕はかまわなかった」

喉仏が大きく動き、フレディは苦しそうにごくりとつばをのんだ。

「インディアはおまえとは違うよ、ベラ。強くなかった。頼りなくて、とても見ていられなかった。彼女を守ってやりたくて、結婚を申し込んだ。でも、両親が絶対に認めないだろうと彼女に言われたよ」彼は唇を湿らせた。「僕はインディアのいとこだし、

「なんといっても財産がない……ウォリックと同じだ。望ましい結婚相手じゃない。それに、僕は知っていたんだ。子どものことを。レディ・ジェーンはそのことを知らない相手とインディアを結婚させたがっていた」

「マーカスね」イザベラは言った。「インディアがウォリックに出会ったとき、彼はソルタートンにはいなかったわ。その次の年は、私と……」

「それに、マーカスはおまえの代わりを探していた」フレディは言った。「彼自身、自分の気持ちに気づいていたのかどうかはわからないがね。レディ・ジェーンはまたとない良縁だとすぐに飛びついた。マーカスがおまえを愛したようにはインディアを愛することはないだろうと気づいたのは、二人を結婚させたあとだった。それで、レディ・ジェーンは、おまえが娘ならよかったとインディアに言ってしまったんだろう。インディアはものすごく怒っていた」

「それで、マーカスに私が彼女と母親の仲を裂いたと言ったのね」イザベラは思いだしながら言った。「あなたはどこまで知っているの、フレディ？」

フレディは肩をすくめ、痛みに顔をしかめた。「マーカスのことはどうしても好きになれなかった」彼は認めた。「おまえを簡単にあきらめてしまったことが許せなかったし、インディアと結婚したことはもっと許せなかった。でも、そういう僕だって、人のことは言えない。父親に立ち向かおうともせず、サザン卿にインディアと結婚させてほしいと頼みに行くことさえしなかった……」彼は首を横に振った。「なんてもったいないことをしてしまったんだろう」

イザベラはフレディを抱き起こし、頭の後ろを片方の手で支えて水を飲ませた。

「ありがとう」彼女がグラスを置くと、フレディは言った。「ありがとう、ベラ」

イザベラはほほえんだ。そして、部屋を出る前に、レディ・ジェーンの部屋から持ってきたインディアの細密肖像画をフレディのベッドの脇《わき》のテーブルに置いた。

マーカスは玄関先で建築家を見送っているところだった。先週ロンドンの屋敷からやってきたベルトンが、上着とステッキを手にしている。イザベラを見て、マーカスは顔を輝かせた。

「ちょうどよかった。これからお茶にしようと思っていたんだ。コテージの改装の計画について君に聞いてもらいたいことがあるしね。ベルトン、図書室にお茶を持ってきてくれ」

「かしこまりました、旦那様《だんなさま》」執事はつぶやいた。

イザベラはマーカスに言われるまま図書室に入っていったが、ドアが閉まると、また急に怖くなった。テーブルには見取り図や設計図が所狭しと広げられていた。マーカスが口を開いたが、その言葉はまったく耳に入らなかった。しばらくして、イザベラの様子がおかしいのに気づいたマーカスが話をやめた。イザベラはどきりとし、彼女のほうに近づいてくるマーカスをじっと見つめた。

「ベラ？」彼は言った。「どうかしたのか？　なんだか……」彼はイザベラの前に来ると、手を取った。「怯えているように見える」

イザベラは実際に怯えていた。マーカスはイザベラを窓際に置かれた二人掛けの小さなソファの自分のとなりに座らせると、もの問いたげに片方の黒い眉を上げて、彼女が説明するのを待った。イザベラはごくりとつばをのんだ。二人の愛と信頼がどれだけ強いものなのかが試されようとしている。それが、自分が思っていたよりも強いものではなかったら、私はまた間違った判断を下したことになる。

「マーカス」彼女は言った。声がかすれたので、咳《せき》払いをしてからもう一度言った。「ごめんなさい。妊娠していなかったわ」

イザベラはマーカスの目に恐怖の色が浮かぶのを見た。彼はイザベラを抱きしめようとするかのようなそぶりを見せたが、思い直したのか、深く息を吸い込み、緊張した表情で彼女がつづけるのを待った。

マーカスが自分と同じように恐れていることにイザベラは気づいた。イザベラは自分のことで頭がいっぱいで、マーカスがどう思うかまで考えていなかった。彼は私が別れを切りだすのではないか、私が最後に残された希望の火までも消し去ろうとしているのではないかと恐れているのだ。彼はじっと座ったまま、警戒するような表情でイザベラを見ていた。

「僕も残念だ」マーカスは静かに言った。「だが、それで僕たちのあいだを終わりにする必要はないよ、ベラ」

イザベラは骨が砕けてしまいそうなくらい強く両手を握りしめた。「妊娠しているかもしれないと思ったとき、とても怖くなったの。うまく説明できないけれど、私は娘を亡くしているから、もう二度とあんなにつらい目には遭いたくないのよ」

マーカスの表情がやわらいだ。彼はイザベラの体に腕をまわした。

「君の気持ちはよくわかる」優しく言って、彼女の髪に唇を押し当てる。「でも、僕がいつもそばについているよ、ベラ。今度は違う。いまは妊娠していなくても、いずれ家族を持てるようになるだろう」

イザベラはマーカスから離れて、頭を振った。マーカスは私の気持ちを理解し、慰めたいと思ってくれている。そんなマーカスの優しさが胸にこたえていた。彼は何も知らないのだ。本当のことを言わなければ。彼女は片手を上げて彼を制した。

「そうじゃないのよ、マーカス。まだあなたに話していないことがあるの。もっと早く話しておくべきだったのだけれど……」彼女は咳払いをした。「娘のエマのことよ」

マーカスははっとして身をこわばらせた。放心したような目でイザベラを見つめる。「彼女は僕の子だったと言おうとしているんだろう？」彼はきいた。

「いいえ。そうだったらどんなによかったか」彼女はマーカスを見たが、またすぐに目をそらした。「どちらの子かわからないの」彼女は早口で言った。「あなたの子どもかもしれないし、そうではないかもしれない。私は若くて、自分が妊娠するかもしれないとは考えてもみなかったの。月の障りがこなかったときも、結婚式や何かで緊張を強いられたからだと自分に言い聞かせたわ――」彼女は言葉を切って、淡々とした声で言った。「エマはアーネストと結婚した七カ月後に生まれたのよ。ひ弱な子どもだった。本当にアーネストの娘だったのかもしれない。早産だった可能性もあるわ。みんなにもそう言ったのよ。でも、結局あなたの子どもかアーネストの子どもかわからずじまいで、そのことがずっと私を苦しめてきたの」

イザベラはいきなり立ちあがって、マーカスから一歩離れた。

「あなたの子どもであってほしかったわ」彼女は言った。胸が張り裂けてしまいそうだった。「あなたの子どもにちがいないと自分に言い聞かせたの。エマはあなたが私に残してくれたたった一つの大切な宝物だったのに、その彼女もわずか数年後に失ってしまった」彼女はふたたび声を落とした。顔を上げ、マーカスの目をじっと見つめる。「私は子どもを無事に育てることもできなかった。もう二度とあんな思いはしたくないわ。だから、子どもはもう欲しくないと思ったの。あなたを失い、あなたの子どもだと思っていた娘までも失い、もうこれ以上失うのは耐えられないもの」イザベラは顔をそむけ、肩を落として言った。「娘を必死に守ろうとしたのに、結局、私の努力は充分ではなかったのね」

恐ろしい沈黙があった。マーカスの顔は真っ青になっていた。「アーネスト公はエマが自分の子どもではないかもしれないと疑ったりはしなかったのかい？」

イザベラはマーカスの顔をまともに見ることができなかった。彼がどんな表情をしているのか、想像するのも恐ろしかった。

「わからないわ。彼は一度もそんなことは言わなかった。エマは生まれたときとても小さくて、弱々しかったの。生まれたとき、七カ月だったのかもしれない。アーネストはエマを少しもかわいがろうとしなかったけれど、それは、自分の子どもではないと疑っていたせいではないと思うわ。彼はとにかく子どもが大嫌いだったの」

マーカスは黙ってイザベラを見つめていた。イザベラは緊張に身を硬くした。

「エマが死んだあと、私はすべてを忘れようとした。それから、またあなたと深くかかわるようになった」

本当はあなたを愛していると言いたかった。ずっと愛していた、と。これからもずっと愛しつづけるだろうと。代わりに、彼女は唇を噛んだ。言葉が出てこなくなる前に、どうしてもこれだけは言っておかなければならない。

「あなたと親しくなればなるほど、秘密を抱えるのがしだいに苦しくなってきたの。でも、話したら、二人で築きあげたものがすべて崩れ去ってしまうような気がして、怖くてなかなか言いだせなかったわ。そうは言っても、秘密を胸に秘めたままあなたと生きていくことはできない。それをあなたがわかってくれるといいけれど」

イザベラは顔をそむけた。図書室の窓からあずまやが見えたが、涙で輪郭はぼやけていた。彼女はマーカスが部屋を出ていくのを待った。

「イザベラ」マーカスが言った。

イザベラは振り向いた。

マーカスはいきなりイザベラの肩をつかみ、息ができなくなるほど強く彼女を抱きすくめた。

「マーカス！」

「ベラ」マーカスは二度と放さないといわんばかりに彼女を抱きしめた。「もう何も言わなくていい。僕のほうこそ――」彼は息を吸い込んだ。「君が僕を必要としているときに、そばにいてやれなくて悪かった。だが、いまはこうしてここにいる」彼はイザベラの体を少し放した。イザベラはマーカスの目に浮かぶ力強い輝きを見て、幸せが胸に込みあげてくるのを感じた。「僕がそばについている。もう二度と君を放さない。だから、何も恐れる必要はないんだ」

イザベラはしゃくりあげてマーカスの胸に顔をうずめた。

静かにドアを叩く音がした。

「お茶をお持ちしました」ベルトンが陰気な声で言った。テーブルにトレーを置き、主人夫妻が抱き合っていることなどまったく無視して、せっせと設計図を脇にどける。「お菓子は何か召しあがりますか？」

「いや、けっこう」マーカスは言った。「シャンパンが欲しいところだが、それは夕食まで我慢するとしよう」

マーカスはイザベラのほうを向いた。

「愛しているよ」そう言って、深く息を吸い込む。「式を挙げたときに、僕が君に渡した印章付きの指輪を覚えているかい？」

イザベラは黙ってうなずいた。何か話そうとしても、声が出なかった。

「あのときから君を愛していた。君を守りたかったんだ」マーカスはそう言って、イザベラの手を取り、印章付きの指輪の代わりにはめられている質素な金の指輪を悲しそうな目で見つめた。「君は僕のものになったのに、そばについていてやることができなかった。だから、僕だと思ってあの指輪を身に着けていてもらいたかったんだ」マーカスは彼女の瞳にほほえみかけた。「君はもう一人じゃないよ、ベラ。君にはもう二度とつらい思いはさせない」

イザベラは涙を流しながらほほえんだ。「愛しているわ、マーカス」

「すまない」マーカスは言った。「君をどれだけ愛しているか気づくのに、こんなに長くかかってしまった」

イザベラは顔を上げ、ベルトンが下がっていいと言われるのを律儀に待っているのに気づいた。顔になんともばつの悪い表情を浮かべている。執事を務めてきた長い年月のあいだに、聞いてはいけないようなことを聞いてしまったことは何度かあるだろう。それでも、主人が愛の告白をするのを聞いたことは一度もないにちがいない。

「ほかに何かご用はございませんか、奥様？」ベルトンが堅苦しく尋ねた。

「ないわ、ベルトン」イザベラは答えた。「邪魔をしないでほしいという以外は」

イザベラは執事の唇に笑みらしきものがちらりと浮かぶのを見たような気がした。

「かしこまりました」彼は言った。

イザベラはマーカスにさらに体を押しつけ、彼女の体にまわされた彼の腕に力がこもるのを感じた。苦難を乗り越え、こうしてふたたびマーカスとともに人生を歩むことができるのだ。マーカスがイザベラの髪にキスをし、二人は固く抱き合ったまましばらく立っていた。マーカスがようやくイザベラを放したとき、二人ともわずかに息を切らしていた。

「ベルトンは行ったかい？」マーカスが尋ねる。

イザベラは振り向いた。「ええ。鍵《かぎ》もかけていったんじゃないかしら」

「それはありがたいな」マーカスはイザベラのドレスの襟に一列に並んでいる小さなボタンをはずしはじめた。そして胴着の前を開け、そばかすの散らばった白い肌にキスをした。イザベラははっと息をのんだ。

「マーカス、こんなところでいけないわ」

「なぜだい？」マーカスはイザベラのシュミーズの紐《ひも》を引っ張った。

イザベラはあえぐように言った。「だって……」

紐がはらりとほどけるとマーカスが中にさっと手を滑らせて、彼女の胸のふくらみをてのひらで包み込んだ。イザベラは膝の力が抜けるのを感じ、マーカスの腕にしがみついた。


「もっと自分たちの行動に責任を持たないと」イザベラは言った。「私たちは、結婚してまる二カ月になるのよ」

マーカスは大きな肘掛け椅子に座って、イザベラを膝の上にのせた。「僕たちはたしかに重大な責任を担っている。と同時に、それに見合うだけの自由も保証されているんだ。だからテーブルの上がいいか、この椅子の上がいいか、それとも、床に敷かれたふかふかの敷物の上がいいか大いに選ぶ自由が……」

イザベラはあわてて言った。「テーブルはだめ！設計図が台なしになってしまうわ」

「それなら、床の上だ」

マーカスはイザベラを暖炉の前の敷物に下ろした。すばやく彼女の胴着を押しのけ、肩にキスをする。彼女は身を震わして、あえいだ。

「愛している」マーカスは言った。彼はイザベラの髪を片手で払い、首の線を舌でそっとなぞった。「君は僕のものだ。最初からそうだった。君は永遠に僕のものだ」

マーカスが体を重ねてくると、イザベラは本能的な欲望に突き動かされて彼の体に自分の体を押しつけた。彼の息づかいに全身が震える。マーカスが両手でイザベラの顔を包み込んだ。

「僕を愛しているかい、ベラ?」

「ええ」イザベラはささやいた。「あなたを愛しているわ」

「もう一度言ってくれ。何度でも聞きたい」

イザベラはマーカスのシャツをつかんで彼をそばに引きよせた。「あなたがそう言ってくれたら、何度でも言うわ」

マーカスの唇が下りてきてイザベラの唇を奪った。

「愛している」わずかに唇を離してささやく。マーカスは片方の手で、イザベラの胸から胴着をはぎとった。

「愛しているわ」イザベラも言った。マーカスの唇があらわになった彼女の柔らかい肌を貪《むさぼ》る。

「いつでもだ」マーカスはふたたびイザベラの唇に唇を重ね、彼女の反応を引きだすように優しく、激しく口づけた。そして、わずかに体を離し、大急ぎでズボンのボタンをはずした。

イザベラは喉の奥から笑いが込みあげてくるのを抑えられなかった。「マーカス、ブーツをはいたまま愛し合うなんて、りっぱな紳士のすることではない――」

最後まで言い終わらないうちに、マーカスはイザベラのシュミーズをまくりあげ、絹の靴下をはいた両脚のあいだに手を滑り込ませた。

「それなら、私は紳士ではないということになるな」そう言って、彼女の中に身を沈める。「でも、君を愛している」

「ああ！」イザベラは硬くなめらかなマーカスを体の奥に感じて、大きく背中をそらした。おなかの筋肉を震わせ、彼を強く締めつける。その瞬間、光がきらめき、イザベラは彼の肩をつかんで、引きちぎらんばかりにシャツを握りしめた。

「マーカス、窓が――」

「わかっている」

「召使いが――」

「かまうものか」

「人に見られて――」

マーカスの動きが速くなり、イザベラは頭がぼうっとなった。

「あなたは……」さざ波のように押しよせる悦《よろこ》びにあえぎながらイザベラが言う。「あなたは奔放すぎるわ」

「これだけは一生治らないだろうね」マーカスは最後に激しく腰を突きあげ、イザベラを絶頂へと導いた。二人はともに上りつめ、そのあと、どこまでも落ちていくような感覚に襲われた。彼はイザベラの汗ばんだ肩に顔をうずめた。「それでも、君を愛している」


そのしばらくあと、すっかり冷めてしまった紅茶を前に、二人は椅子の上で重なり合うようにして座っていた。イザベラはマーカスに、ペンが見つけた手紙のこと――フレディとインディアのことを話した。

「信じられないのは、ウォリックがフレディの弱みにつけ込むきっかけを作ったのがインディアだったということなの。もちろん、彼女に悪意はなくて、ふともらしてしまったのでしょうけれど」彼女はマーカスの肩に頬を寄せ、彼の腕に身をすりよせた。「フレディは子どものときからインディアが好きだったんですって。ウォリックが彼女の恋人だったということは、昨日まで知らなかったそうよ」彼女は間を置いた。「インディアに恋人がいて、その人の子どもを産んだことは知っていたそうだけど。インディアはフレディにだけ打ち明けていたのよ。でも、彼女はウォリックの名前を出さなかったし、フレディもきこうとしなかった。六年も前からウォリックを知っていたのに、何も気づかなかったなんて」

マーカスはイザベラの額にキスをした。

「ペンが見つけた手紙のことだが」彼は言った。「僕が君宛に書いたものではないとわかってがっかりしなかったのかい？」彼はため息をついた。「君を簡単にあきらめるべきではなかった、ベラ。僕は君を愛していた。あのとき、君を連れて逃げていれば……」

イザベラはほほえんだ。「もういいのよ、マーカス。昔のことは忘れましょう」彼女は彼の唇に指を当てて黙らせた。「手紙も必要ないわ。ここにこうしてあなたがいるんですもの」

イザベラはふたたびマーカスに抱きしめられた。

〈これは驚きである！　昨年本紙をにぎわせた、かの陽気な妃殿下が、無粋な英国紳士に愛想を尽かしておられたあの妃殿下が、アドニスのごとき好男子S伯爵と永遠の幸せを見つけられた。伯爵は世界最悪の恋人とこき下ろされた英国紳士の名誉を挽回《ばんかい》、数カ月後にはご夫妻に初めてのお子様が誕生する。なんという早業！　なんたる情熱！　ご夫妻の末永き幸せを切に願うものである〉

――一八一七年五月八日付『ジェントルメンズ・アシニアン・マーキュリー』

とっておきの、ときめきを。
ハーレクイン

結婚は復讐のために
2008年9月5日発行

著　　者　ニコラ・コーニック
訳　　者　名高くらら（なだか　くらら）

発行人　ベリンダ・ホブス
発行所　株式会社ハーレクイン
東京都千代田区内神田 1-14-6
電話 03-3292-8091（営業）
03-3292-8457（読者サービス係）

印刷・製本　凸版印刷株式会社
東京都板橋区志村 1-11-1

ISBN978-4-596-74148-6 C0297

～ヒストリカル特集～

7月に表紙リニューアル!

表紙も中身もますますグレードアップしたハーレクイン・ヒストリカル。
時代を超えて繰り広げられる男女の恋愛模様をお楽しみください。

◆人気作家ステファニー・ローレンスのリージェンシー

『Fair Juno(原題)』HS-337　**9月5日発売**

伯爵となったマーティンは、実家の経済状態を立て直すため英国に戻ることにする。ロンドンへの旅の途中舞踏会から誘拐された美女を救い、2日を共にするが、美女は自分の名前を明かさず……。

※『求婚の掟』HS-319関連作

◆ロマンチック・タイムズ誌でも好評のジュリエット・ランドン

『The Maiden's Abduction(原題)』HS-336　**9月5日発売**

1476年、何世代にもわたって反目しあうメドウィン家の子息との接触を避けるため、ヨークにある父親の知人宅に預けられたイゾルデ。彼女は自由に生きたいと願い、屋敷から逃げ出した。そこに待ち受けていた男性とは?

◆私もあなたと戦います。女王のために、そして……

ルース・ランガン作

『Highland Heart(原題)』HS-339　**10月5日発売**

Jamieは女王を救うため、スコットランドのGordon家の軍隊に参加する。しかしその家の娘Lindseyは、自分も一緒に戦うといって聞かず……。

◆君は僕に惹かれたのか?　それとも名門の生まれだからか?
人気作家ニコラ・コーニックのロンドンが舞台のリージェンシー

『The Last Rake in London(原題)』HS-342　**11月5日発売**